매력학

매력학

초판 1쇄 인쇄 2014년 03월 20일
초판 1쇄 발행 2014년 03월 27일

지은이　　이 동 건·유 성 훈·양 혜 리
펴낸이　　손 형 국
펴낸곳　　(주)북랩
출판등록　2004. 12. 1(제2012-000051호)
주소　　　서울시 금천구 가산디지털 1로 168,
　　　　　우림라이온스밸리 B동 B113, 114호
홈페이지　www.book.co.kr
전화번호　(02)2026-5777
팩스　　　(02)2026-5747

ISBN　　979-11-5585-173-9 03810(종이책)

　　　　　979-11-5585-174-6 05810(전자책)

이 도서의 국립중앙도서관 출판시도서목록(CIP)은 서지정보유통지원시스템 홈페이지(http://seoji.nl.go.kr)와
국가자료공동목록시스템(http://www.nl.go.kr/kolisnet)에서 이용하실 수 있습니다.
(CIP제어번호 : 2014009486)

성공하는 1%만 아는 매력의 비밀

매력학

Magnetism

이동건 외 지음

book Lab

2007년, 내가 매력에 대하여 처음으로 고민했을 때 나에게는 두 가지의 선택지가 있었다. "노래를 잘 부르는 남자가 될 것인가?" 아니면 "잘생긴 남자가 될 것인가?" 그 당시에 내가 생각했던 매력이란 즉시 발생되는 능력 또는 잘생긴 외모였다. 여자 친구를 사귀어보겠다는 나의 작은 의지는 나를 노래방으로 이끌었고, 항상 허전했던 나의 호주머니를 더욱더 배고프게 만들었다. 그러나 결과는 만족스러웠다. 여자 친구를 사귀어보고자 했던 나의 의지는 결국 내가 가장 못하는 영역들을 하나씩 개척하게 만들어 주었고, 결국에는 가장 약한 부분들에서 스스로 만족할 만한 성과를 거두게 해 주었던 것이다. 태어나 처음으로 무언가를 열심히 하려고 애썼고, 계속해서 더욱 매력적인 사람이 되어야 된다고 나를 재촉할 수 있었다.

나의 매력요소들이 하나하나 발전할수록 당시의 못난이는 사라지고 소위 말하는 '멋쟁이'로 거듭날 수 있었다. 나는 매력적인 사람이 되려고 노력하는 행동이 결국에는 '자기 계발'로 이어지며, 더 나아가 나 스스로를 더욱 정확히 알 수 있는 길이라는 것을 깨달았다.

우리가 돈을 벌려고 노력하는 이유가 무엇일까? 왜 여자들은 외모를 가꾸기 위해 그렇게 많은 시간과 노력을 투자하는 것일까? 이러한 문제에 대한 해답이 바로 나의 다음 질문이었다. 나는 우선 사람들이 왜 돈을 벌기 위해 노력하는지 궁금했다. 어떤 이들은 멋진 차를 위해 돈을 번다고 말했고, 어떤 이들은 멋진 옷을 사기 위해 돈을 번다고 말했다.

사실 결국 모든 이유는 하나로 귀결되었다. 남들이 부러워하는 멋진 사람, 즉 매력적인 사람이 되려고 하는 것이다.

그럼 사람들은 어떻게 매력적인 사람이 될 수 있을까? 돈을 많이 벌어 좋은 집과 차를 사고 좋은 대학을 나오며, 높은 자리에 앉는다. 그리고 계속적인 운동과 피부 관리로 자신의 육체를 가꾼다. 이러한 모든 것들은 자신을 이성에게 어필하기 위한 수단들이었다. 매력에 대한 연구가 계속될수록 나는 '진실'에 다가가기 위해 애썼다. 매력적인 사람이 되어서 결국에 얻을 수 있는 게 무엇인지 알고 싶었다.

21세기를 살아가는 우리는 매력의 중요성을 크게 느끼고 있지 않다. 어쩌면 중요하지 않은 척하는 것일 수도 있다. 사는 게 바쁘고 자본을 좇기 바쁜 우리 현대인들에게 매력이란 무의미한 하나의 단어일 수도 있다. 그러나 확실히 우리는 본능적으로 매력적인 사람이 되려고 애쓴다. 많은 인간과 사귀고 그들을 끌어당기는 것이 결국에는 가장 큰 큰 이익이 될 것이라는 것을 본능적으로 알고 있기 때문일 것이다.

인간에 의해 만들어진 자본은 인간의 매력을 더욱 빛나게 만들기 위해 존재한다고 해도 과언이 아닐 것이다. 결국에 내가 알게 된 것은 사람들은 꾸준히 상대를 끌어당기기 위한 재료를 만들기 위해 노력한다는 것이다. 그것이 돈이 될 수도 있고, 아름다운 육체가 될 수도 있고, 또 어쩌면 노래가 될 수도 있다. 그러나 중요한 것은 우리는 계속해서 주위 사람들에게 '매력적'으로 보이기 위해 노력한다는 것이었다.

매력은 어떻게 보면 우리가 알지 못하는 가장 강력한 힘을 뜻하는 말일지도 모른다. 매력적인 사람은 이성에게 인기가 있으며, 주위 사람들에게 사랑받는다. 더 나아가 사회적으로 성공할 확률도 더 높다. 사람을 계속해서 끌어당길 수 있는 매력의 원리를 이해한다면 스스로 어떻게 미래를 설계할 것인지에도 큰 도움이 되며, 스스로를 계발할 수 있는 다양한 방법들을 구상해 볼 수 있을 것이다. 내가 이 책을 만들기로 결심한 것도 바로 이런 이유에서이다.

　사람들이 지금보다 더 멋진 삶을 영위하고 더 매력적인 사람이 되어 자신이 이루고자 하는 바를 단순히 돈에서 찾지 않기를 바랄 뿐이다. 우리는 더 멋진 사람이 될 자격이 있으며, 더 대접받을 자격이 있는 사람들이다.

　끝으로 멋진 책을 출판할 수 있게 도와준 MAGNIAN 가족분들 모두에게 큰 감사의 인사를 드린다.

공저자 유성훈, 양혜리를 대표하여

이동건 드림

CONTENT

매력, 현실을 이야기하다

01

Magnetism

누군가 매력 있다는 말은, 누군가가 사랑스럽다는 말만큼이나 설명하기 어렵다. 린다 배리 (Lynda Barry)는 사랑에 대해 "사랑은 우리가 기꺼이 피우는 폭발하는 시가(cigar)이다."라고 표현한 적이 있으며, 아리스토텔레스는 "누군가를 사랑한다는 것은 자신을 그와 동일시하는 것이다."라고 사랑을 설명했다. 또한 마거릿 조(Margaret Cho, 조모란, 미국의 희극배우, 패션 ***, 1968. 12. 5.~)는 "사랑은 증오의 소음을 덮어 버리는 쿵쾅대는 큰 북소리다."라는 말은 남긴 적이 있다. 사랑에 대한 해석은 개인마다 모두 다르고, 그에 관한 명언도 굉장히 많다. 많은 사람들은 사랑이 무엇일까에 관해 고민해본 적이 다들 있을 것이다.

그러나 '매력'에 관해서는 남겨져 온 명언이 전혀 없다. 그만큼이나 혹은, 그보다 더 설명하기 어려운 것이 바로 '매력'이라는 존재다. 아무도 매력이 무엇인지에 대해 정확한 정의를 내릴 수 없었다. 매력은 겨우 연애 따위에 이용되는 단어는 아니다. 매력은 한낱 사랑보다는 더 큰 범주에 속해 있다. 매력적인 사람이기 때문에 사랑을 할 수 있는 것이고, 매력적인 사람이기에 주변의 선망을 받을 수 있는 것이고, 매력적인 사람이기에 사회에서 성공할 수 있는 것이다. 매력은 당신 주변의 모든 것과 관계되어 있다. 다만 아직 당신이 모를 뿐이다.

현대인들은 자신의 매력을 찾는 데 소홀하다. 사는 게 힘이 들고 바쁘며, 하루하루 여유가 없다. 그러한 우리 사회의 현실은 매력 계발을 중지하게 만드는 주요한 원인이 된다. 그러나 우리가 확실히 알아야 할 것이 있다. 매력 계발을 멈추는 순간 우리가 원하는 삶은 절대로 우리에게 찾아오지 않는다. 매력적인 사람일수록 원하는 이성, 원하는 삶을 누리기 때문이다.

☌ 외모가 매력의 전부가 아니다

대부분의 남자들은 길을 걷는 도중 발견한 미모의 여성을 다시 한 번 더 보기 위하여 뒤를 돌아본 적이 있다. 대부분의 남자가 그러한 경험이 있을 것이라 확신할 수 있는 이유는 이러한 행동이 사실은 본능적으로 일어나기 때문이다. 그렇다면 여자들은 어떤가? 많은 여자들도 그런 경험을 가지고 있다. 상대를 돌아볼 수밖에 없는 마성의 외모를 가진 사람들. 우리는 그런 사람들을 보고 "매력 있는 사람이군!"이라고 외친다.

많은 사람들은 자신의 외모를 가꾸기 위하여 노력한다. 얼굴뿐만 아니라 헤어스타일, 의류, 신발까지 전부. 확실히 외모가 뛰어난 사람들은 매력적이다. 그러니까 우리는 성형외과에 돈을 투자하고, 헬스장에서 몸매를 만들고, 키 작은 남자는 깔창을, 가슴 작은 여자는 뽕브라를 착용한다.

그런데 우리가 사는 세상에서 만약 저런 외모적 요소들만이 매력의 전부를 차지하고 있었더라면 이미 세상의 모든 인류는 진작 멸종했을지

매력학

도 모른다. 그게 아니라면 정말 외모가 뛰어난 후손들만 남겨져 왔을 것이다. 확실히 길거리나 카페에서 연인들을 관찰해 보면 모든 매력의 전부는 외모에서 나오는 것이 아님을 알 수 있다. 실제로 밖에 나가 보면 선남선녀 커플부터 미녀와 야수 커플, 추남추녀 커플까지 다양한 커플들을 볼 수 있다. 외모가 뛰어나지 않아도 현실에서는 연애를 잘해 나갈 수 있다는 얘기다. 이들에게는 외모란 무기 대신에 무언가 다른 무기가 있는 것이다.

현재 우리는 매력에 대하여 잘못된 사고를 가지고 있다. 매력은 잘생기거나 예쁜 사람 또는 형용할 수 없으며, 알 수 없는 것이라는 생각이 지배적이다. 이러한 현실에 많은 사람들은 자신의 매력을 계발할 생각을 애초에 접어 버린다.

매력은 오직 외모에서만 나오는 것이 아니며, 스스로 매력적인 사람이 되기 위해 노력한다면 누구나 성취할 수 있는 '잠재된 능력'과 같은 것이다.

⚥ 매력은 더 이상 비밀이 아니다

사회적으로 끌리는 사람은 어디에나 항상 있었다. 하지만 사람들은 왜 그들에게 끌리는지 알지 못했다. 이러한 궁금증은 영원히 풀지 못하는 숙제처럼 느껴졌다. 사람들은 그 숙제의 이름을 '매력'이라고 칭했으며, 쉽사리 파고들려고 하지 않았다. 너무 오랜 시간이 흘러 이제는 '매력'이라는 단어를 '끌리는 사람'이라고 단정 지으면 숨겨진 원인들을 바다 깊숙이 묻어 버렸다. 그러나 매력은 언제나 우리 모두에게 존재해 왔다. 그리고 모두가 사용할 수 있게 인류가 태어날 때 같이 부여받았다. 우리 모두는 매력이 무엇인지 알고 있다. 그 근본이 어디서 오는지 알고 있다.

사람들을 본능적으로 끌리게 하는 힘. 그것이 바로 '매력'이다. 매력이 없었다면 우리의 인류는 생존해오지 못했을 것이고, 앞으로의 미래도 없었을 것이다. 사람들은 서로에게 끌리지 않았을 것이고, 우리는 생존하고 자손을 남기지 못했을 것이기 때문이다.

'매력'은 인간을 본능적으로 끌리게 하는 모든 요소들을 포함한다. 이 책에서 그 모든 요소들을 알려줄 것이다. 그러나 한 가지는 알고 있어야 하는 사항이 있다. 인간을 끌리게 하는 요소는 해가 거듭될수록 변하고 있다. 중세시대에는 금을 중히 여겼고, 지금은 돈을 중히 여긴다. 당나라 때는 뚱뚱하고 눈이 작은 여자를 중히 여겼고, 지금은 눈이 크고 날씬한 여자를 중히 여긴다. 이처럼 시대가 변할수록 '매력요소(FORCE)' 또한 지속적으로 변화되고 있는 것이다. 그래서 사람들은 매력의 정체에 관해서 정확히 알지 못했던 것이다. 매일 바뀌는 사람의 마음처럼 '매력' 또한 알 수 없는 존재인 것이다. 대부분의 사람들이 매력을 '표현할 수 없는 힘' 정도로 취급한다. 그로 인해 사람들은 태초에 인간에게 주어진 기본적인 사람을 움직이는 힘 '매력'을 키우고 사용하는 방법을 모르고 있다.

위에서 이야기한 것처럼 매력은 시대가 변함에 따라서 변화한다. 그러나 태초부터 지금까지 절대로 변하지 않았던 인간을 끌리게 하는 '매력요소들이 분명히 존재한다. 물론 이러한 요소들도 몇십만 년이 지나면

매력학

변화할 수 있다. 그러나 아직까지 변하지 않았던 매력요소들은 우리의 매력을 움직이는 근원이며, 우리를 살게 하는 이유이다. 그리고 모두 생존과 번식에 초점이 맞춰져 있다.

인간을 비롯한 모든 동물들은 모두다 본능적으로 매력요소를 얻고 싶어 한다. 매력요소는 우리의 생존과 번식을 안정적으로 만들어 주기 때문이다. 즉 본능인 것이다. 매력을 일으키는 본능은 시대가 변함에 따라 변화할 수 있다. 영원불변하는 매력요소는 존재하지 않는다. 그러나 매력요소들이 생존과 번식 욕구를 충족시켜 준다는 사실은 절대 변하지 않는다.

오늘날 우리는 매력이 절실히 요청되는 시대에 살고 있다. 부드럽고도 치명적인 매력을 쓸 줄 아는 당신은 주변의 모든 사람들을 끌어당기기에 충분하다. 당신이 비로소 매력적인 사람이 되었을 때 이성에게 사랑받는 것뿐만이 아니라 사회적으로 성공할 수 있는 제2의 인생이 시작될 것이다. 이 책의 내용에 빠져들어 당신을 흐르도록 방치하라. 당신은 이 세상의 모든 것이 매력으로 가능하다는 것을 쉽게 깨닫게 될 것이다.

매력(MAGNET)이란?

02

Magnetism

사람들은 흔히 특정한 사람들을 보고 "예쁘다. 잘생겼다. 키 크다. 재밌다" 등등의 말을 한다. 그러나 어떠한 사람들은 특정하게 표출할 수 없는 무언가가 존재할 때 "매력 있다"는 말을 한다. 매력 있는 것, 이것은 과연 무엇을 말하는 것일까? '매력'은 단순히 외모만을 뜻하는 것이라 생각하는 많은 사람들이 있다. 그러나 실제로 매력이라는 것은 우리가 정의할 수 있는 영역이다. 그리고 이것을 정확하게 알게 된다면 보다 쉽게 자신의 매력을 키우는 데 도움이 될 것이다.

매력에 대해서 알고자 할 때 우리는 필수적으로 인간에 대해서 공부해야만 한다. 매력은 인간을 공부하는 학문이다. 물리학, 동물학 등등의 많은 학문이 존재하지만 인간의 본질을 꿰뚫어 본 학문은 아직까지 확실히 정의되지 않았다. 그렇기 때문에 21세기에 들어선 지금까지 매력에 대한 정확한 이해를 하지 못했던 것으로 보인다.

우선 매력을 이해하고자 한다면 필수적으로 인간이 무엇으로 구성되어 있는지 알아야 한다. 인간은 많은 유전자 단위로 구성되어 있다. 그로 인하여 우리는 하나의 '인간'이라는 개체로 생활을 해 나갈 수 있는 것이다.

영국의 동물행동학자·진화생물학자 리처드 도킨스의 저서 『이기적 유전자』에서 "인간의 몸과 마음은 유전자를 보전하기 위해서 태어났다."

고 말했다. 실제로 얼굴이 잘생기거나 키가 큰 것과 같은 모든 성질들은 유전자가 결정하며, 오랫동안 생존하기 유리한 유전자들을 가진 자들은 더욱더 잘 살아남는 경향이 있다. 따라서 인간에게는 유전자를 오랫동안 보전하는 행동과 양식이 발달해 왔다. 이것을 단적으로 보여주는 예는 바로 다윈의 진화론이다.

　매력의 원리를 이해하고자 한다면 모든 것을 있는 그대로 받아들일 준비가 되어 있어야 한다. 확실히 인간은 계속적인 진화 과정을 겪어 왔다. 우리는 더 오랫동안 생존하는 방법과 번식하는 방법을 계속해서 추구해 왔다. 이러한 이유로 오랫동안 안전하게 사는 방법(많은 돈을 벌거나 주위 사람에게 친근하게 대하는 행동 등등)과 잘 번식하는 방법(건강한 정자를 생산하기 위해 운동이나 좋은 음식을 먹는 것 등등)은 인간들에게 계속해서 '매력적으로' 다가오게 된 것이다. 더 간단하게 설명하자면, 매력(MAGNET)은 사람들을 끌리게 하는 힘으로서, 가장 오래 생존할 것 같은 사람 또는 번식을 잘할 것 같은 사람들에게서 나타나는 것이다.

　현대시대에서 '매력자본'이라고 한다면 대부분의 사람들은 외모를 떠올린다. 외모도 사람들에게 매력적으로 작용하는 이유가 존재한다. 외모는 상대의 건강을 나타내 주는 중요한 단서이다. 이러한 단서는 나중에 이어질 자손에 대한 안전성을 보장해 준다. 이것은 결국 매력적으로 사람들에게 다가오게 되는 것이다. 예를 들어 많은 돈을 가진 남자를 좋아하는 여자들의 심리는 그런 남자(자원이 많은 남자)와 함께 있음으로써 얻을 수 있는 경제적, 신체적 안정성에 있다. 예쁜 여자를 얻고 싶어 하는 남자의 심리는 예쁜 여자일수록 더 건강한 자손들을 출산한다고

매력학

믿는 남자들의 깊숙한 심리 저변에 깔려 있는 것이다. 그러나 오직 돈과 외모만이 매력의 전부가 아니다. 많은 생존과 번식 요소들이 사실은 모두 매력(MAGNET)을 불러일으키는 요소들이라고 할 수 있다.

이렇듯 우리는 생존과 번식에 유리한 방식으로 진화해 왔으며, 이러한 매력을 구분하는 행위는 우리의 유전자를 생존시키는 데 큰 역할을 해왔다. 이러한 요소들을 계발해 나갈 때, 또는 과거의 유리한 생존 방식 또는 능력을 가지고 있다는 것을 남들이 알게 됐을 때 사람들은 상대에게 '매력'을 느끼는 것이다. 한마디로 정의하자면 매력이란 "생존과 번식에 도움이 되는 능력이나 성질들"이라 할 수 있다.

매력인간(MAGNIAN)이란?

03

Magnetism

매력인간(MAGNIAN)이란 '매력의 원리를 알고 스스로 매력적인 사람이 되려고 애쓰는 사람들'과 '매력의 원리를 완벽하게 깨우친 사람'이라는 두 가지 의미를 뜻한다. 사람들에게 매력적으로 보이는 방법을 정확히 알고 사용할 줄 알거나 그렇게 되기 위해 노력하는 사람이다. 대부분의 사람들은 매력적이라는 말과 진짜로 매력적인 것이 무엇인지 이론적으로 구분하지 못한다. 이 말은 대부분의 사람들이 감정적으로 매력적인 것을 느끼나 이성적으로 알지 못한다는 것이다.

매력인간(MAGNIAN)은 이러한 방식에서 완전히 탈피한 사람을 뜻한다. 즉, 매력이 어떻게 발생되는지 이해하며, 그것을 몸과 머리로 느끼는 사람인 것이다. 매력을 사용할 줄 아는 매력인간(MAGNIAN)들은 자신이 더욱더 매력적이기 위해서 무슨 매력요소가 필요한지 알고 있으며, 그것을 기르기 위해서는 무엇을 준비해야 하는지 정확히 알고 있다.

예를 들어 자신의 매력요소 중 부족한 부분이 바로 외모에 있다고 정확히 알고 있다면, 우리는 곧바로 자신이 더 매력적이기 위해서 무엇을 해야 하는지 알게 된다. 어쩌면 좋은 헬스장에 등록을 한다거나, 패션 컨설팅을 수강할지도 모른다. 이러한 행동으로 직접 이어짐으로써 자신의 부족했던 부분을 하나하나 메워 나가는 것이다. 그리고 결국에는 한층 더 발전된 자신을 발견하게 되는 것이다.

매력을 연구하면서 알게 된 사실은 매력인간(MAGNIAN)이 되는 순간 사람들의 인생이 변화한다는 것이다. 자신의 매력을 발전시키고자 노력하는 행동은 곧 자기 계발과 자신감으로 이어지고 끝없는 발전의 길로 들어서게 되는 것이다. 실제로 상대를 끌어당기는 힘인 매력(MAGNET)을 얻기 위한 노력이 성공을 가져다 준 경우를 쉽게 찾아볼 수 있다.

마술사 최현우는 한 예능프로그램에서 마술을 배우게 된 계기를 "이성에게 잘 보이고 싶어서 시작했다." (이성에게 잘 보이고 싶어 하는 것은 번식 본능과 큰 관련이 있다.)고 밝힌 바 있고, 우리가 잘 알고 있는 칭기즈 칸은 오직 "잘 먹고 잘살기 위해 노력했다." (생존 본능을 충족시키기 위한 노력과 관련 있다.)는 말로 유명하다. 그들은 본능적으로 자신이 생존과 번식하기 위해 필요한 요소를 알았고, 그것들을 얻기 위해 노력한 것이다.

많은 철학자들이 "나는 왜 사는가?"라는 질문을 꾸준히 던졌다. 매력의 원리에서 밝히는 우리가 사는 이유는 바로 '생존과 번식'을 하기 위함이다. 멋진 차를 사고 싶은 것도 이성을 유혹하고자 하는 이유 또는 자신감을 키워 사람들에게 더 인정받아 편안한 삶을 영위하고 싶어서이다.

매력인간(MAGNIAN)들은 매력의 원리를 정확히 이해하고 자신의 부족한 부분을 채우려 노력한다. 그러한 노력은 결국 자신의 삶을 더욱 윤택하게 만들며, 또한 자신의 매력들을 남들보다 더 멋지게 표현할 수 있게 만든다. 주위 사람들은 그들에게 알 수 없이 끌리게 되는 것이다. 한마디로 자석처럼 끌리는 사람이다.

매력학

이렇듯 매력인간(MAGNIAN)은 많은 사람들에게 매력적으로 작용하며, 많은 사람들이 그들에게 호감을 갖는다. 이는 곧 자신의 삶을 발견한다는 의미로, 자신의 인생을 개척하고 자신의 주위 환경을 마음대로 주무를 수 있는 힘을 가지게 된다는 것을 뜻한다. 많은 사람들이 매력인간(MAGNIAN)이게 호감을 느낌으로써, 매력인간(MAGNIAN)들은 그러한 사람들과 함께 자신이 원하는 꿈을 이뤄 나갈 수 있게 되는 것이다.

매력인물전

04

Magnetism

1. 매력인물: 유재석

　대한민국에서 안티 없는 연예인을 말하라면 당연 '유재석'을 꼽을 것이다. 유재석을 싫어하는 사람이 없다는 것은 무엇을 뜻하는 것일까? 그가 매력적이지 않다는 것일까? 만약 그렇다면 TV에서 그의 얼굴을 볼 수 없어야 정상일 것이다. 그러나 최근 몇 년간 많은 프로그램에서 그의 얼굴을 볼 수 있었으며, 심지어 몇몇 PD(Product Director)들은 그를 흥행 제조기라 부르며 많은 돈을 주고 자신의 프로그램의 메인 MC 자리를 맡긴다. 지금의 유재석은 그야말로 누구나 알 만한 '매력인간'이 된 것이다.

　매력적인 인간이 되기란 그렇게 생각처럼 쉬운 것이 아니다. 대부분의 사람들은 매력적인 인간이 되기 위해서 많은 노력을 실천하고 있다. 그러나 이것이 단순한 노력으로만 이루어질 수 있다면, 그 누구에게도 꿈꾸고 싶은 미래가 되지 않았을 것이다. 이만큼 '매력인간(MAGNIAN)'이 되는 것은 어렵다는 것을 뜻한다.

　그렇다면 어떻게 유재석은 이러한 매력들을 사람들에게 어필할 수 있었던 것일까? 단순히 그가 말을 잘하기 때문일 것이라 생각했다면 그것은 큰 오산이라고 말할 수 있다. 단순히 말만 잘하는 것만으로는 대한민국의 대표 매력 MC가 될 수 없다. 세상에 말을 잘하는 사람들은 많이 있다. 그러나 우리는 그들을 '매력인간(MAGNIAN)'이 아닌 '말 잘하는 사람'으로 취급한다. 아마 말을 잘하는 것은 한 가지 매력요소로 작용한다고 말할 수 있을 것이다.

그러나 실제적으로 말만으로 사람들에게 완벽한 매력을 얻어 낼 수는 없다. 우리가 알고 있는 유재석에게는 사람들이 알지 못하는 많은 매력적인 요소들이 숨어 있다. 우리가 흔히 알고 있는 그러한 매력요소일 수도 있고, 어쩌면 평생 처음 들어보는 매력요소일 수도 있을 것이다. 그러나 분명한 것은 이러한 요소들은 사람들의 본능을 움직이며, 사람들의 행동을 바꾼다는 것이다.

그렇다면 과연 유재석이 가지고 있었던 이러한 매력요소들은 무엇이었을지 지금부터 이야기를 나눠 보도록 하자. 일단 먼저 유재석의 어린 시절을 자세히 들여다보면 그가 지금과 같지 않았다는 것을 알 수 있다. 그의 처음 데뷔 시절을 기억하는 사람이라면, 아마 그가 어떤 사람이었는지 정확하게 기억하고 있을 것이다. 그는 그냥 한 명의 개그맨일 뿐이었다. 그는 왜소한 몸을 지녔으며, 촐싹대기 일쑤였다. 그가 매력적이지 않았던 이유를 설명하자면 몇 가지로 추측할 수 있다.

1. 육체적 매력이 없었다.
2. 유머 감각이 부족했다.
3. 자원이 없었다.

매력학

첫째, 유재석에게는 육체적 매력이 없었다. 여기서 말하는 육체적 매력은 호감이 가는 외모나 넓은 어깨, 날렵한 근육과 같은 것들로 첫눈에 보이는 매력적 요소들을 의미한다. 그의 얼굴의 핵심적으로 돌출된 구강은 다른 연예인에 비해 상대적으로 매력적이지 않은 평가를 받았으며, 그의 20대를 보면 엉성하게 기른 머리를 넘겨 이마를 드러내고 은색 얇은 테의 안경을 착용한 마르고 연약해 보이는 남자였다. 누가 보더라도 그에게서 육체적 매력을 느낄 만한 요소가 없었다고 말할 수 있다. 이러한 이유들로 그의 20대의 육체적인 매력이 전혀 보이지 않았다고 할 수 있다.

둘째, 유재석에게는 유머 감각이 없었다. 지금의 화려한 언변술로 만인에게 웃음을 선사하는 유재석을 보고 있는 시청자라면 아마 이 말에 큰 공감을 하지 못할 것이다. 그러나 실제로 20대 때의 유재석의 개그 스타일은 기존의 대화를 통해 재미있는 요소를 이끌어 내는 개그가 아닌 슬랩스틱코미디(slapstick comedy)였다. 그 당시에 개그라는 것이 심형래를 중심으로 돌아갔기 때문에 대부분의 개그맨들이 슬랩스틱코미디(slapstick comedy)를 선호했던 것이다. 이것은 몸 개그에 의존하는 개그인데, 이러한 것은 허약하게만 보이는 유재석에게는 가혹한 것이었다. 그러므로 자신이 가지고 있는 언변 능력을 사용할 기회가 적었기에 실제적으로 대중들은 그를 눈여겨보지 않았던 것이다.

셋째, 유재석에게는 자원이 없었다. 대부분의 20대에게는 많은 자원이 주어지지 않는다. 그 이유는 자원에 접근할 수 있는 능력과 사회적 위치가 협소하기 때문으로 보인다. 그러므로 타고난 배경이 20대까지는 그들의 자원을 결정한다고 할 수 있는 것이다. 이러한 면으로 보았을 때 유재석의 경우는 확실히 가난한 위치에 있었다고 보인다. 한 인터뷰에서

유재석은 자신의 집안에 관한 일화를 말했는데 그 속에서 그의 가정 형편을 엿볼 수 있다

「초등학교 6학년 때 나는 반장이 되었다. 그 당시 반장의 어머니들은 선생님을 만나면서 간단한 선물을 해야 했고, 육성회비 기부도 해야 했다. 어머니에게는 그 사실이 부담스러웠던 것이다. 당시 체신부 공무원이던 아버지의 수입은 그리 넉넉한 편이 아니었다. 그렇다고 뇌물 따위는 거들떠보지도 않는 아버지에게 부수입이 있을 리 없었다.……그 뒤부터 나는 어머니를 학교에서 자주 마주쳤다. 학교 화단과 교문 앞을 말끔하게 청소하시는 어머니의 모습을. "엄마가 왜 학교 청소를 해?" 하는 내 물음에 어머니는 웃으며 "응. 우리 재석이가 반장이 됐으니까 엄마도 학교를 위해 뭔가 도움이 되고 싶어서……."라고 말씀하셨다. 나중에서야 나는 어머니가 기부금을 낼 형편이 되지 않아 청소하는 것으로 대신하셨다는 사실을 알았다. 그 사실을 알고는 얼마나 울었는지 모른다.」

위에서 볼 수 있듯이 유재석은 가난한 유년 시절과 청년 시절을 보냈다. 사실 가난하다는 것은 인간의 의지와 상관없이 밖으로 드러나게 된다. 20대의 유재석은 옷 하나를 사더라도 멋이 아닌 실용을 따져야 했기 때문이다. 밥 한 끼를 먹어도 영양보단 포만감을 따졌기 때문이다. 사람들은 본능적으로 자원이 많은 사람에게 매력을 느낀다. 그 이유는 원시시대부터 자원을 많이 가진 사람들과 친해졌을 때 상대적으로 그렇지 못한 사람들과 친해졌을 때보다 많은 이득이 있었기 때문이다. 이러한 몇 가지 이유들로 20대의 유재석은 실패와 고난 속에서 하루하루를 보

매력학

내야만 했을 것이다. 그러나 지금은 완전히 달라진 유재석으로 많은 사람들에게 사랑을 받고 있다. 어떻게 이러한 일이 가능한 것일까?

이 모든 것들의 비밀은 바로 유재석의 자기 계발 안에 들어 있다. 다소 뻔하게 들릴 수 있다. 그러나 단언컨대 만약 그에게 자기 스스로를 계발하는 행동이 없었다면 그는 결코 지금처럼 '매력인간'으로 사람들 앞에서 많은 사랑을 받지 못했을 것이다. 그가 어떠한 자기 계발을 했기에 이처럼 매력적일 수 있었는지 지금부터 하나하나 알아보자.

⚣ 첫째, 나이가 듦에 따라서 어쩔 수 없이 해야 했던 운동

〈무한도전〉에서 그는 사람들에게 더 많은 재미를 주기 위해 체력을 길러야 했고, 그래서 헬스를 시작했다고 말했다. 사실 이것은 그의 약점이었던 육체적인 매력(Force)을 상승시키고 보완해준 효과를 가져다주었다. 사람들은 본능적으로 매력적인 신체를 가진 사람들에게 끌린다. 예로부터 강한 육체를 가진 사람들은 일반적으로 주위에 많은 도움을 제공할 수 있었다. 그들은 다른 사람보다 더 많은 시간 사냥을 했으며, 더 많은 사냥물들을 얻을 수 있었다. 이것은 남녀 모두에게 큰 매력으로 다가왔다.

남성의 경우는 육체적으로 우월한 사람과 같이 사냥을 함으로써 더 효율적이며 더 큰 사냥감을 사냥할 수 있었다. 여자는 강한 육체를 지닌 남자와 결혼함으로써 지속적인 음식을 공급받을 수 있었다. 이러한 이유로 남자든 여자든 매력적인 신체를 가진 사람들을 보면 더 긍정적인 생각을 하게 되는 것이다. 그들은 일반적인 남자들이 하지 못하는 일까지 척척 해낼 것처럼 보이기 때문이다.

20대의 유재석의 몸을 보면 근육 하나 없이 말랐거나, 아니면 직장인처럼 펑퍼짐한 몸이었다. 만약 아직도 그의 몸이 20대의 그러한 몸이었다면, 지금처럼 많은 사람들이 그를 존경하고 매력적으로 여기지 않았을 것이다. 그리고 거기에 더하여 유재석의 패션의 발전도 육체적 매력을 돋보이는 역할을 했다고 할 수 있다. 사실 매력적이기 위해서 외모를 가꾸는 건 필수라고 하겠다. 패션은 육체적 매력(FORCE)을 더욱 빛나게 해 주거나, 육체적 결점을 커버해 줌으로써 사람의 신체를 더 멋지게 만들어 준다.

그의 얼굴을 예로 들면, 사실 20대의 유재석과 40대의 유재석의 얼굴에서 크게 달라진 것을 찾을 수 없다. 그러나 신기하게도 사람들은 그가 전보다 더 잘생겨졌고 더 멋져지고 있다고 말한다. 이러한 이유는 바로 패션이라 할 수 있다. 사실 가난한 사람들은 좋은 옷을 살 수 없으며, 남들처럼 새로운 시도도 할 수 없다. 주어진 환경에 최선의 선택을 해야만 했기 때문이다.

그의 20대의 사진들을 보면 그 당시에서조차 매력적이지 않은 옷차림임을 알 수 있다. 연예인이 유명해지기 전까지는 대부분 자신의 사비로 옷을 구입한다. 20대의 유재석의 경우는 인기가 없었기에 협찬조차 받을 수 없었다. 좋은 옷으로 멋진 패션을 구사하기 위해서는 기본적인 자원이 따라 줘야 한다. 그러나 그에게는 그러한 자원이 없었다. 덕분에 어울리지 않는 패션을 하고 다닌 것이다. 양복 한 벌을 사더라도 어느 행사에도 입고 나갈 수 있게끔 가장 실용적인 것을 샀던 것이다. 그러나 지금은 어느 정도 자신의 입지를 굳혀 나가면서 조금씩 협찬도 들어오고, 또 그 나름대로 패션에 신경을 쓸 수 있을 정도의 자본적 여건이 형

매력학

성되면서 그의 외모는 많은 변화를 가져온다. 즉 자신의 육체적 매력을 더 돋보일 수 있게 된 것이다.

☿ 둘째, 정확한 유머

사실 개그맨이라고 해서 모두 유머를 잘 구사하는 것이 아니다. 유머를 잘 구사하는 경우는 극히 소수이며, 대부분 극단적인 코미디를 선보이는 경우가 대부분이다. 그러한 면에서 유재석도 크게 다를 바가 없었다. 그의 20대 때의 코미디들을 보면 탈을 쓰고 나온다거나 맞는다거나 하는 식의 슬랩스틱코미디(slapstick comedy)를 선호했다. 당시의 상황을 고려할 때 가장 맞는 선택이었다고 할 수 있다. 그러나 여기서 멈추지 않고 계속적인 노력으로 그는 자신만의 유머를 가지게 된 것이다. 지금의 그는 완벽한 유머를 구사하며, 행동보다는 조용조용 상황을 이끌어 나가는 방식을 선호한다. 그의 유머 스킬을 설명하면 이렇다,

1. 상대의 특징을 간파하는 능력: 자신 주위의 동료에게 별명을 지어 준다. 특징을 정확히 파악하여 유머를 구사한다.
2. 보디랭귀지를 정확히 파악함: 남자는 흔히 알 수 없는 완벽한 보디랭귀지 캐치 능력을 지녔다. 상대의 감정을 읽고 유머를 구사한다.
3. 사람을 대하기 전 사전 조사함: 사람들을 사전에 조사하여 더욱 편하게 유머를 구사한다.
4. 상대의 입장에서 생각함: 정확한 상대의 입장을 알고 있으므로 과하지도 그렇다고 덜하지도 않는 유머를 구사한다.

아처럼 그의 유머는 사람들의 기분을 상하게 하지도 않으며, 오히려 정확하게 유머를 구사함으로써 상대에게 호감을 산다.

☿ 셋째, 좋은 재정적 전망

그는 현재 많은 자원과 좋은 재정적 전망(FORCE)을 가지고 있다. 일반적으로 자원과 재정적 전망은 분리되어 있는 영역이라 생각하기 쉽다. 그러나 지금 가진 자원이나 미래에 얻어질 자원에 대한 생각은 동일한 것으로 보인다. 대부분의 20대에게는 자원에 대한 큰 접근력이 부족하다. 많은 자원을 가진 것도 아니다. 그럼에도 많은 사람들이 20대 남성에게 매력을 느끼는 이유는 그들이 가진 '가능성'을 보기 때문이다. '가능성'은 곧 좋은 재정적 전망으로 연결되기 때문이다. 뛰어난 지식을 가지고 있거나, 강한 열정을 가진 것도 사실은 '가능성'의 한 축이라고 볼 수 있다.

유재석의 경우는 '지식'들이 바로 그것이다. 일반적으로 40대의 어느 정도 성공한 사람들은 자신과 관련된 분야의 많은 지식을 가지고 하루하루를 살아간다. 그렇기에 재정적 전망이 좋은 것이 아니라, 현재의 자원을 많이 모을 수 있는 것이다. 그러나 유재석은 단순히 유머 또는 연예계와 관련된 지식뿐 아니라 더 많은 해박한 지식을 가지고 있는 것처럼 보인다. 이는 명백히 상대방에게 그의 미래를 보여주는데, 지식이 많은 사람들은 장래에 더 대성할 수 있는 확률이 있기 때문이다. 많은 대한민국 시청자들이 유재석에게 더 끌리는 이유가 바로 그의 지식, 즉 좋

매력학

은 재정적 전망을 보았기 때문이라 할 수 있다. 내일 무너져 내릴 사람이 아닌 다음에도 다른 무언가로 자원을 모을 사람처럼 보이는 것이다.

＊⚤ 넷째, 이타성

확실히 TV 속에서 나오는 모습과 그의 지인들이 하는 이야기를 들어보면, 이러한 그의 매력요소는 20대에도 가지고 있었던 것으로 판단된다. 그러나 성공하기 전의 유재석은 대중들에게 주목을 받지 못했다. 이러한 이유로 대중은 그의 '이타성'을 제대로 관찰하지 않았다. 또한 사람들은 유재석의 사생활에 신경을 쓰지 않았던 것이다. 시간이 지나면서 유재석의 명성이 올라가게 됨으로써 그의 바른 행실과 남을 돕는 자세를 많은 기사에서 볼 수 있다.

여기서 주목해야 할 점은, 대부분의 기사는 의도적인 것이 아닌 우연치 않게 사람들에게서 발견된 것들이다. 그가 다른 사람을 그렇게 남몰래 돕는다는 것은 대중들에게 상당히 매력적이다. 그 이유는 '이타성'이 강한 사람일수록 자신을 도와줄 확률이 높기 때문이다. 곧 그가 나를 도울 수도 있다는 의미가 내포되어 있다. 이는 시청자가 상당히 매력적으로 느낄 만한 요소이다. 연예인이라고 남들 앞에서 거들먹대는 게 아니라 나를 도와줄 수도 있는 것이다.

위의 네 가지의 매력요소들로 유재석은 지금처럼 많은 사람들에게 사랑받는 매력인간(MAGNIAN)이 될 수 있었던 것이다.

2. 지드래곤

지드래곤 역시 대한민국의 대표 매력 아이콘이라고 할 수 있다. 지드래곤의 본명은 권지용. 아직 20대 중반이라는 나이가 무색할 만큼 큰 성공을 이뤄 낸 그는 전 세계적으로 유명한 패션 아이콘으로도 평판이 자자하다. 대부분 그의 매력 포인트는 '뛰어난 패션 감각'이라고 말한다. 그러면 패션 이외의 것은 그를 매력적으로 만들지 못하는 것일까? 아니다. 그는 분명 대한민국의 청춘 남녀의 가슴속에 매력 향기를 심어 놓을 정도의 또 다른 무언가를 가지고 있다.

2001년도에 데뷔한 그는 어린 나이에도 불구하고 꾸준한 성실성과 천재적인 재능으로 주위의 시선을 끌었다. 빅뱅으로 데뷔하기 이전부터 주위 사람들에게 사랑을 받았으며, 빅뱅으로 데뷔한 후에도 많은 사람들은 그에게 매력 향기를 느끼며 팬임을 자처한다. 그가 어린 시절에도 놀라운 매력쟁이일 수 있었던 이유는 몇 가지로 추릴 수 있을 것이다. 지드래곤은 어릴 적에도 놀라운 매력이 있었던 것으로 평가되는 것이다.

매력학

✱♋ 첫째, 좋은 재정적 전망

그는 어려서부터 남들에게 없는 재능이 있었다. 그는 노래와 춤에 소질이 있었기 때문이다. 어린 나이에 이 정도의 재능을 가지는 것만으로도 주변인들에게 사랑을 독차지하기엔 충분하다. 소위 말해 '영재'에 큰 의미를 부여하는 한국에서 어쩌면 이것은 당연한 결과라고 할 수 있을 것이다. 그러나 아쉬운 것은 뛰어난 전망을 보여주긴 했지만, 나이가 너무 어렸기에 한국에서 매력적 인물로 이름을 올리기엔 아기들의 재능에 불과한 것이었다는 것이다.

✱♋ 둘째, 사회적 지위

그의 어린 시절을 보면 '꼬마 룰라'라는 이름 아래서 많은 유명인들과 사진을 찍었다는 것을 알 수 있다. 이것은 어린아이가 가질 수 있는 굉장한 지위를 나타내는데, 아이가 이렇게 많은 유명인을 만나고 다녔다면 주위 사람들에게 큰 매력으로 작용했을 것임은 틀림이 없다. 유명인과의 인맥 관계는 곧 그 자신도 그들과 같은 지위에 설 수 있는 '가능성'을 내포하고 있다. 그러나 이것을 전국적으로 알리기엔 그의 나이가 너무 어렸다. 그는 주위 사람에게 매력적일 뿐 대중에게까지 매력적일 수는 없었던 것이다.

위와 같은 두 가지 이유로 어릴 적 지드래곤은 주위 사람들에게 사랑을 독차지했을지도 모른다. 그러나 어린 시절의 매력이 평생 동안 지속되는 것은 아니다. 꾸준한 노력으로 매력요소들을 증가시키며 가지고 있는 매력요소를 성장시켜야만 더 큰 매력쟁이가 될 수 있는 것이다. 그러한 면에서 지드래곤은 아주 성공적인 케이스라고 평가된다. 지드래곤은 데뷔 후부터 지속적으로 성장한 케이스이기 때문이다. 많은 연예인들은 중간 중간 안 좋은 사건이나, 알 수 없는 이유로 유명세를 잃거나 사라지기 마련이다. 그러나 지드래곤의 경우는 계속해서 성장하고 있다. 다른 연예인들처럼 암울한 과거가 딱히 존재하지 않는 까닭이다.

유재석의 경우는 확실히 비교할 만한 데뷔 후의 과거와 현재가 있었다. 과거에는 유명하지 않았다가 지금은 매력적 인물이 된 것이다. 그러나 지드래곤은 다르다. 그가 빅뱅으로 데뷔한 이후, 그는 자신의 꾸준한 노력으로 계속해서 성장세를 이어가고 있다. 그리고 지금은 대한민국 '매력' 아이콘의 하나로 자리 잡게 된 것이다. 그는 데뷔 이후 매력 형성에 실패하지 않는 길을 계속해서 걸어오게 된다. 그가 실패하지 않는 매력 아이콘으로 자리 잡을 수 있었던 이유는 지속적인 자기 계발에 있다.

☿ 첫째, 육체적 매력

육체적 매력을 흔히들 단순히 '육체'라고만 생각할 수 있다. 육체적 매력은 육체를 멋지게 보일 수 있는 모든 것들을 나타낸다. 가령 근육질의 몸매를 가지고 있지 않아도 자신의 몸을 화려하고 멋지게 치장할 수 있는 패션 스타일이 있다면 이러한 것들을 보완할 수 있다. 좋은 피부를 갖지 않았다고 하더라도 이론 습득과 노력으로 이루어질 수 있는 화장

매력학

지식이 있다면 이것 또한 보완할 수 있다. 지드래곤은 확실히 강한 육체를 가진 사람처럼은 보이지 않지만, 자신의 육체를 남들보다 더 화려하고 멋지고 건강하게 꾸밀 수 있는 사람임은 분명하다.

모두가 알다시피 그는 뛰어난 패션 감각을 지니고 있다. 그의 뛰어난 패션 감각은 많은 사람을 놀라게 하는 데 충분하다. 심지어 유명한 패션 디자이너들은 그에게 자신이 직접 디자인한 옷을 선물로 주기도 한다. 그러면 과연 그의 패션 감각은 원래부터 뛰어난 것이었을까? 그의 데뷔 초기에 그의 패션은 그렇게 큰 주목을 받지 못한 것으로 알려져 있다. 그의 패션은 곧 '빅뱅 패션'이라는 수식어가 달려 있었기 때문이다. 그러나 데뷔 년도가 지날수록 사람들은 '빅뱅 패션'에서도 '지드래곤 패션'을 따로 빼서 생각하는 경향이 두드러지게 나타나기 시작한다. 지속적인 자신만의 스타일을 연출하는 그에게 어찌 보면 이러한 타이틀은 당연한 것으로 보인다.

이처럼 그는 스스로 자신만의 독창적인 패션 세계를 점령해 버린 것이다. 거기에 그는 뛰어난 헤어 감각까지 더해져서 그의 육체적 매력이 기존의 사람들보다 빛나기 시작한 것이다. 실제적으로 지금의 지드래곤은 시대에 호응하는 최신 패션이 아닌 시대를 이끌어 가는 선진 패션을 구사하고 있을 정도니까 말이다.

거기에 사실 그의 그루밍 스킬이 더해져서 더욱더 섹시한 육체적 매력을 선보이게 된 것이다. 매력학적으로 보았을 때 사람들이 그에게 첫눈에 호감을 보이는 이유는 모두 그의 뛰어난 패션과 헤어 그리고 그루밍 덕분이라고 할 수 있다. 그러나 이러한 육체적 매력만으로 그가 이렇게 장수하는 매력쟁이가 될 수는 없었을 것이다.

☿ 둘째, 재정적 전망

재정적 전망은 현재의 가진 자원도 될 수 있으며, 앞으로 얻을 자원도 될 수 있다. 일반적으로 가진 지식이 많거나 경험이 많을수록 재정적인 전망치가 올라간다. 미래의 많은 부를 얻을 수 있으리라 예상되는 사람은 현재의 많은 자원을 가진 사람처럼 매력적인 사람으로 사람들의 뇌 속에 각인된다.

사실 지드래곤이 사람들에게 매력적일 수 있었던 이유 중 또 하나는 바로 그의 재정적 전망이다. 현재 그는 왕성한 활동으로 해외를 돌아다니고 있다. 그의 수입은 일반인에 비해 많을뿐더러, 앞으로 그는 많은 자원을 획득할 가능성이 있다고 평가된다.

그 이유는 첫째, 그가 가지고 있는 음악적 재능이다. 아마 대중매체를 통해서 많은 사람들이 그의 저작권료에 관한 이야기를 들어왔으리라 생각된다. 빅뱅의 같은 멤버 승리가 나온 한 프로그램에서 지드래곤의 저작권에 대한 이야기를 함으로써 밝혀진 사실로, 네티즌의 의견으로는 그는 매달 가만히 저작권료만 받아도 수입이 2억은 넘을 것이라는 전망이다. 둘째, 실제적으로 지드래곤은 YG에서 큰 실력을 행사하면서 작품 활동을 하고 있다. 그의 뒤에는 대한민국의 3대 엔터테인먼트라 불리는 YG가 존재한다.

이러한 이유로 그의 미래는 사실적으로 더욱 밝다고 전망된다. 이러한 전망은 남녀노소 누구나 지드래곤과 친해지고 싶은 사람이라는 인상을 남긴다. 지드래곤에게 호의적이면 무언가 큰 이득이 발생될 것 같은 기분이 든다는 것이다.

매력학

♂ 셋째, 사회적 지위

그는 유명 인사들과 굉장히 자주 사진을 찍어서 대중매체에 전달한다. 윌 스미스, 저스틴 비버, 미즈하라 키코, 조단 던 등 국제적인 인맥이 바로 그것이다. 중요한 것은 그는 일반적인 한국인이 아닌 외국의 유명 인사들과 만나는 사진을 특히 많이 올린다는 것이다. 사회적 지위를 알리는 방법을 정확히 알고 있는 것이다. 일반적인 한국인 유명 인사는 그를 단순히 '한국적 유명인'에 국한시킬 수 있다. 그러나 그는 오히려 외국인 유명 인사들과 함께 한 사진들을 세상에 알림으로써 미국과 일본 유럽 등지의 팬들조차 부러워하는 '인맥' 라인을 창조해 버린 것이다. 이는 큰 효과가 있다. 일반적으로 자신이 가진 지위보다 높은 사람과 '인맥'을 형성하고 있을 시에는 그들의 사회적 지위 영역까지도 진출할 수 있는 가능성을 가지게 된다.

외국 활동을 다른 유명 아이돌보다 더 많이 하는 것도 아닌데 지드래곤이 어떻게 전 세계 각지의 많은 사람들에게 사랑받을 수 있는지는 바로 이러한 사진에서 찾아 볼 수 있다. 사람들은 그의 얼굴을 자신이 아는 사람 옆에서 찾아볼 수 있다. 매일 뉴스에 자신이 알고 있는 유명인이 한국에 유명한 한 남자와 사진을 찍고 있는 것을 보는 것이다. 간단히 생각해보면 알 수 있다. 내가 미국인인데 어느 날 인터넷에 윌 스미스랑 사진 찍은 한국인이 나왔다면 그가 누구인지도 찾아보게 될 것이다.

여기에 한 가지 더 그의 뛰어난 재주를 알려주겠다. 사실 지드래곤의 지위는 '가수, 프로듀서' 정도이다. 이 지위는 사장을 능가할 수 없으며, 정부인들보다는 약간 낮은 지위라는 사실이다. 그러나 그는 이러한 모든 것들을(그러니까 지위가 낮다) 덮어 버릴 수 있는 전략인 '낭비의 신호'를 사용할 줄 아는 것이다.

낭비의 신호는 일반적으로 지위가 높은 사람들(CEO, 사회 지배층)이 많은 여자들 사이에 둘러싸이는 것을 의미하는데 지드래곤의 앨범 사진 또는 화보 사진들을 보면 의도적으로 이렇게 많은 여성들 사이의 한 남자라는 이미지를 만들어 내는 것을 볼 수 있다. 정부 고위 관계자나 대기업 회장들이 많은 파티에서 본의 아니게 많은 여자들 사이에 둘러싸이게 되는 것을 흉내 낸 것이다. 이것은 강한 메시지를 전달한다. "나는 여기서 가장 지위가 높아."

지드래곤의 전략은 정확히 먹혀 들어가는 것이고, 많은 남성들의 마음속에 지드래곤처럼 살고 싶다는 생각을 심어 주는 것이다, 또한 여성의 경우는 지드래곤을 최종으로 정복하는 여자가 되고 싶다는 생각을 가지게 만드는 것이다. 사람들은 그가 가수라는 사실을 잊고 최고의 지위에 있는 한 남자로 착각하게 되는 것이다.

♂ 넷째, 유머

지드래곤은 사실 위의 세 가지만을 가지고도 매력 장수할 수 있는 능력을 가지고 있다. 그러나 그는 그것에서 만족하지 않는다. 많은 사람이 지각하지 못하고 있지만, 지드래곤은 웃긴 사람이 아니다. 누가 봐도 웃긴 말을 잘한다거나 하는 느낌을 주진 않으니까 말이다. 그러나 앞서 말했다시피, 지드래곤은 뛰어난 전략가이다. 중요한 건 그는 전략적으로 유머 요소를 계속해서 사람들에게 상기시켜 주고 있다는 것이다. 최근

매력학

에 〈무한도전〉에 지속적으로 출연함으로써 그는 사람들에게 '유머'의 이미지를 심어주고 있다.

사실 대중은 멍청하지 않다. 아무리 유머러스한 이미지를 조장한다고 해도 사람들은 쉽게 이것에 넘어가지 않는다. 그럼에도 불구하고 사람들은 지드래곤을 유머러스한 이미지로 생각한다. 재미있고 재치 있는 사람으로 여기는 것이다. 그 이유는 사실 그의 창의성에서 찾아 볼 수 있다. 많은 사람들이 그의 뛰어난 가사 능력과 작곡 능력에 토를 달지 않는다. 참신한 그의 사진들에 우리는 절대로 토를 달지 않는다. 그것은 그가 창의적이라는 것을 입증해 주는 결과라고 할 수 있다.

유머를 구사함에 있어서 창의성은 필수적인 것이다. 그를 보면 몇몇 예능 프로그램에 나와서 웃기는 대화를 하진 않지만 사람들이 느낄 수 있는 창의적인 표현이나 발상을 보여준다. 이것은 사람들로 하여금 그에게 '유머' 요소가 숨어 있다고 착각하게 만든다. 사람들은 바보가 아니라서 오히려 추리하는 것을 좋아한다. 사실은 그러한 심리를 정확하게 이용하고 있는 것이다. 만약 그가 일 년에 한 번씩 유명 쇼프로그램에 얼굴을 비치는 이러한 전략을 계속 시도한다면, 40대까지는 매력적인 인물로 장수하는 데 전혀 걱정이 없으리라 장담한다.

다섯째, 용감성

이것이 바로 귀여운 얼굴과 왜소한 체구를 확실하게 대중들의 뇌에서 씻겨내버리는 전략이다. 사실 이것은 전략이 아닌 그가 진짜 가지고 있는 Force라고 생각이 든다. 남자에게 용감성이란 그렇게 쉽게 나오는 것이 아니다. 그러나 그는 정말 의외로 이렇게 강한 요소를 가지고 있다.

그의 공연에서 볼 수 있듯이 지드래곤은 다른 사람들이 하지 않는 용감한 시도를 꾸준히 진행한다. 그가 단순히 아티스트여서가 아니라, 그는 사람들이 알면서 쉽게 건들지 못하는 부분을 싹싹 건들고 있다는 것이다. 사람들이 모르는 것을 하는 것은 창조적인 것이나 아는 것을 하는 것은 용감한 것이다. 그는 계속적으로 이렇게 무언가 도전하고 용감하게 다가섬으로써 사람들에게 감탄을 일으키게 만드는 것이다. 이것은 특히나 한국 사회에서는 굉장한 매력요소라고 할 수 있다. 보수적인 사회에서 무언가에 계속적으로 용감하게 시도한다는 것은 어찌 보면 가장 어려운 일일 수 있기 때문이다.

이러한 다섯 가지 이유로 지드래곤은 앞으로도 매력인간(MAGNIAN)으로서 대중들의 많은 사랑을 받을 것이라 예상되는 바이다.

매력학

3. 카사노바

전 세계 남자들 중 카사노바를 모르는 남자가 몇이나 될까? 카사노바
는 모든 남자들의 롤모델(Role-model)이자 이상형 그 자체라고 할 수 있
다. 그에 대한 많은 소문만 듣더라도 그가 어떤 사람이었는지 알 수 있
다. 그는 많은 여성을 아주 섹시하게 유혹한 역사상 가장 유명한 유혹
자이다. 모든 남자들의 마음 깊숙한 곳에는 이성에 대한 강한 열망이 자
리 잡고 있다. 그 열망은 단순히 이성을 얻고자 하는 것을 넘어서, 남들
보다 많은 이성을 얻는 것에 초점이 맞춰져 있다. 카사노바는 이러한 욕
망을 가장 매력 있게 이뤄 낸 최초의 인물일 것이다.

현재의 많은 남자들은 한 번쯤 카사노바가 되어 많은 여성들과 사랑
에 빠지는 생각을 해 본다. 일개 유럽의 민간인이었던 카사노바를 왜 당
시 사람들이 그렇게 좋아했던 것일까? 왜 현재도 이렇게 많은 사람들이
그를 동경하며 사랑하고, 매력을 느끼는 것일까? 왜 이런 민간인 한 명
을 주제로 한 영화와 드라마가 만들어지고 있는 것일까?

그의 매력을 하나하나 분석해 보면 앞서 말한 두 사람보다 더 많은 것

을 가지고 있음을 알게 된다. 그럼 지금부터 그가 가진 매력요소들을 하나하나 분석해 보며 이야기를 나눠 보도록 하자. 그는 역사적인 그 어떤 인물들보다 많은 매력요소를 가졌던 것으로 추정된다.

첫째, 재정적 전망
둘째, 육체적 매력
셋째, 사회적 지위
넷째, 유사함
다섯째, 용감성과 실행력
여섯째, 진실성과 신뢰성

☿ 첫째, 재정적 전망

그의 재정적 전망을 보여주는 요소는 그가 가지고 있던 직업 목록들을 보면 쉽게 알 수 있다. 작가, 시인, 소설가, 외교관, 재무관, 스파이, 의사, 변호사, 바이올리니스트, 격투가, 역사가, 마술사, 엔지니어 등의 직업들을 가지고 있었을 정도로 많은 재능을 가지고 있었다. 일반적으로 현시대의 한 사람조차 가질 수 없는 양의 재능을 가지고 있었던 것으로 판단된다. 아마 당시에 이 정도의 많은 재능을 가졌다면, 남들보다 더 높은 재정적 전망과 자원을 가지고 있었을 확률이 높을 것이다.

많은 여성뿐 아니라 많은 남자들 역시 그의 이런 재능들을 보며 그에게 매력을 느꼈을 것임은 자명한 일이다. 어디를 가도 살아남을 수 있는

매력학

재능을 지닌 카사노바는 여성들에게는 완벽한 안정감을 선사했으며, 남성들에게는 함께 일하고 싶은 카리스마를 보여주었을 것으로 생각된다. 재정적 전망이 뛰어나다는 것은 계속적으로 자기 계발을 했다는 증거이므로 그의 생활 역시 짐작해 볼 수 있다. 그는 그 누구보다 성실하며, 열심히 자신의 일이 몰두했을 것이다.

⚤ 둘째, 육체적 매력

그는 항상 시대를 선도하는 패션에 도전하였다고 한다. 특히 그는 영국의 버버리 등에서 쓰이는 체크무늬 패턴을 세계에서 처음으로 옷에 사용한 것으로 유명하다. 이러한 도전은 곧 자신의 육체적 단점을 감추고, 남들보다 더 멋있는 공작새처럼 보이는 역할을 했을 것이다. 패션은 자신의 육체를 더욱더 멋지고 화려하게 보이는 데 큰 역할을 한다. 또한 그의 직업이 격투가였던 만큼 꾸준한 운동을 겸했음은 두말할 나위가 없다. 단단한 근육과 잘 뻗은 다리에 남들보다 뛰어난 패션 감각을 갖춘 카사노바는 만인이 인정하는 매력인간(MAGNIAN)이었던 것이다.

그럼 그의 얼굴은 어떠한가? 사람의 외모는 본래 부모에게서 유전된다. 카사노바의 부모는 연극배우였던 것으로 추정된다. 당시 연극배우는 얼굴을 소중히 여겼다. 이는 남들보다 잘생기거나 예쁘다는 말이다. 카사노바의 부모가 모두 연극배우였다면, 그의 얼굴 역시 그들과 닮아 지금으로 따지면 '훈남'에 가까웠을 것이다. 이러한 모든 이유로 그는 때로 '세계 최고의 연인'으로 불리기도 한다.

✺ 셋째, 사회적 지위

카사노바는 여러 직업을 가졌음은 물론이고 여러 계층의 사람들과 두루 사귀었다. 다양한 직업을 가진 만큼 다양한 사람들을 만났고, 다양한 사람들을 사귀었다. 빚과 도박으로 인하여 세계를 전전하면서도 카사노바는 유럽의 왕족들, 교황 및 추기경들, 그리고 볼테르나 괴테, 모차르트와 같은 유명 인사들과도 교제를 가졌다고 알려졌다. 그는 타고난 사교술로 사람들을 매혹했다. 성별을 가리지 않고 카사노바를 만난 모든 사람은 그와 강한 유대감을 형성했던 것이다.

카사노바를 주인공으로 하는 각종 영화나 드라마에서 보이는 것처럼 그의 주변에는 항상 당시의 지배층이 있었다. 비록 카사노바의 직위는 낮았을지 몰라도, 그의 주변인들로 인하여 그의 영향력은 유럽 전체에 크게 뻗쳐 있었을 것이다. 사회적 지위는 자신의 지위뿐만 아니라 자신의 '인맥'으로도 형성이 가능하기 때문이다. 아마도 여성들은 그가 교황과 대화를 나누고, 왕과 저녁식사를 했다는 소문을 듣고 그의 사회적 지위가 더 높다고 짐작했을 것이다.

✺ 넷째, 유사성

유사성은 보통 상대와 비슷한 성격이나 행동을 말한다. 잘 알려진 것처럼 카사노바는 일반적으로 희대의 바람둥이로 알려져 있다. 그래서인지 문란한 난봉꾼, 말썽꾼 들에게는 카사노바라는 호칭이 붙곤 한다. 사

매력학

실 그가 이렇게 많은 여자를 설득할 수 있었던 이유는 그는 여성들이 원하는 사람으로 변화할 수 있었기 때문으로 보인다. 그는 자신이 사랑하는 여성들과 비슷한 사람처럼 행동하고 말했다. 이는 유사성의 원리로서, 상대는 카사노바가 자신과 닮은 유일한 사람으로 여기게 만들었다. 사람들은 보통 자신과 닮은 사람에게 편안함을 느낀다. 그렇기에 더욱더 유혹되기가 쉬운 것이다.

카사노바는 이러한 원리를 정확히 이해했으며, 항상 여성에게 자기를 맞추는 방법을 알고 있었다. 그가 사귄 여성은 100명이 훨씬 넘는 것으로 알려져 있다. 또한 그는 남성에게도 큰 인기가 있었는데, 항상 여성 문제로 문제를 일으킬 때마다 주위에서 그를 좋게 보는 친구들이 그를 도와주었다. 그는 여성뿐 아닌 남성에게도 이러한 유사성의 원리를 적용시킴으로써 전 세계에 많은 영향력 있는 친구를 두었다.

☌ 다섯째, 용감성과 실행력

카사노바의 이야기 중 가장 유명한 것이 바로 수녀들을 유혹한 이야기일 것이다. 기독교에서 '독신으로 수도하는 여자'라는 말의 수녀는 절대로 남자를 만나지 않는다. 수녀들은 보통 남자 보기를 돌같이 하여 어떠한 유혹에도 넘어가지 않기로 유명하다. 그러나 이러한 수녀도 카사노바의 앞에서는 무너져 내린다. 카사노바는 당시에 상상하지도 못한 대담성으로 수녀들을 유혹했으며, 이러한 대담성은 그를 세계적인 스타로 만들어 놓기에 이른다.

그가 도박과 금지된 사랑을 나눈 이유로 피옴비(Piombi) 감옥에 수용되었을 때, 그는 목숨을 걸고 감옥 탈출을 시도한다. 이때 꼭대기 층에 배정받은 카사노바는 천장을 파서 탈출을 감행한다. 피옴비(Piombi) 감옥은 당시에 난공불락의 교도소라 불리며 삼엄한 경비로 유명했다. 수용자들은 그러한 사실을 알고 모두 좌절하거나 모든 것을 수용하고 살아갔다. 그러나 카사노바만은 달랐던 것 같다. 이곳에서 탈출한 유일한 사람이 바로 카사노바였던 것이다. 덕분에 카사노바는 세계적으로 더 큰 명성을 누렸던 것으로 알려진다.

☌ 여섯째, 진실성과 신뢰성

카사노바는 사실 난봉꾼과는 차원이 다른 인간이었다. 자신의 철학이 확고한 인간이었다. "인생을 살면서 선한 일이든 악한 일이든 그것을 행하는 것은 내 자유의지에 의해서 이루어질 뿐이다."라고 말하던 그는, 자신의 생각을 남들에게 정확하게 표현하는 사람이었다. 그의 유명한 말 중 하나가 바로 "나는 모든 여성들을 사랑했다."인 것을 보더라도, 그는 진실하게 사람들을 대했던 것으로 보인다.

감정을 숨기지 않는다는 것은 현시대에도 굉장한 매력으로 작용된다. 대부분의 사람들은 자신의 이득을 위하여 거짓말을 한다. 이는 결국 상대에게 큰 타격을 줄 수 있는데, 카사노바는 애초에 이러한 행동을 하지 않음으로써 사람들에게 큰 호감을 샀던 것이다. 믿을 수 있는 사람이라고 판단된 사람은 그 누구에게나 매력적이다.

매력학

대부분의 사람들은 말한다. 그에게는 이성을 유혹하는 특출한 재주가 있었다고 말이다. 이렇듯 우리는 오직 카사노바의 '매력 증명' 방법에만 초점을 맞추어 이야기하는 경향이 있다. 그가 한 말이나 그가 여성에게 한 행동들에 초점을 맞춘다는 것이다. 심지어 이러한 이유로 몇몇의 사람들은 그를 사기꾼이나 광대쯤으로 여기며 무시해 버린다. 말만 번지르르했다고 말하는 사람도 있다.

그러나 우리는 그의 진짜 실체를 다시 한 번 짚고 넘어가야 할 것이다. 말을 잘하면 분명 여성에게 호감을 얻을 수는 있다. 그러나 상대의 마음을 얻는 것은 단순한 대화법에서 나오는 것이 아니다. 카사노바의 여성들 모두는 그를 사랑했다고 말한다. 그리고 카사노바 역시 그들 모두를 진심으로 사랑했다고 말했다. 그는 진정으로 사람들이 매력적으로 끌리게 만드는 원리를 알고 있었던 것이다. 그는 그 당시 가장 뛰어난 '매력인간(MAGNIAN)'이었으며, 지금도 세상에서 가장 유명한 '매력인간(MAGNIAN)'이다

4. 클레오파트라 7세

클레오파트라는 세계에서 손꼽히는 매력적인 여성이다. '클레오파트라' 하면 팜파탈(Femme fatale)을 떠올릴 정도로 마성의 여자로 유명하다. 그녀는 뛰어난 매력으로 당대의 최고의 남성들을 유혹했다. 율리우스 카이사르(Gaius Julius Caesar)를 유혹하여 왕권을 장악하였고, 율리우스 카이사르 사후에 마르쿠스 안토니우스(Marcus Antonius)를 다시 유혹하여 권력을 유지했다. 그녀의 매력이 기울어가는 이집트의 국운을 되살렸다고 말할 수 있다. 그녀가 이토록 세상을 떠들썩하게 만들 정도의 위인들을 유혹할 수 있었던 이유는 무엇일까? 그녀의 매력이 무엇이길래 그토록 많은 남성들이 그녀에게 빠져든 것일까?

여성의 매력요소는 남성과 달리 다양한 부분에서 발휘되지 않는다. 여성의 가장 중요한 매력요소로는 육체적 매력을 뽑으며, 사회적 지위와 자원과 같은 요소는 여성의 매력요소로 크게 작용하지 않는다. 그러나 클레오파트라의 경우 다양한 매력요소들을 모두 가지고 있었으며, 그것들을 능수능란하게 사용하였다고 보인다. 일반적으로 여성이 갖추어야

매력학

하는 매력요소 이외에도 많은 것들을 가지고 있었던 클레오파트라의 매력으로 앞으로의 매력적인 여성들이 나아갈 길을 모색해 보도록 하자.

클레오파트라의 매력요소로 꼽히는 다섯 가지로,

1. 자원과 재정적 전망
2. 육체적 매력과 건강
3. 용감성과 실행력
4. 나이
5. 사회적 지위

등을 들 수 있다. 이와 같은 다섯 가지 요소는 남성들이 갖추었다고 하더라도 굉장히 매력적이며 많은 여성을 불러 모을 수 있는 요소들이다. 클레오파트라는 이렇듯 많은 요소들로써, 자신이 원하는 남성들을 원하는 대로 유혹하고 조정할 수 있었던 것으로 판단된다.

☿ 첫째, 자원과 재정적 전망

클레오파트라를 조사하면서 알게 된 놀라운 사실이 있다. 그녀는 단순히 상대를 유혹할 수 있는 기술이나 육체만을 가진 것이 아니었다. 이전의 프톨레마이오스 왕조의 파라오들이 이집트어 배우기를 거부하고 그리스어만 사용했던 반면, 그녀는 토착 이집트어를 배운 최초이자 최후의 마케도니아인 파라오였다고 한다. 이 외에도 여러 외국어를 능숙하게 구사하여 통역이 필요 없을 정도였으며, 정치 수완도 뛰어나 로마의 최고 권력자들을 휘어잡는 한편 이시스(이집트 신화에 나오는 여신)의 현신을 자처하며 토착 이집트 백성들로부터도 인기를 모은 '엄친딸'이었다고 한다.

또한 그녀는 한 국가의 여왕으로서 이집트의 모든 국가 재정을 관리했다. 한 예로, 사치스러움을 과시하기 위해 진주를 식초에 녹여 먹음으로써 주위를 놀라게 한 일화가 있다. 안토니우스와 하루에 20만 파운드 상당의 돈을 다 써 버릴 수 있느냐 없느냐는 내기를 걸어서 진주를 식초에 녹인 다음 마셔 승리했다는 일화다. 이러한 막강한 돈과 뛰어난 지식을 지닌 그녀를 보는 외국인은 그녀를 신처럼 보았음이 당연했을 것이다.

☿ 둘째, 육체적 매력과 건강

이 부분에서는 많은 사람들이 익히 들어 알고 있을 것이다. 근대 프랑스의 수학자이자 철학자 파스칼은 "클레오파트라의 코가 조금만 낮았더라면 지구의 모든 표면은 변했을 것이다."라고 말했을 정도로 세계가 인정한 외모의 소유자였던 것으로 보인다. 그녀는 육감적인 입과 단호한 턱, 부드러운 눈매, 넓은 이마, 높은 코를 가졌으며, 목소리는 그리스의 전기 작가 플루타르코스(플루타르크)에 따르면 '줄이 많이 달린 현악기'가 울리는 음색이었다고 한다.

클레오파트라는 이집트 벽화, 혹은 서구인들의 '동양 미인'에 대한 환

매력학

상 때문인지 근현대 창작물에 등장하는 클레오파트라들은 대개 '이국적인 동방 섹시녀'라는 콘셉트를 가지고 있다. 그 대표적인 특징으로 까무잡잡한 피부에 샤프한 이목구비, 짙은 눈 화장이 깔린 길고 째진 눈, 윤기 흐르는 직모 흑발, 늘씬한 몸매에 온갖 보석으로 치장한 노출도 높은 패션 등이 있다. 클레오파트라 관련 영화를 보면 알 수 있듯이 그녀는 보통 짙은 눈 화장을 하고 화려한 금색 의상을 입은 걸로 유명하다. 이는 그녀의 외모를 더욱 섹시하게 만들었을 뿐 아니라 그녀의 육체적 매력을 과시할 수 있게 만들어 준 것으로 보인다.

⚧ 셋째, 용감성과 실행력

그녀의 재빠른 행동력은 남자들 못지않게 유명하다. 한 일화로 카이사르가 클레오파트라로부터 융단을 선물 받았는데 그 융단을 풀어 보니 안에 나체의 클레오파트라가 있었다고 한다. 클레오파트라는 자신의 나체를 보이는 용감한 행동을 보임으로써, 자신이 원하는 남자를 유혹해 버린 것이다. 그녀는 그 후에도 이처럼 용감하면서도 도전적인 행동들로 남자들의 호감을 샀다. 그녀의 대담하고 용감한 유혹은 나이가 먹어서도 계속되었는데, 이러한 행동은 보통 여성에게 찾아볼 수 없다. 그녀가 팜파탈로 세상에 알려질 수 있었던 이유 중 하나가 바로 이와 같이 용감한 행동들 때문이라고 할 수 있다.

✱⚥ 넷째, 나이

그녀가 최초로 왕이 되었을 때가 열일곱 살이었다. 그리고 그녀가 카이사르를 유혹했을 때가 그녀의 나이 스물두 살 때였다. 여성의 신체는 10대 후반부터 20대 후반까지 가장 절정에 달하는데 이를 잘 알고 있던 클레오파트라는 자신의 어린 나이를 잘 이용했다. 카이사르 사후에 나타난 정치 권력자 안토니우스를 유혹할 당시의 클레오파트라의 나이는 20대 후반으로 추정되며, 가장 그녀의 육체적 매력이 절정에 이를 때였다. 그녀에게 가장 유리한 나이 때에 최고의 권력자 둘의 마음을 사로잡았던 것이다.

✱⚥ 다섯째, 사회적 지위

클레오파트라가 지배하던 지역 이집트는 당시에 막강한 부를 소유하고 있었다. 그녀는 그런 부유한 나라의 여왕으로 군림하고 있었다. 그녀의 지위는 당대의 남성들 모두가 탐내는 자리였다. 높은 지위의 여성은 일반적으로 남성에게 큰 매력요소로 작용하지 않는다. 그러나 높은 지위의 여성에게 관심을 보이지 않는 남성들은 대개 낮은 지위와 적은 자원을 소유한 사람들일 확률이 높다.

높은 지위와 많은 자원을 소유한 남성들에게 높은 지위의 여성은 충분히 매력적일 수 있다. 남자의 입장에서 자신의 지위와 상응하는 여성은 보기 드물며, 그녀와 결혼할 시 더 큰 권력과 부를 얻을 수 있기 때문

매력학

이다. 거기에 20대 여성이라면 그 누가 마다할 것인가?

위에서 나온 다섯 가지 매력요소(FORCE)들은 계속해서 그녀의 매력을 더욱더 빛나게 만들었던 것으로 보인다. 그녀는 결국 전 세계의 역사책에 나오는 유명인이 되었다. 비록 그녀의 정치적 수완은 뛰어나지 못했을지언정 그녀의 뛰어난 매력은 아직도 전 세계의 여성들에게 귀감이 되고 있다. 그녀 또한 세상이 인정한 최초의 MAGNIAN이라고 부를 만하겠다.

만약 매력적인 여성이 되길 꿈꾼다면 클레오파트라를 공부해 보는 것도 하나의 좋은 공부가 될 것이다.

매력(MAGNET)의 원리

05

Magnetism

매력적이라는 말에는 많은 것들이 포함된다. 최근 학계에 보고된 매력에 대한 많은 연구들은, 대부분 부분적이며 협소한 내용을 담고 있는 것이 대부분이다.

영국과 남아프리카공화국 연구 팀이 영국인과 남아공인 800명을 대상으로 조사한 "매력적 신체 부위 연구 결과"를 보면, 영국 뱅거 대학과 남아공 요하네스버그 지역 위트와테르스란트 대학 신경과학자들이 공동 연구한 결과, 신체 부위 41곳 중 남녀 모두 이성에게 가장 성적 매력을 느끼는 부위가 생식기라고 답했다.

여성은 입술이 10점 만점 중 7.9점을 받아 두 번째로 섹시한 신체 부위에 꼽혔고, 뒷목선이 7.5점으로 3위에 꼽혔다. 이어 유두와 가슴이 7.3점, 엉덩이가 4.5점, 골반이 3.5점, 발이 1점을 받았다. 남성도 입술이 10점 만점 중 7점을 받아 이성에게 두 번째로 섹시한 신체 부위에 올랐고, 허벅지 5.8점, 뒷목선 5.6점, 유두 4.8점, 등 아래 4.8점, 엉덩이 4.5점, 배꼽 1.6점, 팔뚝 1점, 발이 1점으로 나타났다.

또한, 프랑스 남브르타뉴 대학 연구진에 따르면 남자가 기타를 메고 있을 경우 길거리에서 맘에 드는 여자의 전화번호를 얻을 확률이 31%인 것으로 나타났다고 연구 결과를 발표했다. 니콜라스 게겐 행동과학 교수가 이끄는 연구진은 브르타뉴에서 20세 남자 한 명을 섭외한 뒤 브르타뉴에서 쇼핑 중인 18~22세 여자 300명에게 접근케 하는 방식으로 실험을 했다.

이 남자는 만나는 여자들마다 "정말 예쁘다"는 말과 함께 한 번 만나보고 싶다며 전화번호를 물어봤다. 남자는 처음 100명에게는 스포츠 가방을 멘 채 접근했고, 다음 100명에게는 기타 가방을 어깨에 걸고 다가갔다. 나머지 100명에게는 아무것도 손에 들지 않은 채 말을 걸었다. 그 결과 남자가 기타를 들고 있을 때 전화번호를 얻은 확률이 31%였다. 반면 아무것도 손에 쥐지 않았을 때는 14%, 스포츠 가방을 메고 있을 때는 9%로 성공률이 저조했다.

위의 연구들에서 눈여겨 볼 점은 연구 결과들은 단순히 사람들이 좋아하는 신체 부위에 관한 집중이 대부분이라는 것이다. 이 연구 결과에서 우리는 본질적인 질문인 "왜?"는 포함되어 있지 않다는 것을 볼 수 있다.

이처럼 대부분의 매력 연구는 부분적이며, 현재 매력의 원리는 미궁 속에 빠져 있다고 봐도 과언이 아닐 것이다. 매력이란 '생존과 번식에 도움이 되는 능력이나 성질들'이며, 매력의 원리는 바로 이러한 성질들이 모여 이루어진다고 하였다. 그리고 이러한 매력의 성질과 요소들을 매력요소(FORCE)라 칭하며, 이러한 것들을 나타내고 보여주는 능력을 매력증명(CONTROL)이라 칭하였다. 이 두 가지 매력요소(FORCE)와, 매력증명(CONTROL)이 모여서 매력이라는 원리를 구동시킨다.

이러한 원리가 가능한 이유는 바로 인간의 진화 과정에서 찾아볼 수 있다. 인간이 태어난 시기는 정확히 알 수 없으나, 인간이 태어난 후부터 400만 년이 넘는 세월 동안 계속해서 진화해 왔다는 것은 과학적으로

매력학

밝혀진 사실이다. 인간이 진화해 오면서 우리는 자연적으로 '생존과 번식'에 유리한 행동들을 더 많이 하게 되었다는 말이 된다.

앞에서 예로 든 영국 뱅거 대학과 남아공 요하네스버그 지역 위트와테르스란트 대학 신경과학자들의 연구처럼 사람들이 가장 매력을 느끼는 부위가 생식기로 뽑힌 통계는, 우리는 본래 '생존과 번식'에 특화되어 있기 때문이라는 확실한 증거가 된다. 우리는 흔히 성적인 농담이나 성적인 표현을 자제하는 경향이 있다. 그러나 우리 인간들은 끊임없이 성생활을 유지한다. 이는 본능적으로 번식을 추구하기 때문이다. 여성의 풍만한 가슴이 남자들에게 매력적인 이유는 풍만한 가슴을 가진 여자일수록 번식의 확률이 높으며, 장차 태어난 아기에게 더 많은 영양소를 공급해 줄 수 있기 때문이다.

돈을 많이 버는 이유 또한 간단하다. 현대에 들어서면서 돈이라는 물질이 인간의 생존에 관여하기 시작한다. 이제는 돈이라는 물질을 가진자가 생존을 오래 하며 더 나아가 많은 번식 자원을 누릴 수 있게 된 것이다. 우리의 뇌와 몸은 '생존과 번식'에 초점이 맞춰져 있기 때문에 돈을 많이 버는 방법을 강구하기 시작한다. 또는 돈을 많이 버는 사람에게 끌리도록 재설계된다. 돈을 많이 버는 사람을 얻지 못한다면 돈을 많이 벌 수 있는 사람에게 끌리게 되는데, 그로 인해 명문대생이라는 요소가 상당한 매력으로 작용하기도 하는 것이다. 좋은 대학에 갈수록 더 좋은 직업을 얻을 수 있다는 생각을 하는 것이다.

이렇듯 '생존과 번식'에 유리한 요소들이 바로 매력요소(FORCE)이며, 이러한 요소들을 많이 가지고 있을수록 상대로 하여금 많은 매력을 느끼게 할 수 있다.

두 번째 프랑스 남브르타뉴 대학의 연구 결과는 매력조정(CONTROL) 요소에 해당하며, 이것을 쉽게 표현하면 'FORCE'를 표현하는 방식이라고 할 수 있다. 기타를 들고 다니는 것은 암묵적으로 '기타를 칠 수 있다'는 것을 나타낸다. 기타를 칠 수 있다는 것은 더 나아가 남들보다 한 가지 이상의 생존 요소를 가지고 있다는 뜻이다.

그러나 몇몇의 사람들은 여기서 의문을 제시할 수 있다. 우리는 상대에게 자신이 가진 경험이나 매력적인 요소들을 직접 말로 전달할 수 있다. 그러면 말로 자신의 능력을 사람들에게 알려주면 되는데, 왜 저렇게 행동으로 자신의 능력을 사람들에게 전달하는지 의아해 할 수 있을 것이다. 그런데 안타깝게도 말로 표현되는 매력요소보다 직접적으로 보이는 매력요소들이 더 큰 효과를 발휘할뿐더러 더 쉽게 사람들에게 작용된다. 그러한 이유는 초기 인류에서는 언어가 존재하지 않았기 때문이다.

언어가 탄생한 시기는 대력 40만 년 전이며, 360만 년이 넘는 세월 동안 우리는 상대의 언어를 통해서가 아닌 상대의 외형을 통해서 상대가 가진 매력요소(FORCE)들을 알아맞혀야만 했다. 그렇기에 현대시대까지도 외형은 굉장히 중요한 요소로 꼽힌다. 그러므로 잘못 이해된 매력이라는 말의 대부분은 '외모'에서 유추될 것이다. 그래서 사람들은 흔히 첫인상으로 상대를 파악하려고 든다. 사람들이 외모가 '매력'이라고 평가하는 이유가 바로 여기에 있는 것이다. 인간은 태어나서 지금껏 상대의 생존과 번식에 유리한 요소들을 말이 아닌 비언어 즉, 상대의 외형을 보고 판단했다.

사람들은 실제적으로 나타나는 매력증명(CONTROL)들로써 사람들에

매력학

게 매력을 느낀다는 것이다. 위의 경우처럼 단순히 기타를 들고 다닌다면 사람들은 당신을 어떻게 생각할까? 기타를 칠 수 있다고 생각할 것이다. 이것은 자연적으로 이루어지는 평가다. 상대가 나에 대한 정보를 받아들이는 방법이 바로 나의 표현인 매력증명(CONTROL)이다. 이것은 나에게는 많은 이익을 가져다주며, 상대에게 나의 생존과 번식 요소를 높게 평가하게 만들어 준다. 상대는 나를 음악에 관한 지식이 많은 것이라 착각하게 되고 어쩌면 자신에게 사랑의 세레나데를 불러 줄 사람으로 착각하게 될지도 모른다. 이처럼 단순히 기타를 드는 행위의 매력증명(CONTROL)만으로도 상대는 나를 평가하게 되는 것이다.

매력이 일어나는 원리는 바로 매력요소(FORCE)와 매력증명(CONTROL)이 조화를 이룰 때 가능하다.

매력요소(FORCE)

06

charm

매력요소는 외모, 재능, 지식과 같은 것으로 한번 쌓게 되면 쉽게 움직이지 않는 고정되어 있는 가치를 의미한다. 이것을 매력학에서는 매력요소(FORCE)라고 칭하며, 이것은 생존과 번식에 유리한 확실한 내면적 가치 또는 능력과 재능을 나타낸다. 이러한 생존과 번식에 유리한 요소들은 성적 본능(번식 본능)과 생존 본능을 일으키게 된다.

더 간단히 설명하자면, 당신이 가진 돈이 많거나, 얼굴이 잘생겼다면 이것은 모두 번식 본능과 생존 본능을 일으킨다. 돈이 많은 사람과 함께하면 나의 생존이 보장된다. 즉 생존 본능이 일어나는 것이다. 얼굴이 잘생긴 사람과 결혼하면 나의 자식 역시 잘생길 확률이 높다. 이는 번식 본능을 일으킨다.

매력요소(FORCE)가 많아지게 되면 단기적 매력(단기적 만남 혹은 연애)과 장기적 매력(장기적 연애 혹은 결혼), 모두에 큰 영향이 있으며, 사람들이 매력요소(FORCE)들을 알아보는 즉시 상대에게 끌리는 현상이 일어난다. 이것이 가능한 이유는 앞서 설명한 것처럼 인류가 지구에 태어난 후부터 인류가 현재까지 살아올 수 있었던 본능들과 관련이 있다.

인간은 본능적으로 생식 행위를 하는 본능을 가지고 있다. 왜 우리는 계속해서 생식 행위를 지속하는 것일까? 이에 대한 답은 간단하다. 자식을 출산하기 위해서이다.

그럼 왜 우리는 자식을 출산해 내는 것일까? 이 부분에 대하여 조금 자세히 들어가 보도록 하겠다. 인간의 목적이 애초에 생존이었다면 우리는 '죽기를 거부'했을 것이라는 사실을 알아야 할 것이다. 우리의 유전자는 계속해서 사는 방법을 고안했을 것이고, 그것이 바로 자신을 '복사해 내는 것이다. 즉, 우리의 염색체를 계속해서 복사해 냄으로써 평생 동안 생존하기 위한 방법이 바로 생식인 것이다.

조금 더 자세히 설명하자면, 인간은 본래 아버지와 어머니의 염색체의 반반씩을 가지고 태어난다. 중요한 사실은 우리가 가진 염색체는 아버지와 어머니가 가지고 있던 염색체를 복사한 것이라는 것이다. 즉, 우리는 새로 창조된 것이 아니라 아버지와 어머니의 복제품이라는 말이 된다.

이러한 사실에 대하여 약간은 의아해 하거나 놀랄 수 있다. 더 쉽게 설명하자면, 중·고등학교 때 생물 시간에 배웠듯이 이해하면 더 쉽다. 우리는 아버지의 반과 어머니의 반을 가지고 태어난 것이다. 믿든 안 믿든 우리의 몸에 있는 DNA는 400만 년에 태어난 인간의 유전자와 다르지 않다. 우리의 아버지와 어머니도 할아버지와 할머니의 염색체를 가지고 있기 때문이다. 이렇듯 문화와 생김새는 달라졌을지라도, 모든 인간은 400만 년 전 아프리카대륙에 살던 인류의 DNA를 똑같이 공유한다. 우리는 새롭게 생겨나서 새롭게 생존하는 것이 아닌, 기존의 것이 복사되어 왔던 것이다. 이것이 바로 우리의 기본 단위인 유전자가 하는 유일한 일이다.

그렇다고 무작정 우리는 복제된 인간이라고 생각하기에도 약간의 오류가 존재한다. 복제라고 한다면 우리의 생김새도 400만 년 전과 같아야

매력학

하며, 말하는 방법, 식습관 등도 그때와 같아야 한다. 그러나 우리는 더 높은 문명과 더 발전된 언어 속에 살고 있다. 이유는 우리의 생식 과정에서 생기는 돌연변이 유전자 때문이다. 우리의 유전자는 부모님과 같지만 계속해서 더 생존에 유리하게 변화한다. 이것들은 대립유전자와 관계가 깊다. 간단히 설명하면 어머니와 아버지로부터 물려받은 염색체는 같지만 그 안에 들어 있는 유전자가 섞이면서 조금씩 변형되고 유연해지면서 더 '생존'에 유리하게 만들어진다는 것이다.

만약 우리의 유전자가 이렇게 진화하지 않는다면 우리는 변화하는 환경에 적응하지 못할 것이고 결국에는 생존에 실패하고 말 것이다. 결론적으로 우리는 생식 행위로써 우리의 유전자를 복사하고 그로써 평생동안 존재하는 것이다.

그래서 우리의 본능은 이러한 생존과 번식에 초점을 맞춘다. 그리고 여기서 중요한 것이 바로 '가치'인 것이다. 간단히 말하면, 예쁜 여자들은 평균적으로 일반 여자들보다 더 생식력이 좋다. 이 말은 더 많은 자식들을 만들어 낼 수 있다는 말이다. 이는 남성에게 큰 매력으로 작용한다. 자신의 아이를 더 많이 낳아 줄 수 있는 여자인 것이다.(그 말은 자신의 유전자가 더 많이 존재할 수 있다는 것이다). 우리의 잠재의식과 본능은 계속해서 자신의 미래에 유리하다고 느껴지는 요소들을 찾고 그것을 '매력적이다'라고 느끼는 것이다. 이렇듯 인간은 앞으로도 이 본능 체계에 의해 사람을 만나고 생활한다.

독일의 심리학자 프로이트의 초기 정신분석 이론의 중심에는 본능 체계 개념이 있다. 여기에는 인간의 본능은 크게 두 가지로 나뉘며, 그것은 성적 본능(번식 본능)과 생명 보존 본능(생존 본능)이다. 생명 보존 본능(생존 본능)은 '공기, 음식, 물, 주거에 대한 욕구'와 '뱀, 높은 곳, 위험한 사람에 대한 공포'가 여기에 포함된다. 사람이 숨을 쉬기 원하고 먹기를 원하고 안전하게 살기를 바라는 것처럼 이러한 본능들은 인간의 의지와 상관없이 발휘된다. 이러한 본능은 생존 기능에 도움이 된다. 즉, 사람은 본능적으로 생존에 중요한 것을 찾게 된다는 것이다. 이것은 물건이나 동물뿐 아니라 인간 본연에게도 해당된다. 그럼으로써 돈이 많은 사람을 좋아하고, 사회적 지위가 높은 사람을 좋아하는 것이다.

두 번째 종류의 동기 유발 요인들은 성적 본능(번식 본능)으로 이루어져 있다. 프로이트는 '성적 성숙'이 어른 발달의 마지막 단계(프로이트의 성적 성숙에서 본질적인 특징인 생식으로 직접 이어지는 생식기 단계)에 완성된다고 보았다. 후에 프로이트는 생명 보존 본능과 성적 본능을 '생명 본능'이라고 통합하였다.

사실 이러한 이론들은 모두 다윈의 진화설에서 영감을 받았다고 말할 수 있다. 다윈이 애초에 주장한 자연 선택론과 성 선택론은 모든 생물이 생존 또는 번식하기 위하여 계속해서 진화했다는 것이다. 살기 위해 키가 커지거나 몸의 털이 사라졌고, 짝짓기에 성공하기 위하여 큰 성기가 발달한 것과 같다.

매력학에서 말하는 매력요소(FORCE)는 위에서 언급한 두 가지 본능(생존, 성적)을 불러일으키는 요소들이다. 매력요소(FORCE)로는 단독적일 때보다 매력증명(CONTROL)과 조합되었을 때 더 쉽게 상대에게 매력을 효과적으로 보여 줄 수 있게 되어 있다.

매력증명(CONTROL)이란 자신이 가진 매력요소들을 활용하는 방법들을 의미한다. 가령 좋은 성격을 어필하기 위해서 대화법을 활용하거

매력학

나, 예쁜 얼굴을 어필하기 위해서 자신에게 어울리는 화장을 한다거나 하는 것처럼 매력요소들을 활용하여 자신의 매력을 상대에게 보여주는 모든 방법이나 기술을 뜻한다.

☿ 절대적 한 가지 매력은 없다

연구 결과, 독단적으로도 매력요소가 발생되는 경우도 있지만 이는 오래 지속되지 못한다. 예를 들어 육체적 매력으로서 특출하거나 잘생기거나 예쁜 경우, 다른 매력요소(FORCE)들이 없는 상태에서 독단적으로 매력의 힘을 발휘할 수 있게 된다. 이렇게 되면 사람들의 상대의 예쁜 얼굴이나 잘생긴 얼굴에 많은 점수를 주게 되고, 단기적으로 상대에게 큰 매력을 느끼게 된다. 그러나 이러한 한 가지 매력요소의 발휘는 타인이 그 사람에게 적응됨에 따라(예컨대 오래 보았거나 오래 사귀었을 때), 지루함을 느끼게 만든다. 결국에는 싫증을 내기 시작하는 것이다. 바로 이 '싫증'의 단계는 곧 '매력의 고갈'을 의미하게 되는 것이다.

하나의 큰 매력요소는 이렇게 볼 수 있듯이 단기적으로 사람에게 큰 영향을 줄 수 있다. 이렇게 한 가지의 큰 매력요소(Force)를 가지고 있는 사람들을 처음 보는 일반 사람들은 아마 '매력적인 사람'이라고 평가할 것이다. 그러나 당신과 연인 관계에 있는 사람이라면 당신을 '싫증나는 사람'으로 여기고 있을지도 모른다.

매력요소(FORCE)가 많이 존재하는 사람은 기본적으로 행동하는 방식이나 생각하는 방식이 일반인과 많이 다르며, 주위에 사람들이 많이 있는 것이 특징이다. 그들은 항상 자신의 미래에 대한 꿈과 희망을 가지고 있으며, 배려하는 언변을 갖추었으며, 돈을 더 많이 벌 확률이 있으며, 육체적으로 평균 이상의 화려함을 보여준다.

이러한 사람들은 모두 다 자기의 일에 열심이며, 자신의 주위 사람들에게 계속적인 매력을 준다. 남자라면 여자에게 계속적인 신뢰를 쌓게 만들 것이며, 남자들에게는 배울 점이 많고 자신에게 많은 이득을 주는 매력적인 사람으로 평가받게 되는 것이다. 만약 여자라면 남자에게 같이 있는 것만으로도 행복하게 만들며, 여자들에게는 선망의 대상이 되는 것이다.

기본적으로 매력요소(FORCE)는 세 가지 이상이 존재해야만 균형 있는 매력을 형성할 상태가 만들어지며, 그 이하로 존재할 시 불안정한 형태의 매력 형성 상태가 된다고 본다. 그리고 이러한 매력요소(FORCE)들은 필수적으로 매력증명(Control)과 함께 조합되어 이루어져야 한다.

☿ 스스로를 계발한다면 당신이 원하는 사람이 된다

매력요소(FORCE)를 갖기 위해서는 많은 노력과 시간들이 필요한데, 사회 전반적인 모든 자기계발들이 여기서 일컫는 매력요소(FORCE)들을 키우는 데 도움이 된다.

보통 흔히 생각하는 운동이나, 독서와 같은 것도 사실은 매력을 위해서는 필수적인 항목이라 할 수 있다. 책을 읽는다는 것은 많은 지식을 쌓을 확률이 있다는 것을 나타내며, 앞으로 그러한 지식들로 생존에 필

매력학

요한 많은 일을 구하며, 또한 평생 먹고살 수 있는 자본 채취 방법을 마련할 수 있다는 의미가 될 수 있기 때문이다.

운동 역시 마찬가지이다. 단순히 건강하게 오래 살기 위해서가 아니라, 사람들로 하여금 그러한 꾸준한 운동을 하는 사람은 실제적으로 2세 또한 건강할 것이라는 인상을 심어 줄 수 있는 것이다. 그러나 한 종류의 매력요소(FORCE)에만 너무 집착하다 보면 전반적인 매력요소(FORCE)의 불균형으로 유동적인 현실에 쉽게 무너지는 매력을 가지게 될 수 있다. 이 점을 주의해야 할 것이다.

매력 형성의 가장 중요한 핵심은 바로 골고루 분배된 자기계발에 있다. 절대로 한 가지 분야만으로 매력을 형성하려 시도해서는 안 되며, 그렇다고 모든 분야를 너무 작은 범위로 공부해서도 안 될 것이다. 매력에도 평균치라는 것이 존재한다. 한 가지의 매력은 절대로 사람들에게 장기적으로 작용하지 않는다. 결국에는 꾸준한 자기계발로 자신의 부족한 매력요소(FORCE)를 꾸준히 채워 나가야만 할 것이다. 기본적으로 최소 세 가지 이상의 매력요소(FORCE)를 갖추고 꾸준히 발전시켜 나간다면 이러한 평균치가 곧 자신의 매력자본으로 돌아선다. 만약 당신이 자원(돈)이 많으면 이제 육체적 매력과 사회적 지위라는 매력요소(FORCE)를 키움으로써 자신의 매력을 형성해 나가야 한다.

이렇게 기본적인 매력요소(FORCE)들이 자신에게 자리 잡게 되면, 이제 매력증명(CONTROL)으로써 자신의 매력을 발산하는 연습을 해야 할 것이다.

1. 자원과 재정적 전망 - 조조형

 대표 타입 - 조조

조조는 미래를 개척할 뛰어난 지식과 재능 그리고 자원을 가지고 있었다. 그의 미래는 누구보다 총망했으며, 실제로 그 누구보다 빛나는 삶을 살았다. 그는 뛰어난 지략가이자 전략가이다. 사람들은 조조를 보며 그에게서 꿈과 희망을 얻었다. 누구에겐 큰 은인이었고, 누구에겐 큰 적이었다. 그러나 부정할 수 없는 단 한 가지, 그는 사람들에게 매력적인 인물이었다. 많은 인재가 그와 함께 뜻을 하기를 원했고, 그와 함께 전장에서 죽기를 원했다. 이와 같은 타입의 사람들은 누구보다 더 매력적이다. 야망이 있고 사람들을 리드한다.

매력학

재정적 전망이 좋은 사람들은 항상 뛰어난 머리를 지식과 꾀를 지니고 있다. 그들은 조조처럼 자신의 야망과 목표를 쟁취하기 위해서 필요한 지식과 경험을 습득한다. 가지고 있는 자원이 없다면 자신의 미래에 대한 확신으로 사람들을 유혹한다. 대부분 쉽게 사회적 지위까지 얻게 되는데, 이것이 바로 조조 타입의 특징이라 하겠다.

　조조 타입의 사람들은 항상 주위에 많은 사람들이 모여든다. 여자든 남자든 모두가 조조 타입의 사람들과 함께하고 싶어 한다. 자신의 미래를 위해서 그리고 자신의 꿈을 위해서 그들이 노력해 주고 리드해 줄 것이라 믿는 것이다.

　조조 타입의 사람들은 평균적으로 남들보다 조금 더 많은 자원을 가지고 있을 확률이 높다. 그들은 뛰어난 경제 수완을 가지고 있으며, 사람들에게 자신을 따르게 됐을 시 큰 이익이 될 수 있음을 자연스럽게 알릴 줄 안다.

　자신의 경제 상황에 피해가 되는 일을 교묘히 피하는 술수를 가지고 있기에 안전하면서도 매력적이다. 주위 사람들의 악담에도 흔들리지 않으며 자신이 원하는 목표와 이상에 맞는 행동을 재빠르게 취한다. 자신의 자원과 미래를 위해서라면 어떠한 어려움도 거뜬히 물리치는 강력한 카리스마를 지녔다.

　조조 타입의 이들은 불투명한 미래를 두려워하는 모든 사람들에게 희망으로 다가오며, 굉장히 매력적이며 사랑스럽다. 남들이 가지지 않은 야망과 지식은 사람들에게 미래에 대한 큰 희망을 준다. 그리고 그들을 매료한다.

☿ 자원은 시대를 막론하고 생존에 기여했다

자원은 생존 본능에 기초하며, 이 역시 남성보다 여성에게 더 매력가치로 평가된다. 통상적으로 여자는 남자들이 지배하는 권력과 자원 접근에서 배제되기 때문에 권력과 지위와 소득능력이 있는 남자를 추구한다.

과거 원시시대부터 여성은 울타리 안에서 남성들의 보호를 받으며, 남성들이 사냥해 오는 고기를 먹었다. 이러한 시대의 권력 구조는 남성 중심적이었으며, 여성들은 대부분 잡일이나 아이를 돌보는 가사 행위만을 전담해 왔다. 이러한 사회구조는 여성들로 하여금 남성에게 많이 의존하게 만들었는데, 자신의 남편이 가져온 자원에 따라서 자신의 생존 확률이 변화하였기 때문이다. 그러한 이유로 여성들은 조금씩 남성을 평가할 때, 가진 자원에 따라 선택하는 성향이 나타나기 시작한다. 이러한 성향이 몇만 년 동안 굳혀지면서 여자들의 심리는 자원이 많은 사람들에게 더 매력을 느끼는 구조로 변했다. 이러한 변화는 너무나 자연스럽게 진행되었기에, 우리는 스스로 알지 못하지만 우리 내부의 유전자는 계속해서 삶의 많은 상황에 부딪힐 때마다 생존 본능을 불러일으키며 자원이 많은 사람과 어울릴 것을 권한다.

만약 지금 가지고 있는 자원이 많이 있다면, 가령 돈이나 집과 같은 재산이 많을 경우도 이러한 매력적 방식이 적용된다.

남자들은 여성을 유혹할 때 보통 자신이 가진 돈(자원)을 과시하는 경향이 강하다. 그렇기에 남성은 과시적인 소비를 즐긴다. 가령 명품 시계나 차와 같이 바로 상대가 자신의 부를 측정할 수 있고 알아볼 수 있는 물건을 구매함으로써 자신이 다른 사람보다 더 큰 부를 소유하고 있

매력학

다고 알리고 싶어 하는 것이다.

자원이 중요한 이유는 생존과 크게 연관되어 있기 때문이다. 돈과 같은 자원이 있으면 일단 안정적으로 자신이 원하는 음식을 사 먹을 수 있다. 안정적인 음식 공급은 자신의 생존확률을 높여 준다. 그리고 그러한 자원은 자신의 안전을 도모할 수 있는 많은 도구들을 구입할 수 있다. 집, 차, 옷, 교육 등등의 많은 것들을 구입할 수 있다. 이러한 것들은 인간의 안전한 삶과 직접적인 관계를 가지고 있다.

인류는 진화하면서 생존의 위협 속에 살아왔기 때문일 것이다. 처음 인류가 태어났을 때, 인류의 목적은 '생존'이었다. 이렇게 최초에 생겨난 인류의 목적의식은 현대까지 남아 있는 것이다. 그래서 생존에 도움이 되는 모든 것들을 우리는 매력적이라고 느낀다. 그리고 현대시대에 가장 큰 생존을 돕는 도구는 바로 '자원'인 것이다.

현재까지도 주위 몇몇 여자들을 보면 좋은 남편감 1위로 대기업 직원 또는 변호사, 의사 등을 뽑는 경우를 볼 수 있다. 이는 대기업 직원, 변호사, 의사와 같은 직업이 평균적으로 다른 직업보다 높은 자원을 소지하기 때문이라고 볼 수 있다. 최근에 들어서는 공무원도 여성들이 꼽는 1등 배우자 직업으로 나타나고 있는데, 이러한 결과는 전혀 의아한 것이 아니다. 이 현상은 경제와 맞물려 설명할 수 있다. 기나긴 경제 불황으로 많은 사람들이 직업을 갖지 못하고, 소득도 없는 현실에서 사람들이 보다 많은 자원을 가진 남성을 얻지 못한다는 사실을 알고 있다. 그래서 선택하게 되는 것이 바로 많은 자원보다 안정된 자원을 가지는 남성이다.

그럼 어쩌면 이러한 의문이 들지 모른다. '여자는 많은 자원을 가지려고 하지 않는 것일까?'

⚣ 여성은 자신보다 좋은 사람을 원한다

여성들도 남성만큼 많은 자원을 얻고 싶어 하는 마음이 강하다. 그러나 역사적으로 오랜 시간 사회구조는 이러한 여성들의 경제활동을 억압해 왔다. 바로 여기에서 자신보다 좋은 조건의 남성을 선호하는 여성의 마음을 엿볼 수 있다. 여성은 자신보다 높은 지위와 많은 자원을 가진 남성을 선택함으로써, 높은 사회경제적 지위를 얻으려고 노력한다. 이유는 그것이 자원에 접근할 수 있는 주요 통로를 제공하기 때문이다. 실제로 남자는 여자만큼 상대의 경제적 자원을 중요시하지 않는데, 이는 남성이 이미 그런 자원을 가지고 있거나, 가질 수 있는 위치에 있기 때문이라 보인다.

그렇다면 여자로서 크게 성공한 사람들은 경제적 자원을 중요시 여기지 않는 것일까? 이것에 관한 연구가 미국에서 진행됐다. 미국에서 진행한 한 연구에서 경제적으로 성공한 여자들은 교육 수준이 높고, 전문 학위를 딴 경우가 많고, 자존심이 강했다. 성공한 여자들은 덜 성공한 여자들에 비해 전문 학위를 따고, 사회적 지위가 높고, 지능이 높고, 키가 크고, 독립적이고, 자신감이 넘치는 남자에게 훨씬 높은 가치를 부여했다.

이 말인즉, 성공한 여자들일수록 자신들보다 소득이 높은 남자에 대한 선호가 훨씬 강한 것이다. 오랫동안 내려온 심리 기제들은 쉽사리 바뀌지 않는다. 아무리 여자들이 높은 지위와 많은 자원을 얻고 있는 시대에 살고 있다고 하더라도, 본능적으로 자신보다 높은 지위와 많은 자원을 가진 남자에게 매력을 느낀다는 것이다.

매력학

♂♀ 자원을 사용하는 방법을 깨닫자

사람들은 자원을 모으기 위해 일을 한다. 열심히 공부하고, 일자리를 구한다. 자신의 안위와 자신의 유전자인 자식들의 생존권을 벌기 위해서 이렇게 노력을 하는 것이다. 그리고 자원이 많은 사람들을 부러워하면서 매력적이라고 느끼는 것이다. 그래서 자원이 많은 사람들은 일반적인 사람들보다 더 많은 이성들에게 대시를 받고 더 많은 인간관계 속에 속하게 되는데 이러한 모든 것이 가능한 이유는 바로 '자원' 때문인 것이다. 자원은 절대로 빠질 수 없는 현대에 나타난 매력요소인 것이다.

그렇다면 자원만 있으면 완전히 매력적인 것일까?

그것은 잘못된 생각이다. 많은 부자들은 자원이 넘치고 있으나 이것을 제대로 사용할 줄 모른다. 자원은 매력의 요소지만 매력 그 자체가될 수 없다. 돈을 아무리 많이 가지고 있다고 하더라도 그것을 제대로 보여주는 방법을 모르면 '돈'은 매력으로서의 가치가 없는 것이다.

♂♀ 자원은 첫인상에 측정된다

좋은 차와 좋은 집 좋은 옷 등등은 이러한 자원이 만들어 주는 매력들이다. 이것들을 보임으로써 현대인들은 그들의 '자원'의 양을 측정한다. 그리고 사람들은 그러한 자원을 보고 매력을 느낀다. 사람들을 사람들의 생각이 변화한 것이다. 대중매체를 통해서도 많이 알려져 있지만, 일부 재벌들의 옷 입는 방식이나 사는 집과 타는 차의 모양과 생김새는 거의 비슷하다. 대부분 말끔한 정장과 정돈된 머리를 함으로써 일관된 부의 한 면을 드러낸다. 이러한 것들이 바로 재벌의 형태라는 것을 정형화하였고, 이로 인해 일반인들은 그것과 비슷한 옷이나 차를 타고 다니는 사람을 보면서 매력을 느낀다.

이러한 매력도 상승을 유발하는 몇몇의 정형화된 면모들 덕분에 진짜로 부자가 아닌 사람들도 그러한 형태를 따라 함으로써 매력적인 요소를 가져올 수 있다. 사람들은 자신이 왜 저 사람을 좋아했는지 설명하지 못한다.

일반적으로 사람들은 본능에 의존하는 존재이다. 진짜 많은 자원을 가진 사람이 아니라도 그런 것처럼 보이는 사람조차 매력적으로 보는 것이다. 그러한 결과 30대 남성 사이에서는 말끔히 차려입은 정장을 더욱더 선호하는 추세가 생겨난다. 특히 배우자를 고르는 사람들에게 자원이 많은 사람은 앞으로의 미래를 보장해주는 사람처럼 느껴진다.

결혼할 시기에 도달한 여성의 경우, 남성의 자원을 더욱더 관찰하는 경향을 보이는데, 더글러스 켄릭(Douglas Kenrick)과 그의 동료들이 조사한 연구에 따르면, 미국인 여자 대학생들은 남편의 소득 능력이 최소 상위 30% 안에 들어야 결혼할 수 있다고 답했다고 한다.

반면 남자들은 아내의 소득 능력이 상위 60% 안에 들어야 한다고 말했다. 이러한 결과는 결혼 적령기에 도달한 여성이 남성이 가진 자원의 평균보다 더 큰 매력을 느낀다는 것을 보여준다.

매력학

,♂♀➚ 야망을 가져라

좋은 재정적 전망은 생존 본능에 기초하며 배우자의 자질을 평가할 때 큰 요소로 작용한다. 또한, 상대의 미래를 보고 상대의 매력가치를 평가한다는 의미가 포함된다. 좋은 재정적 전망에는 지식이나 경험, 야망과 같은 미래의 부를 예측할 수 있는 요소들이 포함된다.

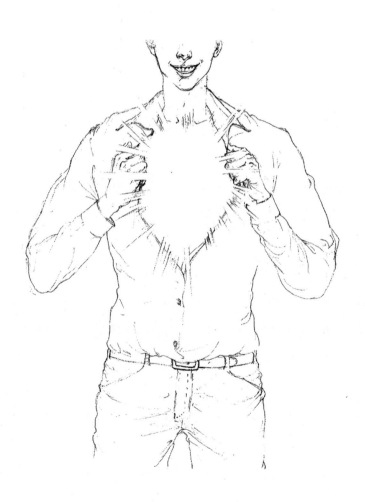

이것을 보고 사람들은 상대의 미래를 점친다. 가령 뛰어난 기술적 지식을 가지고 있다면, 당신은 앞으로 남들보다 많은 자원을 안정적으로 획득할 확률이 높음을 시사한다. 이것은 상대로 하여금 생존 본능을 일으킨다. 즉, 당신과 함께한다면 안정적인 미래를 살 수 있을 것 같은 생각을 심어 주게 되는 것이다.

재정적 전망은 꿈과 야망이 있는 사람들에게서 찾아 볼 수 있다. 이러한 남자들일수록 부지런하며, 다른 남자보다 더 높은 지위에 올라가기 때문일 것이다. 1950년대에 한 조사에서는 대학생 5,000명에게 잠재적 배우자에게 원하는 특성을 열거하게 했다. 그 결과 자신의 일을 좋아하고, 직업 지향이 뚜렷하고, 근면하고 야망이 있는 배우자를 원하는 비율은 남자보다 여자에게서 훨씬 많이 나타났다. 이처럼 여자들은 남자의 미래를 볼 수 있는 요소들을 무의식적으로 평가하는 것이다.

그럼으로써 좋은 재정적 전망은 남자보다 여자에게 중요시 여겨지는 요소인데, 그 이유는 전 세계의 평균적 문화의 특징상 여성이 남성에게 더 의지할 가능성이 높기 때문인 것으로 보인다. 실제로 1937년 실시된 한 연구에서 미국인 남녀에게 결혼 상대자가 지닌 열여덟 가지 특성에 대해 기대하는 정도를 점수로 나타내게 했다. 여자들은 좋은 재정적 전망을 "반드시 필요한 것은 아니지만 중요한 것"으로 점수를 매긴 반면, 남자들은 "약간 바람직한 것이긴 하지만 크게 중요한 것은 아님"이라고 평가했다. 이 조사에서 여자들은 좋은 재정적 전망에 남자들보다 2배 높은 점수를 매겼는데, 이 결과는 1956년의 조사와 1967년의 조사에서도 반복되었다.

여성의 이러한 선호는 미국이나 서구 사회나 자본주의 국가에만 국한

매력학

되지 않는다. 해안 지역의 오스트레일리아인에서부터 도시 지역의 브라질인, 남아프리카 공화국의 빈민가에 사는 줄루족에 이르기까지 6개 대륙과 5개 섬의 37개 문화를 대상으로 광범위한 비교 문화 연구를 한 적이 있다. 나이지리아와 잠비아처럼 일부다처제가 관습인 나라에서 참여한 사람들도 있었고, 에스파냐와 캐나다처럼 일부일처제를 좀 더 엄격하게 지키는 나라에서 참여한 사람들도 있었다. 스웨덴과 핀란드처럼 동거 생활이 결혼만큼 보편적인 나라에서 참여한 사람들도 있었고, 불가리아와 그리스처럼 동거 생활을 곱지 않은 시선으로 보는 나라에서 참여한 사람들도 있었다. 총 37개 문화에서 10,047명이 참여했다.

남녀 참여자는 잠재적 배우자나 결혼 상대의 열여덟 가지 특성 각각에 대해 그 중요도를 중요하지 않은 것에서부터 꼭 필요한 것 사이의 점수를 매겼다. 그 결과, 모든 대륙과 모든 정치 체제, 모든 인종 집단, 모든 종교 집단, 모든 결혼 제도에서 여자들은 남자보다 좋은 재정적 전망을 훨씬 중요하게 여겼다.

전반적으로 여자는 남자보다 재정적 자원을 약 2배 중요하게 여겼다. 문화에 따른 차이도 약간 있었다. 나이지리아, 잠비아, 인도, 인도네시아, 이란, 일본, 타이완, 콜롬비아, 베네수엘라 여자들은 남아프리카공화국, 네덜란드, 핀란드 여자들보다 좋은 재정적 전망을 약간 더 중요하게 여겼다. 예를 들어 일본 여자들은 좋은 재정적 전망을 일본 남자들보다 약 150% 더 높게 매긴 반면, 네덜란드 여자들은 네덜란드 남자들보다 그 가치를 겨우 46%만 더 높게 매겼는데, 이것은 어느 나라 여자들보다 낮은 수치였다. 그럼에도 불구하고, 남녀 사이의 차이는 변함이 없었다.

여자들은 남자를 선택할 때, 남자가 부자 동네에서 자랐다는 이야기를 하게 될 때 더 큰 매력을 느낀다고 말했다. 이러한 여자들의 행동은 불건전하거나 불순한 것이 아니라 오랜 세월동안 진화해 온 인류가 가진 본능이라고 할 수 있다.

즉 당신이 남자로 태어났다면, 자원이 없으면 재정적 전망이라도 갖춰야 한다는 말이 된다.

☌ 공부로 매력이 오른다

지식이 많은 사람들은 남들보다 매력적이다. 그 이유는 무엇일까? 왜 사람들은 똑똑해 보이려고 상식 책을 읽고 똑똑해 보이려고 역사책을 들여다보는 것일까?

지식은 사람들이 재정적 전망을 예측해 볼 수 있는 요소이다. 현재와 과거를 돌아보면 지식이 있는 사람들은 누구보다 잘 살아남는 경향을 보인다. 이는 공부로 깨우친 정보를 실생활에 적용함으로써 무엇인가 어려운 일들을 해결해 나갈 수 있기 때문이다. 그 말인즉, 어려운 일을 해결함으로써 삶을 더 길게 영위할 수 있었다는 것이다. 이러한 생각들이 주위에 퍼지고 사람들은 지식이 있다는 것이 곧 생존을 돕는다는 것을 알게 되었다. 즉 매력요소로 작용하기 시작한 것이다.

발전된 지식세계는 현재에 들어서 관점이 달라지기 시작했다. 대기업에 취직하기 위해서 또는 좋은 대학에 들어가기 위해서 공부한다는 식으로 말이다. 그러나 이 두 가지 모두 결과적으로 얘기하면 결국에 생존에 도움이 된다. 좋은 회사에 들어간다는 것은 돈을 많이 벌 수 있다

매력학

는 것이고, 즉 자신의 생존 확률이 월등히 올라가게 된다는 것을 뜻한다. 즉 사람들은 이러한 것을 알고 있다. 그래서 주위에 사람들 중 지식이 많은 사람들을 볼 때면 그렇게 매력적이라고 입에 침이 마르게 칭찬을 하는 것이다.

직업도 이에 속한다. 사람들이 의사, 변호사, 검사를 좋아하는 이유는 사회적으로 이 모든 것들이 지식을 많이 가진 자들이 하고 있기 때문이다. 실질적으로 검사는 법을 많이 아는 사람이고, 의사는 병을 많이 아는 사람일 뿐이다. 그러나 보통 이러한 직업을 하고 있는 사람들은 명문대학교를 나왔다는 이유로 사람들이 매력적으로 보는 것이다.

✦♂ 확신에 찬 믿음으로 나아간다

한 남자가 매일매일 자신을 비하하며 '죽고 싶다'는 말을 내뱉는다면, 과연 당신은 그를 매력적인 사람이라고 말할 것인가 생각해 보자. 아무도 이러한 남자에게 매력을 느끼지 않을 것이다. 스스로에 대하여 자신감이 없는 사람에게서 우리는 '미래'를 보지 못한다. 미래가 없는 사람은 곧 '죽음'을 뜻하므로 우리는 그들에게 매력을 느끼지 않는 것이다.

실패한 대부분의 사람을 자신의 인생을 비난하고 더 나아가 자기 자신을 비하하는 경향이 있다. 그 이유는 실패 자체를 모든 것의 패배라고 느끼기 때문이다. 그 모든 잘못이 자신의 행동에서 나왔다는 것 자체를 본인 스스로 용납할 수 없다고 말한다. 스스로 비난과 학대를 일삼게 되는 것이다. 그러나 이러한 모습은 자신을 실제적으로 안 좋은 방향으로 이끌 뿐 아니라 가장 매력적이지 않은 요소가 되어 버린다.

　성공한 사람들은 자기 스스로 할 수 있다는 믿음을 가지고 있었다고 말한다. 생각이라는 것은 우리가 생각하는 것보다 엄청나게 큰 효과를 가지고 있다. 생각한다는 것은 곧 우리가 원하는 것을 만들어 낸다는 것을 뜻하는 것이다. 만약 자신이 자기 자신을 사랑한다는 생각을 가지고 있지 않다면 그것은 상대에게도 전달될 것이고 이것은 곧 자기 자신의 매력을 반감시키는 효과가 있게 된다. 반대로 자신을 사랑한다는 생각을 가지고 있다면, 자기 스스로 더 밝은 얼굴 더 밝은 행동을 하게 될 것이고 즉 상대편 또한 그러한 매력에 빠져들게 된다.

　확실하게 스스로의 가치에 대해서 믿는다면 남들도 그와 같이 당신을 생각하게 될 것이다. 그리고 더욱더 매력적인 사람으로 태어나게 될 것이다.

　스스로를 믿어 주는 것만으로도 당신의 미래가 빛나게 된다. 결국엔 당신의 재정적 전망도 빛날 수 있음을 깨달아야 된다.

매력학

2. 사회적 지위 - 제우스형

 대표 타입 - 제우스

제우스는 올림포스의 가장 강한 신이다. 그는 누구도 거스를 수 없는 막강한 지위를 지녔으며, 모든 자원과 인간을 다스릴 권리를 가졌다. 이와 같은 타입의 사람들은 거대한 존재처럼 느껴지며 항상 사람들 위에서 그들을 증명한다. 그 강력한 사회적 지위를 지닌 이들은 많은 사람들의 아버지이자 가장 강력한 신인 것이다. 그들은 사람들에게 큰 신뢰를 준다. 제우스의 한마디가 곧 법이 되는 것이다.

그들은 높은 지위에 있기 때문에 다른 사람들보다 많은 자원에 접근에 유리하다. 또한, 일반적인 사람들이 접근하지 못하는 정보를 얻을 수 있다. 일반 사람들이 가지는 사회적인 두려움 따위는 그들에게 무의미하다. 그들이 세상의 룰을 만들며, 그들이 세상의 주인이다. 항상 유리한 위치에서 사람들을 다스리며, 필요한 경우 자신들에게 유리한 조건으로 세상을 다시 창조하기도 한다. 그들의 힘은 세습되기도 하며, 가족들에게 나눠주기도 한다. 이러한 이유로 사람들은 그들이 가져다주는 사회적 힘을 얻고자 그들에게 충성하기도 한다. 사회적 지위는 좋은 부모를 만난 덕분에 발생할 수 있으며, 스스로 획득할 수도 있다. 어쩌면 높은 지위를 가진 사람들과 어울리면서 자연스럽게 얻어질 수도 있을 것이다. 그렇기에 이들에게 사람들은 열광하며, 자신도 모르게 고개를 숙일지도 모른다.

제우스와 같은 타입의 사람들에게는 항상 사람들이 몰린다. 그들은 온화한 척 큰 의자에 앉아 순수하게 웃는다. 그들은 자신의 가진 힘에 큰 자신감을 표현한다. 이들이 얻지 못하는 것은 '영원한 생명'뿐 남들보다 좋은 옷을 입으며, 남들보다 청렴하게 말한다.

그들이 가진 사회적 지위에 빠져들면 그 맛을 보기 위해 다시 몰려들기 시작한다. 그 매력에 빠져든 순간, 사람들은 평생 그들처럼 살고 싶다고 말한다. 그리고 평생을 그들과 같은 사람이 되기 위해 노력한다. 실패해도 상관없다. 이미 그들의 매력에 점령당한 사람들은 그들의 종이 되기를 자처하기도 하기 때문이다

매력학

⚲♂ 사회적 지위는 당신이 삶을 멋지게 만든다

　볼리비아 동부에 사는 부족 중 하나인 시리오노족 사이에서는 사냥을 못하는 한 남자가 사냥을 잘하는 남자들에게 아내를 빼앗긴다. 사냥을 못하는 남자는 부족에 도움이 되지 않으며, 식량만 축내는 사람으로 전락한다. 그는 사냥도 못하고 아내도 빼앗겼기 때문에 집단 내에서 지위 상실을 겪었다. 이를 지켜본 인류학자 홀름버그(Holmberg)는 그 남자와 함께 사냥에 나섰고, 엽총으로 짐승을 죽이는 기술을 가르쳤다. 그들은 결과적으로 많은 동물 사냥에 성공한다. 그리고 잡은 짐승을 남자에게 주면서 다른 사람들에게는 그 남자가 잡은 것이라고 말하게 했다. 돌아온 그 남자는 배운 기술을 바탕으로 계속적으로 부족에게 많은 사냥 동물을 제공했고, 결국 그 남자는 남다른 사냥 기술과 좋은 수완으로 부족 내의 사회적 지위가 상승했다. 그 결과 남자는 여러 여자를 섹스 파트너로 두었으며, 이제는 다른 사람들을 모욕하는 위치에까지 이른다.

　이처럼 높은 사회적 지위는 남성에게 많은 변화를 일으키게 만든다. 많은 자신감과 많은 여성과 많은 자원을 얻을 수 있는 권한을 부여하는 것이다.

⚲♂ 당신의 지위가 당신을 말해 준다

　사회적 지위는 여성과 남성에게 결혼을 할 때 필요하게 되는 중요 요소로 평가되고 있다. 사회적 지위는 자원의 지배 능력을 알려주는 보편적 단서로서, 지위가 높은 사람에게는 더 나은 식량, 더 넓은 땅, 우수한 건강 등이 자연히 따라오게 된다. 높은 사회적 지위는 그 사람의 자식에게, 지위가 낮은 남자의 자식이 누리지 못하는 사회적 기회를 제공할 수 있다. 예를 들어 회사 내부의 직원과 사장은 서로 다른 사회적 지위를 가지고 있다. 직위가 올라갈수록 더 많은 자원을 얻게 되는 것이 사회적인 정석이다.

많은 TV 속 드라마를 보라. 얼마나 많은 사장님, 실장님, 팀장님이 나오는가? 그들은 하나같이 뛰어난 매력을 지니고 있다. 직원과 사장은 다른 지위를 나타내며, 사람들은 이들의 지위로써 그들의 미래를 평가하게 되는 것이다. 이러한 특징은 한국뿐 아니라 전 세계적으로 나타나는 특징이다. 사람들은 드라마 속 일반 직원이 사랑에 빠지고 로맨틱한 상황에 놓이는 것을 축하할 일이고 흔하지 않은 일처럼 느끼지만, 사장이나 실장 등의 지위가 상대적으로 높은 사람들이 빠지는 로맨스 상황에는 당연한 듯이 받아들인다. 우리의 잠재의식 속에는 높은 지위를 가진 남자를 매력적으로 느끼는 스위치가 존재하는 것이다.

신기하게도 남자들은 이러한 성향을 본능적으로 이용할 줄 아는 것으로 추정된다. 종종 클럽이나 소개팅 자리에서 자신의 지위를 기존보다 조금 더 높게 표현함으로써, 여성의 환심을 사려고 노력하는 것으로 그러한 사실을 알 수 있다.

한 가지 예로, 필자는 6년 전 한 남자가 여성에게 말을 걸면서 의도적으로 자신이 서울대 학생이라는 사실을 말하는 것을 보았다. 결국 여성은 그 남자에게 전화번호를 주었다. 명문대학교 학생이라는 사실은 상대의 미래의 지위를 간접적으로 보여주는 요소로 작용했던 것이다.

매력학

지위는 사치품이 아닌 필수품이다

　배우자 선택에 관한 국제적 조사 대상이 된 37개 문화 중 대다수에서 여자들은 남자들보다 배우자의 사회적 지위를 중요하게 여겼다. 이러한 경향은 공산주의 국가와 사회주의 국가, 아프리카인과 아시아인, 가톨릭 교도와 유대교도, 남반구 열대 지역이나 북반구를 가리지 않고 동일하게 나타났다. 여자들은 사회적 지위를 우선시하며, 그것을 '사치품'보다는 '필수품'으로 간주하는 경향이 강하다.

1910년에 수집한 미국 통계 자료에서 2만 1973명의 남자를 조사한 결과, 사회·경제적 지위가 높을수록 결혼에 성공할 확률이 더 높았다. 이처럼 사회적 지위는 자원에 접근 권한을 높임으로써 매력적인 여성들이 더 추구하는 요소임에 틀림이 없다.

사회적 지위는 개인 스스로가 쟁취하는 경우도 있지만, 가족의 지위를 물려받는 경우도 있는데, 이러한 경우가 21세기에 들어서 심해졌다. 그럼으로써 집안의 지위가 높거나 자원이 많을수록 여성들은 남성의 현재 지위와 상관없이 매력을 느낄 수 있다. 실제로 전 세계의 남자 아이들에게 더 많은 여자와 질 좋은 결혼 상대자에게 접근할 수 있는 기회는 가족의 사회적 지위가 높을수록 유리하다.

또 하나의 흥미로운 연구 결과가 있는데, 더글라스. T. 켄릭의 실험에 의하면 여성들은 자신의 남자 친구보다 잘생긴 남자에게 마음이 흔들리지는 않지만, 자신의 남자 친구보다 사회적 지위가 높은 남자에게는 마음이 흔들릴 수 있는 것으로 나타났다. 이는 남성의 입장에서는 상상할 수 없는 결과라고 할 수 있다. 남성은 일반적으로 여성의 지위와 자원에 큰 매력 변화를 일으키지 않는다.

한 예로, 나의 오랜 친구 중 한 명에게 어느 날 두 개의 소개팅 자리가 들어온 사건이 있었다. 한 여성은 평균적인 외모에 교사라는 좋은 직업을 지녔고, 한 여성은 뛰어난 외모에 별 볼 일 없는 직업을 지니고 있었다. 그럼에도 불구하고 나의 오랜 친구는 망설임 없이 후자의 여성에게 고백을 하였다. 그런데 여기서 재미있는 상황이 연출되었다. 외모가 뛰어난 그 여성이 나의 친구를 거절한 것이다. 나의 친구의 직업이 별 볼 일 없다는 이유에서였다.

매력학

실제로 육체적 매력이 뛰어난 여자들은 사회적 지위가 높고 재산이 많은 남자와 더 많이 결혼하는데, 한 연구에서 여자의 육체적 매력이 남편의 직업적 명성과 상관관계가 있는 것으로 드러났다. 육체적으로 매력적인 여성일수록 사회적 지위가 높은 남자에게 끌린다는 것이다.

여러 사회학 연구에서는 남자의 직업적 지위가 결혼하는 여자의 육체적 매력에 미치는 여향을 조사했다. 그 결과 직업적 지위가 높은 남자는 그렇지 않은 남자보다 훨씬 매력적인 여자와 결혼할 수 있었다. 이처럼 사회적 지위가 높은 남자는 일반적인 남자들보다 자신이 원하는 이상형에 가까운 여자와 결혼할 확률이 높다. 그 이유는 사회적 지위가 여자의 마음을 끌어당기는 매력요소이기 때문이다.

매력의 요소, 리더십

몇 해 전에 한 영어 학원에 등록했던 적이 있었다. 그곳의 시스템은 다른 곳과 약간 달라서, 수업 후에 사람들끼리 짝을 지어서 영어회화를 연습할 수 있었다. 나는 재수가 좋게도 여성들이 더 많이 분포되어 있는 팀에 들어갈 수 있었다. 그곳에서 내가 첫 번째로 다룬 토론 주제는 "어떤 이성이 매력적인가?"였다. 나와 같은 몇몇 남성은 당연히 여자들의 외모에 큰 매력을 느낀다고 답했다. 그러나 여자들은 달랐다. 정말 다양한 종류의 매력요소들이 쏟아져 나왔다. 그중에 나의 관심을 깊게 끌었던 여자가 있었다. 그녀는 남성의 리더십에 대해 큰 칭찬을 아끼지 않았다. 그러나 이 의견은 단순히 그녀만의 생각이 아니었다. 그녀가 리더십 있는 남성에 대한 칭찬을 늘어놓자 다른 여성 팀원들이 거들기 시작한 것이다. 결국 남자는 추진력 있고 사람들을 잘 통솔하는 리더십 있는 남성이 모든 여자가 인정하는 최고의 매력남의 자리에 앉게 되었다.

그렇다면 왜 리더십이 매력적인 것일까? 리더십이 있다는 것은 즉 그룹에 리더가 될 수 있다는 것을 뜻하기 때문이다. 한 그룹의 리더가 된다는 것은 그가 많은 사람들의 리더로서, 그들의 인력과 자원을 소유할 수 있음을 의미한다. 고대에 많은 사람들 다스릴 수 있었던 직책이 바로 추장이다. 추장은 항상 다른 남성보다 힘이 세고, 머리가 좋았다. 그들은 사냥한 음식을 나눌 수 있는 권한과 자신과 뜻이 맞지 않는 사람들을 제거할 권한을 가지고 있었다. 일종의 신과 같은 사람이었던 것이다. 몇몇의 남성들은 살기 위해서 그에게 복종하였고, 몇몇의 여성들은 그의 아내가 되어야만 했다. 그러한 시대가 흐르면 흐를수록 많은 여성들은 자신이 추장의 아내가 되었을 때 누릴 수 있는 생존의 번영을 알게 되었다. 안정되게 먹을 것과 입을 것을 제공받을 수 있는 자리였던 것이다. 이러한 방식의 생각이 자리 잡게 되면서 리더로서의 기본 자질인 리더십은 남자에게 빼놓을 수 없는 매력적인 요소로 부각되기 시작한 것이다.

현대 사회에서는 많은 사람들이 리더로서 활동하고 있다. 그리고 그들은 남들보다 매력적이라는 이야기를 듣는다. 여성들에게는 부족의 장을 좋아하고 그들의 아내가 되고 싶어 하는 본능이 숨어 있는 것이다. 몇천만 년간 발전한 이 메커니즘은 여성의 인권이 발달되게 된 100년도 안 된 시간으로는 바뀔 수 없는 것이다. 여성들은 본능적으로 이러한 자들이 자신의 생존에 도움이 된다고 느낀다. 그래서 리더십을 가지고 있는

매력학

남성을 보면 본능적으로 여성들은 매력을 느끼게 되는 것이다.

예의 있게 행동하는 자, 높은 자리에 오르리라

동서양을 막론하고 예의 바른 사람은 언제나 사랑받는다. 영화 〈위대한 개츠비〉를 보면 주인공 개츠비는 어려서부터 사회의 고위층이 사용하는 인사, 식사 예절 등을 배운다. 이러한 예절은 그가 사회의 상류층에 편입되는 데 큰 힘을 발휘한다. 이처럼 높은 자리의 사람들이 사용하는 예절은 그 사람의 지위를 보여주는 하나의 잣대로 사용된다.

현대에 들어서 매너라고 불리는 행동이 많은 사람들에게 필수품으로 자리 잡은 데에는 이러한 숨은 이유가 있다. 예의 바른 행동과 신사적인 행동들을 모두 포함하여 '매너가 있다'고 하는데, 매너가 있는 사람들은 보통 여유롭고 많이 배운 사람들이라는 이미지를 심어 준다.

매너가 있다는 것을 남녀노소 모두 다 매력적으로 느끼는 것으로 보인다. 그러나 여성이 남성보다 이러한 매너를 조금 더 중요시 여기는데, 그 이유는 바로 매너 있는 사람들의 지위에서 찾아볼 수 있다. 앞서 말한 〈위대한 개츠비〉에 나온 내용처럼 사회의 상류층은 필수적으로 갖추어야 하는 교양이 바로 매너 있게 행동하는 것이다. 매너 있는 행동의 또 다른 진화론적 면은 바로 보호와 관련이 되어 있다.

한 결혼정보회사의 조사에 의하면, 여성들이 바라는 매너 행동으로 1위는 '함께 걸을 때 나를 인도 쪽으로 걷게 하는 것(43.8%)', 2위는 '예약이나 예매, 데이트 코스를 미리 준비해 오는 것(32.7%)' 3위는 '계단을 오를 땐 남자가, 내려갈 땐 여자가 먼저 가게 하는 것(9%)'으로 나타났다. 이러한 모든 행동은 남성이 여성에게 보호를 주는 행동으로 볼 수 있다. 실제로 위협적 요소는 언제 어느 시대에도 도사리고 있었다. 매너 있는 사람들은 상대적으로 이러한 위협적인 존재로 받아들여질 확률이 적으며, 평균적으로 폭력적으로 돌변하거나 자신에게 위협을 가하지 않을 것이라는 인간의 심리가 작용한다.

만약 당신이 모든 사람들을 통솔할 수 있는 최고의 자리에 있다면, 당신에게 두려울 것은 없을 것이다. 그 누구도 당신에게 해를 입히지 못하기에 당신의 행동은 더욱 여유로워지며 남들에게 더욱 상냥하게 대할 수 있었을 것이다. 이러한 권력층에 오른 사람들은 모두 같은 방식으로 사람들에게 보였을 것이고, 이는 결국 우리 인간의 뇌에 각인되었을 것이다.

인간은 단순히 상류층이 하는 행동을 따라 하는 것만으로도 그들처럼 매력적인 향기를 풍길 수 있음을 기억해야 할 것이다. 사실 가장 좋은 방법은 스스로를 실제로 높은 지위에 올려놓는 것이다.

매력학

3. 이타성과 공감성 - 신사임당형

대표 타입 - 신사임당

신사임당들은 자신의 자식과 자신의 주위 사람들을 위해 노력한다. 한국의 대표 현모양처(賢母良妻)로 유명한 그녀는 한국의 5만 원 화폐 도안 인물로도 유명하다. 그녀의 이타성은 400년이 넘도록 많은 사람에게 귀감이 되고 있다. 비록 자신이 굶을지언정 자신의 자식에게는 헌신하는 사람이다.

이와 같은 타입의 사람들은 항상 남들에게 도움을 주는 것을 좋아한다. 그들은 오직 불쌍한 사람들이 조금이라도 행복하길 바라며, 사회적으로 불평등한 삶을 사는 사람들이 없기를 바란다. 싸움을 극도로 싫어하지만, 가난하고 불쌍한 사람들을 위해서는 창과 칼을 드는 대범함도 보여준다. 대체도 이들은 온화하며, 그 누구보다 앞장서서 봉사 활동에 참여한다. 어쩌면 사람들을 도와주는 자신을 보면서 행복한 감정에 휩싸이는지도 모른다.

이러한 행동으로 사람들은 그들에게서 희망을 본다. 자신의 굶주림을 알아줄 사람으로 착각한다. 자신이 어려운 일이 있다면 이들이 도움의 손을 뻗칠 것이라 생각하는 것이다. 이로써 이들은 이성으로서 상당히 매력적이다. 그들이 당신과 짝을 이룬다면, 그들은 분명 당신의 자식을 금은보화보다 더 값지게 생각할 것이 분명하다. 나와 나의 부모님 그리고 나의 자식에게도 헌신할 것만 같다. 이런 이들은 절대로 남들 앞에서 힘든 척하지 않지만, 사회적으로 고립되고 어려운 삶을 사는 사람들 앞에서는 진심 어린 눈물을 흘릴 줄 아는 이들이다. 사람들이 가장 힘든 상황에 옆에서 있어 줄 수 있는 그들은 그 누구에게나 매력적인 것이다.

⚣ 이타적인 면으로 세상을 녹여라

매년 한 번 이상은 거액의 돈을 기부하는 사람들이 대중매체의 한 면을 장식한다. 가끔씩 힘들게 호떡장사를 해서 모은 돈으로 기부를 하는 사람들도 눈에 띈다. 만약 당신이 정말로 현실적인 사람이라면 이러한 사람들의 행동이 이해가 가지 않을 것이다. 힘들게 모은 돈을 기부함으로써 도대체 그들이 얻을 게 무엇인지 생각해 보게 만든다. 그러나 사실 남을 돕는다는 행동은 인류의 역사에서 절대로 빼놓을 수 없는 중요한 요소이다. 이타성 역시 매력요소로서 인류 초창기부터 발전하였다. 남을 도우는 행동은 곧 자신에게 큰 이득이 됐음을 시사한다.

우리 인간들은 계속해서 착하게 행동할 것을 강요받으며, 남에게 위해 (危害)를 끼치지 말 것을 강요받는다. 이는 멀리 보면 볼수록 명백하게

매력학

'생존'과 연관되어 있다. 사회의 구조 속에 살고 있는 인간은 서로가 협력하지 않으면 생존할 수 없다. 이러한 상황에서 상대에게 안 좋은 위해(危害)를 끼치게 된다면 이것은 곧 자신에게 해를 끼치는 것이 된다.

남녀가 짝을 고를 때 헌신적인 봉사와 같은 이타적인 면을 중시한다. 여성 쪽이 남성보다 특히 그런 태도에 큰 의미를 부여한다. 여성은 이타적인 자질을 다른 어떤 자질보다 더 중요하게 여긴다. 왜 그럴까? 이타심은 가정의 평화, 자녀 양육에 매우 중요하기 때문이다(영국 노팅엄 대학).

두 남자 사이에 갈등하는 한 여자가 있다. 두 남자의 모든 조건이 동일하다고 가정한다. 그러나 한 명은 사람들에게 자신이 가진 것들을 나눠주기에 인색하지 않다. 그러나 다른 한 명은 자신이 가진 것들을 나눠주는 데 인색하다. 이럴 경우 여자에게는 인색하지 않은 쪽이 더 매력적일 수밖에 없다. 이러한 남자는 여자와 나아가 여자의 아이에게 관대하므로 생존에 큰 도움을 줄 수 있기 때문이다.

영장류 중에서 광범위한 상호 관계를 몇 년, 수십 년 혹은 평생 동안 이어가는 종은 사람뿐이다. 인류가 먼 옛날부터 사냥해 얻은 고기는 사냥꾼 혼자 소비하기엔 너무 많았다. 게다가 사냥 성공률은 변동성이 컸는데, 오늘 사냥에 성공해도 내일 사냥에 성공할 보장이 없었기 때문이다. 이러한 조건에서 사냥에서 얻은 식량을 나누어주는 방식이 자신의 미래를 위해서 더욱더 도움이 되었다. 이러한 행동이 이타성으로 발전했을 가능성이 크다. 그렇게 사냥감을 나눔으로써, 나중에 자신이 사냥에 실패했을 때, 다른 사냥꾼에게 고기를 얻을 수 있었을 것이다.

남녀는 파트너를 고를 때 헌혈을 주기적으로 하거나 병원에 가서 봉사하는 것과 같은 이타적 행동을 하는 상대를 선택한다. 이에 대해 인간 진화론을 주장하는 학자들은 다음과 같이 설명한다.

> 인류의 조상들은 장기간 가정에 봉사할 파트너를 고르는 일이 중요했고, 이타적 행위는 그런 가능성을 판단할 수 있는 자질의 하나다. 이 때문에 이타주의를 좋게 여기는 유전적 요인이 발생했다.

남을 돕는 행위는 그 행위를 하는 사람에게 때로는 불이익이 될 수 있다. 그런데도 인간은 자신이 누구인지 모르는 타인에게 아무런 대가도 없이 도움을 주는 행위를 기꺼이 한다. 이는 인간의 선천적 이타적 기질을 체내에 지니고 있기 때문이다. 이타적인 행동은 이성에게 성적인 매력을 주면서 배우자 선택 시 가장 중요한 고려 사항이라는 점에서 인간에게 가장 소중한 유전적 요인이다. 인간의 성적인 행동이나 그와 관련된 의식 작용은 인간 진화를 추정할 수 있는 가장 명백한 증거의 하나이기 때문이다. 실생활에서 종종 목격되는 것처럼, 사회적 유대감을 강화하는 것은 이타심이다. 즉 남에게 더 관대할수록 남의 존경심이나 타인에 대한 영향력이 더 강해진다. 동료들의 평가가 좋아지고 사회적 지위가 상승한다. 이는 누구나 이기적으로 행동할 때 따돌림을 당하거나 경멸의 대상, 심지어 증오의 대상이 되는 것을 의미한다.

과학자들의 연구 결과를 보면, 인간의 이타적인 면은 두뇌, 신경계통과 연결되어 있다. 인간은 선천적으로 남에게 동정적인 자질을 지니고 태어난다. 뇌하수체에서 분비되는 진통 효과를 가진 옥시토신이라는 호르몬이 타인의 감정 상태를 더 잘 파악케 하거나 어려운 환경에서 스트

매력학

레스를 덜 받게 만든다. 이 호르몬은 사람들이 상호작용을 하거나 서로 보살피면서 사랑에 빠지게 하는 작용을 한다.

어머니와 어린 자식의 관계처럼 개인적, 사회적 유대감을 강화하는 것이 개인의 건강에 필수적 요인이라는 것은 널리 알려진 사실이다. 인류가 오늘날처럼 성공적으로 생존할 수 있었던 것은 인간이 남을 보살피면서 이타적이고 동정심이 강한 자질을 지니고 있기 때문이다.

위처럼 여자들이 결혼 상대자를 선택할 때, 중요시 여기는 한 부분이 바로 자식에게 투자하려는 마음이다. 남자가 자신의 자식에게 투자할 마음에 없다면, 나중에 태어날 아이를 여자 혼자서 키워야 하는 사태가 발생하기 때문이다. 여자들의 경우 필요한 자원을 가지고 있을 뿐 아니라 그 자원을 자신과 자식에게 나눠줄 수 있는 남자를 선택해야 한다. 그렇기 위해서는 그것을 유추해 낼 수 있는 단서들이 필요하다. 사랑은 이처럼 상대를 위해서 자원을 나눠줄 수 있는 헌신 단서를 제공한다.

♀�♂ 사랑을 재해석하면 헌신의 발전이다

사회 과학의 통념에 따르면 사랑은 비교적 최근에 생긴 것으로, 낭만적인 유럽인이 수백 년 전에 만든 것이라고 한다. 그러나 연구 결과들은 이러한 통념이 아주 잘못되었다고 시사한다. 사랑의 생각과 감정과 행동은 전 세계 모든 문화의 사람들이 경험한다는 증거가 있다.

인류학자 윌리엄 양코위액(William Jankowiak)과 에드워드 피셔(Edward Fischer)는 세계 각지의 168개 문화를 조사하면서 사랑의 존재를 뒷받침하는 네 가지 증거를 검토했다. 사람의 노래를 부르는 사례, 사랑하는 남녀가 부모의 뜻을 거스르고 야반도주하는 사례, 사랑하는 사람 때문에 겪는 고통과 그리움을 보고하는 문화적 자료 제공자, 복잡하게 얽힌 연애 관계를 묘사한 민간 설화. 이들은 이러한 현상들의 존재를 사용해 전체 문화의 88.5%에서 낭만적 사랑이 존재를 뒷받침하는 증거를 발견했다. 사랑은 미국이나 서구 문화에만 국한된 현상이 아니라는 것은 명백하다.

연인 관계에서 사랑에 대한 맹세를 받으려고 하는 것도 이것과 일맥상통하는데, 여자의 경우는 남자가 가진 자원을 자신에게만 쓰길 바라며, 더 나아가 자신들의 아이를 위하여 투자해 주길 바란다. 그로 인하여 헌신을 나타내는 말과 행동을 계속적으로 요구하는 것으로 보인다. 사랑은 전 세계적인 현상이고, 사랑하는 행동의 1차적 기능은 헌신의 증표를 나타내는 것이기 때문에, 여자들은 결혼과 같은 장기적 배우자를 선택하는 과정에서 사랑을 우선시할 것이라고 예측된다.

또한 자신의 연인이 아니라면 상대가 다른 사람들에게 얼마나 많은 것을 베풀고 있는지를 보고 그의 헌신 정도를 파악하는 경향을 보인다. 상대가 남을 돕길 좋아한다면 자식들에게도 자신의 시간과 자원을 투자할 가능성이 더 높기 때문이다.

실제로 전 세계인의 이혼 사유의 큰 부분이 '외도 및 부정'인 것으로 보아서 헌신적인 행동은 남녀 모두에게 중요한 요소로 보인다. 외도 및 부정을 저지르는 배우자를 인간이 근본적으로 싫어하는 이유는 바로 '자원의 분배'에 있다.

남성의 경우 여성과 자녀에게만 제공되어야 하는 자원을 다른 여성에

매력학

게 사용함으로써 기존의 부인과 자녀의 '생존 확률'을 낮출 수 있다. 반대로 여성의 경우는 자원이 아닌 '자녀에게 투자하는 시간'을 줄이게 됨으로써 자녀의 생존 확률을 낮추게 되는 것이다. 또 한 가지 여성에게만 해당되는 '외도 및 부정'의 가장 큰 부정적인 면은 '다른 남성의 자녀를 임신'하는 상황에 이루어진다. 만약 남성이 부인의 외도를 눈치채지 못할 경우를 생각해보자. 부인이 다른 남자의 아이를 임신한다 하더라도, 남자의 입장에서는 그 아이가 자신의 아이인지 아닌지 알 수가 없다. 이로 인해서 남성은 자신이 가진 자원을 '자신의 자녀'가 아닌 '남의 자녀'에게 투자하게 되는 것이다. 남성의 입장에서는 자신의 유전자와 상관없는 사람에게 자원을 투자하는 상황이 벌어지는 것이다. 이러한 상황이 벌어지는 것을 막기 위해서 인류는 태어난 이후로 지금까지 상대를 정확히 파악하는 방법을 생각하게 되었고, 이타성과 헌신이라는 단서는 이를 구별하는 가장 확실한 방법으로 여겨졌던 것이다.

☿ 공감하라. 그녀는 당신에게 오리라

공감성 또한 인간이 살아가는 데 굉장히 중요한 매력요소이다. 여자이건 남자이건 인간이라는 존재는 언제 어디서나 외로움을 느끼는 존재이다. 많은 친구들 사이에서도 외로울 때가 있는 것처럼 사람은 항상 외로움 속에 산다고 볼 수 있다. 이러한 상황 속에서 항상 자신에게 말을 걸어 주고, 자신이 외로움을 느끼는 타이밍마다 밝게 말을 건네 오는 사람이 있다면 엄청나게 매력적으로 다가올 것이다.

이것은 하나의 심리게임이라고 할 수 있는데 '상대를 잘 알아주는 매력', 즉 공감성은 상대의 입장에 서서 생각한다는 것을 의미한다. 상대의 마음에서 상대방의 마음을 움직일 수 있는 것이 무엇인지 알게 되는 것이다.

상대를 잘 안다는 것은 엄청난 힘을 발휘한다. 친구가 어떤 영화를 좋아하는지, 어떤 음악을 좋아하는지, 어떤 음식을 좋아하는지 등등을 알고 있다면 친구로서든 애인으로서든 상대에게는 큰 감동을 줄 수 있다.

상대의 가장 큰 불만은 무엇일까? 원하는 게 무엇일까? 이것 것들을 잘 생각하고 그러한 것들에 맞춰서 상대에 대해서 더욱더 관찰하고 알아 가는 행동을 하다 보면 상대는 자신도 모르게 상대에게 안정을 느끼고 매력적으로 빠져들게 될 것이다.

상대방과 공감하는 것은 위로의 역할을 한다. 여자가 남자보다 평균 7~8년을 더 사는 이유가 바로 이러한 이유 때문인데, 여성의 특성상 서로에게 칭찬해 주고 잘 들어 주는 버릇이 있기 때문에 단순히 대화하는 것만으로 서로가 위로가 되기 때문인 것이다. 그런데 남자들은 다르다. 대화가 시작되면 서로에게 잘못된 점을 지적해 주기 시작하고 서로에게 하나하나 어떻게 해야 할지 이야기하기 시작한다. 즉 잘 듣지 않고 단순히 해결책만 제시하는 것이다. 이것은 상대에게 공감성을 주지 못하므로 상대로 하여금 불편한 감정과 자신을 이해해 주지 못하는 사람이라는 인식을 심어 준다. 즉 자신과 반대편에 서 있는 사람으로 인식하게 되고, 거리를 두는 것이다.

매력학

☌ 외로워 마라. 당신은 지극히 정상이다

외로움은 본래 '생존 본능'이 만들어 낸 하나의 신호와 같다. 인류의
역사에서 집단은 빼놓을 수 없는 생존 방식이다. 이러한 생활 방식에서
살아온 인간이 갑자기 혼자가 되거나, 주위에 자신을 이해해 주는 사람
이 없다고 느낄 때 '외로움'이라는 감정 신호로 우리에게 찾아오는 것이

다. 이러한 이유로 상대를 알아주는 행위 자체가 큰 매력으로 받아들여지는 것이다. 자신을 알아주는 사람이 있다는 것은 자신의 생존 확률이 안정적으로 유지된다는 것을 뜻하기도 하기 때문이다.

더 쉬운 예를 들어보자. 당신이 학교에서 학생으로 있는 것과 학교를 졸업하여 자신의 삶을 살아가는 것은 분명 다른 감정 반응을 불러일으킬 것이다. 이 경우 학교를 졸업 후 자신의 삶을 살아갈 때 외로움을 느낄 확률이 올라간다. 학교라는 공간은 공동체로 항상 본인과 같은 많은 학생들이 같이 생활한다. 세상에는 자신과 같은 사람이 여러 명 존재하는 것이다. 그러나 학교를 졸업하면 달라진다. 자신과 비슷한 사람들이 사라짐으로써 본능은 당신의 몸에 '위험신호'를 보내기 시작한다.

여기서 더 간단히 생각하자면 모닝 알람을 생각하면 된다. 우리는 혹시나 잠을 더 자게 될 경우를 생각해 모닝 알람을 두세 개 더 맞추어 놓는다. 그렇게 하는 것이 제시간에 나를 깨워 줄 확률이 높기 때문이다. 우리 몸도 마찬가지다. 비슷한 사람 즉, 공동체가 사라짐으로써, 우리 몸은 즉시 원시시대로 돌아간다. 원시시대에 우리 인간은 혼자서 생존할 수 없었다. 오직 공동체만이 생존 확률을 높이는 가장 좋은 방법이었던 것이다. 우리 몸은 그 당시의 기억을 되살리고 이것은 곧 '외로움'이라는 감정으로 사람을 공격하는 것이다. 실제로 죽을 상황이 아님에도 인간은 신체의 위험신호로 고통을 받게 되는 것이다. 이러한 몸의 신호로 우리는 밖으로 나가서 사랑을 찾거나 새로운 직장을 구하게 되는 것이다.

확실히 외로움을 느끼는 사람일수록 공동체에 소속되거나 사랑을 찾기 위해 노력할 확률이 높다. 그러나 이러한 외로움이 강해지면 사회적으로 혼자라는 생각을 느끼고 자신의 생존 확률을 스스로 측정하게 된

매력학

다. 그리고 결국 '생존 가능성 제로'라는 결론을 내려 버리곤 한다. 이러한 사건이 바로 '자살'이라는 직접적인 행동으로 변화하는 것이다.

실제로 교도소의 독방에 수감되어 있는 죄수는 여러 사람과 함께 있는 사람에 비해 정신장애를 일으키는 확률이 더 높다고 한다. 아무도 없는 방에 오랫동안 혼자 있게 되면 환청, 환각 증세를 보이며 정신착란 증세를 보이게 된다고 한다.

인간의 이러한 심리 상태를 정확히 이해했다면, 당신은 절대로 깨우쳐야 할 것이다. 당신은 혼자가 아니며, 당신은 이상하지 않다.

⚤➚ 남을 배려하는 이타적인 태도는 이성에게 강한 성적 매력을 느끼게 한다

남녀는 파트너를 고를 때 헌혈을 주기적으로 하거나 병원에 가서 봉사하는 것과 같은 이타적 행동을 하는 상대를 선택한다. 왜 이런 일이 벌어질까? 이에 대해 인간 진화론을 주장하는 학자들은 다음과 같이 설명한다.

> 인류의 조상들은 장기간 가정에 봉사할 파트너를 고르는 일이 중요했고, 이타적 행위는 그런 가능성을 판단할 수 있는 자질의 하나다. 이 때문에 이타주의를 좋게 여기는 유전적 요인도 발생했다.

남녀가 짝을 고를 때 헌신적인 봉사와 같은 이타적인 면을 중시한다. 내가 아는 가장 일리 있는 말 중 하나가 있다. "여자 친구를 만들려면 봉사 활동에 나가라." 나는 이 말이 상당히 일리가 있다고 생각한다. 내가 아는 한 남성은 외모와 직업이 별 볼 일 없지만, 모든 남자들이 말하는 '예쁜 여자'와 결혼에 성공했다. 그 남성은 평소에 봉사 활동을 자주 갔는데, 봉사 활동을 하는 동안에 평생 처음 사귄 여자가 바로 지금의 아내였던 것이다.

남성과 여성 모두 상대를 파악할 때 자신에게 하는 태도뿐 아니라 남에게 하는 태도 역시 신중히 살핀다. 그리고 그러한 행동은 서로의 평가에 영향을 미친다. 여성 쪽이 남성보다 특히 그런 태도에 큰 영향을 받는다. 여성은 이타적인 자질을 다른 어떤 자질보다 더 중요하게 여긴다. 왜 이렇게 여성은 이타심을 큰 매력요소로 평가하는 것일까? 정답은, 이타심은 가정의 평화, 자녀 양육에 너무 중요하기 때문이다.

예로부터 남녀가 커플을 이루고 살다 보면 발생되는 문제 중 하나가 바로 '자녀 양육'에 관한 것이었다. 한국의 역사를 보더라도 고려시대나 조선시대처럼 많은 기간 동안 여성이 대부분 자녀 양육을 책임졌는데 이러한 생활 방식으로 인해 남성들은 좀처럼 자녀 양육에 투자하는 시간을 늘리지 않았다. 여성들은 자신의 아이에게 적극적으로 투자하는 남성을 찾아야만 했던 것이다. 그러나 결혼을 해보지 않은 상태에서 상대의 자식에 대한 투자 행동을 판단하기란 쉽지 않았다. 결국 '아이를 좋아하는 남성', '주위 사람들에게 예의 바른 남성', '자신을 잘 챙겨 주는 남성' 들의 특징을 보고 미리 짐작하는 방법을 택했던 것이다. 이러한 방식은 진화하여 잠재의식 속에 저장되었고, 지금도 여성들은 '이타적인

매력학

남자를 보면서 결혼에 적합한 남성으로 착각하게 되었다.

사실, 남을 돕는 행위는 그 행위를 하는 사람에게 때로는 불이익이 될 수 있다. 그런데도 인간은 자신이 누구인지 모르는 타인에게 아무런 대가도 없이 도움을 주는 행위를 기꺼이 한다. 가정에 봉사할 파트너를 고르고자 하는 판단의 기준 이외에도 우리가 사랑하는 사람에게 계속적으로 베풀고자 하는 것, 불쌍한 사람을 도우려고 하는 것 등등의 행동의 이면에는 자신에게 발생할지도 모르는 미래를 대비한다는 신념이 깊게 깔려 있다. 자신이 불쌍한 사람 또는 사랑하는 사람을 돕는다면 머지않아 그들도 그에 대한 대가로 자신을 도울 것이라는 기대심이다.

이는 인간의 이타적인 선천적 기질을 체내에 지니고 있는 이유를 충분히 설명한다. 리처드 도킨스의 『이기적 유전자』에 나오는 말처럼 우리의 유전자는 자신을 위해 이타적인 행동을 하기도 하는 것이다.

이러한 두 가지 이유로 이타적인 행동은 남녀 모두에게 매력적인 행동으로 비춰지며, 그런 행동을 보여주는 것만으로도 이성에게 매력적으로 비춰질 수 있는 것이다.

인간은 흔히 이기적인 동물로 여겨져 왔다. '적자생존'이라는 말의 배후에는 인간도 자기 자신을 위한 이기적인 행동을 최우선시하는 동물이라는 의미가 깔려 있다. 앞서 말한 것처럼 인간의 생존 본능은 매력을 만드는 원동력이다. 생존에 도움이 많이 되는 요소일수록 매력적으로 다가오는 것이다

최근 과학자들의 연이은 연구 결과 인간은 남과 어울려 살 수 있는 기본적인 자질인 이타적인 면이 매우 강한 것으로 나타났다. 그런 연구의 하나가 미국 UCLA의 연구다. 이 대학 연구 팀은 인간이 적자생존의 법

칙이 아닌 '가장 친절한 이타적인 인간의 생존'이라는 법칙의 지배를 받는다면서 다음과 같이 발표했다

인간은 남에 대해 동정적이고 협조적인 자질을 지닌 쪽으로 진화하고 있으며 가장 친절한 사람이 생존할 가능성이 가장 높다. 이는 남녀가 배우자를 고를 때 이타심을 중시하는 것과 밀접한 관련이 있다. 이런 발견은 찰스 다윈이 130여 년 전에 언급한 "동정심은 인간의 가장 강력한 본능이다."라는 주장과 일치한다.

✺ 이기적인 행동은 사회적 고립을 낳는다

실생활에서 목격되는 것처럼, 사회적 유대감을 강화하는 것은 이타심이다. 즉 남에게 더 관대할수록 남의 존경심이나 타인에 대한 영향력이 더 강해진다. 동료들의 평가가 좋아지고 결과적으로 그 동료들은 당신의 사회적 지위를 올려 줄 것이다.

혼자서 성공하는 사람은 없다. 이기적인 사람들은 많은 것을 혼자 독식하려고 하기에 매력적이지 않다. 원시시대부터 이어져 온 사회를 이루는 인간의 특성상, 이기적인 구성원은 언제나 배척당했다. 그들은 마땅히 나누어야 할 음식을 독식하였으며, 때로는 거짓된 정보로 구성원을 골탕 먹였다. 이로써, 사회공동체는 항상 이러한 구성원을 특정 방법으로 사회에서 배척했을 것이다. 그것이 바로 '따돌림'과 같은 형태로 나타

매력학

난 것이다. 이는 누구나 이기적으로 행동할 때 따돌림을 당하거나 경멸의 대상 심지어 증오의 대상이 되는 것을 의미한다.

역사적으로 유명했던 인물들을 보면 항상 주위에 그들을 보좌해 주는 다른 인물들이 있다. 그리고 몇몇 인물들은 주위의 보좌하는 사람들에게 존경심을 잃음으로써, 악인(惡人)으로 평가되는 사람도 있다. 악인(惡人)으로 유명한 히틀러 역시 헤르만 괴링, 하인리히 히믈러, 헤스, 요제프 괴벨스 같은 주위 사람들의 도움으로 독일의 권력을 얻었으나, 후에 이기적이고 독단적인 행동으로 인하여 주변 사람들의 신뢰와 존경심을 잃고 결국 자살을 선택하게 된다.

만약 그 누구보다 크게 성공하고 싶다면 주위 사람들의 존경심과 힘을 빌리지 않으면 안 될 것이다. 앞서 말했듯이 사회적 지위와 자원의 매력요소를 얻기 위해서 이타적인 행동으로 사람들의 신뢰와 존경심을 얻는 행동은 필수적이다.

☿⚢⚣ 이타적인 면이 부르는 호르몬

과학자들의 연구 결과를 보면, 인간의 이타적인 면은 두뇌, 신경계통과 연결되어 있다. 인간은 선천적으로 남에게 동정적인 자질을 지니고 태어난다. 즉 이러한 자질은 여성에게 모유(母乳) 분비를 촉진하면서 진통의 효과가 있는 호르몬인 옥시토신이 분비되어, 피와 두뇌 속에서 타인의 감정 상태를 더 잘 파악케 하거나 어려운 환경에서 스트레스를 덜 받게 만든다. 이 호르몬은 사람들이 상호작용을 하거나 서로 보살피면서 사랑에 빠지게 하는 작용을 한다. 이 옥시토신이 바로 이타적인 행동을 할 때도 나타나는 것이다.

옥시토신에 대해 자세히 설명하자면, 남성과 여성이 만나 특별한 감정을 느끼는 것은 3~4초 안에 결정되는데, 그 느낌은 어떤 것보다 빠르고 강렬하게 다가온다. 상대방도 비슷한 감정을 갖게 되면 두 사람은 사랑에 빠지게 되고, 이때를 뇌과학적으로 표현하자면 "두뇌에 도파민이란 신경전달물질이 가득 찼다."라고 말한다.

연애 감정에 빠졌을 때 도파민이 두뇌를 점령하는 것은 마치 마약을 했을 때와 마찬가지로 똑같은 효과라고 말할 수 있다. 상대방을 만났을 때 넘쳐 나는 도파민으로 인해, 그 상황을 잊지 못하기 때문에, 상대방을 보지 못하면 견딜 수 없는 감정에 휩싸이는 것도 그 때문이다. 물론 이 도파민이 넘쳐 나는 것도 유효기간이 있어, 도파민의 양에 익숙해지거나 더 이상 도파민의 약발이 듣지 않는 때가 곧 온다. 이때를 우리는 사랑이 변했다고 표현하기도 한다.

시간이 지남에 따라 도파민의 강렬한 작동으로 시작된 연애 감정은 곧 도파민이 아닌 옥시토신의 지배를 받게 된다. 즉 연애 감정을 느끼기 시작하면, 상대방을 만지고 싶은 충동으로 발전하는데, 이때부터는 옥시토신이 나오기 시작하는 것이다. 단순한 감정을 넘어 두 사람이 육체적 관계를 갖고 즐기게 되는 것에는 옥시토신의 영향을 전적으로 받은 결과라고 할 수 있다. 옥시토신이란 호르몬은 남녀에게는 작용하는 바가 확연히 차이 난다. 여자들에게 옥시토신은 여성성을 나타내고 실천하는 데 중요한 작용을 하는 호르몬이다. 옥시토신은 사랑의 호르몬이기도 하지만, 여성들에게는 출산할 때 꼭 필요한 호르몬이기도 하다. 아이가

매력학

자궁에서 빠져나온 후 자궁이 엄청난 속도로 축소될 때 옥시토신이 역할이 있어야만 크게 부풀었던 자궁은 많은 고통 없이 다시 자그만 주먹만 한 크기로 돌아오게 할 수 있기 때문이다.

아이를 출산 때 강렬하게 방출되는 옥시토신은 자궁 수축 외에 아이에 대한 무한한 모정을 느끼게 하는 결정적 역할을 한다. 이러한 옥시토신으로 여성은 남성에 대한 사랑과 자식에 대한 사랑을 모두 비슷한 신체적 작용에서 느낀다.

그러나 재미있게도 남성에게 옥시토신이 증가할 때는 성관계를 막 끝내고 난 이후뿐이다. 남성에게 옥시토신이 하는 역할은 여성과의 성관계 후의 만족감이라고 볼 수 있다. 그래서 옥시토신이 결여된 남성은 섹스 파트너를 기억하지 못한다고 한다.

여러 가지 의학적 실험을 통해 볼 때 옥시토신은 남성들에게는 사랑의 기억을 향상시키는 것으로 밝혀지고 있다. 그 이유는 옥시토신이 작용하는 부위가 남녀 차이가 있기 때문인데, 남성의 옥시토신은 주로 뇌의 편도체에서 담당하게 되는데 이는 주로 사랑, 특히 육체적 사랑의 감정을 담당하는 부위이기도 하다.

어머니와 어린 자식의 관계처럼 개인적, 사회적 유대감을 강화하는 것이 개인의 건강에 필수적 요인이라는 것은 널리 알려진 사실이다. 인류가 오늘날처럼 성공적으로 생존할 수 있었던 것은 인간이 남을 보살피면서 이타적이고 동정심이 강한 자질을 지니고 있기 때문이다. 이러한 행동이 곧 우리를 기분 좋게 해주었기 때문일 것이다(옥시토신의 분비).

현재도 인간은 도움을 필요로 하거나 협력을 구하는 사람을 보살피는 능력을 더 강화하고 있는 추세다. 인간은 오늘날과 같은 사회 환경에서 살아남기 위해 더욱 동정적이고 협조적으로 변화하고 있는 중이다.

만약 당신이 이타적인 행동을 지속적으로 하게 된다면, 자신의 기분도 좋아질 뿐 아니라 더 나아가 자신을 좋아해 주는 이성이 늘어나게 된다. 옥시토신은 이성과의 사람뿐 아니라 남들에게 이타적인 행동으로도 분비된다는 것을 잊지 말아야 할 것이다. 이타적인 행동은 많은 요소가 맞물려 결국 당신을 매력적인 사람으로 만들게 될 것이다.

매력학

4. 육체적 매력과 건강 - 아프로디테형

,☿♂ 대표 타입 - 아프로디테

아프로디테는 그리스 신화에 나오는 미와 사랑의 여신이다. 그녀는 신과 인간을 통틀어 가장 아름다운 존재였다. 최고의 몸매와 뛰어난 얼굴을 지닌 그녀에게 반하지 않는 사람이 없을 정도였다.

이와 같은 이들은 뛰어난 외모로 상대를 매혹한다. 그 누구도 그들의 앞에 선다면 두근거리는 자신의 심장

을 느끼게 될 것이다. 매끄러운 피부를 자랑하는 그들은 언제나 건강하게 생활한다. 이와 같은 타입의 남녀는 '아름다움' 그 자체일 것이다. 많은 남성들은 그들에게 잘 보이려 애쓰며, 많은 여성들은 그들과 결혼하

려고 달려든다. 특별한 이야기를 하지 않아도 그들은 그 자체로 아름답다. 샴페인 잔에 가득 채운 샴페인을 바라보는 모습만으로 사람들은 그들과 사랑에 빠질 것이다.

그들의 몸매는 평균보다 약간 더 근육질이다. 남자의 경우는 넓은 어깨를 지녔으며, 여자의 경우는 잘록한 허리를 가지고 있다. 아프로디테는 어떤 신들보다 아름다우며 사랑의 감정을 믿고 있다. 진정한 사랑은 이렇게 뛰어난 외모에서 나온다고 믿는다. 외모를 가꾸는 것은 자신의 미래를 발전시킨다고 믿는다. 꾸준한 운동과 식이요법으로 자신의 외모를 관리하는 이들은 남들보다 하루하루를 바쁘게 살아간다. 이들은 모든 대중매체를 사로잡고, 대중을 선동하는 '미'의 힘을 가지고 있다. 지나가는 것만으로도 달콤한 향기가 나는 착각을 불러일으킨다. 21세기에서 가장 매력적인 타입을 뽑으라면 대부분의 사람들이 먼저 그들의 이름을 부를 것이다.

☿ 육체적 매력은 생존 필수 아이템

인류뿐 아닌 동물계 전체에서 암컷이 짝을 선택할 때 신체적 특징을 중요하게 여긴다. 인류의 역사를 보면 99%의 기간 동안 수렵 채집인으로 살아왔다. 이는 우리의 조상들은 머리보다는 신체를 더 많이 사용했다는 것을 뜻한다. 여성이 남성의 육체적 매력을 매력적으로 느끼는 이유를 바로 여기서 찾을 수 있다. 예로부터 사냥에 나섰던 남성들 중 몇몇은 특히나 많은 동물들을 사냥해 왔을 것이다. 이러한 남성들의 아내

매력학

는 남들보다 풍요로운 생활을 유지했으며, 더 나아가 사회적으로 높은 위치에 자리하게 되었다.

인류의 거의 모든 시대는 자원이 곧 지위를 나타냈다. 이러한 상황에 남들보다 뛰어난 신체능력을 지닌 남성은 항상 더 많은 자원과 더 많은 것을 사회에 기여했을 것이다. 그리고 그들은 곧 추장으로 추대를 받았다. 이러한 사람들은 특정한 신체 구조를 지니고 있었을 것이고, 시대가 흐름에 따라서 추장의 신체적인 특징이 사람들의 뇌 속에 기억되었을 것이다. 그것은 곧 사람들에게 매력적인 몸매로 판단되어 본능적으로 끌리게 만들었을 것이다. 예상컨대, 그들은 남들보다 큰 어깨를 지녀서 창을 더 멀리 날려 보냈을 것이고, 남들보다 조금은 다부진 가슴 근육을 지녔을 것이다. 이러한 남성의 특징적 생김새는 시간이 갈수록 여성들의 뇌 속에 각인되어 사람을 끌어당기는 매력으로 작용되었던 것이다. 남성의 입장에서는 이러한 남성과 친해짐으로써 성공한 구성원의 하나가 될 수 있었을 것이고, 여성의 입장에서는 이러한 남성과 친해짐으로써 자원과 자녀의 안정적인 보살핌을 얻었을 것이다.

최근에 한 결혼정보회사에서 한 연구에 따르면 남성 매력적인 외모 조건으로 첫째는 깨끗한 피부, 둘째는 적당한 근육을 뽑았다. 이로써 확실히 아직도 21세기 사람들의 뇌 속에서는 아직도 원시시대의 신체 구조를 더욱더 높게 평가하는 생각이 자리 잡고 있는 것이다. 사람들은 남성의 피부로 건강 상태를 살피고, 적당한 근육으로 남자의 생존 능력을 살핀다는 것이다.

우리는 본능적으로 상대의 외모를 보고 '잘생겼다', '못생겼다'와 같이 사람의 외모를 판단한다. 이는 학습된 것이 아닌 본능적인 것이라고 볼 수 있다. 지금 이 책을 읽고 있는 독자들도 분명 사람들을 처음 봤을 때, '잘생겼다', '못생겼다'와 같은 외모 판단을 무의식적으로 하고 있을 것이다. 이러한 판단을 통해 얻어지는 이득은 확실한 듯 보인다. 미리 상대의 건강 상태와 지위를 예측함으로써, 어떠한 태도를 취할지를 선택하는 것이다. 상대가 잘생겼다는 것은 남들보다 조금 더 높은 위치에 놓일 수 있는 확률이 있다는 것을 뜻하기 때문일 것이다.

건강의 경우도 위와 비슷한 맥락에서 생각해 볼 수 있을 것이다. 건강이 나쁜 사람과의 결혼은 먼 과거부터 많은 위험을 안겨 주었다. 위험을 안겨 주었던 이유로는 다섯 가지로 요약할 수 있다.

첫째, 건강이 나쁜 배우자는 몸이 쇠약해질 위험이 높아 식량이나 보호, 건강관리, 자녀 양육 투자와 같은 적응적 혜택을 제대로 제공하지 못했다.

둘째, 건강이 나쁜 배우자는 사망할 위험이 있어 공급하던 자원을 영원히 제공하지 못할 수도 있다. 또한 상대에게 영원히 끊길 뿐만 아니라 새로운 배우자를 찾는 비용까지 안긴다.

셋째, 건강이 나쁜 배우자는 상대에게 전염병이나 바이러스를 옮길 수 있고, 그럼으로써 상대의 생존과 생식에 손해를 끼칠 수 있다.

넷째, 건강이 나쁜 배우자는 자식에게도 그 병을 옮겨 생존과 번식 기회를 위태롭게 할 수 있다. 일반적으로 건강한 사람들은 생식력이 더 좋다.

다섯째, 만약 건강도 일부 유전되는 것이라면, 건강이 나쁜 배우자를 선택하는 사람은 자식에게 건강에 나쁜 유전자를 전해 주는 위험을 안게 된다.

매력학

이러한 이유로 예로부터 우리의 조상들은 상대의 건강 상태를 결혼 전에 파악하기 위해서 부단히 노력했을 것이다. 그러한 행동과 방식이 계속해서 내려져 오면서 사람들은 하나의 패턴을 만들어 냈고, 사람들은 첫인상에 상대가 건강한 사람인지 아닌지를 파악하게 됐다. 그리고 건강한 사람들에게 상대적으로 더 매력적으로 느꼈던 것이다.

실제로 한의학에서는 얼굴의 전반적인 생김새로 건강을 체크할 수 있다고 말한다. 한의학적으로 얼굴의 각 부위는 오장육부에 해당되어 이마는 폐, 턱과 귀는 콩팥, 코는 대장, 눈과 혀는 심장, 입술은 자궁을 나타낸다. 몇 가지 예로, 입술이 크면서 힘이 없으면 장이 약한 것이므로 소화 장애, 설사, 헛배 부름, 트림 증상이 나타나며, 귀가 유난히 붉고 검은 색을 띠면 신장이 좋지 못하다는 것이다.

좋은 건강을 알려주는 확실한 단서로는 얼굴과 몸의 대칭성과 깨끗한 피부를 들 수 있다. 얼굴이 대칭적인 사람은 호흡기 질환을 덜 앓는데, 이 것은 질병에 대한 저항력이 강하다는 것을 시사한다. 또한 깨끗한 피부를 가진 남자들은 일반적으로 보통 남자보다 내장 관련 질병에 걸릴 확률이 낮은 것으로 나타났다. 여드름과 건조한 피부의 원인은 보통 내장과 관련된 경우가 많다. 이러한 이유로 여자와 남자 모두 상대를 처음 만났을 때, 피부로 상대의 건강에 대해 무의식적으로 대략 짐작하게 된다.

실제로 한 생활 사이트에서 조사한 설문조사에서 '얼굴은 잘생겼는데 피부가 나쁜 남자'와 '얼굴은 보통인데 피부가 좋은 남자' 중 어떤 남자를 선택하겠느냐는 질문에 열 명 중 열 명이 모두가 후자를 택해 눈길을 끌었었다. 이러한 결과는 어쩌면 너무나 당연한 것으로 보인다. 결혼한 자신의 남편이 만약에 병에 걸리거나 죽게 된다면, 여자는 큰 위험에 직면하게 된다. 남편이 제공해야 할 헌신과 보호가 여자에게 제공되지 않게 되는 것이다. 이러한 위험 때문에 여자들은 남자의 건강을 나타내는 요소들을 무의식적으로 살펴보고 중요시하는 것이다. 남편에게서 그러한 혜택을 장기적으로 제공받아야 하기 때문이다.

〈한의학에 나오는 얼굴로 보는 기초 건강 상식〉

얼굴은 우리 몸의 건강 상태를 알려주는 신호등이다. 한의학적으로 얼굴의 각 부위는 오장육부에 해당되어 이마는 폐, 턱과 귀는 콩팥, 코는 대장, 눈과 혀는 심장, 입술은 자궁을 나타낸다. 눈, 코, 입 등의 형태와 얼굴색으로 건강을 체크해 보자.

- **이마 :** 주름이 많으면 폐의 기운이 약한 것으로 호흡기 질환이 발생할 수 있다.
- **귀 :** 귀의 색깔은 맑고 윤택해야 좋다. 귀가 유난히 붉고 검은 색을 띠면 신장이 좋지 못하다는 증거이다. 귀는 신장과 연관되어 귀가 크면 신장 기능이 좋지 않다는 신호이다.
- **코 :** 코는 인체의 척추에 해당돼 코가 똑바르지 못하면 척추의 상태가 좋지 않다는 것이다. 코가 길면 대장도 길기 때문에 소화가 잘 안 되고 설사가 잦다.
- **턱 :** 턱에 잡티가 있거나 색이 울긋불긋하면 신장에 병이 생긴 것으로 볼 수 있다.
- **양미간 :** 여드름이나 뾰루지 등이 생기면 스트레스를 많이 받아 화병이 발생한 것이다.
- **광대뼈 :** 광대뼈 주위에 붉은 기운이 보이면 관홍으로 신(콩팥)이 약해 오후가 되면 온몸에 열이 나는 증상을 보인다.

매력학

- **입술 :** 입술은 비위, 즉 장과 위를 나타낸다. 입술이 두껍고 입이 크면 그만큼 식욕도 왕성하고 소화도 잘된다.

- **눈 :** 눈은 색의 변화에 주의해야 한다. 황색 눈은 황달로 간이 좋지 않고, 파란 눈은 간에 기운이 빠져 나타나는 것이다. 충혈이 잘되면 간에 스트레스나 음주 독이 쌓여 간에 열이 많다.

눈으로 알아보는 건강 진단법

• 눈이 크다
간담이 허한 경향이 있어 무서움을 잘 탄다. 목에서 가래가 끓고 편도가 자주 붓는다.

• 눈꼬리가 아래로 처졌다
명치끝이 자주 아프며 대변을 잘 참지 못하거나, 배가 자주 아파 빈번하게 설사를 하는 경향이 있다.

• 눈꼬리가 위로 올라갔다
성격이 예민하고 감정의 기복이 커 신경성 질환에 걸리기 쉽다. 기가 제대로 소통되지 못하면 울체되어 가슴이 답답하고 뒷목이 뻣뻣하면서 목이 불편하다.

• 눈이 푹 들어갔다
눈이 푹 들어가면 비위가 좋지 않은 것으로 위장병으로 고생한다. 추위를 유난히 많이 타고 몸이 냉하기 때문에 여성은 불임이나 자연유산을 조심해야 한다.

입으로 알아보는 건강 진단법

• 입술이 크면서 힘이 없다
입술이 크면서 힘이 없으면 장이 약한 것이므로 소화 장애, 설사, 헛배 부름, 트림 증상이 나타난다.

• 입술이 도톰하다
음식 습관이 나빠 비위의 기능이 상하기 쉽다. 항상 기운이 없고 눈동자에도 힘이 없으며 땀을 많이 흘린다. 혈이 부족하여 변비로 고생하거나 두통이 생기기도 한다.

•입술이 비뚤어졌다

인체를 구성하는 근본 형틀이 좋지 않은 것으로 비장이 허약할 때와 같은 증상을 보인다. 뱃속에 물이 고여 배가 팽창되는 증상이 생기기 쉽다.

•입술에 핏기가 없다

입술이 허옇게 된 것은 혈(血)이 부족하다는 뜻이다. 입술이 퍼렇게 핏기가 없는 사람은 몸이 냉하므로 몸이 차면서 소화도 잘 안 되고, 장이 나빠서 설사를 하기도 한다.

•입술이 붉다

입술이 붉으면 위에 열이 생긴 것으로 배가 고프면 잘 참지 못하고 급하게 먹기 때문에 위장병이 생기기 쉽다. 30~40대 남성들은 성생활 과다에 의한 경우가 많이 있다.

귀로 알아보는 건강 진단법

•귀가 크고 힘이 없다

귀의 크기는 신장의 기능과 직결된다. 귀가 크면서 단단하지 못한 사람은 신장의 기운이 약해지기 쉬우며 허리 통증을 호소하는 경우가 많다.

•귀가 위로 올라붙었다

귀가 너무 올라붙으면 신장도 제 위치보다 높이 붙어 있는 것이므로 등과 척추가 아파서 구부렸다 폈다 하는 동작을 잘하지 못한다.

•귀가 내려 붙었다

신장도 아래로 내려와서 허리와 궁둥이가 아프고 호산증(남자 성기에 종기가 생김)으로 고생할 수 있다.

코로 알아보는 건강 진단법

•코가 크다

기의 순환작용이 좋아 밖에 나가 활발히 움직인다거나 여러 사람과 만나는 등 기를 많이

매력학

소모하는 일이 적합하다.

•코가 휘었다

코가 휘면 등뼈가 휘어서 허리와 등과 어깨가 아프고 뒷목이 늘 뻣뻣하다. 원인은 몸이 냉하기 때문으로 생식기가 차면 그 위로 올라가는 등뼈가 휘고 이에 따라 코도 차츰 휘는 것이다.

•코가 붉다

코가 붉으면 풍 (風)이거나 신장에 열이 많은 경우이다. 코끝이 붉으면 방광염이나 신장, 생식기 쪽에 문제가 있음을 뜻한다.

•콧등이 불룩하다

몸 전체의 순환작용이 제대로 이루어지지 않아 심폐기능, 가슴통증, 소화불량, 십이지궤양 등의 문제를 일으킨다.

여성이여 육체적 매력에 투자하라

육체적 매력을 판단하는 기준은 모든 인간이 동일한데, 여성은 남성의 큰 근육보다는 날렵한 근육을 선호하며, 자신보다는 상대적으로 키가 큰 사람에게 매력을 느낀다. 그러나 육체적 매력을 더 중요시 여기는 것은 여성이 아니라 남성으로 생각된다. 남성의 여성의 육체적 매력을 높이 평가하는 이유는 바로 여성의 신체와 얼굴을 보고 앞으로 생길 자식들의 건강을 짐작해 볼 수 있었기 때문으로 보인다.

인류의 초기 단계부터 남성은 식량을 여성에게 보급하는 역할을 담당했다. 여성은 아이들을 보호하고 성장시킴으로써 역할을 분담했다. 남성은 사냥에 나갔으며, 위험한 산과 바위를 오르락내리락하며 먹을거리를 구했다. 그러나 종종 이러한 노력에도 불구하고, 일찍 죽어 버리는 여성들이 있었을 것이다. 그들은 건강하지 못했기 때문에 오래 병에 자주 걸렸으며, 오히려 남자에게 큰 부담을 안겨 주고 일찍 죽어 버린 것이다. 이러한 여성의 죽음은 남성에게 큰 타격을 안겨 주었다. 아이들을 보호할 여성이 죽음으로써, 남성은 아이들의 가사까지 떠안게 된 것이다.

그로 인해 사냥을 통해 얻을 수 있었던 음식이 줄어들게 되었고, 결국 생존에 실패하게 되어 버리는 것이다. 그래서 남성들은 애초부터 이러한 위험을 겪지 않기 위해 사전에 건강한 여성을 선택해야 했다. 그러한 결과 일괄적으로 보편적인 건강한 여성들의 특징을 뇌 속에 기억하게 되었고, 그러한 육체적 외형이 계속적으로 전승된 것이다.

심리학자 클렌런드 포드(Clelland Ford)와 프랭크 비치(Frank Beach)는 미(美)의 진화 이론과 일치하는 보편적 단서를 여러 가지 발견했다. 남자들은 여성의 건강을 깨끗하고 부드러운 피부로 파악했다. 나쁜 건강이나 늙은 나이와 관련이 있는 단서들이 모두 남자에게 덜 매력적으

매력학

로 나타난 것이다. 애초에 인류가 처음 나타났을 때 미(美)에 대한 기준이 없었다. 그러나 점점 인류의 생활에서 미(美)라는 새로운 추구가 나타났다. 이것은 여성의 젊음과 건강을 파악할 수 있는 단서로 제공되었다. 그래서 현재까지 많은 남성들이 가슴이 큰 여자와 다리가 예쁜 여자를 찾는다.

이것들은 모두 번식과 관련되어 있다. 가슴이 큰 여자와 다리가 곧게 뻗은 여자는 일반적으로 아이를 잘 낳았고 잘 키워 왔기 때문으로 보인다. 특히 상체 길이에 비해 긴 다리는 건강과 생체 역학적 효율을 알려주는 단서라고 가정돼 왔다. 전체 키는 일정하게 유지하면서 다리 길이만 변화시킨 실루엣 자극을 사용한 연구에서 사람들은 평균보다 5% 정도 긴 다리를 가진 여자를 가장 매력적으로 느끼는 것으로 나타났다. 다른 연구들에서도 남녀 모두 비교적 긴 다리를 가진 여자를 더 매력적으로 느낀다는 사실이 확인되었다.

또 한 가지 재미있는 연구 결과로, 남자가 데이트하고 싶은 여자를 찾을 때 얼굴보다 몸매에서 더 매력을 느낀다는 연구 결과가 나왔는데 특히 일회성 데이트를 원할 때 남자들은 몸매를 우선시하는 경향이 더 강했다. 이는 남자가 여성의 얼굴보다 몸매에 큰 성적 매력을 느끼는 것을 시사한다. 남자들은 여성과의 번식과 관련된 생각을 할 때 상대의 몸매를 우선시한다. 그러나 결혼이나 장기적인 관계를 생각할 때는 이러한 특성이 사라진다.

영국의 일간지 '데일리 텔레그래프'는 15일, 미국 텍사스대학교 연구 팀이 375명의 남녀를 대상으로 한 연구에서 남녀에게 데이트하고 싶은 이성을 고르게 한 뒤 어떤 점이 마음에 드는지 물었을 때, 남자들은 일회성 만남을 전제로 할 때 얼굴보다 몸매가 멋진 여자에 더 흥미를 보였다. 반대로 오랫동안 만날 상대를 고르라고 하자 몸매보다 얼굴을 더 중시하는 성향을 보였다. 남자들과 달리, 여자들은 만남의 기간에 상관없이 남자의 얼굴을 몸매보다 더 고려해서 상대를 골랐다.

그렇다면 남자들이 좋아하는 몸매는 무엇일까? 세계 여러 나라의 남성들을 상대로 조사한 결과 대부분의 남자들은 허리가 엉덩이의 70%인 여자를 선호했다. 흥미로운 것은 〈플레이보이〉의 모델들도 미국의 슈퍼모델과 마찬가지로 이런 비율을 보인다는 점이다. 남자들은 잘록한 허리에 큰 골반을 가진 여성을 좋아한다. 남자는 여자의 허리 대 엉덩이 비율(Waist to Hip Ratio)을 중요시 여긴다.

사춘기 이전에는 남녀 모두 0.85~0.95로 비슷하지만, 사춘기가 지난 후에는 여자는 엉덩이에 지방이 축적되면서 WHR이 남자에 비해 크게 낮아진다. 건강하고 생식 능력이 있는 여자의 WHR은 0.67~0.80인 데 비해 건강한 남자는 0.85~0.95이다. 지금은 WHR이 여자의 생식적 지위를 정확하게 나타내는 지표라는 증거가 많이 나와 있다. WHR이 낮은 여자는 사춘기의 내분비 활동이 일찍 시작된다. WHR이 높은 기혼 여성은 임신하기가 더 어렵고, 임신 시기도 WHR이 낮은 여자보다 늦다.

WHR은 건강 상태를 정확하게 알려주는 지표이기도 하다. 당뇨병, 고혈압, 심장마비, 뇌졸중, 쓸개 질환 같은 병들은 지방 분포와 관련이 있다는 것이 증명되었다. 즉, 지방의 총량 자체보다 WHR 비율과 밀접한 관련이 있다. 한 연구에서는 WHR이 낮은 동시에 비교적 큰 가슴을 가진 여자는 WHR과 가슴 크기가 다르게 조합된 세집단의 여자에 비해 생식력과 임신 성공률을 예측하는 데 좋은 지표가 되는 난소 호르몬 에

매력학

스트라디올 수치가 26%나 더 높은 것으로 드러났다. WHR과 건강과 생식적 지위 사이의 이러한 관계 때문에 WHR은 남자 조상들이 배우자를 선택할 때 믿을 만한 단서가 되었을 것이다.

흥미로운 것은 여자 마네킹을 가지고 한 실험에서 날 때부터 앞을 보지 못하는 남자들도 촉감만으로 여자의 WHR 수치가 낮은 마네킹을 더 매력적으로 느꼈다고 한다. 이처럼 남성들이 좋아하는 여성의 신체 구조를 아는 것만으로도 남성에게 매력적으로 보일 수 있게 될 것이다.

또한 매력적인 여자를 원하는 남자의 선호는 현금 지출을 조사한 행동학적 측정에서도 나타난다. 생태학적으로 유효한 한 연구는 레스토랑여 종업원 374명을 대상으로 그들이 받는 평균적인 팁을 계산서 금액의 백분율로 계산했다. 더 젊고 가슴이 더 크고 금발이고 체격이 작은 여종업원일수록 그렇지 않은 여 종업원보다 더 많은 팁을 받았다.

그러면 여성들은 어떤 남자에게 매력을 느낄까? 여성들은 대개 남성의 넓은 어깨와 날렵한 엉덩이를 좋아하는 것으로 알려져 있다. 남성의 넓은 어깨와 날렵한 엉덩이는 수렵 시절, 더 많은 사냥감을 잡아오는 데 큰 역할을 했을 것으로 생각된다. 여자들은 상체가 'V' 자로 발달한 남자를 선호하며, 흥미롭게도 목소리만 듣고도 상대의 어깨와 엉덩이 비율을 알아맞히는 것으로 나타났다.

,◯ 목소리는 단순한 소리가 아니다

일반적으로 남성은 부드러운 저음의 목소리, 여성은 비음이 살짝 섞이거나 허스키한 듯 착 감기는 목소리가 섹시하다는 선입견이 있다. 미국의 베스트셀러 작가인 로버트 그린 씨는 『유혹의 기술』에서 나폴레옹의 아내 조제핀은 이국적인 냄새를 물씬 풍기는 나른한 목소리를 가졌으며, 20세기 섹스 심벌인 메릴린 먼로는 속삭이는 듯한 어린아이 목소리를 가졌지만 나중에 목소리를 더 낮게 깔아 유혹적인 음성으로 변화시켰다고 했다. 영화 〈원초적 본능〉의 섹시 스타 샤론 스톤 목소리로 유명한 성우 강희선 씨는 "샤론 스톤의 목소리를 연기할 때는 톤을 낮춰 약간 늘어지게 표현한다."고 말했다. 명료하고 톡톡 끊어지는 소리보다 여운을 남기는 듯한 소리가 섹시하다는 것이다. 목소리가 매력적인 것은 목소리로 상대의 신체를 추측할 수 있기 때문인 것으로 보인다. 악기마다 내는 소리가 다르듯이 가장 건강한 몸에서 나오는 소리가 정해져 있는 것이다. 여성의 경우 WHR이 낮을수록 얇고 높은 음의 목소리를 내며, 남자의 경우 어깨가 넓을수록 더 낮은 음을 낸다.

실제로 목소리만 듣고 말하는 사람의 키를 추정할 수 있다는 연구 결과가 나왔다. 워싱턴 대 연구진은 서로 키가 다른 사람들에게 실험을 벌인 결과, 성문하공명성으로 알려진 소리는 키가 클수록 굵고 낮은 것으로 나타났다. 키가 큰 사람일수록 일반적으로 더 크고 낮은 기도를 가진 만큼 더 굵은 소리를 낼 수 있기 때문이다.

만약 노래를 잘 부르는 목소리가 아니라 상대를 끌어당기는 목소리를 내고 싶다면, 남자는 저음, 여자는 고음을 연습해보는 것이 좋을 것이다.

매력학

목소리도 시대적 영향을 받는다

목소리가 굵고 자신감 넘치는 남성은 여성에게 인기가 있는데 이는 남성호르몬인 테스토스테론 수치가 높다는 것을 의미한다. 남성호르몬이 많으면 보편적으로 건강하며 리더에 오를 확률이 높다.

인간의 상호 커뮤니케이션을 설명하는 이론 중 하나인 '머라비언의 법칙'을 보자. 미국의 사회심리학자 앨버트 머라비언은 메시지를 전달할 때 목소리가 38%, 표정(35%)과 태도(20%) 등 보디랭귀지가 55%이며 말하는 내용은 겨우 7%의 비중을 차지한다고 했다. 무슨 말을 하든지 목소리가 좋으면 메시지 전달에 3분의 1 이상 성공한 것이다.

방송인 이선균은 저음의 목소리로 많은 여성들에게 사랑을 받고 있다. 뛰어난 외모가 아니어도 뛰어나게 멋진 목소리로 이성의 마음을 사로잡고 있는 것이다.

목소리는 외모와 함께 첫인상을 좌우하는 주요 변수다. 목소리를 통해 카리스마가 발현되기도 하고 타인을 설득하는 힘이 생기도 한다. 좋은 목소리의 기준도 시대와 문화마다 조금씩 다르다. 조선시대에는 느리고 낮은 음으로 늘어지는 목소리를 가져야 양반답다고 인식됐다. 미국인은 약간 높은 음의 영국 악센트를 선호하며, 북한에서는 강하고 선동적인 목소리를 좋아한다. 전 세계적으로 남성은 낮은 음, 여성은 높은 음을 사용할수록 더욱더 매력적으로 느껴진다.

지금의 한국인들이 좋아하는 미국 영어 악센트를 보자. 한국의 미국인 악센트 선호는 약간 전 세계적인 흐름과는 반대된다고 생각할 수 있다. 한국의 현대 문화는 미국의 영향을 많이 받았다. 한국인의 상당수가 미국과 같은 서양인들에게 큰 호감을 보인다. 이는 미국이 한국의 '생존'에 크게 기여했기 때문으로 보인다. 6·25전쟁을 비롯한 많은 어려운 시기에 도움을 준 미국을 한국 사람들은 본능적으로 생존 확률이 높은 나라로 인식하게 된 것이다. 그리고 미국인 악센트를 영국인 악센트보다 더 좋게 여기는 것이다. 미국 영어는 영국 영어보다 부드러운 발음을 사용하며 여성적이다. 그럼에도 불구하고 이렇듯 생존에 영향을 주었다면 '매력요소'로 변화하게 되는 것이다.

여성이 좋아하는 남성 신체의 비밀

진화 심리학자 나이걸 바버(nigal barber)는 키나 어깨 너비 상체의 근육질 같은 남자의 신체 구조 특징은 여자에게 성적 매력을 느끼게 하는 동시에 다른 남자들에게는 위협적이라고 설명했다. 여자들은 균형 몸매를 지닌 남자와 섹스를 할 때 오르가슴을 더 많이 느낀다. 심지어 그 남자와의 관계가 정서적으로 만족스럽지 못할 때조차도 일반적인 상황보다 큰 만족을 느끼는 것이다. 몸매가 멋진 애인을 바라볼 때 여성의 뇌에서 도파민이 배출되어 도파민이 테스토스테론을 촉발시킴으로써 성적 반응을 강화하기 때문이다.

여자들은 넓은 어깨와 근육질의 가슴과 팔, 탄탄한 엉덩이를 가진 남자를 선호하는 다른 이유는 탄탄한 근육질의 뒷모습은 성행위에서 정액을 여자의 몸에 성공적으로 옮기는 데 필요한 강력한 전진 동작에 필수적이기 때문이다. 남자의 엉덩이에 너무 살이 많거나 아래로 늘어져 있

매력학

으면 이 전진 운동을 하는 데 어려움이 많고, 자신이 체중을 한껏 실어 삽입 행위를 해야 하기 때문에 여자에게 큰 불편함을 안겨 준다.

또한 여자들은 무의식적으로 광대뼈가 선명하고 턱이 강한 남자를 더 좋아한다. 남성적인 광대뼈와 강렬한 턱 선은 테스토스테론의 영향으로 만들어진다. 배란기가 가까워지면 여자들은 이처럼 왕성한 테스토스테론의 징후를 보이는 남성들에게 관심이 높아진다. 임신할 수 있는 상태가 되었기 때문에 무의식적으로 그런 반응을 보이는 것이다.

호주의 모나쉬 대학에서 연구한 한 결과에서 보면 여성들이 정말로 좋아하는 남성의 부위가 더 있는 것으로 나타났다. 이 연구 팀에 따르면 여성들은 남성의 키와 성기 크기가 클수록 매력을 느끼는 것으로 나타났다. 연구 팀은 105명의 여성들에게 3D(3차원) 컴퓨터로 남성의 신체 이미지를 보여주고 그 반응을 모니터링했다. 이미지 속의 남성들은 신장과 체형, 그리고 성기의 크기가 각각 달랐다.

여성들은 이들 남성의 성적 매력에 대해 점수를 매겼는데, 그 결과 성기 크기가 여성들이 남성들의 매력을 평가하는 데 영향을 미쳤다. 즉 성기 크기가 클수록 더욱 더 끌리는 것으로 나타난 것이다. 그리고 신장도 그만큼 중요한 영향을 미쳤다. 여자들은 남자의 키가 클수록 더욱 매력적인 것으로 여긴 것이다. 또한 일련의 연구 결과, 키가 크고 성기도 큰 남성이 성기는 크지만 키는 작은 남성보다 더 매력적이라는 평가를 받는 것으로 나타났다.

☿♂ 시대 문화에 따라 육체적 매력이 조금씩 다를 수 있다

육체적인 매력은 시대와 상황에 따라서 계속적으로 바뀌어 왔다. 시대에 따라서 건강한 여성상이 달라졌기 때문인 것이다. 르네상스 시대의 그림을 보면 여성들의 신체는 평균적으로 약간은 통통한 편이라고 할 수 있다. 나는 언젠가 르네상스 미술에 대한 전시회를 찾아간 적이 있다. 그때 생각보다 두툼한 살집을 지닌 여성들이 그려진 많은 여성들을 보면서 왜 르네상스 시대의 여성들은 모두 살집이 두툼하게 있는 형태로 그려진 것일까 하는 궁금증을 가진 적이 있다. 이러한 궁금증은 매력을 연구하면서 풀리게 되었다. 그러한 결과가 사실은 시대적 상황에서 나온 것이라는 것을 알아내었기 때문이다. 그 당시 매력적인 여성상이 살집이 있는 여자였던 것이다.

먹을거리가 넘쳐 나는 지금의 21세기에는 이해할 수 없는 시대적 배경이 르네상스 시대에 깔려 있다. 당시 유럽에서는 굶어 죽는 사람들이 많았다. 이러한 굶주림의 역사는 사람들로 하여금 통통한 사람을 더욱더 좋아하도록 이끌었다. 통통한 사람은 평균적으로 남들보다 더 많은 음식을 먹는 것을 뜻하고, 좋은 건강을 유지할 수 있었기 때문이다. 이는 곧 미래의 자식에게 좋은 영양분의 모유와 성인으로 성장할 수 있는 생존확률을 높여 주었을 것을 뜻했을 것이다.

그러나 이러한 통통한 여자의 선호도는 세기마다 조금씩 변화하게 된다. 그 후에 19세기 말에 식량 보급이 급격히 늘어남에 따라서 배고픔을 느끼는 인구가 줄어들게 되었다. 그러한 여파로 오히려 지방이 너무 많은 여성들이 늘어났는데, 이는 오히려 여성들의 건강을 나쁘게 만들었

매력학

고, 그러한 이유로 다시금 '야윈 몸매'의 붐이 일어나기 시작한다.

이러한 여성의 육체의 기준은 시대가 흐름에 따라서 계속적으로 바뀜으로써 여성들에게 확실한 기준을 제시해 주지 못했을 것이다. 그래서 많은 여성들이 때에 따라서는 살을 찌우고 때에 따라서는 살을 빼야 하는 상황이 지속적으로 연출되었던 것이다.

20세기 전반에는 전쟁으로 인구가 급격히 감소한다. 이로 인해 미의 기준이 다시 한 번 바뀌게 된다. 1차 2차 대전 발생 직후에는 전 세계적으로 인구가 크게 줄어, 다산에 대한 욕구가 늘기 시작했다. 너무 많은 사람들이 전쟁으로 죽었기 때문에 인구를 늘리고자 하는 인류의 목적이 반영된 것이다. 실제로 제2차 세계대전에서 죽은 전체 사망자의 수는 3,500만~6,000만 명으로 다양하게 추산된다. 이러한 생물학적인 욕구로 인해 남자들은 여성의 큰 가슴과 살집 있는 몸매를 다시 찾기 시작한다. 그리고 그녀들을 '미인'이라 이야기하기 시작한다.

이러한 체형의 따른 미의 기준은 문화에 따라서도 서로 다른데, 이들 중 가장 차이가 많이 나는 것이 마른 체형과 풍만한 체형에 대한 선호이다. 그것은 그러한 체형이 연상시키는 사회적 지위와 관계가 있다. 오스트레일리아의 오지에서 살아가는 사람들처럼 식량이 부족한 문화에서는 풍만한 체형이 부와 건강과 발달 시기의 충분한 영양 섭취를 나타낸다. 실제로 케냐, 우간다, 적도 지역의 일부 지역처럼 식량 부족이 보편적인 생태계에서는 남자들이 더 뚱뚱하고 체지방이 많은 여자를 선호한다.

같은 문화에서도 경제적으로 힘든 시기나 굶주리는 시기, 가난하다고 느낄 때에는 남자들이 뚱뚱한 여자를 선호한다. 만약 남성에게 이상형을 물어보았을 때, 상대가 마른 체형이 아닌 뚱뚱한 체형을 좋아한다고 답한다면 그것이 남성의 경제 상황과 연결되어 있을 수 있음을 알아야 한다.

미국과 많은 서유럽 국가처럼 식량이 비교적 풍부한 문화에서는 풍만함과 지위 사이의 관계가 역전되어 부자들은 마른 체형이 많다. 그럼으로 남자들이 마른 체형을 선호한다. 이러한 남자들의 여자 선호는 문화와 그리고 현재 상황에 따라서도 바뀔 수 있다는 연구 결과도 나왔다.

영국의 심리학자 바이린 스와미, 마틴 토비가 진행한 한 연구에서 배고픈 사람일수록 마른 체형보다는 약간 살집이 있는 체형의 여성을 선호하는 것으로 나타났다. 연구 팀은 실험 참가자들을 점심식사를 거른 '배고픈 남성'과 '배부른 남성' 등 두 그룹으로 나눈 뒤, 다양한 체형의 여성 사진을 보여주고 매력적이라고 느끼는 정도를 1~9로 표시하게 했다.

그 결과 배고픈 그룹은 배부른 그룹에 비해 상대적으로 살집이 있는 여성에게 성적 매력을 느끼는 정도가 높았다. 배고픈 남성은 평균 체격의 여성과 비교할 때도 살집이 있는 여성을 매력적으로 느끼는 것으로 나타났다. 이로써 사람들은 문화뿐 아니라 현재 상황에 따라서도 추구하는 육체적 매력이 달라질 수 있음을 알 수 있다. 사람들이 추구하는 이상형의 남녀상이 매년 다른 이유도 이러한 이유에서 추론해 볼 수 있을 것이다.

매력학

☿ 시대와 문화를 읽어 육체적 매력을 파악하라

그렇다면 현재는 어떠한 육체를 지닌 사람들이 매력적일까? 21세기에 들어서면서 인구는 급격이 늘기 시작했고, 농업기술의 발달로 사람이 굶어 죽는 시대는 끝이 났다. 식량은 주위에 넘쳐 나고, 사람들은 언제든지 먹고 싶은 음식을 원하는 만큼 먹을 수 있게 되었다. 그러한 이유로 19세기 말처럼 '날씬한 몸'이 다시 한 번 추앙받기 시작한다. 20세기 후반부터 시작된 남성들의 여성의 마른 몸매 선호는 21세기로 들어서면서도 유지되고 있는 듯 보인다. 현재 다이어트 산업은 날이 갈수록 성장하고 있으며, 시장 규모만 수십조에 이른다. 바야흐로 마른 몸매를 가진 여성이 동경의 대상이 되고 있는 시대가 온 것이다. 그러나 여기서 간과해서는 안 되는 부분이 있다. 바로 WHR 수치이다.

앞서 말했듯이 남자는 여자의 허리 대 엉덩이 비율(Waist to Hip Ratio)을 중요시 여긴다. 그러한 이유로 아무리 마른 몸매라도 잘록한 허리와 비교적 넓은 골반을 가지고 있지 않다면 '매력적이지 않은' 사람이 될 수도 있다. 한국의 많은 여성들은 이러한 점을 간과하고 적은 몸무게에 집중하는 경향을 보이는데, 이러한 다이어트는 오히려 매력을 떨어뜨릴 수도 있다는 사실을 알아야 할 것이다.

남성의 경우도 마찬가지로 과도한 근육보다는 적당량의 근육이 이성에게 더욱더 매력적으로 느껴진다. 남성의 육체적 매력은 여성과 비교해서 상대적으로 이성에게 끼치는 영향이 적은데, 그 이유는 여성은 남성의 몸을 보고 사회적 지위나, 자원을 연결시키기 때문이다. 인류의 역사를 들여다보아도, 큰 근육을 지닌 남성은 그룹 사냥에서 큰 도움이 되지 않았다. 날렵한 몸매와 적당한 잔 근육의 남성이 오히려 이러한 그룹 사냥에서 큰 공을 세웠을 것이다. 그들은 많은 사냥물을 획득했을 것이고 높은 지위에 올랐을 것이다. 여성들은 결국에 큰 몸집의 남성보다 날렵한 몸매를 더 선호하게 된 것이다. 그러나 앞서 말했듯이 시대와 상황에 따라 육체적 매력을 바라보는 시선을 지속적으로 바뀌었다.

현재의 사회적 지위가 높고 많은 자원을 가진 남성들은 일반적인 남성들에 비하여 더 멋진 장식품으로 몸을 휘감으며, 큰 근육보다는 적당히 날렵하며 멋진 근육을 키운다. 이러한 이유로 여성처럼 다이어트에 큰 부담을 가지지 않는 것이다. 멋진 옷과 깨끗한 피부만을 가지는 것만으로도, 여성들이 남성의 육체적 매력에서 얻고자 하는 정보, 즉, 사회적 지위와 자원을 보여줄 수 있기 때문이다. 남성들의 상징이 '슈트(suit)'가 된 것도 어쩌면 놀랍지도 않은 결과라고 볼 수 있다. 여성은 남성 육체적 매력을 보고 상대의 자원과 사회적 지위를 가늠한다. 현재 시대의 남성은 여성과 비교하여 적은 노력으로 많은 성과를 가질 수 있는 위치에 있는 것이다.

☿ 얼굴도 중요한 육체적 매력요소이다

얼굴은 그 사람을 처음 평가하는 잣대가 된다. 옛말에 "첫인상이 중요하다."라는 말이 있다. 이를 거의 대부분의 사람들은 알고 있다. 그러나 이것을 믿는 사람과 안 믿는 사람들이 세상에 존재한다. 생각해 보자. 만약에 얼굴이 엄청 못생긴 사람이 자신에게 다가와 말을 건다면? 아무

매력학

리 별 뜻 없이 다가온 사람일지라도 분명 얼굴이 찌푸려질 것이다. 분명 사람을 외모로 판단할 수는 없으나, 앞서 말했듯이 얼굴은 절대로 소홀히 해서는 안 되는 매력 영역인 것이다. 좋은 성격과 좋은 매너를 가졌더라도 사람들이 그것들을 보여줄 기회를 주지 않는다면 그것은 아무 쓸모가 없는 것이다.

원빈의 예를 들어보도록 하자. 원빈은 10년이 넘은 지금까지 '외모'계에선 절대 빠질 수 없는 인물이다. 실제로 사람들은 그를 인간이 아닌 신과 인간 사이로 생각하는 경우가 있다. 그는 화려한 외모와 달리 말도 없고, 사람들 앞에 잘 나오지도 않는 사람인데도 불구하고, 왜 사람들은 그를 그렇게 매력적으로 느끼는 것일까?

이유는 바로 '외모'이다. 그에게 반전 매력은 없더라도 변하지 않는 외모가 존재하는 것이다. 실제로 10년 동안 이러한 외모를 관리해 왔다면, 그는 엄청나게 자기 관리에 힘을 쓰고 있는 사람이라는 것도 알 수 있다. 단순히 잘생기게 태어나서가 아닌 후천적으로도 계속적인 노력이 뒷받침되었다는 것이다. 이는 그를 더욱더 매력적이게 만드는 요소이다. 외모에는 기준이라는 것이 존재한다. 물론 그 기준들은 계속적으로 바뀌고 있으나 이것들은 이미 형성된 기준에서 조금씩 변하는 것에 불과하다.

과거에 생존이 목표였던 인류의 처음 단계에서 남자와 여자들은 서로가 예쁘고 잘생겼다는 기준이 존재하지 않았다. 그 기준이 존재하게 된 것은 시간이 흘러 자손이 번식하면서 생겨났다. 특정하게 생긴 사람들은 오래 생존했으며, 건강한 자식을 낳았다. 그리고 자식의 생존에 큰 영향을 미쳤다. 이러한 사람들의 평균적인 생김새가 대두되면서부터 외모에 대한 '기준'이 생성되게 된 것이다.

육체적 매력은 돈이 된다

조사에 따르면 세계에서 성형 수술이 가장 성행하는 나라 중 하나가 한국이라고 한다. 특히 외모에 민감한 한국의 청소년들과 대학생, 청년들에게 있어서 코를 높이고 쌍꺼풀을 만드는 수술 정도는 아무렇지도 않게 받아들여지고 있다. 이러한 이유는 전 세계적인 흐름으로 판단되는데, 그 이유는 잘생기고 예쁜 남자나 여자가 보통 사람들보다 채용, 소득, 학점, 승진 면에서 훨씬 유리하기 때문이다.

90년대 초반 미국 텍사스 어스틴(Austin) 대학에서는 학생들에게 이들이 전혀 알아볼 리 없는 캐나다의 국회의원 후보 79명의 사진을 보여주고, 이들 중에 매력적인 외모를 가진 이들과 그렇지 않은 이들을 고르라고 지시했다. 그 결과, 16명이 매력적인 사람으로 뽑혔고, 15명이 매력적이지 않은 외모로 뽑혔다. 재미있는 것은 실제 선거 결과 매력적이라고 뽑힌 후보들의 거의 대부분이 당선된 데 비해, 그렇지 못한 후보들은 한 명을 제외하고는 모두 낙선했다는 사실이다.

또한, 미국의 400명의 고교 교사들을 대상으로 한 설문조사 결과, 주관적인 평가에서는 아무래도 잘생긴 학생에게 조금이라도 점수를 더 주게 된다고 말했다. 더 나아가 800명의 직장 남성, 470명의 직장 여성을 대상으로 한 조사에서는 잘생긴 남자는 보통보다 소득이 10% 높고, 예쁜 여자는 16%나 더 높다고 나왔다. 이러한 결과는 매력적인 인간일수록 우리에게 더 도움이 된다는 심리에서 작용되어진 것으로 보인다. 결코 이러한 '후광효과'를 만만히 보아서는 안 된다는 것을 알 수 있다.

미국의 매력연구가 로버트 퀸(Robert Quinn)에 의하면, 잘생기고 스타일 좋은 남자는 좀 더 쉽게 진급 등 출세가도를 달리고 있으며, 같은 나이의 못생긴 남성들보다 25%나 봉급을 더 받고 있다고 말한다.

한국도 취업 시즌이 되면 남자 대학생들이 성형외과로 몰려들고 있으며, 미국과 유럽에서는 남성들의 미용실 출입, 화장품 사용이 눈에 띄게 늘어나고 있다. 남성을 대상으로 한 미용업계와 화장품업계는 불경기에도 꾸준히 성장하고 있으며, 남성용 화장품 시장이 연간 35억 달러(약 4조 6천억 원), 헬스클럽에 지불하는 돈이 20억 달러에 이른다.

♂ 매력적인 남성 하늘로 솟는다

육체적 매력에서 빠질 수 없는 것 중 하나가 바로 키일 것이다. 키에 관해 말하자면 여성과 남성의 기준이 확연히 틀리다. 남성은 자신보다 작은 키의 여성을 매력적으로 느끼지만 여성은 자신보다 큰 키의 남성을 매력적으로 느낀다. 인류의 생존 과정 동안 키가 큰 남자들은 평균적으로 덩치도 컸다. 즉 힘이 셌다는 증거이다.

여성들은 이렇게 자신을 보호해 주는 사람으로 자신보다 큰 사람들을 선호하게 되었고 결국 작은 사람들은 소외되었던 것이다. 실제로 현재의 인간의 평균 키는 지속적으로 성장하고 있는데 조선시대만 해도 남자의 평균 키가 160대였다는 것을 고려해본다면 점점 작은 키의 유전자는 소멸되고 있다는 것을 볼 수 있다.

뉴질랜드 캔터베리 대학교(University of Canterbury)의 심리학 교수 브루스 엘레스(Bruce Alice) 박사는 키가 큰 남자일수록 키가 작은 남자보다 번식 성공률이 높은데, 테스토스터론 수치가 큰 키와 관계가 있을 뿐만 아니라 키가 큰 남자들을 여자들이 파트너로 선호하기 때문이라는 사실을 알게 되었다. 여자들의 입장에서는 키가 큰 남자일수록 자신을 더 잘 보호해 줄 것처럼 느껴질 테고, 이러한 이점은 유전자를 통해 후세로 전해질 수 있다. 반면 남자들은 키가 작은 여성을 선호하는데, 자신의 큰 키의 이점을 분명하게 돋보이게 하기 때문이다.

그렇다면 남성들은 왜 작은 키의 여성을 좋아하는 것일까? 이렇게 말하기 뭐하지만 작은 키의 여성은 남성들이 다루기 쉽기 때문이다. 여성이 키가 크고 덩치가 커짐으로써 남자들 사회는 위협을 받게 된다. 바로 자기보다 힘이 세고 달리기를 잘하는 여자들이 출현하는 것이다. 실제로 생존의 법칙에서 보면 그녀들은 공동체의 발전에 도움이 되지만, 이미 남자와 여자의 역할이 분할된 채 살았던 몇십만 년 동안 우리의 유전자는 뿌리 깊숙이 생존의 방식의 편견이 자리 잡는다.

이렇게 큰 여자들은 남자들에게는 두려움의 대상이 되는 것이다. 자신을 깔아뭉개고 제거할까 봐 두려워하기 시작하는 것이다. 이로써 이러한 여자들은 외면을 당하고 있는 것이다. 그러나 사회가 발전하고 남녀의 특별한 역할이 사라진 후로부턴 여성의 평균 키 또한 계속적으로 증가하고 있다. 그러나 안타깝게도 아직도 남성들은 자신보다 큰 여자들을 매력적이지 않다고 느낀다.

매력학

🚻 향기는 당신이 건강하다는 증표이다

"한 여자가 지나간다. 그녀에게서 강한 향기를 느꼈다. 알 수 없지만 그 향기가 나의 발걸음을 멈추게 만든다."

위의 상황은 남녀 모두에게 해당되며, 한 번쯤 경험해 보았을 상황이다. 우리의 뇌는 각 냄새들을 기억해 두었다가 후에 비슷한 냄새가 나면 기억을 되살려 냄새들을 구분한다. 인간의 후각 수용체의 수는 약 1,000여 개에 불과하나 실제로 인지하고 기억할 수 있는 냄새는 약 2~4,000가지 정도이며, 적은 후각 수용체의 수로 어떻게 많은 냄새들을 식별할 수 있는지에 대한 생리적 기초는 확실히 밝혀져 있지 않다. 그러나 여기서 알 수 있는 것처럼 우리의 뇌는 냄새를 기억한다.

위와 같은 상황에서 우리는 무엇을 기억했던 것일까. 왜 발걸음을 멈춘 것일까? 만약 처음 맡아보는 냄새라면 우리는 그 냄새에 크게 반응할 필요가 없을 것이다.

실제로 간호사들은 환자의 임종 시기를 짐작하는 특별한 방법이 있다고 말한다. 바로 '죽음의 냄새'이다. 베테랑 간호사는 환자의 체취를 맡으면서 환자의 임종 시기를 짐작한다고 한다. 이처럼 건강한 사람과 건강하지 않은 사람에게서 나는 냄새가 차이가 있는 것이다. 좋은 냄새를 좋아하는 이유는 그것이 바로 그 상대의 '건강'을 암시해 주기 때문이다.

사람에게 좋은 냄새가 난다는 것은 엄청나게 큰 플러스 요인이 된다. 좋은 냄새가 뇌 속에 들어가면 사람의 기분을 좋아지게 하는 호르몬을 발산하게 되는데, 이는 상대에게 하여금 편안하고 안정된 느낌을 준다. 이로써 사람들은 더욱더 쉽게 마음을 여는 것이다.

최근 미국 시사주간지 타임 최신호는 뉴저지 주 럿거스대 학자들의 연구를 인용해 "번식의 욕구에 따라 이뤄지는 남녀 간의 사랑에서는 두 뇌와 오감이 고도의 협력 작용을 해 짝을 찾도록 만든다."며 이 중에서도 첫 판단을 좌우하는 것이 바로 냄새라고 보도했다.

이 연구에 따르면 남녀는 체외 분비성 물질인 페로몬 등의 냄새에 따라 무의식적으로 마음에 드는 이성을 찾는다. 배란기의 여성 스트리퍼는 다른 때보다 팁을 더 많이 받는다는 연구 결과도 이런 이론을 뒷받침한다. 한 번이라도 향수를 사서 몸에 뿌려 본 당신이라면, 왜 자신이 그렇게 좋은 향기에 집착했었는지 알게 해주는 연구 결과이다.

냄새는 확실히 MHC(Major Histocompatibility Complex)의 면역체계와 관련이 되어 있다. 여자가 자신과 MHC가 다른 남자에게 끌리는 경향이 있는데, 이것은 자신과는 면역 체계가 다른 남자와 짝짓기를 하여 자식을 낳으면 더 다양한 병원체에 저항할 수 있기 때문이다. 사람들은 냄새로 상대의 MHC가 자신과 비슷한지 아니면 다른지를 본능적으로 알 수 있다. 그리고 이왕이면 다른 이성에게 더 매력을 느끼는 것이다. 향수와 같은 물건은 이런 향기를 의도적으로 만들어 냄으로써 상대에게 매력적으로 느끼게 만드는 경향이 있다.

이외에도 여성은 첫 키스를 통해 자신과 상대의 유전자가 궁합이 맞는지 판단한다. 키스할 때 침을 통해 주조직적합성복합체(MHC)라는 유전자가 교환되는데 유전자가 매우 비슷하면 아기를 만삭까지 키워 내기 어렵다는 신호가 될 수 있다. 즉 번식에 불리하다는 것이다.

매력학

5. 유머 감각 - 찰리채플린형

 대표 타입 - 찰리채플린

찰리채플린은 온몸으로 세상을 웃기는 사람이다. 그는 유머가 발생하는 원리를 정확하게 알고 있으며, 그것이 어떻게 상대를 기쁘게 해주는지를 알고 있다. 이와 같은 사람들은 매일매일 주위 사람들을 웃긴다. 표정 하나에서 몸짓 하나까지 계산된 그들의 동작은 매일매일 사람들을 웃음 속에 살게 한다. 박장대소 한 번에 그들의 마음을 얻고, 작은 미소 하나로 그들의 생활을 윤택하게 한다. 웃음 유발 방법을 알고 있는 그들에게 많은 사람들은 매력을 느낀다. 그들은 비언어와 언어를 넘나들며 사람들의 기분을 증명한다.

그 어떤 차가운 마음도 그들 앞에서는 무용지물일 뿐이다. 그들이 가는 곳에는 언제는 뛰어난 유머와 사람들의 웃음소리가 가득하다. 뛰어난 창의성을 지닌 이들은 남들보다 더 멋진 예술 작품을 만들어 내는 경우가 있다. 사람들은 이들을 '예술가'라고도 칭한다. 세상을 보는 눈이 달라서일까?

그들은 남들이 보는 것을 조금은 다른 각도에서 바라보는 경우가 있다. 이들은 등잔 밑의 실체를 세상에 알린다. 또한, 이들은 최고의 장점은 남들보다 높은 상황파악 능력을 가지고 있다는 것이다. 자신이 위험한 상황에서는 교묘한 술수로 빠져나갈 수 있으며, 자신이 유리한 상황에서는 자신의 실리를 간파하여 취하는 대범함도 보인다. 사람들은 그들을 보고 뱀같이 간사하다고 할지 모른다. 그러나 그들의 그러한 유쾌하고 교묘한 술수들을 본다면, 당신도 그 매력에 빠져들고 말 것이다.

☿ 상대를 터는 열쇠, 유머

유머가 뛰어난 사람들을 사람들은 누구나 따르고 좋아한다. 현대 사회에서는 더욱더 유머가 큰 매력으로 작용한다. 사실 유머란 현재시대가 만들어 낸 새로운 매력의 요소라고 할 수 있다. 인류에 언어가 등장한 것은 40만 년 전이며, 이는 인류 생존 기간의 10%도 되지 않는다. 과학자들은 인류가 현재처럼 실제적인 의사소통을 진행한 것을 대략 4~5만 년 전으로 추정한다. 결과적으로 언어가 만들어진 시간은 비언어를 사용한 시간보다 상대적으로 적다. 즉 유머가 나타난 시기도 4만 년 전

매력학

으로 추정할 수 있다.

의식주가 해결되고 더 높은 가치를 추구하는 사회에서 유머는 자신의 욕구를 충족시켜 주는 새로운 도구인 셈이다. 현재 사회에 매력적인 사람이라 취급받는 모든 사람은 '유머'를 능수능란하게 다룬다. 유머는 모두가 가진 휴대폰처럼 누구에게나 필요한 하나의 매력요소로 자리 잡은 것이다. 몇 해 전 나는 한 픽업아티스트를 만난 적이 있다. 그는 한국에서 가장 유명한 픽업아티스트였다. 그가 항상 주장하는 이성을 유혹하는 방법 첫 번째가 바로 '유머'였다. 처음 만난 여성에게 재미있는 농담 또는 웃음거리를 제공하여 상대를 편안하게 만들고 자신이 원하는 방향으로 상대를 이끌었다. 그의 패턴은 항상 비슷했다. 그런데 항상 먹혔다.

남: 안녕하세요. 혹시 저희 동네 사시나요?

여: 네? 동네가 어디신데요?

남: 샤방샤방한 남자들이 사는 동네인데 거기 아니에요?

여: 네? 거기가 어딘데요?

남: (샤이니 춤 동작과 함께) 링딩동~ 링딩동~

나는 그의 유머 능력이 부러웠다. 그래서 나는 그뿐 아니라, 유머 감각이 뛰어난 모든 사람들을 관찰하기 시작했다. 결론적으로 말하면, 유머는 단순히 재미있는 말이나 행동으로 발생되는 단순한 원리가 아니었다. 유머에는 굉장히 많은 생존 기술이 포함되어 있었다. 우리가 매력을 느끼는 이유는 이곳에 존재했던 것이다.

유머를 잘하기 위해서는 창의성과 현실 파악 능력이 기본으로 갖춰져야만 한다. 사람들의 웃음을 유발시키는 방법은 간단하다. 그러나 그것을 만들어 내는 상황을 파악하는 것은 순전히 사람들의 개개인의 능력에 달렸다.

웃음 발생하는 원리를 설명하자면 이렇다. 만약 당신이 상대에게 무언가에 대해 말한다. 가령 주제는 '자장면'이 될 수 있다. 당신이 자장면에 대해 이야기를 나누던 중, 상대가 갑작스럽게 자신이 연예인 박상면을 본 이야기를 꺼낸다면? 십중팔구 당신은 웃음을 터트린다.

왜 이렇게 이런 상황이 웃긴 것일까? 여기에는 정확한 상황을 이해하고, 창의적인 생각을 보탬으로써 상대를 당황시킬 수 있는 능력이 필요하다. 사람들은 대부분 일상적인 패턴 속에서 살아가게 된다.

사람들이 평생 동안 쓰는 단어는 1만 개도 안 된다고 한다. 언어에는 일관성이 존재한다. 예를 들어 '나는 자장면을'이라고 말했다면 뒤에 들어와야 하는 단어는 몇 가지로 압축된다. '먹었습니다. 골랐습니다. 샀습니다. 먹을 겁니다.' 등등의 몇백 개의 단어가 순간적으로 뒤에 설 준비를 하게 되는 것이다. 그런데 만약 이러한 일관성을 깨 버리고 '던졌습니다. 발랐습니다.'와 같은 일관성에 어긋나는 단어가 나오게 된다면 우리의 뇌는 혼란을 일으킨다. 그때 발생하는 것이 '웃음'인 것이다. 우리의 뇌는 0.1초라도 낯선 것을 발견하면 위험을 느끼게 된다. 언어적 위협이 다가왔을 때 우리가 행하는 방법이 바로 '웃음'인 것이다. 웃는 행동으로 우리는 상황을 이해하기 위한 시간을 버는 것이다.

잘 웃기는 사람들은 이런 상황을 잘 만들어 낸다. 개그맨들이 하는 개그가 모두 이 범주에 속한다. 일상생활 속에 우리는 상대를 비난하거나 상대를 놀리는 행동을 하지 않는다. 이것에 사회적으로 안 좋다는 인식

매력학

때문이다. 그런데 개그맨들은 나이를 불문하고 서로를 비난하고 놀린다. 이것은 우리의 뇌에 각인된 일관성을 깨 줌으로써, 우리에게 웃음을 유발하는 것이다.

이러한 유머를 잘 구사하는 개그맨들은 소위 말하는 예쁜 여자와 결혼할 확률이 높은데 이는 유머가 이성을 유혹하는 매력의 요소 중 하나라는 것을 시사한다. 유머는 생존의 법칙에도 적용된다. 뛰어난 유머를 지속적으로 하기 위해서는 남들보다 높은 지능과 상황파악 능력, 그리고 창의성이 요구된다.

한 가지 가설로는 유머가 뛰어난 창의성과 함께 복잡한 인지 기능이 돌연변이 부하에 손상을 입지 않고 잘 작동하는 것을 나타내기 때문에 '좋은 유전자'를 가졌음을 알려주는 표시라고 한다. 사람들의 말과 행동을 잘 듣고, 그것을 잘 비틀고 꼬아서 더 재미있는 상황으로 만들어 가는 이 능력은 많은 사회적 지능을 요구한다는 것이다.

☿ 창의적인 남자는 매력적이다

유머를 사람들이 좋아하는 또 다른 이유를 설명하자면 그 안에 숨어 있는 창의성에 관해 이야기를 해야 할 것이다. 유머는 앞서 말했듯이 창의성과 상황파악 능력 등의 많은 요소가 결합되어 나오는 것이다. 이중 창의성은 유머의 핵심을 이루는 중요한 요소이다. 창의성은 보통 예술, 문화 부분에서도 큰 재능을 보여줄 수도 있지만, 보통 사람들이 알 수 없는 부분도 알려주는 단서가 될 수 있다.

4년 전, 한 회사에서 만난 어떤 남자는 가장 여유로운 미소로 나를 반 겼다. 그는 나와 함께 일을 하면서 자신의 이야기와 때때로 나를 웃기는 창의적인 개그를 선보였다. 같이 일하는 모든 사람들은 그 남자를 좋아 했고, 그 남자와 일이 끝난 후 술자리를 갖길 원했다. 나는 그를 내심 존 경했으며, 기발한 유머를 구사하는 그를 볼 때마다 '신이 내린 창의성'이 라고 부르며 극찬했다. 그러던 어느 날, 어두운 표정으로 출근하는 그를 보았다. 그는 하루 종일 말이 없었다. 궁금증이 가득했던 나는 그에게 이유를 물었고, 그가 전날 여자 친구와 헤어졌다는 사실을 알았다. 그 후, 그의 유머는 날이 갈수록 재미가 없어졌고 결국엔 그와 술자리를 지 루하게 느끼는 사람도 생겨났다.

나는 여기서 한 가지 사실을 발견했다. 남자는 실연을 당한 후 유머 감각이 급격이 떨어진다는 것이다. 에리조나 주립대학의 심리학과 교수 더글러스 T 켄릭(Douglas T. Kenrick)이 진행한 한 실험에서 연애 동기 가 여성의 창의성에는 어떤 영향을 미치지 못하지만 남성에게는 큰 영향 을 미친다는 것을 알아냈다. 남성은 좋아하는 여성이 생기거나 좋아하 는 여성과 연애를 하는 경우 창의력이 흘러넘쳤다. 평소에 지루하게 표 현하던 표현도 더욱 풍부하고 화려하게 표현하였다. 이 결과로 알 수 있 는 것이 바로 "창의성은 연애를 하는 남자에게서 더욱 풍부히 발견된다." 는 사실이다.

예로부터 많은 여자에게 둘러싸인 남자는 '검증된 남자'로 평가되었다. 우리 인간이 많은 사람들이 선호하는 브랜드에게 매력을 느끼듯이 많은 여성에게 둘러싸인 남성도 여성에게 큰 매력을 준다. 이는 인류의 진화 과정에서 여성들은 확실한 남자를 손쉽게 판단하기 위한 구별 방법으로

매력학

'다른 여성에서 선택받은 남자'를 선택했다는 뜻이 된다. 다른 여성이 선택한 남자라면 분명 그 안에는 무언가 자신이 알지 못한 '매력'이 존재할 것이라고 믿기 때문이다.

여성들은 본능적으로 창의적인 남자는 주위에 여성이 많을 것이라고 착각한다. 연애를 하는 상태에서 분출되는 창의성이 바로 그 남자에게 보이기 때문이다. 이로써 여성들은 그 남자를 '검증된 남자'라고 착각하게 되고, 호감을 느끼게 된다. '이렇게 재미있는 남자가 여자가 적을 리 없잖아?'

고통이지만 고통이 아닌 그 이름, 웃음

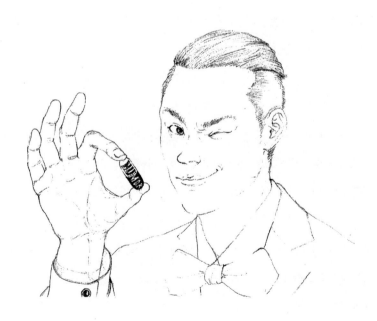

가끔씩 보게 되는 개그 프로그램은 우리를 실컷 웃게 만든다. 눈물이 날 정도로 웃다 보면 우리는 어느새 개운한 기분을 느낀다. 유머를 구사하는 사람들은 이렇듯 상대에게 개운하고 기쁜 감정을 만들어 준다.

한번 웃게 되면 웃음은 우리에게 많은 근육 운동 효과를 발생시킨다. 미국 스탠포드 대학 윌리엄 프라이(William Fry) 박사는 사람이 한바탕 크게 웃을 때 몸속의 650개 근육 중 231개의 근육이 움직여 많은 에너지를 소모한다고 설명한다. 크게 웃으면 상체는 물론 가슴, 심장, 위장, 근육까지 움직이게 만들어 상당한 운동 효과가 있다는 분석이다. 한 번 웃는 것이 에어로빅을 5분 동안 한 효과와 비슷하다는 것이다.

그런데 여기서 알아야 할 것이 있다. 많은 근육이 한 번에 많이 움직인다는 것은 곧, 고통을 야기시킨다는 뜻이다. 생각해 보라. 운동을 할 때 우리는 고통을 느낀다. 피곤함과 고통을 느끼는 것이 운동이다. 그런데도 우리가 운동을 계속하는 이유는 운동으로 생기는 호르몬들 때문이다. 이런 호르몬들이 우리를 결과적으로 기분 좋게 해주기 때문이다.

우리가 웃을 때 우리의 몸은 고통을 느낀다. 그리고 뇌하수체에서 엔도르핀(endorphin)을 분비한다. 엔도르핀은 내인성 모르핀(Endogenous Morphine)을 줄여서 만든 용어이다. 즉 '인간의 몸이 스스로 만들어 내는 모르핀(morphine)'을 의미한다. 모르핀은 아편의 주성분으로 탁월한 진통 효과로 수많은 전장과 병원에서 사용된다. 많은 질병과 부상에서 그 고통을 잊게 만드는 마약이 바로 모르핀인 것이다. 모르핀이 필요한 순간은 인간이 감내할 수 없는 고통에 직면한 그 순간이다. 앞서 말한 대로 우리가 웃는 순간은 고통을 유발하고 엔도르핀을 생성하는 것이다.

매력학

만약 고통조차 잊게 만드는 엔도르핀을 계속적으로 만들어 주는 사람이 있다면 어떨까? 사람들은 마약과 같은 그들에게 정신을 놓고 빠져들 것이다. 위험하지만 기분 좋은 매력요소. 그것이 바로 유머 감각인 것이다.

☿ 유머는 행복한 삶을 위한 방어기제이다

하버드대 의대 교수인 조지 베일런트의 『행복의 조건』에서 나와 있다. 이 책은 '성인발달연구'에 집중을 가했고 814명을 대상으로 한 연구의 결과물이었다. 사람이 행복하기 위해서 필요한 제1조건이 있고 그 조건으로는 '성숙한 방어기제'를 가지고 생활하는 사람이다. 성숙한 방어기제란 일상생활에서 소소하게 불쾌한 일에 부딪쳐도 심각한 상황으로 몰아가는 일없이 긍정적으로 전환시킬 수 있는 능력을 뜻한다.

그런데 세 집단 중 가장 행복하게 살아가는 집단은 '유머'로 방어기제를 사용한 사람들이라고 한다. 그렇기에 유머는 OECD 가입 국가 중 자살률 1위인 우리나라에겐 선택이 아니라 필수가 되었다. 그러기에 우리의 이상형들 혹은 가까이 하고 싶은 사람들을 만났을 때 나 자신에게 즐거움을 주는 활발한 사람을 찾게 되는 것이다.

유머는 경험된다

많은 사람들이 유머 있는 사람이 되기를 원하고, 이를 공부한다. 노력할수록 유머 감각이 늘어나는 것은 사실이다. 하지만 많은 사람들이 유머의 학습 방향을 잘못 잡고 있다. 창조의 시작은 모방이란 말도 있기는 하지만, 대부분의 사람들은 항상 어디서 들은 내용을 가져와 반복할 뿐이다. 유머가 어려운 이유는 단지 웃기기 위해 머리로만 외우고 입으로만 유머를 전달하기 때문이다. 유머 감각에 필수적인 요소는 바로 창조성과 상황파악 능력이다. 이 두 가지 능력을 정확히 익힌 후에야 비로소 참된 유머꾼이 될 수 있는 것이다. 창조성을 키우는 데는 책보다 운동이나 예술 활동이 더 도움이 된다. 단순히 집에서 TV와 책으로 유머를 배우기보단 사람들과 어울리며 땀 흘리는 것이 당신의 유머 감각을 더욱 빛나게 만들어 줄 것이다.

매력학

6. 나이 - 샌더스형

대표 타입 - 샌더스

샌더스는 많은 나이에 걸맞은 자원을 가지고 있다. 많은 도전과 실패 속에서 성공을 이뤄 낸 인물로 유명한 샌더스는 많은 결코 좌절하지 않는 의지로 유명하다. 샌더스는 절대로 원하고자 하는 일을 쉽게 포기하지 않는다. 샌더스는 남들보다 뛰어난 자신만의 기술과 지식을 가지고 있다. 그와 같은 타입의 사람들은 남들보다 많은 경험을 했기에 만물에 돌아가는 원리를 아는 것처럼 보인다. 그들은 하나하나 따져 가며 확실하게 앞으로 나아간다. 성공은 바로 눈앞에 있으며, 사람들은 그들이 이루고자 하는 꿈을 함께 이루고 싶어 한다.

이와 같은 사람들은 많은 나이만큼 많은 경험을 가지고 있으며, 오래된 지식과 그동안 쌓아 온 지위를 가지고 있다. 말하는 것이 이루어질 확률이 높으며, 그 누구보다 열정적으로 완성된 삶을 살고자 노력한다. 이와 같은 사람들에게 매력을 느끼는 사람들은 보통 어린 여자들이며, 많은 부와 명예를 지닌 그들에게 쉽게 마음을 빼앗긴다.

게다가 이들은 사람들과 어울리는 방법을 알고 있으며, 세상의 이치에 그 누구보다 먼저 도달할 것이라고 믿는다. 여성들은 이러한 남자들이 쌓아 놓은 자원과 경험, 지식 등에 큰 매력을 느낀다. 앞으로 이들은 세계의 지배층이 될 것이며, 사람들의 주머니 속 돈은, 그들이 제공하는 서비스에 의해 빠져나갈지도 모른다.

♂ 남자는 나이와 함께 자란다

남자의 나이도 자원 접근 능력을 알려주는 중요한 단서가 된다. 성숙한 남자가 누리는 존경과 지위와 위치를 청소년이 누리는 일은 드물다. 배우자 선택에 관한 국제적 조사 대상에 포함된 37개 문화 전부에서 여자들은 자신보다 나이가 더 많은 남자를 선호했다. 모든 문화의 평균을 구하면, 여자들은 자신보다 3.5세 정도 나이가 많은 남자를 선호한다. 선호하는 나이 차이는 2세 미만 차이의 남편을 원하는 프랑스계 캐나다 여자에서부터 5세 이상 많은 남편을 원하는 이란 여자까지 다양하게 분포돼 있다.

여자가 나이가 더 많은 배우자를 선호하는 이유를 이해하려면, 나이

매력학

와 함께 변하는 것들을 고려해야 한다. 확실한 변화 중 하나는 자원에 대한 접근이다. 여자들은 장기간에 걸쳐 자원을 지속적으로 획득할 수 있는 특성을 지닌 남자를 원한다. 또한 나이는 전통적인 사회에서는 육체적 힘과 사냥 능력과 관련이 있다. 남자의 육체적 힘은 나이를 먹을수록 강해져 20대 후반과 30대 초반에 절정에 이른다. 이렇듯 생존에 필요한 자원을 끌어들이는 데 나이는 중요한 역할을 한다.

경제 잡지 〈포브스〉에 의하면 한국의 부자 순위 1위부터 50위 중 단 한 명도 20대의 남성은 존재하지 않는 것으로 나타났다. 또한 50명 중 오직 3명만이 30대로 나머지 47명은 40대 이상인 것으로 나타났다. 이처럼 나이가 많을수록 자원을 많이 가지고 있다는 생각은 공상이 아닌 사실로 증명할 수 있다.

모든 나라에서 평균적으로 신랑은 신부보다 나이가 더 많으며, 나이 차가 가장 적은 나라는 2.17세인 아일랜드였고, 가장 많은 나라는 4.92세인 그리스였다. 다시 말해서 나이가 좀 더 많은 남편에 대한 여자의 선호는 실제로 더 나이 많은 남자와 결혼하는 현실로 나타난 것이다.

어린 여자들이 나이 많은 남자를 좋아한다면, 이것은 남자의 자원에 대한 접근 능력이 큰 매력요소로 작용했다는 것을 의미한다. 그렇다고 너무 낙담하지는 않길 바란다. 나이와 재산은 자연스럽게 쌓이기 마련인 것이다.

☌ 20대는 여성의 강력한 무기

그러나 남자가 원하는 여자의 선호 나이는 약간 다르다. 남자는 평균적으로 여자의 젊음에 대한 선호가 강하다. 젊은 여자를 선호하는 남자들에게 작용하는 매력요소는 '육체적 매력'과 아주 관련이 높다. 여자들은 보통 20대에 가장 뛰어난 '육체적 매력'을 발산한다. 깨끗한 피부와 탄력 있는 몸매가 바로 그것이다.

여성들의 대부분이 원하는 주름 없는 피부는 20대에 가장 크게 돋보

매력학

인다. 생식력이 가장 높은 20대의 여성의 복부는 50대의 복부보다 지방이 덜하며, 더 탄력 있다. 이러한 것들은 여성의 생식 능력을 가늠하게 해준다. 남자들은 본능적으로 이러한 매력에 끌리게 되는 것이다.

재미있는 사실은 남자들은 젊은 여자를 좋아하지만 젊어 보이는 여자도 좋아한다는 것이다. 남성의 경우 나이를 통해 본능적으로 짐작하는 것이 바로 외모와 크게 관련이 있기 때문이다.

여자의 신체는 20대를 정점으로 지나면서 점차 쇠퇴한다. 40세 무렵이 되면 여자의 신체적 번식 능력은 아주 낮아지며, 50대가 되면 사실상 제로에 가깝게 된다.

인류학자 너폴리언 새그넌(Napoleon Chagnon)이 한 연구에서 보면, 아마존에 사는 야노마뫼족 인디언 남자들을 대상으로 성적으로 가장 매력을 느끼는 여자는 어떤 사람이냐는 질문에 그들은 조금도 망설임 없이 "모코 두데(잘 익은 열매)"라고 대답했다. 이는 사춘기를 지났지만 아직 첫 아이를 낳지 않은 여자란 뜻이다. 즉 어린 여자를 뜻했다.

현대 사회에서는 꾸준한 관리와 발달된 의술로 이러한 차이가 조금은 좁혀지고 있다. 30대의 섹시한 모델들은 20대의 일반적 여자들보다 더 많은 성적 매력을 풍긴다. 그러나 여기서 중요한 점은 30대 섹시한 모델들이 추구하는 미의 방향이다. 그들은 모두 20대와 같은 신체와 외모를 위해 꾸준한 운동과 의학의 힘을 빌린다. 이것은 명백히 젊은 나이의 여성들을 흉내 내는 행위로, 본능적으로 젊은 여자들이 더 매력적이라는 사실을 알고 있다는 증거이다.

신문의 개인 광고 사례들을 수집한 통계 자료를 비교 분석한 연구에서도 남자의 나이가 배우자 선호에 큰 영향을 미치는 것으로 드러났다. 남자는 나이가 들수록 점점 더 어린 여자를 배우자로 선호한다.

TV나 대중매체를 들여다 보면 종종 나이 많은 남자와 어린 여자가 결혼하는 장면을 자주 목격하게 된다. 여기서 중요한 점은 남성들의 나이

매력학

대는 20대~50대까지 다양하다. 그러나 여성의 나이대는 20대~30대로 아주 협소한 범위에서 이루어진다는 것을 알 수 있다. 이것은 남성들이 일정하게 선호하는 나이대가 존재함을 뜻한다고 할 수 있다. 즉, 여성의 경우는 남성보다 특정한 나이대에 더 매력치가 상승한다는 것이다.

30대 남자는 5세쯤 어린 여자를 선호하지만, 50대 남자는 10~20세 어린 여자를 선호한다. 이는 남자들이 20대~30대 사이의 여자를 선호한다는 것을 뜻하는데, 실제로 청소년 남자의 경우도 자신보다 몇 살 위의 여자와 데이트를 하고 싶어 했다. 그러나 이들이 나이가 먹음에 따라 점차 자신보다 어린 여자를 선호하는 경향을 보였다.

이러한 이유는 남성이 여성의 신체가 가장 건강한 시기가 바로 20대~30대라는 것을 본능적으로 알고 있기 때문이다. 원시시대부터 지금까지 젊은 여자들일수록 더 좋은 생식력을 가지고 있었으며, 더 오랫동안 자식(子息)들을 건강하게 보살폈다.

이렇듯 남자의 젊은 여자 선호가 발전하였다. 남성은 생식력이 절정에 이르는 20대의 여성에게 가장 큰 매력을 느끼는 것이다. 그리고 여자는 남자의 자원 접근 능력이 가장 활발할 것이라 추측되는 많은 나이를 선호하는 본능이 발달하게 된 것이다.

☿♂ 나이는 본질을 본다

앞서 말한 대로 남녀는 각각 다른 기준으로 상대를 바라본다. 남성의 경우 여성의 어린 나이를 선호하며, 여성은 자신보다 많은 나이를 먹은 남성을 선호한다. 그렇다면 모든 인류의 역사에 예외가 존재하지 않을까? 정답은 '예외란 존재한다.'이다.

인류학자 C.W.M. 하트(C.W.M. Hart)와 아놀드 R. 필링(Arnold R.Pillig)이 저술한 오스트레일리아 원주민에 관한 내용인 『티위 사람들』에 이러한 사실을 발견할 수 있다.

티위족에 대한 설명을 보면 32~37세의 거의 모든 티위족 남성들이 늙은 과부들과 결혼하며 어린 아내와 사는 경우는 극히 드물다고 설명한다. 이것은 명백한 예외라고 볼 수 있다. 그러면 나이는 모든 인류가 공유하는 매력요소가 아니란 말이 된다. 또는 일정 지역에서만 발생하지 않는 매력요소일 수도 있다는 말이 된다. 그러나 사실 티위족에 대하여 조금만 더 깊게 들어가 보면 그 진실을 알 수 있다. 티위족 사회는 흥미롭게도 여러 가지 면에서 다르다는 사실을 알아야 한다. 어린 티위족 남성들은 실제로 나이 든 여성과 결혼을 하긴 하지만 다른 사회의 남성들과 마찬가지로 성관계의 대상으로는 젊은 여성에게 끌렸다. 다른 문화와 지역과 마찬가지로 젊은 여성에게 매력을 느끼는 것이다.

티위족이 다른 부족과 다르게 나이 많은 여성과 결혼하는 이유는 바로 '사회 체제'에서 찾아 볼 수 있다. 티위족에서는 젊은 남성이 젊은 여성과 관계를 맺다가 붙잡히면 사냥용 창에 꽂히거나 집단에서 추방당했다. 왜 티위족은 이렇게 젊은 남녀의 관계에 엄격한 것일까? 사실 티위

매력학

족의 모든 여성들은 아주 어렸을 때 결혼을 한다. 그녀들의 남편은 모두 나이 많고 능력 있는 남자들이다. 이들은 강력한 힘으로 모든 젊은 여성들을 독점한다.

티위족은 여자아이가 태어나면 바로 약혼을 시킨다. 딸의 아버지는 딸을 '자신의 복지를 위한 투자금'으로 여긴다. 티위족은 일부다처제 사회이다. 나이 든 남자는 자신의 어린 딸을 다른 힘 있고 나이 든 남자에게 약혼시킨다. 그러면 그 약혼한 남자는 자신의 아내들 중 한 명이 낳은 여자아이를 그 남자에게 약혼시킨다. 그 말인즉 나이 든 남자들이 서로의 여자아이를 서로에게 시집보내는 것이다. 이로써 힘 있고 나이든 남자는 죽을 때까지 지속적으로 젊은 여자를 얻을 수 있는 것이다.

그렇다면 젊은 남자들은 평생 여자를 얻을 수 없는 것일까? 아니다. 티위족의 결혼 법에는 "모든 여성은 결혼을 해야 한다."라는 조항이 있다. 만약 늙은 남자가 죽게 됐을 시, 그의 아내들은 모두 다른 남자에게 시집을 가야만 한다. 이로써 젊은 남자들은 비로소, 티위족의 일부다처제 게임에 참여할 수 있게 되는 것이다. 운이 좋으면 젊은 과부 여성과 결혼하여 더 많은 여자아이를 낳을 수 있게 된다.

이러한 티위족의 체제에서 우리는 나이가 상대의 생식력과 생존력을 가늠하게 하는 요소로 작용한다는 것을 알 수 있다. 여기서도 어김없이 남성은 젊은 여성을 원한다. 남성은 젊은 여성을 선호하며, 여성 또한 나이 든 남성과 결혼하는 것이다. 티위족의 패턴에서도 나이는 매력적인 요소를 가늠하는 데 크게 작용한다는 것을 알 수 있다.

7. 유사함 - 미스틱형

대표 타입 - 미스틱

미스틱은 자유자재로 자신의 모습을 바꿀 수 있다. 아무도 그의 진짜 정체를 알 수 없다. 어쩌면 미스틱에게는 진짜 정체가 필요가 없을지도 모른다. 세상의 모든 것으로 변할 수 있는 미스틱과 같은 사람들은 세상에 두려울 것이 없다. 그들이 곧 당신이며, 세상이다. 때론 순수한 어린아이가 되었다가 또 때론 거침없는 터프가이로 변한다. 어쩌면 당신의 어머니가 되어 있을 수도 있고, 당신이 가장 아끼는 인형이 되어 있을 수도 있다.

그 누구에게나 맞춰 줄 수 있는 이들은 사람들에게 가장 편한 보금자

매력학

리가 되기도 한다. 이들은 언제든지 상대가 원하는 사람, 원하는 물건이 될 수 있다. 가장 자신과 비슷한 사람이 되어 당신의 옆에서 당신과 함께하고 있을지도 모른다. 상대는 그러한 사실을 눈치채지 못하고 그들에게 마음을 빼앗긴다. 자신이 원하던 삶의 한 가지를 그들의 모습에서 볼 수 있기 때문일 것이다. 세상에서 자신과 가장 닮은 사람이 바로 눈앞에 나타나게 되는 것이다. 또 다른 나와 거친 세상을 헤쳐 나갈 수 있다는 생각에 큰 용기와 자신감을 얻게 되는 것이다.

이러한 타입의 사람들은 항상 미소를 띠고 있다. 사람들은 그들의 미소가 자신의 인생을 밝혀 주리라는 것을 느낀다. 어두운 감옥 안에 스며드는 한 줄기 빛처럼 미스틱의 행동은, 그들이 원하던 그 무엇인가 일 것이다. 이들은 사람들과 자신과 가장 유사한 사람들이며, 가장 매력적인 사람들인 것이다.

우리는 그들과 함께 있으면 외로움을 느끼지 않는다. 그들은 항상 나의 생각을 존중해 주며, 나와 똑같은 말로 나를 웃게 만들어 준다. 가장 편안한 소파가 당신 앞에서 말을 하고 있는 것이다. 연인으로서, 이들은 최고의 자상한 사람이며 사업 파트너로서 이들은 가장 강력한 동반자인 것이다.

비슷한 사람끼리 끌린다

심리학자 엠스윌러(Tim Emswiller)는 히피 복장이나 정장 차림의 연구 보조자들로 하여금 캠퍼스 대학생들에게 전화를 해야 하는데 동전

이 없다면서 10센트만 빌려 달라고 부탁을 하게 했다. 자기와 비슷한 스타일의 복장을 하고 있는 사람들이 부탁을 하면 대학생의 3분의 2 정도가 동전을 꺼내 주었다. 하지만 자기와 다른 스타일의 복장을 하고 있는 경우, 절반 이상이 요청을 거절했다.

실제로 나 역시 이러한 상황을 겪은 경험이 있다. 신도림역에서 인천으로 가는 지하철을 기다리던 중 나는 한 남자를 보았다. 깔끔하게 떨어지는 일자바지에 편안해 보이는 큰 점퍼를 입고 있었다. 그 남자의 옷스타일은 일반 대학생과 별반 다를 것이 없었다. 당시 대학생이던 나는 그의 스타일과 비슷한 옷차림을 자주 하고 다녔었다. 그러던 중 갑자기

매력학

그 남자는 나에게 다가와 물었다. "제가 돈이 없어서 그런데 차비 좀 빌릴 수 있을까요?" 이상하게도 나는 지갑에서 돈을 꺼내 그에게 선뜻 내어 주었다. 그의 태도와 말투는 일반적인 길거리 거지와 다를 바가 없었던 것으로 기억한다.

우리는 왜 이렇게 비슷한 사람에게 끌리는 것일까.

인간의 역사를 보면 장기적인 관계가 성공하려면 서로 비슷한 점이 많으면 좋다. 감정적 유대, 협력, 의사소통, 관계의 행복, 결별 위험 감소 등이 늘어나며 앞으로의 자녀가 생존할 가능성이 늘어난다. 남자와 여자 모두 가치와 정치적 성향, 세계관, 지적 수준, 그리고 정도는 좀 덜하지만 성격까지 비슷한 배우자를 선호하는 경향이 강하다. 비슷한 점에 대한 선호는 실제 짝짓기 결정으로 연결되어, 서로 비슷하지 않은 사람들끼리보다 서로 비슷한 사람들끼리 사귀고, 결혼하는 경우가 더 많은 동류혼 현상을 낳는다. 간단히 말하면 5점의 남자는 5점의 여자와 사귀고 결혼한다는 것이다.

이와 같은 현상을 잘 알 수 있는 연구가 진화심리학자 앤서니 리틀(Anthony little)과 그의 동료들에 의해 이루어졌다. 이 결과 자신이 육체적 매력이 있다고 생각하는 여자들은 대칭적인 남자 얼굴을 선호하는 것으로 나타났다. 또한 이런 여자들의 남자는 덜 매력적인 여자들의 남자보다 교육 수준과 지능, 건강, 재정적 전망, 외모, 사회적 지위가 더 높은 것으로 나타났다. 이 말은 곧 자신이 매력적이라고 생각하는 여자일수록 자신과 같이 매력적인 남성을 선호한다는 것이다.

최근 밝혀진 미국의 유명 모델 미란다커(Miranda Kerr)의 이혼은 세상을 경악하게 만들었다. 그러나 얼마 뒤 그녀는 호주의 재벌 제임스 패

커(James Packer)와의 열애설로 다시금 언론을 떠들썩하게 만들었다. 올랜도 블룸(Orlando Bloom)에 버금가는 매력적인 남성과 교제를 시작한 것이다.

서로 비슷한 점이 많으면 감정적 유대, 협력, 의사소통이 잘되며, 결별의 위험 요소가 줄어들어 자식의 생존 가능성이 높아질 수 있다는 연구 결과가 있다. 그러므로 남자와 여자 모두 가치와 정치적 성향, 세계관, 지적 수준, 그리고 성격까지 비슷한 배우자를 선호하는 경향이 강한 것이다.

⚧ 공통 분야로 상대를 끌어당겨라

몇 해 전 나는 한 컴퓨터 프로그램을 배우기 위해 학원에 등록한 적이 있었다. 첫 번째 강의 시간에 각자의 자기소개가 이어졌다. 모두의 자기소개가 끝나고 재미있는 사실을 발견했다. 총 8명으로 구성된 반에서 4명은 미술을 전공하거나 전공했으며, 4명은 경영을 전공하고 있었던 것이다.

나는 여기서 본능적으로 어떤 사람들과 친해져야 하는지를 느꼈다. 나와 같은 전공을 공부하는 사람들과 친해지기로 결정해 버린 것이다. 그리고 석 달 동안의 수업이 끝나는 날. 예상대로 경영을 전공한 사람들끼리는 둘도 없는 친구가 되어 있었고, 미술을 전공한 사람들끼리도 친한 친구가 되어 있었다.

분야가 같다는 것은 대화의 소재가 있다는 이야기이다. 그래서 같은

매력학

전공이나 같은 학교와 지역 이야기가 나오면 사람들은 더욱더 열정적으로 반응하게 되는 것이다. 자신이 좋아하는 것을 상대가 좋아한다면 서로 협력할 수 있는 상황이 만들어지는 것이다. 이것은 옛 부족사회에서 엿볼 수 있다. 만약 그 당시에 사람들의 관심 분야가 달랐다면 서로 규합되지도 않았을뿐더러 싸움이 자주 일어났을 것이다.

이것을 '유사성 유인 원칙'이라 부르는데, 유사성 유인 원칙은 사람들이 자신과 꼭 닮은 친구나 애인을 찾는 성향을 말한다. 예를 들어 기독교인이 불교인과 만나서 종교에 대한 토론을 벌여 견문을 넓히기보다는 주위의 같은 취미를 가진 친구들과 만나서 소주 한잔을 하는 것을 더 좋아한다는 말이다. 그 덕분에 우리는 공통적인 특성이나 취미를 가진 사람들을 더욱더 신뢰하게 되고 더욱더 편안하게 느끼는 것이다

미국의 랜디 가너(Randy Garner)의 연구 팀은 재미난 실험을 하였다. 두 그룹의 사람들에게 우편으로 설문지를 보내고 다 작성한 다음 우편으로 다시 보내 달라는 요청을 하였다. 결과는 이러했다. 한 그룹은 회신율이 56%였고, 또 다른 한 그룹은 30%였다. 실험의 목적과 결과는 간단했다. 한 그룹에게는 발신자와 이름이 유사한 사람의 이름으로 발송을 했고, 반면 다른 쪽은 전혀 다른 이름으로 발신을 했다. 이러한 사회적 심리학적 연구 결과는 많다. (설득의 심리학 2 중 정리 발췌) 이것들이 의미하는 바는 사람들은 이름, 신념, 고향, 모교 등 여러 가지 장점에서 비슷한 사람이 제안이나 접근을 하면 수용률이 더 높다는 것이다.

여자건 남자건 같은 분야를 좋아하는 것만으로도 서로 분쟁이 일어나지 않을 것을 직감적으로 판단한다. 결국 서로에게 좋은 감정이 싹트는 것이다. 실제로 결혼정보회사에서 조사한 한국의 대표적 이혼 사유 1위

로는 '성격 차이'를 꼽았다. 이처럼 같은 성향을 가진 사람들끼리 더욱더 끌리며, 다른 성향을 가진 사람들보다 더 오랫동안 함께할 수 있음을 뜻한다.

미국의 신혼부부와 청소년들 조사 결과만 보더라도 이러한 사실이 실제 있음을 증명할 수 있다. 미국의 신혼부부의 99% 이상이 같은 인종으로 구성됐으며, 94% 이상이 같은 종교를 가졌다고 나타났다. 청소년들의 경우도 친한 친구일수록 나이, 인종, 종교가 비슷하다고 나타났다. 심리학자 칼 로저스의 조사 결과 흡연, 음주, 마리화나를 사용하는 청소년들 대부분 친구들과 유사한 생활 습관을 갖고 있는 것으로 나타났다.

만약 당신이 어떤 이성을 좋아한다면 가장 먼저 해야 할 것이 있다. 바로 상대에 대해서 잘 이해하는 것이다. 그것은 곧 당신과 상대가 유사해지는 첫걸음이 될 것이다.

☌ 감수성이 있는 것은 매력적이다

한번은 같은 과 여자 친구에게 흥미로운 이야기를 들었다. 그 여자 친구는 카페에서 겪었던 황당한 일을 이야기해 주었다. 친구는 휴대폰 배터리가 다 닳아서 근처 카페에서 휴대폰 충전을 하고 있었다. 그런데 옆에 있던 한 아저씨가 그녀에게 커피를 시키지 않고 휴대폰을 충전하느냐면서 윽박질렀던 모양이다. 친구는 억울한 표정과 분노에 찬 동작으로 친구들에게 당시의 이야기를 생생하게 증언했다. 당시 나와 그 여자 친구 그리고 남자 2명, 여자 2명이 더 있었다. 총 6명이 모여 있었다.

매력학

우리는 이와 같은 이야기를 가지고 의도치 않은 토론을 벌였다. 결과적으로 여성들 모두는 "그럴 수도 있다. 넌 잘못한 것이 없다."의 입장에 서게 되었고, 나를 포함한 남성 모두는 "그래도 그렇지. 최소 커피 하나는 시켰어야 한다."의 입장에 섰다. 남자인 입장에서는 남의 커피숍의 전기를 쓰는 행동을 하기 전에 그에 합당한 최소한의 예의를 보여 주어야 한다는 입장이었던 것이다.

사실 남성과 여성의 행동 판단 기준은 조금 다르다. 남성의 경우 대부분은 이성에 의해 판단을 한다. 뇌 구조 자체가 그렇게 발달되었다는 것이다. 예로부터 사냥을 하러 밖에 나갔던 남성은 감성이 아닌 이성에 의해서 행동해야 했다. 예를 들어 갑자기 기분이 울적해졌다고 사냥을 포기해 버린다거나 친구가 자신을 기분 나쁘게 했다고 계획된 전략을 실행하지 않는다면, 사냥에 실패하게 되고 결국에 먹을 음식이 없어 생존에 큰 위험이 되었을 것이다. 그렇기에 남자는 감성적인 여성을 때때로 이해하지 못하는 것이다. 여성은 원시시대부터 채집 또는 육아와 관련된 비교적 안전한 노동을 해 왔다. 이러한 노동은 지루하기 일쑤였는데, 이러한 이유로 여성은 '대화'를 발달시켰던 것이다.

인간의 오래된 생활 방식에 영향을 받아 남성과 여성은 생각하는 기준을 다르게 잡게 된 것이다. 그렇기에 가끔씩 나타나는 감성적인 남성(감수성 있는)은 항상 귀하게 여겨졌다. 그래서 여자들은 그들에게 흥미를 느끼고 그들과 교감하게 되는 것으로 보인다.

감성에 지배를 받는 여성에게 자신과 같은 감성을 지닌 남자는 더할나위 없이 매력적인 것이다. 한 예로서 여성들이 가장 갖고 싶어 하는 크리스마스 선물을 게이 남자 친구라고 말한다는 것 자체가 여성들은 감수성 많은 남자를 매력적으로 느낀다는 것을 볼 수 있다. 영화 〈러브 앤 트러블〉(2006)을 보면 여주인공 잭스(브리트니 머피)는 섹시하고 완벽한 파올로(샌티에고 카브레라)에게 첫눈에 반하게 됐다. 하지만 그가 게이임을 알게 됐고 잭스는 파올로 앞에서 옷을 훌러덩 벗거나 볼일을 보는 등 서슴지 않는 행동을 보였고 여자를 잘 알고 이해하며 동성 친구 못지않은 우정을 나눴다.

매력연구가인 수잔 스프레처(Susan Sprecher)는 '사람'에 대한 호감도를 조사한 바 있다. 1위는 돈과 권력이나 지식수준이 아니었다. '따뜻함과 상냥함'이었다. 즉, 아름다운 감성을 가진 사람들이 가장 좋은 호감 점수를 얻는다는 것이다.

타고난 얼굴이야 하루아침에 바꿀 수는 없지만 가슴에서 우러나오는 감성이야 얼마든지 노력하면 따뜻함과 상냥함으로 바꿀 수 있다. 상대를 이해하려는 자세로 높은 배려와 관심을 갖고 먼저 베풀 줄 아는 그런 '感性 인간'이 되어야 한다는 것이다. 다시 말해 '가슴이 따뜻한 사람'이 되어야 한다는 이야기다.

매력학

8. 진실성과 신뢰성 - 소크라테스형

대표 타입 - 소크라테스

소크라테스의 제자인 플라톤은 『소크라테스의 변명』이라는 책을 남겼다. 소크라테스는 삶을 사는 동안 자신의 저서를 단 한 권도 남기지 않았기 때문에 이 저서는 유일하게 소크라테스의 전부를 있는 그대로

보여준다. 그의 사상은 많은 사람들에게 감화를 주었으나 곧 보수주의
자들에 의해 고발되어 재판을 받게 된다. 『소크라테스의 변명』에서 서
술된 바로는 그는 돈을 써서 감옥에서 몰래 탈출하자는 제자들의 제의
를 받았다. 그러나 그는 마지막까지 자신의 신념을 지키기 위해 도망치
지 않았다.

간디는 소크라테스를 진실의 힘을 뜻하는 '사티아그라히' 또는 진리를
좇는 성스러운 사람이란 뜻의 '수크릿'이라 부르곤 했다. 한 젊은 학생이
예술에서 아름다움과 진리가 어떤 관계인지 묻자, 간디는 이렇게 말했다.

"소크라테스는 당시 그리스에서 가장 진실한 사람이었습
니다. 그가 아름답다고 생각합니다. 살아 있는 동안 내내
진리를 좇았으니까요."
— 간디가 남긴 글을 엮은 『마하트마 간디의 도덕과 정치에 대한 저술 모음』 중에서

소크라테스는 그 누구보다 진실한 사람이었다. 진실한 삶을 추구했으
며, 후세에도 가장 믿을 만한 사람으로 평가받고 있다. 소크라테스와 같
은 사람들은 사람들에게 진실을 말할 줄 안다. 현실을 부정적으로 보기
보다는 받아들이며, 안 좋은 현실도 긍정적으로 만드는 재주를 지녔다.
사람들이 이러한 타입의 사람들을 매력적으로 느끼는 이유는 그들이 미
래에 아무런 해가 되지 않음을 알기 때문이다. 이들은 믿을 수 있다. 우
리를 배신하지 않으며, 그들의 말 한마디는 금처럼 신뢰할 수 있다. 남자
라면 이와 같은 타입의 여성에게 자신이 가진 자원을 내어 놓을 것이고,
여자라면 이와 같은 타입의 남자와 기꺼이 결혼할 것이다.

매력학

♀♂ 진실한 마음으로 상대를 대하라

진실한 눈으로 자신을 바라보는 사람을 느꼈을 때 어떤 생각이 들었는가? 가슴이 쿵쾅쿵쾅 뛰고 모든 것이 멈춰 버린 듯했을 것이다. 진심에는 큰 영향력이 있다. 진심은 생각의 근원이다. 모든 행동들은 생각 속에서 자라나서 꽃을 피운다. 진심이라는 것은 하나의 진실을 가리키는 생각이다. 만약 '나는 저 여자를 정말 너무 사랑해'라고 생각한다면 이것은 곧 행동으로 표현될 것이고, 여자는 그 행동(보디랭귀지)을 보고 그의 진심을 파악하게 될 것이다. 억지로 행동을 만들 수도 있으나 세세한 행동들을 전부 꾸며낼 수는 없다. 그러나 진심을 만들어 내면 이러한 세세한 것들조차 반응하여 행동으로 나타나게 된다. 사람들은 그 행

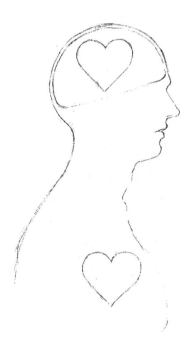

동과 말투에서 진실을 느끼고 반응하게 될 것이다. 그리고 상대는 당신을 진실로 자신을 위해 줄 사람으로 여기게 된다.

인류의 역사에서 여자들이 맞닥뜨린 한 가지 거대한 문제가 있었다. 그것은 남자와 결혼과 같은 장기적인 관계를 형성할 때 생겨났다. 만약 무책임하고 충동적이고 바람둥이 남자가 있다고 가정해 보자. 여성은 이런 남성을 결혼 상대에서 제외시켜야만 했다. 왜냐하면 지속적인 관계를 유지하지 못하는 남자를 선택한 여자는 남자가 제공해야 하는 자원이나 도움, 보호의 혜택을 전혀 누리지 못하고 홀로 아이를 키워야 했기 때문이다. 이와 같은 상황은 여자들에게는 상당한 고민거리로 다가왔을 것이다. 그래서 여자들은 사전에 이러한 남자들을 가려내야만 했다. 그래서 선택한 방법이 바로 진실성을 탐구하는 것이다. 거짓말을 하지 않으며 진심으로 자신을 사랑해줄 수 있는 남자를 찾는 것이다.

☌ 거짓말을 미래를 망친다

나에게는 오랜 친구들이 있다. 그러나 그중 A라는 친구 한 명은 항상 거짓말을 밥 먹듯이 한다. 한번은 이런 경우가 있었다. 오랜만에 친구들끼리 모여서 술 한잔 기울일 생각에 모두에게 전화를 걸었다. 모두들 시간이 된다고 말했다. 우리는 일주일 뒤에 모임을 갖기로 결정했고, 그날이 다가왔다. 그런데 갑자기 그 A라는 친구에게서 전화가 걸려 와 몸이 안 좋아 약속 장소에 못 가겠다고 말했다. 나와 친구들은 A를 걱정하였다. 그리고 며칠 뒤에 우리 모두는 경악을 금치 못했다. A의 친구 B의

매력학

페이스북에 한 장의 사진이 올라왔기 때문이다. 그 사진 속 A는 너무나 행복한 얼굴로 여자들과 함께 웃고 있었다. 나와 친구들은 그 사진을 보며 앞으로 A를 보지 않을 것이라고 다짐했다.

진실하지 못한 사람들은 잠재적인 위험 요소를 가지고 있다. 언제 어떻게 자신을 위험에 빠뜨리게 될지 모르기 때문이다. 팀 프로젝트를 진행함에 있어서 팀원은 서로를 신뢰하며, 맡은바 임무를 충실히 이행하여야만 한다. 만약 한 명이라도 맡은바 임무를 하지 않는다면 다른 팀원이 자신이 하지 않아도 되는 일로 자신의 귀중한 시간을 낭비하게 될지도 모른다.

또한 매일 매일 사랑한다고 말하는 남성의 말이 거짓이라면, 여성의 입장에서는 큰 타격을 입을 수 있다. 앞서 말한 대로 결혼 후 다른 여성을 만나서 자원을 낭비하는 경우가 생길 수 있기 때문이다. 그로 인해서 진실성이 있는 남자는 언제나 여성에게 매력적이다.

배우자 선택에 관한 국제적인 연구에 따르면 여성은 남성보다 신뢰성에 대한 강한 선호를 보였다. 이것이 의미하는 바는 두 가지 측면으로 볼 수 있는데. 첫째, 장기간에 걸쳐 자원이 지속적 공급을 보장할 것이라고 믿을 만한 단서이다. 둘째, 신뢰성과 진실성이 모자라는 남자는 자원 공급이 불규칙하며, 정서적으로나 그 밖의 측면에서 배우자에게 큰 부담을 안길 수 있다.

연애 초기 이러한 진실성이 생기지 않는다면 여자들은 남자에게 매력을 느끼지 못한다고 한다. 여자는 일시적인 섹스 파트너 여럿보다는 한 남자를 통해 아이에 대한 자원을 더 많은 얻어 왔다. 이러한 이유로 여자는 남자의 진실성과 신뢰성을 확인하지 못하는 상황을 극도로 싫어하는 것이다.

남자 역시 진실하지 못한 여자로 인하여 많은 피해를 입으며 살아왔다. 남자는 아내와 자식에게 다른 영장류에게서는 유례를 찾아 볼 수 없을 정도로 많은 것을 투자한다. 그러므로 만약 여자가 다른 남자의 아이를 임신 후 남자를 속였다면, 이는 남자에게 큰 자원 손실을 불러일으킨다. 남자는 자신의 아이가 아님에도 자신의 자원을 투자해야 하는 상황에 놓이게 되는 것이다. 이러한 형태의 상황들의 인류의 역사에서 반복되었으므로 여자와 남자는 모두 진실한 사람들에게 더욱 매력이 느끼게끔 본능이 진화했다.

매력학

9. 용감성과 실행력 - 헤라클레스형

대표 타입 - 헤라클레스

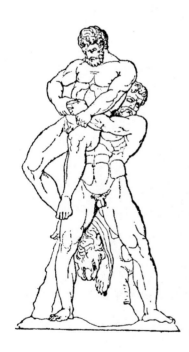

헤라클레스는 그 누구보다 용감하다. 아무리 어려운 일이 있어도 견딜 수 있는 강철 심장을 지닌 듯 보인다. 이와 같은 사람들은 꾸준히 무언가에 도전을 한다. 도전하는 모습이 아름답다는 옛말처럼 사람들은 이런 사람들에게 큰 매력을 느낀다. 이들은 마치 세상을 살아가는 데 힘든 일이 있는 것은 당연한 일인 듯 행동한다. 바위가 나타나면 망치를 들고 와서 깨부수려고 하고, 눈보라가 몰아치면 겉옷을 굳게 잠그고 앞으로 나아간다.

이들의 대부분을 고통을 즐기며 새로운 세계를 만들어 간다. 선구자가 되고, 세상을 이롭게 할 발견을 하는 것이다. 이들과 함께 있다면 당신도 그러한 선구자가 될 수 있고, 세상을 발전시키는 한 명의 위인이 될 수도 있다. 산 뒤에는 항상 위험이 도사린다.

그러나 헤라클레스는 오히려 이러한 위험을 즐긴다. 위험을 헤치고 나아갔을 때 얻을 이득이 얼마나 클지 그들은 이미 알고 있기 때문이다. 이러한 그들에게 세상은 하나의 장난감에 불과하다. 그들이 나아가는 곳에는 항상 재미있고 새로운 모험들이 가득하다. 그들의 그러한 멋진 삶을 들어 본 사람이라면, 그들의 뒤에서라도 그들의 파트너가 되고 싶어 한다. 그들이 가져올 세상의 변화와, 그들이 얻게 될 새로운 부를 나눠 가지게 될 것만 같기 때문일 것이다. 그들의 미래는 안개에 가려진 아틀란티스와 같다. 발견된다면 이 세상에서 가장 거대한 부를 손에 넣을 것이고, 발견되지 않는다면, 더 큰 모험과 도전을 향해 발길을 돌릴 것이다.

☿ 도전하는 자 원하는 것을 얻으리라

인류가 다양한 지역에서 지속적으로 생존할 수 있었던 이유는 바로 뛰어난 도전 정신에 있다. 인간은 끝없는 호기심으로 많은 것에 도전하였고 새로운 일들을 계속적으로 만들어 냈다. 그런 식으로 인간은 전 세계에 걸쳐 자신들의 생활 영역을 늘려 나갔다. 한반도에 최초로 인류가 도착할 수 있었던 이유도 바로 이런 도전 정신과 용감한 행동들이 있었기 때문이다.

매력학

여기서 주목해야 할 점은 모든 인간은 호기심이 있지만 이것을 이루기 위해 모두가 행동을 취하지는 않는다는 것이다. 겨우 일부의 인간만이 자신의 느끼는 호기심을 실험하고 그곳으로 나아간다. 에베레스트 산 꼭대기에 무엇이 존재할까, 라는 생각은 하지만 그곳으로 직접 나아갈 생각은 아무도 하지 않았던 것과 같다. 그러나 여기서 한 남자가 필수 생존 도구를 챙겨 산으로 향한다면 그에게는 무언가 특별한 것이 있는 것을 뜻한다. 바로 용감성이 그것이다.

아프리카 대륙에서 시작된 초기 인류에게 바다 건너 세상이나, 산 너머의 세상은 마치 판타지 소설에 등장하는 괴물들이 사는 곳처럼 느껴졌다. 몇십만 년 동안 아무도 아프리카 대륙을 떠날 생각을 하지 않았다. 인류는 세기가 지나면 지날수록 많은 것들에 대한 호기심을 느꼈다. 그리고 몇몇 용감한 인간들이 자신의 목숨을 걸로 용감히 호기심 가득

한 새로운 세계를 개척해 나간다. 인류가 가장 두려워했던 그것들을 개척함으로써 새로운 세상을 열었다. 그리고 몇몇의 인간은 그에 대한 대가로 왕이 되거나 많은 자원을 얻었다. 현재의 유럽, 아시아, 아메리카 대륙에 살고 있는 모든 사람은 이러한 용감한 인간들의 후손이다.

비단 인류 초기에만 이러한 현상이 나타난 것이 아니다. 한창 인류 문명이 발전하던 13세 이후에도 용감한 인간들이 큰 성공을 거둔 경우를 쉽게 찾아 볼 수 있다.

당시 세계 곳곳에서 활동하는 인간들은 자신들의 생활에 만족하며, 각자의 생활 터전에서만 활동했기 때문에 서로 간의 생활양식에 대해 알 길이 없었다. 동양은 서양을 몰랐으며 서양은 동양을 몰랐다. 그러한 것들에 호기심을 느끼고 동양을 여행하고자 한 용감한 몇몇 서양인들은 막대한 부와 명예를 얻었다. 마르코 폴로가 그러했고, 콜럼버스가 그러했다.

이처럼 무언가에 대한 도전엔 꼭 용감한 행동이 수반되어야만 한다. 이것은 곧 그 사람이 세상을 바꿀 수 있는 사람이라는 인상을 풍길 수 있다. 용감한 장수 뒤에선 죽지 않을 것 같은 느낌을 느끼는 병사들처럼 우리는 용감한 인간들과 마주할 때면 그들에게 빠져들게 되는 것이다. 무언가에 대한 용감한 행동은 때때로 세상의 판도를 뒤엎는 큰 역사를 만들어 낸 것이다. 이러한 용감성은 대대로 기억되었으며, 결국에 '매력 요소로 분류되어 우리의 본능을 자극하고 있다.

한 예로서, 칭기즈칸은 어려운 환경에서 어린 시절을 보냈음에도 불구하고, 뛰어난 용감성으로 세상의 절반을 통일한 위대한 인물이 되었다. 당시 몽골인들은 유목 생활을 하였기 때문에 안정적인 보급로가 존재하

매력학

지 않았다. 그럼에도 불구하고 칭기즈칸이 이끄는 군대는 용감하고 빠른 실행력으로 모든 약점을 극복해 버렸다.

뉴욕포스트지에서는 칭기즈칸을 세계사 1000년간 가장 뛰어난 명장으로 칭송한다. 칭기즈칸에게는 44명의 아내가 있었고, 정복지마다 그의 여자들이 즐비했다. 현재 알려진 바로는 몽골인의 0.8%가 칭기즈칸의 유전자를 지녔다고 한다. 세계 인구 3,200만 명이 그의 유전자를 가진 셈이다. 만약 칭기즈칸이 뛰어난 용감성을 지니지 않았더라면, 세계 역사에 길이 남을 위인이 되지 못했을 것이다.

☄ 끌리면 오라. 위험한 세계

우리는 때때로 절벽에서 뛰어내린다거나, 가파른 절벽을 오르는 등의 행동에서 쾌감을 느낀다. 위험한 행동이 사람들에게 중독을 불러일으키는 이유는 단순이 일탈이라는 새로운 도전이 있기 때문만은 아니다.

남자라면 한 번쯤 익스트림 스포츠에 빠져 본 경험이 있을 것이다. 요새는 남자뿐 아니라 여자도 이러한 익스트림 스포츠를 즐기는 경우를 자주 찾아 볼 수 있다. 익스트림 스포츠는 대부분 위험한 동작들이 많이 포함되어 있어, 어린이나 노약자들보다는 혈기 왕성한 10대 20대가 가장 많이 즐기는 것으로 알려져 있다. 익스트림 스포츠를 즐기는 사람들은 모두들 위험한 행동을 계속적으로 반복한다. 그들은 위험한 행동을 할 때의 스릴을 즐긴다고 말한다. 왜 사람들은 자신이 다칠 것을 알면서도 계속해서 위험한 행동을 반복하는 것일까?

익스트림 스포츠와 같이 위험한 행동을 할 때 우리의 몸에서는 도파민과 페닐에틸아민(PEA)이 분비된다. 도파민은 일명 '행복 호르몬'이라고 불린다. 도파민이 분비되면 사람들은 행복한 감정을 느낀다고 알려져 있다. 페닐에틸아민은 역시 '사랑의 호르몬'이라고 불린다. 이 호르몬은 초콜릿에 많이 함유되어 있다고 전해진다. 이러한 두 가지 호르몬은 결과적으로 사람의 기분을 좋게 하고 행복한 상태로 만든다. 즉, 위험한 행동을 하면 할수록 우리에게는 더 많은 도파민과 페닐에틸아민을 얻게 되는 것이다. 그렇기 때문에 사람들은 위험한 행동을 즐기며 계속해서 추구하는 것이다. 마치 마약과 같다고 생각해도 무방하다.

위험한 행동은 이렇게 마약같이 매력적이다. 사실 위험한 행동은 용감성과 크게 연관이 되어 있는 것으로 보인다. 앞서 설명한 대로 인류가 새로운 것을 발견하기 위해서 취해야 했던 행동이 '위험을 무릅쓴 것'이었다. 만약 일반적으로 사람들은 한평생 한군데의 장소에서 같은 행동을 하며 생을 마감하며 무언가 새로운 것을 발견하기 위해 위험을 감수하지 않았다면 아직도 우리 인류는 아프리카에 국한되어 살고 있었을지도 모른다.

인류는 이러한 문제를 해결하기 위해서 위험한 행동을 '하고 싶게' 만들어야 했다. 그래서 사람들에게 뭔가 도전적이고 위험한 행동들을 하게 함으로써, 더 나은 생존 기회를 만들어야 했던 것이다. 이렇게 시간이 흘러감에 따라, 뇌에서 위험한 행동에 대한 보상으로 도파민과 페닐에틸아민을 분비하기 시작한 것이다.

이것은 곧 새로운 인류 발전의 신호탄이 되었고, 인류는 끊임없이 위험을 즐기고 도전하는 자세를 유지하고 있는 것이다. 많은 시간이 흘러, 21세기에 들어서면서 많은 위험이 정복되었다. 이제는 안전하게 위험을

매력학

즐기는 사람들이 나타나기 시작한 것이다.

그렇다면 위험한 행동은 스스로만 만들어 낼 수 있는 것일까? 정답은 아니다. 상대가 위험한 행동을 하는 것을 보는 것만으로 우리는 같은 스릴을 느낄 수 있다. 가령 일본의 사무라이처럼 칼 대 칼이 맞붙어 싸우는 장면에서 우리는 극도의 스릴을 느낀다. 우리의 뇌에는 '거울신경'이라는 부분이 존재하는데 거울신경은 이탈리아의 신경생리학자 리촐라티(G. Rizzolatti)가 1990년대에 처음 원숭이의 이마엽에서 발견했다.

이마엽에는 근육에 운동 명령을 내리는 운동피질이 있는데, 이 운동피질은 크게 두 영역으로 나눌 수 있다. 특정 근육에 직접 신경을 내보내는 일차운동피질이 있고, 운동을 계획하고 통괄하는 앞운동피질과 보조운동 영역이 있다.

리촐라티는 원숭이가 땅콩을 손으로 잡으려 할 때 앞운동피질의 신경세포에서 나타나는 신호를 연구했는데, 원숭이가 땅콩을 쳐다보기만 하거나 손으로 땅콩이 아닌 다른 것을 잡았을 때 이 세포는 활성화되지 않았지만, 원숭이에게 땅콩을 보여 준 다음 불을 끄고 원숭이가 땅콩이 담긴 접시로 손을 뻗게 했을 때는 이 신경세포가 활성화되었다.

이 신경세포는 원숭이의 뇌에서 행동에 대한 계획, 즉 '접시에 있는 땅콩을 잡아라' 하는 명령을 내리는 세포인 것이다. 그런데 특이하게도 원숭이 자신의 손은 가만히 두고, 누군가가 접시에 있는 땅콩을 손으로 잡으려는 모습을 봤을 때도 이 세포가 활성화되었다. 이것이 신경세포에서 처음으로 관찰된 거울신경이다.

알려진 바로는 거울신경은 원숭이보다 사람에서 훨씬 발달해 있다고 한다. 그 말인즉 우리는 누군가가 위험한 행동을 하는 것을 보는 것에도 같은 감정을 느끼고, 또 중독될 수 있음을 뜻한다. 더 자세히 말하면, 매력적으로 느낄 수 있다는 것이다.

성공이란 여성에겐 두려움

인류의 역사를 보면 용감성은 남성에게 특히나 필요한 매력요소였다. 여성에게도 필요한 요소가 된 것은 얼마 되지 않은 것으로 보인다.

미국의 심리학자 호너(Matina Horner)의 연구에 따르면 남성은 성공에 대해 긍정적인 반면 여성은 성공에 부정적인 심리를 가지고 있다고 말한다. 그 이유는 능력이 있는 여성 또는 사회적으로 성공한 여성은 여성답지 못한다거나 행복한 여성이 되지 못한다는 사회적 편견으로 인해 '성공에 대한 공포'가 자연스럽게 생기게 되었고, 가령 성공을 한 여성에게 이유를 물어보면 자신의 능력이라고 대답하지 않고 '운'으로 설명하는 경우가 대부분 차지한다. 그로 인해 새로운 도전을 꺼리게 되었다. 남성과 정반대되는 상황이 웃을 수만은 없는 일이다.

행동으로 눈에 띄려는 남자

가끔씩 우리는 무리에서 눈에 띄려고 애쓰는 남자들을 만난다. 한 광고에서 나오는 것처럼 "모두가 예스라고 할 때 '노'라고 말할 수 있는 사람"이 나타나는 것이다.

매력학

고등학교 시절 반에서 항상 선생님께 반론을 제시하는 아이가 있었다. 그는 음흉하게 웃으며 말도 안 되는 억지로 선생님에게 반론을 제시하곤 했다. 아이들은 그런 그의 행동에 웃음을 참지 못했다. 매일 교무실로 불려 가야 했음에도 그 아이는 졸업할 때까지 그러한 행동을 멈추지 않았다.

여기까지만 들으면 모두가 그 아이를 '실패자'로 생각할지도 모른다. 그런데 사실은 정반대 이었다. 밸런타인데이가 되면 그 아이의 책상엔 초콜릿이 가득했으며, 평소에 그는 많은 반 여자애들과 웃으며 어깨동무를 하고 있었다. 집에 갈 때면 학교 밖에서 기다리는 여자아이들로 연예인을 방불케 했다.

어째서 여자들은 소위 말해 '나쁜 남자'에게 끌리는 것일까?

♂ 나쁜 남자가 매력적인 이유

신기하게도 여성들은 나쁜 남자를 좋아한다. 나쁜 남자에게 어떤 매력이 있기에 여성들은 그렇게 나쁜 남자에게 끌리는 것일까?

첫 번째 이유로, 여성들은 나쁜 남자가 매력적인 이유가 바로 전혀 예측할 수 없기 때문이라 말한다. 예측하지 못하는 행동을 하는 사람을 좋아한다는 말이 되는데, 논리적인 인간의 입장에서는 상당히 의아한 대답이 아닐 수 없다. 인류의 과학은 불확실한 미래를 예측하기 위하여 발전하였다. 예측하지 못하는 미래는 불안함과 공포심을 조장하기 때문이다. 그렇다면 나쁜 남자는 이러한 인류의 희망과는 역행하는 사람이다. 그러나 예측하기 힘들며, 새로운 모험을 즐기는 나쁜 남자는 아직도 많은 여성의 마음을 사로잡는다.

사실 나쁜 남자의 매력요소의 핵심은 '용감성'을 보여주는 행동들이다. 앞서 말한 대로 용감성은 강력한 매력요소 중 하나이기 때문이다. 용감성은 로또 복권 같은 예측 불가능한 상황에 많이 나타난다. 만약에 당신이 산책을 하려고 산을 오른다고 가정하자. 그리고 우연히 호랑이와 마주친다고 가정해 보자. 이것은 전혀 예측하지 못한 상황이다. 그리고 이러한 상황에서 당신은 어쩔 수 없이 살기 위해 호랑이와 한판 대결을 버린다. 이때 당신은 용감하게 호랑이에게 먼저 주먹을 날릴 것이다. 만약 운이 좋아 호랑이를 쓰러뜨린다면 당신은 뜻하지 않게 호랑이 가죽을 얻게 된다. 이것은 전혀 예측하지 못한 상황이다. 그런데 그에 대한 보상은 그 무엇보다 큰 것이다.

예로부터 이러한 상황은 종종 발생되었다. 물론 결과에 대한 보상도 거대했다. 모험으로 발견된 많은 보물과 비옥한 땅들이 바로 그것이다. 초기에 인류에게 국가란 존재하지 않았다. 먼저 살고 있는 곳이 바로 자신의 땅이 되었고, 자신의 자원이 되었던 것이다. 용감하게 안정적인 고향을 버리고 떠돌았던 몇몇의 인간은 많은 음식과 땅을 독차지할 수 있었다. 그들의 유전자는 그들이 정착한 땅에서 대대로 전해지게 되었고, 모든 후손들은 그들의 유전자를 가지고 태어났다. 예측하지 못한 상황에 발생된 행운이 이처럼 크고 거대하다는 것을 우리 선조들을 이미 알고 있었다.

이러한 이유로 사람들은 예측하지 못하는 행동을 보고 '혹시나' 하는 기대를 갖는 것이다. 그리고 그것이 더욱더 좋은 결과로 이어질지 모른다는 생각을 품는다. 여성이 이렇게 행동한다면 매력적이지 않지만, 남

매력학

성이 이렇게 행동한다면 여성들은 어쩌면 내면 깊숙이 '이 남자는 장차 크게 될 거야'라고 생각할지도 모른다.

두 번째, 이유는 바로 '눈에 잘 띄기' 때문이다.

인구가 증가하면서 남성들은 다른 남자보다 더 많은 여성을 얻기를 원했다. 그리고 계속해서 그러한 방법들은 고안해 냈다. 그중 효과적인 방법 하나가 바로 '눈에 띄기' 전략이다. 이는 많은 사람들이 모인 장소에서 남에게 반대되는 의견이나 행동을 함으로써 사람들의 이목을 집중시키는 것이다. 이로써 많은 여성의 관심을 받게 된다.

연애 중인 남성 또는 연애를 원하는 남성일수록 객관적으로 옳고 그름이 없는 의견에 다수의 의견에 반대하는 경향을 보였다. 예를 들어 "500만 원으로 세계여행을 가겠습니까? 공부를 하겠습니까?"와 같은 질문을 받았을 때, 다수가 세계여행을 택한다면, 일부러 공부를 선택함으로써 사람들에게 각인되려고 하는 것이다.

만약 이러한 반대 의견이나 행동이 '용감성'을 보여 주었다면 여성들은 그 상대를 매력적으로 보게 된다. 그리고 그러한 남자 '나쁜 남자'에게 매력을 느끼게 된다는 것이다. 그리고 실제로 이러한 상황은 역사적으로 상당히 매력적으로 작용했다. 그 예로 가장 유명한 사람을 뽑자면 바로 체 게바라를 들 수 있다.

또 다른 이유로는 이런 나쁜 남자들이 하는 용감한 행동이 때때로 너무나 위험하기 때문에 끌린다고 말한다. 바로 앞에서 이야기했듯이 위험한 행동으로 만들어지는 도파민과 페닐에틸아민(PEA)은 행복한 감정을 줌으로써 매력적으로 느껴진다. 이것은 '거울신경'을 통해 보는 사람에게도 전파될 수 있다. 나쁜 남자는 이러한 점을 알고 예측하지 못하면서 위험한 행동들로 상대에게 계속적으로 행복한 감정을 심어 주는 것이다. 다소 역설적으로 들리지만, 여성은 이러한 상황을 이해할 수 없음에도 기분 좋은 감정을 느끼는 것이다.

⚤ 예측 불가능한 것을 잡고 싶은 욕망, 호기심

천둥과 번개, 그리고 끝이 보이지 않는 바다와 같이 자연은 언제나 우리 인간들에게 경이에 대상이었다. 거기에 자연적인 현상들도 더해져 '예측 불가능한 상황'은 사람들에게 더 경이롭게 느껴지게 된다. 전혀 예측할 수 없는 상황들이 발생하는 것이다. 그러한 이유로 번개가 치면 신이 분노한 것이고 비가 내리면 신이 축복하는 것이라는 인간의 생각들은 전혀 예측 불가능한 것들을 숭배하게 만들고 결과적으로 매력적으로 만들었다. 우리가 끌리는 이유는 그 문제를 알지 못하기 때문이다. 알지 못하기 때문에 우리의 본능은 이러한 예측 불가능한 것들에 더욱더 끌리게 만들어졌다.

수수께끼를 기억하는가? 알쏭달쏭한 문제를 들으면 사람들은 오히려 더욱더 알고 싶어진다. 그리고 미친 듯이 빠져든다. 이러한 단순한 문제 하나가 왜 이렇게 사람에게 큰 흥미를 주는지 생각해 보았는가? 이것은 모두다 예측 불가능하기 때문이다. 자연 현상처럼 인간은 알 수 없는 것들에 대해 '위협감'을 느낀다. 원시시대부터 알지 못하는 열매에 손을 댔다가 숨지는 경우는 다반사였고, 알지 못하는 길에 들어서 굶어 죽는 경우도 흔했다. 그렇기에 인간은 정답을 알고 싶어 하는 것이다. 정답을 아

매력학

는 것이 가장 안전하기 때문이다. 죽지 않기 위해서는 우리는 끊임없이 그 문제에 대해 생각하고 연구해야만 한다. 우리의 몸은 이러한 문제를 해결하기 위해 호기심이라는 감정을 만들어 낸다.

호기심은 동물이나 인간에게서 발견되는 원정, 탐사, 교육 등의 선천적으로 무엇이든 알고 싶어 하는 행동들의 원인이 되는 감정이다. 또한, 호기심은 인간에게서 나이에 상관없이 유아에서 노인까지 모든 연령대에서 발견되고 또한 개, 원숭이, 고양이, 물고기, 파충류, 곤충과 같은 다른 생명체에서도 흔히 볼 수 있다.

인간에게 호기심이 있는 이유는 알 수 없는 무언가를 계속적으로 탐구하고 결국엔 정답을 찾게 하기 위함이다. '예측 불가능한 것'은 호기심이라는 감정을 불러일으키고, 사람들은 결국 인류의 안전을 위해 도입된 '호기심'이라는 감정에 속아 '예측 불가능한 것'을 매력적으로 느끼는 것이다.

Q 이 남자랑 카톡 대화를 많이 하고 데이트도 두세 번 정도 했어요. 그런데 갑자기 연락이 끊겼어요. 무슨 일이 생긴 걸까요?

A 안타깝지만, 남자랑 여자랑 이성을 바라보는 시선은 여자들이 생각하는 그 상상 이상으로 다르다. 근본적으로 신체 구조가 다르기 때문에 성 차이는 생각보다 너무 깊다.

우선, 기본적으로 얼굴 즉 외모를 보는 것은 사람이라면 누구나 하는 짓이다. 하지만 여자인 여러분들은 외모를 본 다음 무엇을 생각하는가? 바로 학벌, 직업, 경제적 상황, 마음씨(성격) 등을 보기 시작한다. 즉 외모적 요소와 동일 비율로 들어가는 항목이 많다는 것이다.

하지만 남자는 다르다. 토너먼트 형식이다. 외모로 우선 통과 작업을 한다는 것이다. 외모가 맘에 들지 않으면 다음 생각을 하지 않는다. 그런데 이미 데이트를 한 상황이니 외모는 통과했다. 하지만 통과의 의미가 무엇일까? 가장 큰 이유는 당신이 성적 매력이 있기 때문이다. 당신이 예쁘거나(외모가 예쁜 여성조차도 남자는 섹시하게 본다) 몸매가 좋다거나(흔히 말하는 36-34-35) 혹은 가슴이 크다(B컵 이상만 되도 남자는 만족한다), 이 세 가지 중 하나를 뜻한다.

이 생각을 하는 남성이 혐오스러운가? 하지만 이게 정답이다. 앞서 말했듯이 남자와 여자는 다르다. 남자는 섹스를 하고 싶어 하는 본능이 발동되어야지만 여성분을 마음에서 찾기 시작한다. 확실히 그 남자를 사랑해야지만 하는 여성의 마음과 차이가 나질 않는가? 그

매력학

러니 지금 이 글을 읽으면서 생각나는 남자가 있다면 당장 카톡 대화를 보며 분석해 보자. 당신에게 Sex Appreal만 하고 있는지 말이다. 예를 들어,

"태희 씨, 집에 잘 들어 가셨어요? 늦게 돌아다니지 마요. 다른 남자가 안을 수 있잖아요."
여러분들은 이 문구를 보면서 '이 남자가 나를 걱정하네, 기분 좋다.'라고 생각하겠지만 저 말의 함정이 있다. 안을 수 있다 ➡ 성적인 행동
"얼른 보고 싶어요." ➡ 남자는 보고 싶은 상대가 생기면 바로 달려온다. 하지만 지금 집에 있지 않는가?
"너무 예뻐요." ➡ 남자는 계기가 있어야 이런 말을 꺼낸다. 여러분이 자신의 사진을 보내거나 카톡 프로필 사진을 바꾸지 않는 한 저런 말을 스스로 꺼내질 않는다.

이것은 남자들이 자신도 모르게 성적으로 꼬이기 위한 행동의 하나이다. 그러면 정말 당신을 여자 친구로 혹은 미래의 배우자로 생각한다면 대화의 내용은 무엇이 되나? 그건 바로 호구조사이다. 여기서 말하는 호구조사는 여러분들이 외모 다음으로 보는 항목들을 말한다. 성격, 직업, 다른 취미생활 등등.
그렇기에 착각하지 말라. 남성의 대화 중 여러분들을 자세히 알고 싶어 하는 내용이 없다면 헛수고하고 있는 것이다. 그러니 유도해라. 바로 나는 다른 매력이 있다, 나는 '섹스녀가 아니다'

〈여자 & 남자 대화〉

1탄 침대 이야기

한 부부가 있었다. 그 부부의 아내는 몸이 말랐기에 힘이 약한 여린 여성상이었다. 반면 남편은 키가 크고 몸이 건장했기 때문에 확실히 힘이 센 사람이었다. 그런 대조적인 부부가 어느 날 삶의 작은 변화가 오는 계기가 있었다. 그건 바로 침대. 전업주부인 아내는 텔레비전을 보면서 사람의 눕는 방향이 중요하다는 것을 알게 되었고, 머리맡을 두는 위치가 방송에서 말하는 방향과 180도 반대인 곳에 두고 자는 걸 알게 되었다. 그래서 아내는 결심했고 그 결과 침대의 머리 방향을 돌리기 위해 혼자 끙끙 돌린 후 남편이 올 때까지 기다렸다. 남편이 들어오자마자 아내는 남편을 재촉하기 시작했다.

아내: 여보, 얼른 안방부터 가 봐!

성화에 못 이겨 남편은 안방으로 들어갔고 한 바퀴 돌며 관찰했지만 아내가 말하는 핵심을 찾지 못했다.

남편 : ……?

아내 : 아, 모르겠어?

남편 : 아니 뭐가 달라졌다는 건데?

아내 : (침대머리 장식을 가리키며) 힌트!

남편 : 돌렸다고?

아내 : 응!

남편 : 그게 뭐 어쨌다고?

매력학

아내 : 아니 가냘픈 내가 끼등끼등하면서 이리 돌리면 쉬울까 저리

　　　돌리면 쉬울까 고민하면서 으라차차 하면서 고생한 게 눈에

　　　안 보여요?

남편 : 흠, 왜 돌렸는데?

아내 : 눕는 머리 방향이 우리가 안 좋은 쪽으로 잤다고 하더라구

　　　요. 그래서 돌렸죠.

남편 : 수고했어.

그날 밤 아내는 서운함에 잠을 못 이뤘다 한다.

 남성 Tip

[Q] 여자들은 왜 자꾸 매일매일 사랑하는지 확인을 하는 거죠? 날 못 믿

는 건가요?

[A] 대답은 당연히 아니다. 그렇다면 왜 자꾸 여자들은 사랑을 확인

하는 것일까?

연애든 사랑이든 어렵긴 어렵다. 당연히 서로 다른 본성을 가진 남

녀가 만나는데 만약 어려움이 존재하지 않는다면 그게 오히려 더 이

상한 상황이다. 서로의 이해관계가 다르고 생각의 구조가 다르기 때

문이다. 차근차근 알아가 보자.

남자들은 사랑하면 땡이다. 즉 사랑한다, 혹은 안 한다. 그래서 구차

하게 질문하지 않는다. 당연히 저 여자가(내 여자 친구가) 나를 사랑한다고 믿기 때문에 질문하지 않는다.

그렇다. 남자는 신뢰성 즉 믿음이 가장 기본 바탕이 되어 있기 때문에 남자는 그 원인이 흔들렸다 생각한다. 하지만 여자는 남자와 다르다. 그러니 불안해서 혹은 당신을 믿지 못해서 하는 질문이라 생각하지 말라.

그래서 가볍게 다른 예시를 들어보겠다. 중고등학교 학창 시절을 지냈을 때 누구든 겪어본 일인 설문지 조사. 거기서 항목이 있고 평가하는 종이를 기억하는가?

[매우 불만, 불만, 보통, 만족, 매우 만족]

각 항목에 저 다섯 개의 단계로 나누어 평가하는 것이다. 바로 이 원리가 여자들이 사랑하는지 묻는 이유이다. 다시 한 번 말하자면 여러분의 여자는 당신에게 매일 평가를 듣고 싶어 하고 그 평가의 주제는 바로 사랑의 깊이다. 여기서 한 가지 주의할 점은 평가의 단계가 다섯 가지가 아니라는 거다.

[증오한, 싫증났다, 귀찮다, 사랑하지 않는다, 조금 사랑한다, 사랑한다, 많이 사랑한다, 자기 자신(남자)보다 날 더 사랑한다, 무슨 일이 있어도 날 아껴 준다, 삶의 중심이 나다 등]

위에 나열한 것보다 더 많은 평가 항목으로 당신의 사랑이 어느 정

매력학

도인지 알고 싶어 한다. 단언컨대, 여자는 섬세한 마음을 지녔기 때문에 구체적인 마음을 알고 싶어 궁금해 하지만 당신은 단순하기 때문에 딱딱 떨어지는 행동을 보인다. 그렇기에 여자는 답답해 미칠 지경이다. 그러니 여자는 질문을 할 수밖에 없는 것이다. 그리고 당신의 대답의 토대로 바로 '사랑의 깊이'를 측정한다.

'이 남자가 오늘은 날 더 사랑하는구나.'
'오늘은 날 덜 사랑하네?'
'피곤해서 그런 건가? 오늘은 좀 무심하다.'
'어제는 이 남자가 날 위해 의자를 빼 줬는데 오늘은 손이 시려워도 안 쳐다보네.'

그렇기에 당신이 해야 할 행동은 하나이다. 바로 '선수치기' 즉 매일매일 먼저 '사랑한다'고 말해라. 대신 같은 상황 속 혹은 같은 문구의 반복은 금지다.
그렇기에 당신은 어느 날 하루는 만나자마자 손을 잡으며 "사랑해" 내일은 뒤에서 안아주며 "사랑해" 일주일 후에는 "보고 있어서 행복하다. 사랑해"라고 말이다.

Q 카톡으로 연락한 지 이제 일주일 되어서 데이트를 하고 싶은데 어떻게 데이트 신청을 해야 할지 모르겠어요. 거절당할까 봐 무섭기도 하고 어떻게 해야 하죠?

A 첫 데이트까지 이끌기가 힘든가? 당신은 그토록 매력이 없는가? 대부분의 남자들은 데이트 신청이 굉장히 늦은 편이다. 그렇기에 기다리는 여성이 지치다 포기하는 경우가 대부분이다. 여성은 결단력 있는 남자를 좋아한다. 즉, 대범한 남성을 좋아하는 건데 당신은 너무 고민이 많다. 계속 그 모습을 유지한다면 여성은 눈치가 천성적으로 빠르기 때문에 실망한 채 당신을 만나지 않으려 한다. 그러니 당신은 먼저 데이트 신청하기 전에 마음가짐부터 바로잡자. 자기 스스로 암시한다. 자신은 너무도 매력적인 사람이고 당신과 데이트를 놓치는 여성이 오히려 멍청한 사람이라고 암시한다.

그러면 당신은 거절에 대한 두려움이 점차 서서히 사라진다. 당신이 데이트 신청을 못 하는 이유는 거절을 당할까 두렵기에 행동으로 옮기지 못하고 있지 않은가? 그러니 당신은 당신자체를 믿는 연습부터 해라. 매일 밤 거울을 보며 '나는 잘생겼다. 나는 인기가 많다.'를 5분씩 소리로 외치며 자신의 얼굴을 쳐다봐라. 당신의 마음뿐 아니라 실제로 얼굴도 바뀐다.

그 후 여성에게 자연스럽게 데이트 요소를 꺼내야 한다. 아무런 복선 없이 갑작스레 당신이 데이트 신청을 한다면 방어기제가 높은 여

매력학

성은 단칼에 거절할 수밖에 없다. 그러니 연락하면서 종종 데이트 암시를 넣는다. 예를 들어 "맛집이 있는데 나중에 한번 같이 가요."라고 하며 가볍게 던진다. 이걸 가끔 던져라. 너무 자주 던지면 당신이 작업 건다고 눈치를 챈다. 그러니 가끔 던져 복선을 깔 수 있게 해라. 본격적으로 데이트 신청을 할 때 "지난번에 제가 맛집 데려간다 했었잖아요. 우리 이번 주에 가도록 하죠?'라고 한다.

그런데 우리의 질문자께서는 이미 1주일을 연락한 상태이니 바로 데이트 신청을 하고 싶은 심정임을 알고 있다. 조급해하지 말고 3일만 위의 방법을 이용하며 연락하라. 그리고 최후의 방법을 쓴다. 바로 전제기법이다. 전제기법은 무의식중에 그녀가 이미 당신과 데이트를 허락한 상태로 전제가 들어가는 거다. 자세히 설명을 하도록 하자.

여러분들은 보통 여성에게 데이트 신청을 할 때 아래와 같이 질문을 한다.

"태희 씨, 제가 밥 한번 살게요. 언제 시간 나세요?"

이러면 여성은 크게 두 가지 대답을 할 수 있다.

① "시간이요? 글쎄요, 제가 언제 나는지 나중에 연락드릴게요."

② "괜찮아요. 시간도 없고 안 주셔도 돼요."

1번 같은 경우 여성분이 다시 연락이 온다면 괜찮지만 거절의 의미가 더 큰 대답이다.

2번은 아예 확실히 거절을 하고 있는 상태이다. 즉, 당신은 그녀에게 거절의 통로를 제공한 채 대화를 하고 있다는 점이다. 그러니 바로 거절의 루트를 없애는 전제기법을 써 보자.

"태희 씨, 제가 이번 주에 밥을 살 건데 주중 저녁이 좋아요? 주말 저녁이 좋아요?"

그러면 여성은 무의식에 이미 자기가 허락한 것으로 생각하기 때문에 대부분 거절하지 못하고 자신의 다이어리를 뒤지며 시간이 있는지 확인한다. 그러니 거절의 루트를 없애자.

Q 좋아하는 사람이 있는데 그 사람도 저를 좋아하게 만들고 싶어요. 어떻게 하면 될까요?

Q 남자 친구를 사귀고 있지만 그 사람이 완전히 저를 좋아하는 것 같진 않아요. 저에게 빠져들게 할 수 없나요?

A 이번 질문은 좋아하는 사람이 생겼다면 누구나 완전한 사랑을 받으며 그 사람과 영원한 사랑을 하고 싶기 때문에 누구나 한 번쯤은 원하는 상태이다. 특히나 여성은 천성적으로 타인 지향적 성격을 가지고 있는 반면 남자는 그렇지 않기 때문에 보통의 여성은 연애할 시 불안전한 사랑을 하고 있다 생각한다. 그래서 상대방이 나 자신에게 의존적인 상태가 되기를 간절히 원한다. 질문자가 원하는 상황이 되기 위해서 여러분의 사람이 스스로 느끼기를 상대에게 필요한 사람이 됨으로써 자신의 존재 가치를 발견하게 만들어야 한다. 한 이야기를 들려주겠다. A란 사람과 B라는 사람이 존재하고, 그 둘은 연인 관계로 발전하기 직전의 일종의 썸 단계의 남녀였다. 하루는 A가 아파서 집에서 드러누웠고, B에게 A는 오늘은 너무 아파서

매력학

약속을 미룬다고 말한다. B는 그 말을 듣고 직접 약을 사서 A의 집을 방문하고, 열이 펄펄 끓는 A를 위해 찬 물수건으로 이마도 적셔주고, 죽도 끓여 주고, 약도 사다 주는 등 지극정성으로 병간호를 한다. 그래서 A는 B에 대해 굉장히 고마움을 느낀다. 여기서 문제, A와 B 중 누가 상대방에 대해 더 많이 사랑하는가?

희생하는 쪽이 상대에 대한 강력한 호감에 빠진다.

그렇기에 심리학자들은 B가 상대방을 더 사랑한다고 말하며, 이 상황을 일종의 나이팅게일 효과라 본다. 다른 예로는 미국의 심리학자인 레옹 페스팅거가 실시한 실험이었다. 그 역시 A와 B라는 그룹을 만들어 A그룹은 낮은 급료로 힘든 일을 시켰고, B그룹은 편하고 급료도 많이 주는 일을 시켰다.

그래서 일반적인 사람들이 예상하기를 A그룹 사람은 이 상황에 대해서 불만을 느낄 거라 생각했지만 오히려 A그룹이 재밌어 하고 보람을 느끼며 자기 일에 대해 긍정적 표현을 했다. 이렇게 노력하는 쪽이 오히려 더욱더 노력하는 형태로 빠지는 상황을 '인지적 부조화 현상'이라 말한다. 대표적으로, 자식에게 완전히 빠져 있는 부모라든지 자신의 캐릭터에 너무 많은 노력을 쏟고 있는 RPG게임 중독자 등이 대표적이다.

이 또한 역시 일반인들에게도 벌어진다. 연애에 상황으로 말을 하면 '내가 노력한 만큼 상대는 나에게 노력하지 않는다.'라는 균형의 잠재의식이 '내가 상대를 그만큼 좋아하니까 노력한다.'로 합리화시킨다. 그리고 '얘는 나 없으면 안 돼!'라는 생각이 지배할 땐 마치 마약 같은 중독 상태에 빠질 수 있으니 너무 집착하지 말라.

아래와 같은 단계를 밟아라. 그러면 당신이 원하는 사랑이 나온다.

1. 상대가 나를 인지하는 단계

2. 상대가 나를 계속해서 생각나게 하는 단계

3. 상대가 나에게 노력을 하는 단계

4. 상대가 나에게 의존하는 단계

위의 단계를 거치면 되고, 각 과정을 거치기 위한 기술들로는 대표적으로 앵커링과 이미지 설정 등이 있다. 이 기술들은 깊은 공부가 필요하니 앞으로 읽어 가는 부분에서 차츰 확인하길 바란다. 이 두 개는 매력적인 인간으로 만드는 기술이기 때문이다.

매력학

매력 증명(CONTROL)

07

Magnetism

1. 자원과 재정적 전망 - 멋져 보이게 자신을 드러내라

✱☉⃗ 글을 읽기 전에 당신의 마음을 확고히 하고, 계획을 세우자

요즘 젊은이들의 문제는 대부분 안정성만을 추구한다는 것이다. 그들에게는 꿈이 없다. 마찬가지의 이야기지만 그들에게는 도전의식이 전혀 없다. 이제까지 인류의 역사를 보면, 우리는 꿈과 도전의 연속적인 진행이었다. 꿈을 가져라. 안정성이 나쁘다는 이야기는 아니지만, 인생에서 좀 더 큰 그림을 그리고 인생에서 좀 더 높은 가치를 바라보라는 이야기다. 항상 자기계발을 늦추지 말자.

✱☉⃗ 외국어를 배우자

한국의 초·중·고교 과정의 영어 교육 과정만 수료해서는 외국어의 기본인 쓰기와 읽기가 되지 않는다. 한국의 영어 교육이란 실생활에 접하는 수준이 아닌 단순히 대학 입시를 위한 교육이다. 우리는 학교 교육에서의 외국어를 접하는 것 뿐 아니라, 주도적으로 자기 학습을 따로 필요로 한다.

외국어를 잘하는 사람이 매력적인 이유는 전 세계가 하나로 연결되어 있기 때문이다. 많은 사람과 소통을 자유롭게 할 수 있는 현실에서 유창한 외국어 실력은 주위 사람들로 하여금 더 높은 생존 가치를 보여준다. 실제로도 사용 가능한 언어가 늘어날수록 취직할 수 있는 회사가 늘어나고, 소통할 수 있는 사람들이 늘어난다. 이는 곧 주위 사람들에게 어디서든 적응할 수 있다는 표시가 될 수 있으며, 미래가 보장되었다는 신호로 받아들여질 수 있다.

대부분의 사람들은 영어 잘하는 것을 액세서리쯤으로 착각하지만 그러한 생각은 틀렸다. 외국어는 계절별 옷과 같다. 우리가 사는 세상은 더 이상 여름만 존재하지 않는다. 모든 계절이 우리의 옷차림을 변화시키듯, 이제 당신도 다가올 계절에 맞는 옷을 입을 때가 왔다.

☿ 자원 매력요소를 드러내는 방법

자원은 매력요소의 중요한 부분을 차지한다. 이 책에서 당신에게 자원(혹은 직접적으로는 돈)을 많이 확보하는 방법을 자세하게 제시할 수는 없다. 그렇다면 이 책은 매력계발서가 아닌 '돈'을 위한 자기계발서가 될 테니 말이다. "열심히 일하고 창의적인 생각을 하라!"와 같은 추상적인 말 대신에, 필자는 여러분에게 보다 효과적인 자원 사용법을 알려주고

매력학

자 한다.(여기서 자원의 사용법은 소비의 개념을 뜻하는 것이 아니라 당신의 자원을 매력에 접목시킬 수 있는 방법을 뜻한다.)

☿ 꿈과 야망을 보여라

당신이 현재 가진 자원이 전혀 없어도 이것은 당신의 매력에 전혀 문제가 되지 않는다. 다만 문제가 되는 것은 당신이 자원이 없다는 것에 대해 실망하고, 아무런 개선 노력도 하지 않는 당신의 생각은 문제가 된다. 현재 소유 중인 자원이 없어도 너무 낙심하지 말자. 그저 당신은 꿈과 야망이 있음을 주변 사람들에게 보여, 그들이 당신과 함께하고 싶은 마음이 들도록 만들어야 한다.

괴테의 말처럼 꿈을 계속 간직하고 있으면 반드시 실현할 때가 온다. 확고한 꿈과 야망을 지닌 사람들은 그것을 이루기 위해 끊임없이 노력한다. 인류의 역사에서 확고한 의식을 지녔던 인물들은 자신이 남들보다 더 큰 부와 명예를 얻었다. 곧 일반적인 생각처럼 힘든 삶이 아닌 안정적인 삶을 영위했다고 볼 수 있다.

만약 당신에게 꿈과 야망이 있다면 마음껏 주위 사람들에게 알려야 한다. 그렇게 되면 두 가지의 좋은 점을 얻을 수 있다. 첫째는 약속을 지켜야 한다는 내면의 압박감이다. 이것은 우리로 하여금 계속해서 움직이게 만들어 준다. 상대와 한 약속을 지키고자 하는 것이 인간의 심리이다. 약속을 어길 시 얻어지는 사회적 비난을 두려워하기 때문이다. 둘째는, 상대에게 매력적으로 보일 수 있다. 헛된 꿈이 어찌 보면 우습게 느껴질 수 있다. 그러나 사람들의 잠재의식 속에서 상대가 제시하는 꿈과 야망은 매력요소로 작용한다. 로또처럼 당첨됐을 때 큰 파장을 불러일으킬 것이 눈에 보이기 때문이다. 사람들은 믿고 싶지 않지만, 혹시나 하는 내적인 기대로 상대에게 끌리게 된다.

물론 꿈과 야망은 당신이 일부러 지어낼 수 있다. 그러나 필자가 추천하는 것은 실제로 당신이 가지고 있는 꿈과 야망이면 좋다는 것이다. 정말로 어렵지 않다. 그저 큰 포부와, 미래의 성공을 많이 상상하고, 그 꿈을 이루겠다는 의지를 주변 사람들에게 비추어라. 그것만으로도 상대에게는 당신이 보유하지 않은 것들에 대한 보상이 된다.

✖⟿ 당신을 홍보하라

당신이 어떤 제품을 판매하는 회사의 사장이라면 물건을 팔 때 가장 먼저 해야 할 일이 무엇일까. 바로 자신의 제품을 대중들에게 홍보하는 일이다. 제품이 성능이 아무리 뛰어날지라도 광고를 전혀 하지 않는다면 이름을 알릴 수조차 없을 것이다.

만약 당신이 천만 원을 주머니에 가지고 있어도 이것을 다른 사람들에게 보여주지 않는다면 그들은 당신이 얼마 정도의 돈을 가지고 있는지 절대로 알 수 없다. 만약 당신이 외모가 훌륭한 사람이라고 해도 사람들 앞에서 항상 가면을 쓰고 다닌다면 사람들은 당신의 외모가 잘생겼는지 못생겼는지 알 수 없다. 만약 당신이 유머 감각이 뛰어난 사람이라도 사람들 앞에서 전혀 유머러스한 행동을 하지 않는다면 사람들은 당신의

매력학

가치를 알기 힘들다.

마찬가지로 당신이 좋은 재정적 전망이나 현재 보유 중인 자원을 가지고 있더라도, 그러한 매력요소를 드러내지 않는다면, 당신이 자원이 많은지 거의 없는지 상대방은 전혀 가늠할 수 없다. 따라서 우리는 자원의 매력요소를 드러낼 만한 방법이 필요하다. 당신의 높은 가치를 증명하는 방법을 DHV(Developing High Value)라고 한다.

☌ DHV, 상대의 무의식에 어필하라

DHV에 방법에 대해서 알아보자. 흔히 DHV는 다섯 가지의 방법으로 나뉜다. (1) 항목은 웬만해선 당신에게 전혀 도움이 되지 않는 DHV 유형이다. (1) 항목에서 (5) 항목으로 갈수록 강도가 강하다.

(1) 당신이 상대에게 직접 하는 DHV
(2) 상대가 당신의 지인으로부터 듣게 되는 DHV 요소
(3) 상대가 나에게 간접적으로 확인할 수 있는 DHV 요소
(4) 상대가 상대와 나의 공통 지인으로부터 듣게 되는 DHV 요소
(5) 상대가 나에게 직접 확인할 수 있는 DHV 요소

(1) 당신이 상대에게 직접 하는 DHV

먼저 DHV(Developing High Value, 높은 가치를 드러내기)의 첫 번

째 항목부터 보자. 당신이 상대에게 직접 하는 DHV는 자신의 자랑과도 비슷하다.

"저는 이번에 보너스로 3천만 원을 받았습니다."

"이번에 변호사 사무실을 개업했습니다."

"이번에 새로운 사업을 시작했는데 매출이 엄청 나더군요."

이러한 자랑은 상대로 하여금 부러움과 호감을 살 수도 있지만 반대로 역효과가 나기 쉬운 DHV 방법이다. 상대는 당신에 대해 '내세울 것이 저런 것 밖에 없나?' '능력은 뛰어나지만 인간성은 좋지 않은 사람이네' 등의 생각을 할 수 있다.

또는 그렇게 생각하지 않더라도 상대로 하여금 당신을 꺼리게 만들 수 있다. 그 이유는 다음과 같다. 선사시대 때부터 우리는 부족을 이루어 같이 더불어 살아가는 인간사회를 만들었다. 그 구성원에서는 먹이를 많이 잡아올 수 있는 사람이나, 혹은 이미 많은 자원을 가지고 있는 사람이 가장 인기가 좋았다. 그리고 그들은 쉽게 좋은 배우자를 구할 수 있었다. 이미 자원을 많이 가진 사람들은 그들의 가진 자원을 그들의 배우자들에게 어필했다. 나는 가진 것이 많다는 것을 드러낸 셈이다. 이렇게 되자, 가진 것이 없는 자들은 배우자를 구하기가 어려워졌다. 그래서 그들은 '거짓말'을 시작했다. 가진 것이 거의 없음에도 불구하고, 마치 가진 것이 많은 것처럼 속이는 것이다. 마치 동물들이 구애 행동을 할 때 위장 구애 행동을 보이는 것처럼 말이다. 배우자들은 이를 검증할 방법을 필요로 했고, 쉽게 검증할 수 없다는 것을 깨닫자마자, 그들은 직접적인 과시를 싫어하는 경향을 보였다. 이렇게 인류가 진화해 왔고, 아직까지도 이러한 사고회로는 인간의 뇌에 남아 있게 된 것이다. 그래서

매력학

우리는 누군가가 자기의 자랑을 하면 무의식중에 그 사람을 싫어하는 마음이 생겨나게 된 것이다.

따라서 DHV를 할 때 첫 번째 방법 같은 이러한 매력조정 방법을 사용한다면, 당신의 매력을 보고 오는 것이 아닌, 당신의 돈이나 능력을 얻어 쓰려는 사람들이 꼬일 가능성이 높다.

(2) 상대가 당신의 지인으로부터 듣게 되는 DHV 요소

두 번째 DHV 항목은 상대가 당신의 지인으로부터 들을 수 있는 직접적인 DHV 요소이다. 상대는 당신의 친구를 모르지만 당신의 친구가 당신을 칭찬하는 상황이다. 예를 들어 이런 식이다. 어느 날 당신이 당신의 동성 친구와 함께 남녀 4명이 함께하는 2 대 2 미팅을 나갔을 때, 당신의 친구가 옆에서 당신을 칭찬해 주는 것을 상상하면 쉽게 이해할 수 있다.

"이 친구는 어렸을 때부터 친구들한테 인기가 많아서 학급임원을 도맡아 했지요."

"이 친구가 머리가 진짜 좋아요. 남들이 가끔 해결하지 못하는 문제에 해결책을 잘 내놓더라고요."

"얘가 보기와는 다르게 정말 부지런해요."

이러한 자랑은 상대에게 커다란 신뢰를 주기는 힘들지만, 어느 정도의 얇은 믿음은 줄 수 있으며 호감을 느끼게끔 유도할 수 있는 효과가 있다. 다만, 미팅이나 소개팅 등 만남의 명분이 있는 곳에서(특히 연애에 관한) 이러한 DHV 방법은 상대로 하여금 '여기 오기 전에 일부러 칭찬을 하라고 시켰겠지.'라는 생각을 심어 줄 수 있다. 그래도 부정적인 면보다는 긍정적인 효과가 훨씬 강하기 때문에 사용할 수 있는 상황이라면 사용하기를 권장한다.

(3) 상대가 나에게 간접적으로 확인할 수 있는 DHV 요소

세 번째 항목은 상대가 나에게 간접적으로 확인할 수 있는 DHV 요소이다. 이것은 다양한 방법으로 가능한데, 그중 몇 가지 방법을 예로 들자면 소품 활용, 상황 활용, 스토리텔링을 예로 들 수 있다. 먼저 당신은 소품을 활용하여 간접적으로 당신의 높은 가치를 어필할 수 있다.

3-1 소품 활용

당신이 고급 외제차를 모는 사람이라면, 은근슬쩍 대화 도중 상대가 모르게끔 휴대전화와 함께 차 키를 테이블 위에 올려놓을 수도 있을 것이다. 만약 명품을 두르고 다닐 재력이 된다면, 여성은 명품 가방을, 남성은 명품시계를 차고 손목을 걷고 있는 행위만으로 상대에게 나의 자원적인 매력을 보여줄 수 있다. 입으로 굳이 설명하지 않아도 되니 얼마나 간편한 방법인가!

3-2 상황 활용

상황적 활용은 특정한 상황에서만 사용할 수 있다. 예를 들어 당신이 맘에 드는 이성을 고급 레스토랑에 데려가는 것 또한 여기에 포함된다. 평소에 자주 가는 식당이라, 그곳의 주방장이나 매니저와 이미 친

매력학

한 상태라면 더욱더 좋을 것이다. 당신은 식당의 주방장 또는 매니저와 가볍게 인사를 하고 안부를 묻는 것만으로도 당신의 가치를 어필할 수 있다.

3-3 스토리텔링

당신이 만약 스토리텔링을 활용하고자 한다면, 당신은 당신의 이야기를 재미있게 구성해야 한다. 그리고 그 사이에 교묘하게 매력적인 요소들을 집어넣어야 한다. 스토리텔링을 하기 위해서는 몇 가지 주의할 점이 있다. 첫 번째로 주제가 명확해야 한다. 목소리의 높낮이 또한 달라야 한다.(한껏 고조된 부분에서의 목소리의 크기는 평소보다 조금 더 빨라야 하며, 크기도 조금 더 크게 말해야 한다.) 가장 중요한 부분은 스토리텔링의 독창성에 관한 부분이다. 물론 우리는 모든 스토리텔링을 외울 수는 없어서 몇 가지는 외워서 말할 수밖에 없다. 하지만 이 스토리를 외워서 말하는 사람들도 저마다의 다른 방식으로 얘기하기 마련이다. 이것이 바로 그 사람의 스토리텔링의 독창성이 된다. 좋은 스토리텔링인 다음의 예시를 보도록 하자.

상대와의 데이트 도중에는 고기(특히 스테이크 종류, 돈가스도 사실은 상관없다.)를 먹을 상황이 분명히 있을 것이다. 식사용 나이프를 사용할 경우 아래와 같은 대화를 해 보도록 하자.

(나이프를 오른손에 들고 왼손으로 가리키며)

당신: 애초에 유럽인들이 사용하던 모든 나이프의 끝은 날카로웠지. 그런데 지금은 왜 이렇게 뭉툭한지 알아?

상대: 왜죠?

당신: 중세 시대 때 영국의 국왕 리차드 1세가 전쟁에서 승리하고 전공을 세운 공신들과 더불어 만찬을 들고 있을 때였어. 그때 어느 한 장군이 날카로운 나이프 끝으로 식사 중에 이빨 사이를 쑤셨던 거야. 리차드 1세는 그 장군의 습관을 전부터 언짢아했는데, 굉장히 사소한 문제였기 때문에 그동안 역정을 내지는 않았지. 근데 하필 그날따라 국왕의 기분이 안 좋았는지 더 참지 못했던 거야. 그래서 명령을 하달했대. 지금 이후로 생산되는 나이프는 끝을 무디게 하도록. 그제야 그 장군은 실수를 깨닫고 나쁜 습관을 버렸는데 그때부터 나이프는 뭉툭하게 되었다는 말씀!

이런 짤막한 스토리텔링은 알게 모르게 당신에게 도움이 된다.

첫 번째, 상대로 하여금 당신의 지적 매력을 어필할 수 있게 된다.

이런 스토리텔링을 가끔 사용한다면, 상대는 당신이 잡다한 지식이

매력학

나 상식을 가지고 있는 사람이라고 깨닫게 된다. 이것은 곧 재정적 전망에 속하는 매력요소이다. 상대의 무의식 속에, 지혜로운 사람은 자원을 소유하는 방법도 쉽게 터득할 수 있을 것이라는 상상을 자극한다. 실제로 이런 생각까지 가지 않더라도, 당신은 상대로 하여금 이유모를 호감을 심을 수 있다.

두 번째로 이러한 스토리텔링은 주제가 명확하다는 것이다. 이 대화의 주제는 나이프에 관한 것이기 때문에, 당신이 할 말이 없을 때, 대화가 멈추지 않고 아주 자연스럽게 흘러갈 수 있다는 것이 특징이다. 몇 가지 중요한 스토리텔링을 외워 두었다가 상황에 맞게, 그리고 할 말이 없어졌을 때 자연스럽게 꺼내 보도록 하자. 다만 이런 주목적 지식 전달, 부목적 흥미 유발 정도의 스토리텔링이라면 뜬금없이 꺼낼 것이 아니라 적절한 상황에 이용하는 것이 좋다. 위의 상황처럼 레스토랑에서 나이프를 쓸 일이 있을 때 쓰는 것이 자연스럽고, 효과도 좋다는 이야기다.

위의 스토리텔링을 그대로 외워 간다고 해도 당신은 그 자리에서 완벽하게 똑같이 할 수는 없을 것이다. 긴 스토리텔링일수록 더욱 그럴 것이라 장담한다. 너무 완벽하려고 하지 마라. 대신 대화의 뼈대나 줄거리 정도를 외워 가도록 하자. 여기서 스토리텔링의 독창성이 나타나게 된다. 만약 어떤 사람이 저 스토리텔링을 한다면 이런 식으로 말할 수도 있을 것이다. 왕이 명령을 하달하는 장면에서, "여봐라! 당장 전국에 있는 나이프 공장에 짐의 명령을 하달하라. 지금부터 생산되는 나이프는 끝을 무디게 하라!" 단, 실제로 왕처럼 연기를 하면서 말하는 것이 포인트이며, 목소리 톤도 변화를 주는 것이 좋다. 명심하라. 목소리 톤의 변화가 집중의 정도를 결정한다.

우리는 이런 방식으로 스토리텔링을 통해 확실하게 당신을 어필할 수도 있지만, DHV가 선행된 후에 할 수 있는 스토리텔링 등도 있다. 밑은 간접 최면 대화 패턴이 들어간 예시이다. 만난 지 얼마 안 된 상대를 마치 오래 전부터 알고 있었던 것처럼 편안함을 느끼게 하는 효과가 있다. 편안함의 매력요소 단계에서도 다시 한 번 언급하겠지만, 깊은 신뢰감을 줄 수 있다는 정도만 알아두고 밑의 예시를 보자.

스토리텔링의 예시 2 DHV 적용 후의 스토리텔링

난 놀이공원에 가면 꼭 롤러코스터를 타. 롤러코스터를 타면 강렬한 짜릿함을 느끼잖아? 이렇게 스릴러 놀이기구들은 너의 심장을 더 빨리 뛰게 만들어. 탈 때 호흡이 더 가빠지고, 황홀감에 빠져드는 거지. 꼭 이런 놀이기구를 타면 곧바로 한 번 더 타고 싶어지더라고. 하지만 이런 놀이기구에서 가장 중요한 건 안전장치지. 조금은 위험해 보이지만 안전장치가 있어 안심할 수 있다는 것, 어떤 일도 발생하지 않을 거라는 것. 그래서 우리는 자유롭게 마음을 놓고, 그런 짜릿함을 몇 번이고 반복해서 즐길 수 있어. 롤러코스터를 타면 얼마나 재미있는지 상상해 봐. 그런 기분 알지? 높이 점점 높아지고 심장이 흥분으로 두근거리면서, 호흡이 점차 가빠지는 것. 그 사이 긴장과 짜릿함은 점점 더 커지잖아. 그러다가 레일의 끝에서 떨어지

매력학

는 순간 넌 그런 흥분감에 몸을 맡겨 버리지. (팀을 두고) 이건 마치 사람과의 관계를 묘사할 때와도 비슷한 것 같아. (당신 스스로를 가리키며) 너도 알잖아. 그냥 롤러코스터를 바라보는 순간 완전히 마음이 끌린다는 걸 알게 되는 거지. (당신 스스로를 가리키며) 그리고 그와 동시에 아주 안전하고 편안한 느낌을 받는 거야. 마치 네가 그 사람을 이미 오래 전부터 알고 있는 것처럼.

위는 처음 본 상대에게 사용하면 좋은 패턴의 스토리텔링이지만 이 패턴이 먹히기 위해서는 일단 상대방이 내 말에 수긍하면서 잘 따라와야 한다는 함정이 숨어 있다. 만약 상대가 당신의 대화에 집중조차 하지 않는데, 저런 대화를 사용한다면 안 하느니만 못하는 스토리텔링이 될 것이다. 그리고 상대는 당신을 지루한 사람이라고 여길지도 모른다. 따라서 이 패턴을 사용하기 전에는 명분 적인 것이나, 미리 DHV를 통한 가치 집중이 필요하다.

(4) 상대가 상대와 나의 공통 지인으로부터 듣게 되는 DHV 요소

네 번째 항목은 상대가 상대와 나의 공통 지인으로부터 듣게 되는 DHV 요소이다. 당신의 친구인 사람이면서 동시에 상대의 친구인 사람이 당신의 칭찬을 하는 경우가 이에 속한다. 쉽게 말해 소개팅을 떠올리면 된다. 소개팅의 주선자는 당신과 소개팅 상대를 모두 알고 있는 상태이다. 여기서 만약 당신이 보고만 있어도 칭찬이 절로 나오는 사람이라면 아니면 칭찬을 자연스레 유도한다든가, 그것도 아니라면 미리 칭찬을 하도록 주문을 해 뒀다든가 등의 방법으로 상대에게 자신을 어필한다면 효과가 크게 작용할 수 있다. 상대방은 이미 주선자가 자신의 지인이기 때문에 어느 정도의 신뢰감이 쌓인 상태여서 두 번째의 DHV 항목보다 큰 효과를 기대할 수 있다.

(5) 상대가 나에게 직접 확인할 수 있는 DHV 요소

DHV 방법의 마지막 항목은 상대가 나에게 직접 확인할 수 있는 DHV 요소이다. 상대가 당신의 통장 내역을 본다든가, 당신의 월수입을 직접적으로 알고 있다든가, 당신이 어느 모 그룹의 회장 아들이라든가 등의 내용을 미리 알거나 바로 그 자리에서 볼 수 있는 것을 말한다. 세 번째 항목인 간접적으로 확인할 수 있는 DHV 요소와는 차원을 달리한다. 세 번째 항목이 고급 외제차의 차 키를 보여주어, '이 사람은 외제차를 끌고 다니나 보다.'라는 생각이 들게 하는 것과는 달리, 상대를 집에 바래다주며 직접 외제차에 태워서 '끌고 다니나 보다.'라는 생각이 아닌, '이렇게 대단한 사람이었어?'라는 생각이 들게끔 하는 DHV 방법이다. 하지만 이 역시 과함은 금물. 일부러 보여주듯 드러내는 느낌을 준다면, 직접 말로 설명하는 1번 항목의 DHV 방법과 다를 바가 없다. 최대한 자연스럽게, 자랑하는 느낌이 나지 않도록 상대가 저절로 알게 되는 것이 가장 좋은 상황이다.

매력학

🐈 I. 여자가 여성에게 말한다

⚤ 당신의 지갑을 먼저 보여라

여자들이여, 지금 당신보다 재산이 부유한 사람을 만나고 싶은가? 그러면 당장 현실부터 직면해라. 그것이 바로 당신을 한걸음 나아가게 할 것이다.

상상해 보아라, 당신은 지금 쇼핑을 하고 있다. 그리고 당신 앞에는 두 냉장고가 나란히 있다. 디자인은 같지만 저가의 중소기업 냉장고와 고가의 대기업 냉장고이다.

당신은 무엇을 선택하겠는가? 당연히 전자이다.

⚤ 여성의 가치를 올려라

왜냐? 바로 가치 때문이다. 대기업은 오랜 시간 동안 일반적으로 대중들에게 좋은 품질의 제품을 선보였기 때문에 중소기업보다 신뢰나 기술면 등 모든 분야에서 다 높다. 그렇기에 아무리 몇 배 비싸더라도(심지어 실제 품질이 중소기업이 더 뛰어나더라도) 대기업의 제품을 고른다. 이런 현상은 사람을 고용할 때나 가까이 지내고 싶은 지인을 고를 때도 똑같이 발생한다. 사람들은 만남을 통해 자신에게 좀 더 이로운 사람을 만나고 싶어 하기 때문에 여성은 스스로의 가치를 반드시 높여야 한다. 가치를 올리는 건 어려운 일이 아니다. 작은 행동 하나만 변화를 준다면 지금 이 책을 읽고 있는 당신은 기피 대상이 아닌 가지고 싶은 여자가 되어 남자의 지갑을 볼 수 있다. 만약 다른 이성이 지갑을 보이지 않는다면, 미안한 소리지만 그 남자가 못난 것이 아닌 당신의 가치가 낮은 것이다. 과거에 가치가 낮은 사람 이였어도 그건 과거에 지나지 않는다. 미래의 우리들의 모습은 매우 매력적인 사람이기 때문에 차근차근 천천히 자신을 변화시키면 된다.

☿️ 첫째, 일부 데이트 비용을 내라

앞서 말했듯이 남자는 여자의 재정적인 면을 거의 보지 않는다. 그래서 여성은 굳이 많은 자원을 소유할 필요는 없다. 허나 조선시대에서는

매력학

집안일을 하는 것이 여자의 역할 전부였지만 지금 우리나라에서는 여자도 공동체 생활을 하고 직업을 갖는다. 현재의 여성들은 경제활동을 남자들과 대등하게 하고 있기 때문에 남성들이 여성의 자원 상태도 보기 시작했다.

그에 대한 예로 '된장녀'라는 말을 알고 있는가? SNS를 통해 몇몇 여자들의 심각한 가치관 때문에 생긴 신조어이다. 이러한 여자들로 인하여 남자들의 머릿속에는 여성의 대부분이 남성에게 항상 재정적 지원을 받고자 한다고 생각한다. 그러한 여자들과 같이 평가되고 싶지 않다고 생각했다면 어느 정도의 물질적 자원을 사용하는 현명한 여자가 되는 것이 좋을 것이다. 바로 하루쯤은 데이트 비용을 다 낼 정도로 말이다.

분명히 첫 데이트 때는 남성이 데이트의 모든 비용을 지불하거나, 밥은 남성이, 커피는 여성이 쏘는 약 8:2의 비율을 차지할 것이다. 첫 번째 데이트는 앞서 비율을 따라간다. 그 후 두 번째 데이트를 하게 된다면 남성이 4, 여자가 6의 비율로 그날 데이트 비용은 여자가 담당하는 것이다. 그렇게 행동함으로써 된장녀가 아니라는 것을 남자에게 직접적으로 보여주어 안심을 시켜 주는 것이다.

간혹 이런 행동을 하면 가난한 남자를 만나거나 지속적인 만남을 유지하기 시작했을 때의 데이트 비용을 걱정하는 여성들이 많은데 걱정하지 말자. 남자들은 데이트 비용을 지불할 수 없을 땐 약속이 없지만 약속이 있는 척 거짓말까지 하면서 집에서 쉰다. 그런 행동은 남성들이 하는 이유는 여성이 남자의 재정적 요소를 다른 요소들과 비교하여 가장 우선시하는 걸 알고 있기 때문이다. 그래서 남자들의 기본 데이트 자세가 데이트 비용은 자신이 부담하고 그 일에 대한 부담감 및 책임감이 굉장히 높다. 그래서 여성이 먼저 지불을 하면 남성이 감동을 받게 된다. 그러니 마음에 드는 남자가 나타났다면 돈을 지불하라.

남자처럼 고급 식당에서 스테이크를 사줄 필요가 없다. 적은 비용을 지불해도 된다. 영화를 보여주고 김밥집에서 김밥과 라면 정도만 사줘라. 그러면 남자는 '이 여자가 나를 사랑하나?'라고 생각한다. 이 생각이 드는 순간 그 남자는 여자에게 호감을 갖기 시작한다.

그 후 남자는 여성을 자신의 여자라고 생각한다. 남자가 여자를 자신의 것이라고 생각하는 순간 그는 그 여성이 원하는 이상형의 남자가 된다. 그런데 혹시나 안타깝게도 그 남자가 처한 환경적 상황 때문에 데이트 비용을 지불하지 못하는 상황이 오는 경우에도 사랑하는 여성을 위해 최소한 노력을 한다. 공사판에서 무거운 짐을 나르거나 편의점 야간 알바 등 자신의 잠을 줄이게 되더라도 여성을 위해 번다. 만약에 경제적으로 좋지 않은 남자가 앞서 말한 행동의 변화가 없거나 계획조차 없다면 그 남자는 당신을 진정한 배우자로 보는 게 아니다.

☿ 둘째, 고마움을 표현해라

남자들은 여성과 다르게 여자의 재정적 요소를 중요하게 여기지 않는다. 그러한 이유로 남자가 데이트 비용을 지불하는 현상이 우리나라에선 너무도 당연하게 되고 있다. 사실 남자는 자신이 계산할 때 자연스레 팔짱을 끼고 기다리는 여자들의 모습을 좋게 보지 않는다. 그럼에도 여자들은 계속해서 이렇게 행동한다.

매력학

이 말이 믿겨지지 않는다면 지금 당장 중저가 식당이나 프랜차이즈점 (남녀가 흔히 데이트하는 장소)에 가 보아라. 그리고 그곳에서 일부러 계산대와 가장 가까운 곳에 앉아 관찰을 하자. 앞으로 관찰할 요소는 남녀가 식당에서 밥을 먹은 후 계산을 할 때 여자들의 행동을 보는 것이다. 열에 열 대부분의 여성은 뒤에서 팔짱을 끼거나 스마트폰을 하고 있다. 그 모습은 제3자가 보더라도 당연히 남자가 사는 게 규범처럼 행동하고 있다.

여기서 입장 바꿔 생각해 보자. 여성이 반대로 남자 후배이든 직장 사람에게 당신이 음식을 한턱냈다고 가정하자. 그런데 그 사람이 당신에게 '고맙다'란 말을 한마디도 하지 않았다. 그러면 당신은 다음에 한 번 더 사주고 싶은가? 심할 경우 '내가 물주인가?' 이 생각까지 들 것이다. 남자 또한 여자처럼 감정이 있는 사람이기에 때문에 방금 느낀 심정을 그대로 똑같이 느낀다. 그러니 뒤에서 매력적이 않은 여성들이 하는 행동을 하지 말자. 예를 들어 계산할 타이밍에 화장실을 간다든지 아까 말한 뒤에서 팔짱 끼는 행동을 하지 말자. 남자도 감사함을 받고 싶고 인정받고 싶어 한다. 그러니 최소한의 예의는 갖추자.

"고마워요." 혹은 "미안해요. 생각보다 가격이 많이 나왔네요."라고 말하며 고마움의 표시를 낸다. 연인이라면 여성이 백허그를 해주며 "고마워."라고 한다. 이 쉬운 행동을 하게 된다 남자들에게 애교쟁이가 되는 건 식은 죽 먹기다.

☿ 셋째, 현명한 여자가 되어라 (1 - 자원 부분)

　원시시대의 이야기로 잠시 돌아가면 남자는 사냥을 하고 여자는 채집을 했다. 그래서 주요 식량은 남자의 수확에 따라 달라졌기 때문에 남자의 역할이 상당히 컸다. 그만큼 남자는 집에 있을 시간이 여자와 비교하여 상당히 적었고 그로 인해 집안일의 담당은 여자가 했다. 그래서 집안의 재산이 여자의 현명함에 따라 달라졌기에 남성은 여성이 식량을 몰래 축냈는지 감시를 하기 시작했고, 식량 검사 방법으로 여자에게 키스를 했다. 이처럼 오랫동안 여성은 집안일을 관리해 왔고, 재산을 관리하는 여성의 역할을 남자들은 굉장히 중요시 여기고 있다. 그래서 남자들은 옛날부터 연애를 할 때부터 현명하게 자원 관리를 하는 사람을 찾는 습관이 있다. 자신이 힘들게 번 돈을 헛되게 쓴다면 가슴이 쓰라리기 때문이다. 그러니 재정 관리를 철저히 하는 현명한 여자가 되어야 한다.

적립카드를 사용하자

　현명함을 보이기 위한 대표적인 방법으로는 바로 적립카드이다. "계산은 남자가, 적립은 여자가"란 말이 있다. 이 말은 데이트 비용을 지불하지 않는 여성을 암묵적으로 비난을 하기 위해 만들어진 말이다. 이 말에 힌트를 얻어 우리는 역으로 이용을 하자. 우리가 살고 있는 현 시대는 대부분 같은 계열사로 연결되어 있기 때문에 프랜차이즈 음식점이나 영화관은 적립카드가 존재한다. 해당 회사의 적립카드 포인트를 모으면 마치 현금처럼 쓸 수 있는 좋은 제도지만 보통의 남성들은 사소한 것을

매력학

챙기는 걸 선천적으로 못 하기 때문에 대부분 포인트가 넘쳐 나지만 사용하지 않은 채 버린다. 그래서 적립카드는 거의 여자들만 사용하기에 이성에게 노리자.

보통의 대부분 여자는 계산할 때 가만히 멀뚱멀뚱 남성을 쳐다만 보고 있다. 그런 상황을 만들지 않게 당신이 아껴 뒀던 적립카드를 꺼내자. 실제로 남성들이 말하기를 만나는 여성에게 반했던 이유에 대해 물어보면 나오는 말 중 하나가 포인트 적립을 하는 모습이다. 현금영수증, 포인트제도, 각종 할인카드로 자신의 계산에 도움을 주는 모습을 보면 그 여성에게 호감이 상승한다고 말한다. 이처럼 현 남자들은 자신들을 챙기는 여자를 원한다. 그것을 입증할 수 있는 방법은 여성의 알뜰함을 보이는 것이다. 사소한 걸 챙기는 능력은 여성이 남성보다 훨씬 뛰어나기 때문에 여성이 먼저 남성에게 선뜻 할인카드를 내민다면 그 남녀는 사랑에 빠지게 된다.

직접적으로 당신이 가계부 쓰고 있는 걸 어필해라

지금 책을 읽고 있는 당신은 가계부를 쓰고 있는가? 쓰고 있지 않다면 질문을 하겠다. 일주일 전에 당신이 산 물건 중 가장 고가였던 물건을 기억하는가? 당연히 기억하기 어렵다. 이런 이유로 생활에 필수품이 바로 가계부다. 가계부는 당신의 돈이 어디에서 어디로 흘러가는지 시각적으로 잘 보여주는 방식이다. 그래서 사치를 막는 방법 중 가장 유명하고 효과적인 방법이다. 그렇지만 대부분의 여성은 쓰지 않는다. 그리고 남성은 여성의 대부분이 가계부를 안 쓰는 사실조차 모른다. 그러니 남녀 간의 사이가 난감해진다.

여자 형제가 있는 남자 같은 경우 자신의 형제를 통해 여성에 대한 환상이 깨져 있어 가계부 사실에 관해 놀라지 않지만 외동 혹은 남자 형제만 있는 집안 같은 경우 여성에 대한 환상이 굉장히 높은 상태이기 때문에 가계부를 쓰지 않는다면 매우 놀란다. 특히 집안 살림의 기준은 여자 형제가 없는 남성은 여 형제가 있는 남성에 비해 높다. 그렇기 때문에 가계부는 선택이 아니라 필수로 필요한 존재다. 그래서 여성은 가계부를 쓰는 모습을 보여줘야 한다.

우선 제일 쉬운 방법은 휴대전화다. 스마트폰을 갖지 않은 사람보다 스마트폰을 소유한 사람이 더 많은 시대이다. 그러니 휴대전화를 이용해서 가계부를 보여주자. 보여주는 방식에도 다양한 방법이 있다. 간접적으로 은밀한 방법으로 휴대전화 화면을 켜 둔 채 화장실을 가는 방법이다. 휴대폰에 비번도 없이 화면이 켜져 있으면 누구든지 보고 싶은 마음이 생긴다. 그때 가계부를 켜 놓은 상태라면 남성은 여성의 경제 사정이 궁금해 자세히 보게 되어 가계부를 쓰는 사실을 알게 된다. 그러니 켜 두고 화장실에 다녀오자.

또 다른 방법으로는 직접적으로 묻는 거다.

당신: 저, 원빈 씨, 한 가지만 여쭈어 봐도 될까요?

상대: 네, 여쭈어 보세요.^^

당신: 제가 가계부를 쓰면서 고민이 생겨서 조언을 얻고 싶어서요.

상대: 어떤 게 문젠가요?

당신: 음, 원빈 씨는 항목을 얼마나 나누세요? 너무 세세하게 나누니 스트레스 받네요.

매력학

상대: 음, 저는 세세하게 나누지 않고 5개 항목 정도로 나눠요.

이 대화에서 상대가 마지막 말을 내뱉으면서 자신이 몇 개의 항목을 쓰고 있는지 생각하는 동시에 자신이 쓰지 않고 있기 때문에 물어보는 여성을 가정적이고 현명한 여성으로 생각한다. 가계부를 쓰는 남자도 위와 같이 생각하기 때문에 직접적으로 말하는 것을 두려워하지 말고 적극적으로 남자에게 질문을 하자.

리필이 되는 탄산음료는 한 컵에 나눠 마셔라

필자가 어린 시절에는 서빙 알바를 했는데 그곳은 주말이면 소개팅을 하는 남녀를 자주 목격할 수 있었다. 소개팅을 하는 남녀의 주문 빌지는 항상 음료가 두 잔이 나갔다. 그리고 그 두 잔은 언제나 조금이라도 음료가 남아 있는 채로 부엌으로 돌아왔다. 가게 입장에서는 리필도 되는 음료가 두 잔이나 계산되었기 때문에 이득이지만 사실은 어색한 소개팅을 더욱이 서먹하게 만드는 요소로 한몫 차지하는 음료 두 잔을 아무도 모르고 있는 게 지금 생각해도 너무도 안타까운 일이다.

음료 몇천 원 아낀다고 부자가 된다는 소리를 하고 싶은 게 아니다. 소개팅을 할 시 상대방과 가까이 붙어 있어야만 한다. 그 이유는 스킨십이 사람을 가까이 하게 만드는 재주가 있기 때문이다. 그래서 한 컵에 빨대를 두 개 넣고 나눠 마신다면 간접적으로 스킨십을 당신과 하고 있다는 착각을 불러일으키기 때문에 남녀가 서로 상대방이 매우 가까운 사람이라 생각을 하기 시작한다. 그러니 여성이 먼저 한 잔만 주문하자고 제안하라. 남자들은 한 잔만 주문할 시 쪼잔한 남자로 인식된다는 두려움에 절대 주문을 한 잔 하지 않는다. 그래서 남자들이 먼저 두 잔으로 주문을 하기 때문에 모든 소개팅에서는 음료가 두 잔이 나가게 된다. 이런 일은 소개팅에서 항상 일어나게 되므로 이번에는 남성이 아닌 여성이 먼저 선수를 치자.

상대: 음료는 무엇을 드실래요?

당신: 저는 콜라요.

상대: (서버를 보며) 그럼 콜라 두잔 주세요.

당신: (서버에게) 아, 잠시만요, 혹시 탄산 리필 되나요?

서버: 네, 됩니다.^^

당신: 그러면 한 잔만 주세요.

상대: 그냥 두 잔으로 먹는 게 어때요?

당신: 음식 낭비예요. 어차피 자주 먹지도 않구요.

위 대화에서 마지막으로 당신이 마쳐야 할 단어의 핵심은 낭비이다. 그 단어가 중요한 이유는 당신이 자원을 아끼는 현명한 여자로 마무리가 되었기 때문이다. 또 여기서 한 가지 여성들만이 알아야 하는 팁을 주자면 스킨십인 건 남성에겐 모르게 하자.

☿ 넷째, 상대의 반응에 대응을 잘하라

여성들만이 쓸 수 있는 기술을 말하고 있기에 여성이라면 모두 공통적으로 가지고 있는 문제점이 있고 이를 점차 해결해야 사람들을 끌어당기는 매력적인 여성으로 태어나기 때문에 남성과는 색다른 해결책이

매력학

필요하다. 그래서 대부분의 여성이 가지고 있는 공통의 문제점은 차도녀다. 차도녀의 성격이 이성뿐만 아니라 단순한 사람과의 만남도 어렵게 하고 있다.

물론 남성은 쉽게 다가갈 수 있는 여자보다 어려운 여자를 좋아한다. 하지만 어려운 등급이 도달할 수 없게 너무 높으면 그저 바라만 보고 미래에 자신의 여자가 될 사람이라고 생각하지 않는다. 즉, 가깝지만 먼 그런 여자! 이것이 바로 남성이 원하는 여성이다. 그래서 우리가 조금씩 해결해야 하는 문제는 바로 반응의 대응이다. 국어 책 읽듯이 어떤 상황에서도 똑같이 반응하는 당신 그래서 각 상황별로 자세히 서술하겠다.

먼저 앞서 남성의 자원의 기술로 가치를 높이기 위해 DHV 방법을 소개했으며 그에 어울리는 반응을 알려 주겠다. 혹시나 잊어버린 여성을 위해 아래에 다시 기술했다.

(1) 당신이 상대에게 직접 하는 DHV 요소
(2) 상대가 당신의 지인으로부터 듣게 되는 DHV 요소
(3) 상대가 나에게 간접적으로 확인할 수 있는 DHV 요소
(4) 상대가 상대와 나의 공통 지인으로부터 듣게 되는 DHV 요소
(5) 상대가 나에게 직접 확인할 수 있는 DHV 요소

첫 번째 항목은 자신의 자랑과도 비슷하기 때문에 여성들은 비호감을 느끼기 쉽다.

"저는 이번에 보너스로 3천만 원을 받았습니다."

일반적 반응 ➡ "아, 좀 많이 받으셨네요?"

"이번에 변호사 사무실을 개업했습니다."

일반적 반응 ➡ "사무실 개업하면 바쁘시겠네요. 손님은 많이 오나요?(벌써 수입 묻기)"

"이번에 새로운 사업을 시작했는데 매출이 엄청 나더군요."

일반적 반응 ➡ "순 매출이 얼만데요?"

대부분의 반응은 불쾌한 감정을 다 드러내거나 남자의 자원적 요소를 직접적으로 확인하기 위해 우회하지 않고 직설적으로 말하는 경우가 비일비재하다. 물론 여성이 그러한 행동을 해야만 했던 이유가 앞으로 같이 살아갈 배우자가 될 사람이 재정적으로 안정되어 있고 미래가 안전한 사람을 만나 편한 삶을 살고 싶은 욕구 때문이다. 그래서 당연히 무의식적으로 상대방의 연봉이 궁금하고 자원 상태가 궁금한 건 마치 생리적 행동과 비슷하다. 하지만 입장 바꿔 생각하면 친하지도 않은 사람이 다짜고짜 자신의 연봉을 물어본다면 어느 누가 기쁘게 대답을 하겠는가? 당연히 대답하지 않고 대답하더라도 질문한 사람의 이미지는 낭떠러지로 추락한다. 그러니 직설적으로 묻거나 답하지 말고 돌려서 말해야 한다. 상대방의 호구조사는 충분히 친해진 관계에서 해도 늦지 않다.

"저는 이번에 보너스로 3천만 원을 받았습니다."

우리의 반응 ➡ "엄청 열심히 일하셨나 보다. 능력자신데요. ^^"

"이번에 변호사 사무실을 개업했습니다."

우리의 반응 ➡ "공부 잘하셨나 보네요. 변호사이시게~."

매력학

"이번에 새로운 사업을 시작했는데 매출이 엄청 나더군요."

우리의 반응 ➡ "사업하는 사람 정말 멋진데, 자기 주도적인 사람이네요."

이와 비슷하게 다섯 번째 항목인 상대가 직접적으로 말하는 거는 가벼운 칭찬으로 분위기를 살짝 up 시킬 뿐 과도한 관심을 갖지는 말자.

두 번째 항목과 네 번째 항목은 제3자를 통해 듣는 거기 때문에 비슷한 맥락이다. 지인을 통해 당신에게 어필하는 방법이기 때문에 반응에 신경 쓰지 말고 오히려 무미건조하게 대답해라. 내가 아닌 제3자가 말하는 것이기 때문에 거짓말을 할 가능성이 매우 높을 뿐만 아니라 내가 직접 느낀 장점이 아니기에 오히려 단점으로 남을 수 있다. 거짓말일 경우 나중에 들통이 나더라도 당사자는 자신이 한 말이 아니기 때문에 책임을 지지 않을 뿐 아니라 오히려 당신에게 적반하장으로 화를 낼 수 있다. 그러니 무의미하게 답하라.

세 번째 항목은 지적인 이미지를 심어 주는 스토리텔링이기 때문에 이 기법을 쓰는 남자들은 주변에 여자나 가까이 지내는 지인들이 굉장히 많은 편에 속한다. 그래서 여자들과 자주 지내다 보면 몸에 습관처럼 여성을 대하는 법이 남기 때문에 감수성이 풍부한 남자로 변하게 된다. 또 스토리텔링을 말하는 것은 일상적 대화보다는 시간이 걸리기 때문에 상대방은 당신의 표정을 천천히 읽어 가며 말한다. 당신이 표정이 재미가 없는지 황당한지 아니면 흥미진진해서 계속 듣고 싶은지 살펴본다.

그러니 상대가 이야기보따리를 쉽게 풀 수 있도록 반응을 해라. 뒤에 더 자세히 나오겠지만 가볍게 고개만 끄덕여도 당신은 긍정적 반응을 표했기에 상대방은 신 나게 말할 수 있다. 또 감수성이 풍부한 남자이니 서로의 감정을 공유할 수 있게 대화를 유도하자. 당신에게 편안한 감정을 느낀다. 편안함은 특별한 여성이 아니면 주기 힘든 매력요소 중 하나이니 깊이 생각해 보자.

 쉬어가기

2탄 어느 평범한 커플 이야기

한 여자를 오랫동안 짝사랑하는 한 남자가 있었다. 그는 그녀와 친해지기 위해 이것저것 알아보았다. 그 남자는 사람들이 싫어하는 모태솔로였다. 그래서 그는 지인들의 조언을 받아들여 그녀에게 고백을 했다. 그리고 그는 보기 좋게 차였다. 포기하지 않은 그는 결국 열 번 찍어 안 넘어가는 나무가 없다는 걸 몸소 보여주듯 그녀와 교제를 시작했다.

연애의 초창기 그는 표현하기 힘들 정도로 행복하다.
항상 조용히 깨던 아침은 그녀의 메시지로 인해 울린 휴대전화 알람 소리에 기상하고 세상을 다 가진 기분이다. 그의 삶에서 그녀가 없는 건 상상 불가능한 일이다. 그래서 그는 그녀에게 최선을 다한다. 항상 그녀가 먼저이고 그녀만 바라본다. 그런 그를 알고 있는 그녀는 바보 같은 그의 모습에 점점 빠져든다. 가랑비로 옷이 젖어 가는 걸 모르듯이 그녀의 마음도 그로 조금씩 가득 차고 있다.

매력학

연애의 중반부를 향해 갔다. 어느 커플이 겪는 일처럼 싸움의 횟수가 잦아들었다.

그것도 별거 아닌 사소한 일로 말이다. 그는 처음부터 지금까지 항상 마음속에서 진심을 다해 미안해한다. 그녀가 자신 때문에 아파하고 힘들어하는 모습을 생각하니 자기 자신에 대해 화가 난다. 그리고 다짐한다. 다시는 그러한 일을 벌이지 않겠다고 그녀에게 다짐을 한다. 허나, 그는 같은 실수를 반복한다. 그리고 그는 생각한다. '이게 진짜 나만의 문제일까? 그녀는 날 생각하지 않고 있잖아.' 하지만 그는 이런 말을 하지 않는다. 사랑하기 때문에 자신이 더 이해하기 위해 노력한다.

그런 그를 이해하지 못하는 그녀이다. 어쩌면 그녀는 당연히 이해할 수 없다. 자신은 언제나 같은 행동을 하고 같은 투정을 부렸을 뿐이다. 그가 자신을 받아 주지 않은 것뿐이니까! 하지만 그녀 또한 그를 사랑하니 말하지 않는다.

그렇게 시간이 흘러 그들은 장기간 커플이 되었고 그는 친구들이랑 놀고 싶어졌다.

그래서 친구들과 만나고 자신의 시간을 갖기 시작했다. 그러다 보니 예전만큼 그녀를 신경 쓰는 일이 줄어들었다. 그런 그를 기다리는 그녀는 서서히 지치기 시작했다. 그리고 외로워하기 시작했다. 그래서 그녀는 서서히 마음의 정리를 준비한다. 헤어지지 않았지만 마치 헤어진 것처럼……. 그래서 그녀는 점차 그와의 연락 횟수를 줄이기 시작했다. 그리고 그는 오해했다. 그녀가 자신을 드디어 이해해주기 시작했다고……

그리고 우리는 이별을 맞이했다.

그녀는 그에게 이별을 고했다. 그는 당황했다. 준비가 되어 있던 여자와 준비를 하지 못한 남자. 그리고 그는 매달렸다. 갑작스럽게 왜 그러느냐고 이렇게 끝내면 안 된다고 소리 지르는 남자를 뒤로한 채 여자는 자신의 길을 묵묵히 걷고 있었다. 그리고 사랑했던 그를, 아니 남자를 완전히 지웠다. 남자는 술에 취해 집에서 곰곰이 생각했다.

처음에는 아무리 생각해도 이해가 안 되고 원인도 모르겠다. 그래서 미치겠다.

일주일 후 남자는 깨달았다. 왜 갑작스러운 이별 통보를 받았는지……. 그래서 남자는 또 미친다. 그리고 남자는 여자에게 전화를 건다. 그는 아직 그녀를 사랑하기에.

하지만 그녀는 커피숍에서 친구들과 수다 떨기 바쁘다. 그를 챙기기 위해 소비한 시간들을 보상받을 시간이기 때문이다. 자신도 하고 싶었던 것들을 이제는 자유롭게 할 수 있었다. 그래서 조용히 그녀는 그의 전화에 거절 버튼을 눌렀다.

매력학

남성 Tip

Q 여자 친구의 감정이 기쁜 건지 화가 난 건지 하나도 모르겠어요. 어떻게 하면 알죠?

A 우선 감정의 종류를 알아보자. 크게 여섯 가지가 있고 그 여섯 가지의 표현법은 아래와 같다.

1. 기쁨 & 즐거움

기쁘다, 흐뭇하다, 만족하다, 편안하다, 평화롭다, 즐겁다, 상쾌하다, 명랑하다, 평온하다, 쾌활하다, 행복하다, 흡족하다, 기분 좋다, 뿌듯하다, 황홀하다, 훈훈하다, 감격스럽다, 반갑다, 태평하다, 생기 있다, 활기차다, 신바람 나다, 가슴 벅차다.

2. 애정 & 관심

다정하다, 친절하다, 자상하다, 온화하다, 감미롭다, 예쁘다, 사랑스럽다, 상냥하다, 따뜻하다, 애정이 깊다, 호감을 준다, 멋지다, 친숙하다, 인정 있다, 자비심 있다, 이해심 있다, 관심 있다, 관대하다, 온순하다, 우호적이다, 선하다, 사랑이 넘친다, 낙관적이다, 마음이 넓다, 순수하다, 진실하다, 소박하다.

3. 능력 & 자신감

자신 있다, 능력 있다, 용기 있다, 재능 있다, 자랑스럽다, 건강하다,

믿음직하다, 튼튼하다, 대담하다, 힘세다, 강하다, 신뢰할 만하다, 훌륭하다, 용감하다, 씩씩하다, 성실하다, 충실하다, 신중하다, 확실하다, 강력하다, 협조적이다, 의기양양하다, 존경스럽다, 중요하다, 영웅적이다, 활발하다, 믿을 만하다, 할 수 있다.

4. 슬픔 & 근심

쓸쓸하다, 애처롭다, 외롭다, 고독하다, 허전하다, 우울하다, 슬프다, 불행하다, 비참하다, 쓸모없다, 낙담하다, 버려지다, 측은하다, 처참하다, 비탄하다, 암담하다, 패배하다, 부서지다, 절망하다, 불쌍하다, 보잘것없다, 침통하다, 안쓰럽다, 비관하다, 혼란스럽다, 불만족하다, 괴롭다, 걱정하다, 감정이 상하다, 착잡하다, 방황하다, 쓸쓸하다, 불쾌하다, 사랑받지 못하다, 기분 나쁘다, 억압되다, 무시당하다, 울적하다, 비난받다, 고민하다, 눈물 나다, 마음이 아프다, 불편하다, 염려하다, 답답하다.

5. 두려움, 불만

두렵다, 무섭다, 불안하다, 겁먹다, 긴장하다, 공포에 사로잡히다, 초조해하다, 당황하다, 소름끼치다, 주눅이 들다, 겁에 질리다, 떨리다, 무시무시하다, 주저하다, 소심하다, 섬뜩하다, 안절부절 못하다, 놀라다, 압박감이 들다, 절망적이다, 자신 없다, 부끄러워하다, 조바심하다, 불안정하다, 쩔쩔매다, 부자연스럽다.

매력학

6. 분노, 화

밉다, 화나다, 증오하다, 노하다, 격분하다, 분노가 끓어오르다, 신경
질 나다, 배척하다, 무시하다, 얕보다, 확대하다, 공격하다, 분개하다,
저주하다, 반발하다, 경멸하다, 모욕하다, 싫어하다, 독기 입다, 심술
부리다, 짜증나다, 쌀쌀하다, 질투하다, 원망하다, 파괴하다, 자포자
기하다, 저항하다, 흥하다, 분통터지다, 배반감을 느끼다, 거부하다,
울분을 느끼다.

여섯 가지 상태에서 당신에게 기대는 순간은 모든 순간 다 해당된
다. 이유는 단순하다. 기쁠 때는 그 기쁨을 함께 공유해 더 큰 기쁨
을 느끼고 싶어서이다. 그러니 당신은 감정의 표현을 많이 할 줄 알
아야 한다. 만약 당신의 여자가 "오빠, 나 불안해!"라고 하면 단순한
"불안해하지 마"가 아닌 "왜? 압박감이 들어? 자신 없어 하지 마. 조
바심 내지 마. 주저하지도 말구. 오빠가 있잖아. 쩔쩔 매지 말구 조
금만 기다리고 있어. 오빠가 갈게!"라고 해야 한다. 훨씬 부드러워
공감대를 형성할 수 있지 않는가? 부드럽게 많은 감정 표현을 하라.
당신의 풍부한 표현을 위해 공부하라.

2. 사회적 지위 - 상황을 당신의 것으로 만들어라

　사회적 지위가 어떻게 매력적인 요소로 작용이 되는지 말하기 전에 여러분께 필자의 이야기를 하나 들려주겠다. 어린 시절 친부께서 갑작스럽게 감기 몸살이 걸리시게 되었다. 그리하여 동네의 작은 내과에 가셨고, 약 한 달 동안 진찰을 받으셨다. 그럼에도 불구하고 몸의 열이 떨어지지 않아 더 이상 치료가 불가능하다는 걸 뒤늦게 깨달아 2차병원이지만 대학병원 못지않은 큰 병원에 입원을 했다. 입원을 약 한 달간 했지만 지속적인 오진을 내려 발견이 늦어졌고, 그로 인해 신장암 중기 판정을 받게 되었다. 하지만 그때 당시에는 신장암 전문의가 국내에 별로 없었기 때문에 우리나라에서 손에 꼽히는 서울에 ○병원에서만 치료가 가능했다. 설상가상으로 희귀한 부위이기 때문에 입원이나 수술 날짜 또한 예약이 꽉 찬 상태여서 몇 개월 뒤에야 수술을 받을 수 있는 최악의 상태였다. 계속된 오진으로 인해 가족의 마음 상태는 이미 초조함의 절정에 치달았고, 가족의 선택은 흔히 백을 쓸 수밖에 없었다. 그리하여 어머니의 지인 중 당시 수간호사로 병원에서 일하고 계신 분께 간신히 부탁을 드렸

매력학

고, 그로 인해 검사 및 입원의 날짜를 빠르게 앞당길 수 있었다. 입원 후에도 검사 소요 시간을 최단시간으로 단축할 수 있었다.

　굳이 아픈 기억까지 들춰내며 말하고자 한 의미는 바로 '지위'를 뜻한다. 수간호사는 간호사 중에서 가장 높은 직급이다. 만약 어머니께서 아시는 지인분이 이제 막 간호사가 되신 분이었다면 입원조차 불가능했다. 그래서 도움을 얻을 수 있는 상황이었고, 필자뿐만 아니라 많은 사람들도 이런 특수한 상황에서만 지위의 도움을 얻는 게 아니라 평소 상황에서도 지위 상황을 잘 이용하고 있다. 예를 들어 음식점에서 일하는 친구가 있어 그 가게에 놀러 가게 된다면 당신은 가벼운 음료수 서비스를 받는다. 혹은 일반 4년제 학생보다 명문대생이라면 다른 사람에 비해 과외를 구하기가 쉽다.

　이처럼 지위는 당신의 삶에 편리를 주거나 위급한 상황에서 빠른 해결을 도와주는 요소로 작용한다. 그리고 이 사실을 본능적으로 우리의 잠재의식 속에서 알고 있다. 그렇기 때문에 우리가 결혼을 위해 선을 볼 때의 질문 자체가 외모에 관련하여 묻기보다는 어느 집안의 자녀인지 직업은 무엇인지부터 묻게 되는 것이다. 그래서 우리는 지위의 자원을 매력적으로 반드시 써야만 한다.

✺ 정말로 스스로 사회적 지위를 올리자

　인위적으로 만들 필요도 없이 사실적이고 정직한 방법이다. 그건 바로 당신 자체를 사회적으로 대중들이 좋아하는 직업을 갖는다. 교사, 아나

운서, 승무원, 이 세 가지 중 하나의 직업이 된다면 결혼정보업체에서 당신의 배우자 등급을 높은 상대로 골라 연결시켜 준다. 그러기 위해서는 당신은 지금 당장 책을 펴서 시험을 준비하면 된다.

☿♂ 옷을 고급스럽게 입어라

EBS 다큐멘터리 〈인간의 두 얼굴〉 편에 방송된 실험이 있다. 본격적인 실험을 하기 직전에 여자들에게 남성의 보는 부분이 무엇인지 질문을 던진다. 그에 대한 대부분의 여성의 대답은 외모가 아닌 성격을 본다고 대답을 했다. 그 후 한 가게의 유리창 너머 마네킹처럼 서 있는 빨간색과 검은색으로 이루어진 체크무늬 칼라 남방을 입은 남자를 보라고 지시한다. 보고 나서 여성들에게 똑같이 남자의 직업이 무엇일 것 같은지 대답해 달라고 질문을 한다. 그에 대해 대부분의 여성은 음식점, 기계공 수리사 등 흔히 대중적으로 선호하지 않은 직업을 불렀다. 그 대답을 들은 인터뷰어가 연봉에 대해 묻자 굉장히 낮은 금액을 불렀고, 데이트에 대한 여부도 물어보니 역시나 거절했다.

첫 번째 실험이 끝나고 아까 남방을 입은 남자를 양복으로 갈아 입혀 아까와 똑같은 상황 속에 있도록 했다. 역시나 인터뷰어는 같은 질문을 했다. 그러자 첫 번째 질문의 대답으로는 변호사, 의사, 대기업 회사원 등 대중적 선호도가 높은 직업의 이름이 나왔고 연봉은 1억 단위로 불렀다. 또한 평균 9.5로 높은 선호를 보였다. 이상하게 같은 사람인데도 불구하고 말이다.

매력학

또 『패션은 권력이다』라는 책에서는 패션에도 정치가 담겨져 있다고 말할 정도로 옷은 사람의 지위가 달라 보일 정도로 중요한 요소이다. 그러니 여성들은 더욱 패션에 신경을 써야 한다. 당신이 식모처럼 옷을 입는다면 그 삶 또한 남의 밑에서 일하는 삶이 되는 반면, 당신이 사모님 소리에 걸맞은 옷을 입는다면 그 삶은 풍요로운 삶이 된다.

🌣 미소를 지어라

칼 루이스는 100m 달리기를 9.92초에 달려 '총알 탄 사나이'라 불리기도 했던 세계적 육상 선수였다. 그는 달릴 때 어떤 특정한 행동을 했는데, 초반에 3~4위로 달리다가 80m부터 미소를 한번 씨익 날리고는 쾌속 질주하여 1위로 달려 나가는 것이었다. 당신도 미소가 갖고 있는 놀라운 힘을 경험해 보라. 의도적으로 지어낸 미소라 하더라도 미소는 낯선 자리를 편안케 해주고, 살벌한 경계를 힘없이 풀어 주기도 하고, 첫인상을 부드럽게 해주는 마법 같은 힘이다.

예로부터 미소는 사회적 지위가 높은 사람일수록 자주 머금었다. 특히나 고대의 왕이나 왕의 일족들이 그러하였다. 자신감이 넘치는 미소를 지어라.

웃는 얼굴은 그저 웃기만 한다고 이루어지는 것이 아니다. 웃어야 할 적절한 타이밍에 멋진 미소를 보여주는 것이 가장 중요하다. 매일매일 거울을 보며 미소를 연습한다면 자신에게도 가장 어울리며 상대에게도 가장 필요한 미소를 지어 줄 수 있을 것이다.

거울을 보며 연습 시 주의할 점은 사람마다 미묘하게 좌우 표정 근육 강도가 다르다는 것이다. 평소에 거울을 보며 꾸준히 웃는 얼굴을 체크해야 한다. 한쪽 입만 올라가는 미소가 생기지 않게 주의해야 한다.

미소의 종류는 크게 세 가지로 모나리자 미소, 하프 미소, 풀 미소로 구분된다. 모나리자 미소는 입을 벌리지 않은 상태에서 짓는 미소로 눈이 조금 가늘어지고 입은 다물고 있는 상태에서 입술의 좌우 끝단만 살짝 올려 주는 미소이다. 잘 구사한다면 부드럽고 따뜻하면서 고급스러

매력학

운 인상을 주게 된다. 만약 치아에 콤플렉스가 있는 사람이라면 이 미소를 연습하는 것이 좋다. 모나리자 미소는 기본적으로 상대방의 이야기를 들어줄 때 많이 쓰이며, 처음만나는 사람에게 사용하면 상대의 경계를 누그러뜨리는 데 도움이 된다.

하프 미소는 2~4개의 윗니를 보여주는 미소로 앞니가 4개 정도 보일 정도로 입을 벌리고 웃는 미소이다. 이 미소를 지을 때 주의할 점은 좌우 구각의 대칭이 잘 맞아 떨어지는지 확인해야 한다. 또한 치아가 드러나는 만큼 치아 미백과 양치를 꾸준히 해줘야 할 것이다.

풀 미소는 8~10개의 윗니를 보여주는 미소로 앞니가 8~10개 정도 보일 정도로 입을 벌리고 웃는 미소이다. 이 미소를 지을 때 역시 좌우 구각의 대칭을 확인해야 한다. 이 미소는 연예인들이 많이 사용하는 미소로 상대에게 밝은 인상과 상냥한 이미지를 심어 줄 수 있다. 주의할 점은 너무 입을 크게 벌림으로써 얼굴 전체에 주름이 지게 하면 안 된다는 것이다. 또한 치아가 하프 미소보다 많이 보이므로 꾸준한 치아 미백과 양치를 필수적으로 해줘야만 한다.

♋ 매너를 지켜라

대부분의 사람들은 예의를 지켜야 한다는 것을 알고 있으면서도 잘 실천하지 못한다. 사회적 지위가 높은 사람들일수록 매너에 관련해서는 매우 예민하다. 이 파트에서는 남녀 관계에 대화에 있어서 서로 간에 지켜야 할 매너에 대해 언급하도록 하겠다.

1. 상대의 의견이 나와 달라도 끝까지 들어주고 나의 할 말을 그 후에 하도록 한다.

2. 음식물을 넣은 상태에서는 대화하지 않는다.

3. 처음 만나는 상대에게는 존댓말을 사용한다.

4. 상대의 눈빛을 회피하지 않는다.(상대의 얼굴을 보고 이야기한다.)

5. 대화 전에 구강 청결에 힘쓴다.

6. 약속 시간을 잘 지킨다.

남성이 여성에게

7. 메뉴는 묻지 말고 제안을 하자.

8. 데이트 코스는 미리 준비하자.

9. 여성의 신발이 부츠라면, 좌식 음식점은 피한다.

10. 여성의 신발이 하이힐이라면, 산책 데이트는 피한다.

11. 계단에 올라갈 때는 여성이 먼저, 내려올 때는 남성이 먼저.

12. 길을 걸을 때에는 차가 있는 쪽을 남성이, 반대쪽에서 여성이 걷는다.

여성이 남성에게

13. 데이트 비용을 일정 이상 부담한다.

14. 데이트 준비를 그에게만 떠넘기지 않는다.

15. 공공장소에서 메이크업을 수정하지 않는다.

16. 휴대전화를 자주 꺼내지 않는다.

매력학

17. 남성이 운전을 하게 되면 간식을 챙겨 준다.

18. 자주 남성을 칭찬해 준다.

사회적인 이미지

오늘은 평소 활동하던 모임에서의 술자리가 있는 날이다. 그 모임에는 당신이 좋아하는 이성이 있다. 그리고 당신은 그 이성을 유혹하려고 만반의 준비를 끝낸 상태이다. 술집으로 가장 먼저 들어가서 해야 할 일은 무엇인가. 많은 사람들이 모임 장소에 도착해서 제일 처음으로 고민하는 것은 '어디에 앉을 것일까'의 문제다. 그 이성의 옆에 앉는 것이 좋은지, 마주 보고 앉는 것이 좋은지, 대각선에 위치한 방향으로 앉는 것이 좋은지 등, 많은 고민을 하게 되기 마련이다. 그러나 술자리에서 앉는 위치는 신경 쓰지 않아도 된다. 대신 상대를 포함한 단체의 무의식에 어필하라.

당신은 이성을 신경 쓰기보다는 같은 동성을 챙겨 주는 것(헌신하는 것)이 훨씬 좋은 이미지를 보여줄 수 있다. 당신이 목표로 한 그녀 혹은 그, 오직 그 이성을 얻기 위해 상대에게 신경 써 주는 이미지를 비출 경우, 그 즉시 주변의 모든 사람들에게 굉장히 안 좋은 이미지를 심어 줄 뿐만 아니라, 그들을 적으로 돌리게 되는 상황까지 올 수 있다. 당신이 이성을 밝힌다는 소문이 돌기 시작하면 그건 최악이다. 당신이 먼저 해야 할 일은 동성을 챙기는 것이다.

☿ 동성을 챙겨라. 그는 너의 지원군이 될 것이니

술자리에서 또는 모임에서 이성을 챙기기보다는 동성을 먼저 챙겨라. 수저와 젓가락을 놓아주는 것 같은 눈에 보이는 사소한 일을 말하는 것은 아니다. 당신이 만약 수저와 젓가락을 놓으려고 마음먹었다면, 이건 동성뿐만 아니라 이성에게도 동일하게 챙겨 주어야 하는 것이다. 동성 친구를 챙기라는 것은 동성 친구를 돋보이게 도와주라는 것이다. 틈날 때마다 간간이 동성을 칭찬해 주어라. 이건 어떻게 생각하면 당신이 좋아하는 그녀를 그에게 뺏길 것 같은 불안감이 들 수도 있다. 마치 그를 위한 무대처럼 그를 띄워 주고 있으니 말이다. 하지만 장담한다. 이 방법은 당신에게 훨씬 유용할 것이라는 걸. 당신은 특정한 그가 아닌, 다수의 동성을 틈날 때마다 칭찬해야 한다.

다수의 동성을 칭찬한다는 것은 그들을 모두 자신의 편으로 만들 수 있다는 것을 의미하며, 이것은 그들을 당신의 편으로 모두 만들었다는 것을 뜻한다. 그렇게 모두가 당신의 편이 된다면 그룹 내에서 당신의 사회적 지위는 올라가게 되고, 그 그룹 내의 모든 이성에게서 인기를 끌수 있을 것이다. 동일하게 매력도 여기에서 파생이 된다.

☿ 모임의 분위기와 계급을 파악하라

당신이 모임에 나갔을 때 꼭 해야 할 일이 있다. 첫 번째는 모임의 분위기를 파악하는 것이고, 두 번째는 모임에 속한 사람들의 계급을 파악

매력학

하는 것이다. 진중한 회의를 하는 모임일 경우라면, 당신은 술집 분위기의 멘트나 유머 등을 사용할 수는 없다. 또한, 직장 상사나 혹은 대학 교수님 등 쉽게 대하기 어려운 계급의 사람이 있다면 그 또한 평소처럼 행동하지는 못할 것이다.

☿ 친목 모임에서의 사회적 지위 올리기

일반적인 동호회라든지, 동아리 모임이라든지 모두를 아우르는 친목 모임에서 당신은 항상 리더의 위치를 차지하고 있어야 한다.

어떤 친목 목임에 나간다면, 모임에는 세 가지의 그룹이 존재한다. 첫 번째는 주최 그룹이고, 두 번째는 작은 지인 그룹이며, 세 번째는 소외당한 지인 그룹이다.

(1) 주최 그룹

주최 그룹은 그 모임을 주최한 사람들이다. 이야기를 하면 할수록 그 분위기는 주최 쪽을 따라가게 되고, 다수의 사람들은 그곳에 모여들고 대화 주제도 주최 그룹에 맞춰지기 마련이다. 작은 지인 그룹은 아는 사람들끼리 모인 그룹이다. 이 그룹은 주최 그룹이 아니기 때문에 상황을 주도하기는 어렵다. 다들 처음 보는 모임에 나간다면, 처음에는 서먹서먹하다가 끼리끼리 친해지고, 다음 모임 때는 그 끼리끼리 모여 있었던 그룹들이 각각의 작은 지인 그룹이 되는 것이다. 그리고 다음 모임을 다시 주최하는 쪽이 주최 그룹이 되겠다.

(2) 소외당한 지인 그룹

소외당한 지인 그룹은 세 가지의 그룹 중에 가장 볼품없는 존재이다. 남들과 그룹을 형성해도 대화가 금방금방 끝나 버리거나, 대화를 흥미롭게 이어가지 못해 아무 말도 없이 가만히 정적만 흐르게 하거나, 아는 사람이나 친한 사람이 전혀 없어 남의 이야기를 가만히 듣고만 있는 그룹이다. 이들은 자신감을 점점 잃어 가고, 또 끼어들 타이밍을 잡지 못해 대화에 참여하기가 매우 어렵다. 그러고는 심리 상태가 '아 저 사람이 한 번 정도 말을 걸어 줬으면 좋겠다.' 혹은 '아 이 분위기 어색하다.' 혹은 '이 모임은 정말 재미없다.'처럼 변하게 된다. 이것은 악순환의 고리이며, 당신의 매력을 엄청나게 깎아 먹는다.

M&A 이용하기

당신이 모임의 초반전에서 어느 그룹에 속해 있든지 간에, 마지막 모임이 끝나기 전까지 우리는 알파메일(늑대나 포유류에서의 우두머리 수컷을 뜻한다.)이 되어 있어야 한다. 분위기는 우리가 주도하는 것이며, 대화의 흐름도 우리가 이끌어 나갈 수 있어야 한다. 따라서 우리는 보통의 사람들과는 다르게 색다른 접근을 시도해야 된다. 비교적 좋은 접근 방

매력학

법은 공격적 M&A다. 경제학 용어가 생소한 사람들을 위해 이걸 풀어쓰자면, 저평가된 기업을 찾아내고 그 기업을 인수 후 구조조정을 하는 식을 우리는 M&A라고 한다. 그리고 우리는 이 방법을 사용할 것이다.

첫 번째 할 일: 소외 그룹을 통합하라

당신이 세 가지 그룹을 이미 발견했다면 제일 먼저 해야 될 일은 소외당한 지인을 묶는 것이다. 모임 초반전을 잘 살펴보면 주최 그룹은 내에서 끼리끼리 이야기를 한다. 작은 지인 그룹 또한 끼리끼리 다른 이야기를 한다. 하지만 소외된 그룹은 할 말이 없다. 남의 그룹의 주제의 이야기를 묵묵히 듣고 있는 것이다. 소외 그룹은 주로 작은 지인 그룹이나 주최 그룹끼리의 이야기를 주워듣는 식이다. 가끔 자기가 할 말이나, 그 상황에서 써먹을 수 있는 유머 등이 생겼을 때 간간이 받아치는 식으로 있다가 점점 주최 그룹 등으로 흡수되는 세력이다.

이 세력을 당신이 잡아야 한다. 대부분의 사람들은 소심하기 마련이다. 누군가 아는 사람이 한 명도 없는 모임에 나갔을 때는 대부분 조용하기 마련이다. 하지만 누군가 말을 걸어 줬으면 혹은 친하게 이야기 할 수 있었으면 하는 생각들을 하기 때문에 이때 당신이 어떤 한 가지의 주제를 풀어 놓고, 사람들(소외 그룹의 사람들)이 자유롭게 말할 수 있는 소통의 장을 마련해 준다면 당신은 그 무리의 주제를 정해주는 작은 그룹의 리더가 될 수 있다. 모두가 소심하기는 마찬가지이다. 당신은 매우 자신감 있고 당당한 태도로 무장한 후에 그들에게 말을 걸기만 하면 된다. 이 얼마나 쉬운 일인가!

그렇게 해서 첫 번째로 소외 그룹을 통합해야 한다. 따로 주제를 가지고 이야기하고 있지 않거나, 말을 하고 싶은 것 같은데 가만히 있는 사람이 보인다면 먼저 말을 걸어 주어라.

당신은 최소 2~3개 정도의 소외 그룹을 통합해야 한다. 하나의 주제를 피력하고 소외된 사람들을 이 주제에 참여시킨다.

두 번째 할 일: 지인 그룹을 통합하라

그다음에 당신이 해야 할 일은 지인 그룹을 통합시키는 일이다. 막 작은 지인 그룹을 형성했다면, 옆의 작은 그룹이 하는 이야기를 자세하게 들어보라. 그리고 치고 나갈 타이밍을 잡아라. 분명히 옆의 그룹에는 정적이 흐를 타이밍이 존재한다. 그것이 바로 그 그룹의 팀원들을 찢어놓을 수 있는 기회이다. 옆의 그룹 구성원들이 정적을 지키고 있는 동안 당신의 팀원들은 당신의 주제 선정에 따라 그것에 자유롭게 대답하고 있을 것이다. 그때 한 가지 토론할 수 있는 대 주제를 던져라. 그 상황에 맞는 주제나 혹은 사회적으로 이슈가 되고 있는 일도 괜찮다.

예를 한 번 들어보자.

"이번에 옆 나라 일본의 히로시마에서 방사능이 유출됐는데, TV나 인터넷에서는 방사능이 우리나라의 영해까지 퍼져 있지 않다고, 안전하다고 외쳐 대는데 그걸 못 믿겠더라고. 그래서 요즘 생선을 안 먹어. 예를 들면 회나 매운탕이나 초밥 같은 것들 말이야. 다들 어때? (한 명을 가리키며) 넌 먹냐?"

이런 질문을 갑작스럽게 옆 그룹에 던져라(그들이 정적에 직면했을

매력학

때). 그렇다면 옆 그룹은 당연히 당신의 그룹 속으로 자연스럽게 합쳐질 것이고 그 그룹은 하나의 큰 주제로 대화를 할 수 있을 것이다. 소외 그룹들을 이미 통합했다면 당신의 주변 그룹은 이미 커져 있을 것이다. 그 상태로 서서히 지인끼리 묶여 있는 그룹마저 흡수한다.

마지막 할 일: 주최 그룹을 통합하라

마지막으로 총 통합, 즉 주최 그룹까지도 묶어 버리면 당신은 그 분위기를 잡을 수 있고, 대화를 리드할 수 있으며 그 그룹의 알파메일이 될 수 있다. 주최 그룹을 통합하는 방법은 너무나도 쉽다. 당신이 첫 번째, 두 번째 그룹들을 모두 통합하였다면, 너의 세력은 무시하지 못할 정도로 큰 규모가 되어 있을 것이다. 그렇게 되면, 주최 및 운영자 그룹은 너의 세력, 즉 너의 그룹의 대화에 참여하고 싶어 한다. 이때 마음껏 참여하게 해 주어라. 그들에게 당신이 그 무리에 자신들을 특별히 끼어 주었다는 느낌을 받게 해 주어라. 그 이후에 당신의 주최 그룹의 통합이 완료된다.

♂ 소모임에서는 어떻게 리더가 될까?

다수가 모이는 모임이었다면 위의 방법이 매우 효과적이지만, 상황에 따라 소모임에서는 대화의 사회자(리더)가 없는 경우도 간혹 있다. 이러한 소모임에서는 침묵으로 주도권을 갖는 것이 매우 좋다. 아주 친한 사람들끼리의 소모임이 아닌 이상, 소모임은 가끔 대화가 끊어지길 마련이다. 물론 아주 친한 사람들끼리도 종종 대화가 끊어지곤 한다. 이럴 때 대부분의 사람들은 지루해 하거나 무슨 말을 할지 몰라 안절부절못하곤 한다. 하지만 우리는 이럴 때에 기회를 잡을 수 있다. 아래의 방법을 사용해 보자.

침묵을 사용하라. 그리고 적절하게 이용하라

사람들의 대화가 자연스레 끊기는 순간, "곰곰이 생각해 봤는데 xx씨는 △△한 것 같아요" 또는 "갑자기 생각난 건데, xx씨는 ○○한 것 같아요." 등의 말을 던져 보자.

(성격이어도 좋고 외모여도 좋고 아무것이든 상관없다.)

이러한 말은, 상대방들로 하여금 가만히 있던 도중 어떤 일에 대해 생각할 수 있는 빌미를 주게 되고, 말할 기회를 얻게 하여 대화가 더욱 풍성해지게 된다. 특히나 모임 안에 있는 특정 사람의 성격이나 외모에 대한 이야기라면, 제한된 정보인 오픈룹스(openloops)를 던져 주는 것과 같은 효과를 얻게 된다. 사람들은 당신이 그다음에 무슨 말을 할지 굉장히 궁금해 할 것이고, 이는 대화의 주도권을 쉽사리 가져올 수 있게 한다.

오픈룹스(openloops)란?

오픈룹스란 어떤 것이든 완결되지 않은 생각, 이야기, 감정 혹은 느낌이다. 예를 하나 들어, 중요한 순간에 끝나는 드라마처럼 다음 편을 기

매력학

대하게 만드는 것이다. 이야기를 완결 짓지 않음으로써 상대의 관심을 증폭시키는 것이다. 사람들은 사건의 전말을 아는 것이 사실은 큰 의미가 없다는 것을 알면서도 감정적으로 무슨 일이 일어날 것인지 알고 싶어 한다. 이를 이용한 심리 기술이 오픈룹스다.

만약 한 친구가 당신에게 "요즘 어떻게 지냈어?"라고 질문을 건넨다고 상상해 보자. 그럼 당신은 "잘 지냈지"라는 평범한 대답을 할 수 있다. 그러나 이렇게 대답하면 상대에게 큰 관심을 끌지 못한다. 그러나 만약 당신이 "별로······"라는 완성되지 않은 대답을 남긴다면 어떨까? 상대는 십중팔구 "왜?"라는 질문을 건넬 것이다. 이처럼 상대에게 궁금증을 유발하는 완성되지 않은 대답이나 질문을 줌으로써 감정적으로 다가오게 만드는 것이다.

한 가지 더 추가하자면 이에 당신은 "유럽 여행 다녀왔거든······"이라고 미완성된 대답을 남김으로써 상대를 또 한 번 감정적으로 궁금하게 만들 수 있다. 이것으로 당신은 대화의 주도권을 가져갈 수 있다.

⚥ 모임의 전체가 아니라 특정 대상에게만 매력 발산을 하고 싶다면?

만약 모임에서 무작위적인 매력 발산(사회적 지위의 어필)이 아니라 어떤 특정 대상에게만 겨냥된 매력을 발산하고 싶다면 다음과 같은 시선 처리법을 이용해 보자. 먼저 모임에 나갔을 때, 매력을 어필할 대상을 설정한다. 그리고는 그 대상이 당신을 쳐다보고 있지 않을 때 가볍게 응시한다. 당신이 그 대상을 응시하고 있을 때, 그 또는 그녀는 당신을 인지하지 못하고 있을 것이다. 하지만 계속해서 (3초 내지 4초 이상) 쳐다본다면 그 대상도 낌새를 알아차리고 당신을 쳐다 볼 것이다. 이때 먼저 시선을 거두어라.

예를 들어 A라는 여성이 마음에 든다면, A가 다른 곳을 바라보고 있을 때 그녀를 빤히 바라보아라. 그 후 그녀가 당신을 쳐다보게 되면 2~3초간 같이 응시한 후 시선을 다른 사람에게로 돌리면 된다. (다른 사람과 바로 대화를 시작해야 한다.) 이 시선 처리는 매우 효과적인데, 그 이유는 무리의 리더가 마치, 구성원의 자신을 인식해 준다는 느낌을 받게 하기 때문이다. 물론 무의식중에 박히는 느낌이기 때문에 실제로 저런 생각을 하지는 않지만, 당신에게 알게 모르게 호감이 쌓이게 된다.

⚥ 사실 당신은 힘들게 리더 자리에 올라갈 필요가 없다

어쨌든 간에 모임에서의 가장 좋은 전략은 결국 당신이 그 모임의 우두머리가 되란 뜻이다. 하지만 위와 같은 노력을 해서 우두머리로 힘겹게, 힘겹게 올라갈 것이 아니라, 처음부터 당신이 우두머리로 있는 모임이라면 훨씬 매력 발산이 쉬울 것이다. 당신의 학창 시절들을 생각해 보라, 학교 반장, 과 대표, 동아리 회장, 이런 직책을 맡고 있는 학생들 중 이성 친구 하나 끼고 다니지 못하던 사람들은 거의 없었을 것이다.

실제로 통계적으로도 어떤 모임의 대표를 맡고 있는 사람들은 그렇지 않은 사람들보다 현재 이성 친구가 있는 비율이 많이 차이 날 정도로 큰

매력학

데, 이는 그만큼 무리에서의 리더가 이성에게 매력적임을 증명하는 좋은 예이다. 따라서 당신이 처음부터 어떤 모임의 장을 맡고 있었다면 일이 굉장히 수월해진다.

특히나, 어떤 모임 안에 같은 구성원인 사람들은 서로 유대감을 느끼고, 다른 그룹과 비교되는 특성을 지녀 친밀도가 올라갈 확률이 높다. 목적이 있는 소셜 서클을 생각해보자. 예를 들면 고등학교가 있다. 일반적으로 사회 초년생은 새로운 친구를 만들기가 매우 어렵다. 그러나 학창 시절에 다 같이 고등학교를 다니던 시절에는 새로운 반으로 올라갔을 때 친구를 만들기가 매우 쉬웠던 경험이 다들 있을 것이다. 그만큼 단체 안에서는 쉽게 친밀함을 쌓을 수 있다는 얘기고, 검증되고, 보호받을 수가 있다는 말과도 상통한다.

주변 이성을 둘러보라, 그들은 다 그 소셜 안에서 다른 이성을 사귄다. 친밀함과 편안함이 갖추어져 있기 때문이다. 즉, 이성을 유혹하는 데 있어서 같은 생활공간, 그리고 거기에 사회적 지위가 추가된다면 이보다 더 좋은 환경 조건은 없다는 것이다.

✿⚤ 당신의 인생에서 리더가 되는 방법

이쯤이면 필자에게 반문하는 독자들이 있겠다. "리더가 되라는 말이 쉽게 이해는 되는데, 그렇다면 과연 어떻게 내가 내 인생의 모든 그룹들에서 리더가 될 수 있을 것인가!"라고 말이다. 하지만 대부분의 사람들이 생각하는 것보다 모임의 리더로 시작하기란 쉽다. 그냥 당신이 모임을 만들면 되는 것이다.

(1) 당신의 모임 만들기 – 생각

첫째로 당신이 해야 할 일은 '생각'이다. 어떤 모임을 만들지 그 목적을 정해야 한다는 것이다. 목적을 정할 때에는 자유롭게 정해도 되지만, 이 것만은 명심하라. 모든 사람은 필요에 의해 모인다. 만약 당신이 만든 모임이 다른 사람의 구미에 맞지 않는다면, 그 모임은 시작하기도 전에 붕괴될 것이다. 물론 회원이 들어오지 않아 만들어지지도 않을 것이다. 그러므로 '생각' 단계에서 할 일은 '과연 내가 만든 단체와 같은 목적을 가진 사람들이 주변에 많을 것인가'를 생각해야 한다. 단체의 목적은 당신의 목적과 일치하면 더욱더 좋다. 당신이 매력 발산만을 목적으로 단체를 만든다면, 추후에 그 단체가 잘 이끌어 나가질 경우 당신이 그 단체에 흥미를 잃고 떠나게 될 수 있기 때문이다.(얼마나 많은 시간과 노력을 낭비하게 되는 것인가!)

(2) 당신의 모임 만들기 – 결정

단체의 목적을 정하고, 어떤 단체를 만들어야겠다는 생각도 전부 완료되었으면 두 번째 단계는 '결정' 단계이다. '결정' 단계는 당신이 단체의 설립을 확정지어야 하는 단계다. 그리고는 만든 그 단체를 어떻게 확장시켜 나갈 것인지, 어떻게 이끌어 나갈 것인지 결정하는 단계이다. 소셜을 만들기 위해서는 먼저 주위 사람들을 설득하는 것이 필요하다.

매력학

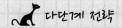 다단계 전략

여기서 한 가지 팁을 주자면, 다단계의 사업 방식을 따르는 것이 매우 효과적이다. 피라미드 방식으로 회원을 늘리라는 얘기다.

만약 당신이 검도 동호회를 만들었다고 가정해 보자. 이 동호회의 목적은 검도를 열심히 배우는 것, 그리고 아마추어 및 프로 대회에 참전하는 것을 목표로 한다. 이와 같은 목적을 가진, 검도를 배우고 싶은 사람들은 이러한 모임에 흥미가 생길 것이다. 만약 이런 사람들을 모아 단체를 만들어 어느 정도 체계를 갖추었다면 당신이 할 일은 회원 수를 기하급수적으로 늘리는 것이다.

새로 들어오는 회원들에게 단지 가입 조건을 거는 것만으로도 회원 수를 더 늘릴 수 있다. 가입 조건은 한 사람당 주위에 검도를 배우고 싶은 사람을 두 명 이상씩 데려오게 만드는 것이다. 또는 이벤트나 상품을 걸고 회원을 데려오는 경쟁을 붙이는 것도 한 가지의 좋은 방법이다. 이 방법은 오래 전부터 다단계 사업 방식에 채택된 방법으로, 그 효과가 매우 좋다.

(3) 당신의 모임 만들기 – 완성

모임 만들기의 마지막 정점의 단계는 바로 '완성'이다. 이 단계는 별거 없는 것처럼 보이면서도 정말로 실천하기 쉽지 않은 단계다. 첫 번째 단계인 '생각'과 두 번째 단계인 '결정'을 했음에도 불구하고, 생각과 결정에서 끝내 버리는 사람들이 너무 많다. 이런 사람들이 꿈꿔 왔던 소셜 서클은 모두 몽상으로만 남을 뿐이다. 만약 당신이 생각과 결정 단계를 지났다면 망설이지 말고 단체를 만들어라.

목적과 명분은 필수!

생각과 결정의 단계를 걸쳐 만들어진 모임이 있는데도 그 모임이 흐지부지되는 가장 큰 이유는 그 모임의 목적과 명분이 없기 때문일 확률이 높다. 분명히 다시 말하지만 목적과 명분은 모임에서의 가장 큰 역할을 차지한다.

만약 당신이 봉사 활동 모임을 만들었다면 목적은 '봉사'이고, 명분을 가지고 회원 간의 만남을 열 수 있는 것은 '회식 또는 뒤풀이'이다. 당신은 당신이 원하는 목적을 달성할 수도 있고, 명분을 살려, 그 모임에서의 우두머리가 되어 모임 안의 사람들에게 매력을 어필할 수도 있다.

일단 당신이 좋아하는 것을 찾아라. 그리고 당신이 좋아하는 것으로 명분과 목적을 만들어라. 당신은 어떻게 하든 간에 사람들을 만날 수 있고, 사회적 지위를 쌓을 수 있다. 다만 그동안 이런 노력을 해본 적이 없기 때문에 계속 똑같은 삶만 되풀이 하고 있는 것이다. 시작하라. 그리고 시작했다면, 당신은 그 모임 안의 모든 사람들과 친해져야 한다.

매력학

마지막으로 쉽게 만들 수 있는 소셜 모임과 그 시기에 대해 언급하도록 하겠다. 소셜 모임 중 만들기 좋은 단체는 봉사 모임이다. 이는 순수하게 봉사를 위해 들어오는 사람도 많지만, 역으로 다른 사람에게 자신의 가치를 높게 보여주기 위해 들어오는 사람들이 많다. 그래서 사람들이 굉장히 여유로운 사람들이 종종 보인다.

여기서 필자가 말하는 여유란, 시간적인 여유만을 뜻하는 것이 아니라는 것을 잘 알 것이다. 또한 봉사를 위한 모임 말고, 어떤 대회에 출전할 수 있는 스포츠나 게임 종목의 취미 동호회도 매우 좋은 예이다. 이러한 모임을 만들기 가장 좋은 시기는 대학생 때이다. 그러므로 이 책을 읽고 있는 당신이 현재 대학 학부생이라면, 고민하지 말라. 지금이 최적의 시기이다.

연락하기

당신이 모임을 만들었다면 당신은 본인에게 필요한 인맥들에게 연락할 수 있어야 한다. 그러기 위해서는 먼저 친해지는 방법이 필요하다. 친해지는 방법은 굉장히 단순하다. 먼저 다가가서 인사하는 습관을 길러라. 당신은 그 모임의 창설자이기 때문에, 먼저 인사해도 어색함이 전혀 없지만 보통의 다른 회원들은 다들 처음 보는 얼굴이고 말 한마디 건네기도 떨리고 어색한 상황일 것이다. 이때 당신이 먼저 말을 걸어 준다면 매우 고마워 할 것이다.(또는 생기를 머금을 것이다.)

관리하기

두 번째는 당신의 모임을 관리하는 방법이다. 소셜 서클을 잘 관리한다면 그 안의 모든 사람을 통제할 수도 있고, 친하게도 지낼 수 있고, 무엇이든지 당신이 원하는 대로 주무를 수 있을 것이다. 당신이 해야 할 일은 그저 오는 사람을 막지 말고, 가는 사람을 붙잡지 말아야 한다는 것이다. 여기서 오는 사람이란, 당신의 모임에 들어오는 사람을 뜻하고, 가는 사람이란 당신의 모임에서 나가는 사람을 뜻한다.

매력학

♂♀ 리더적 위치에서 도움을 주어라

대부분의 사람들은 당신의 모임에 들어올 때 무언가를 얻으려고 들어온다. 위에서 언급했듯이 모든 사람은 '필요에 의해' 모이기 때문이다. 따라서 무언가를 하고자 할 때는 주변 사람에게 먼저 주어라. 특히 도움을 받기보다는 도움을 먼저 주어라. 먼저 다가가고, 처음 만남에 먼저 음료라도 나눠주고 항상 먼저 주어라. 그리고 처음의 접근도 중요하지만, 그것만큼 중요한 것이 또 있는데, 그것은 마무리다. 처음의 인상이 좋아도 나중이 안 좋으면 결과는 망하기 마련이다. 당신이 해야 될 일 중 한 가지 더는 당신은 모임의 목적에 맞게 열심히 행동해야 한다는 것이다. 당신이 모임의 리더라면 더욱 당연한 소리다.

♂♀ 모임 붕괴 비상사태 대처법

다음은 당신의 모임의 비상사태가 발생하였을 때의 대처법이다. 당신이 모임의 운영자인데, 어떤 한 사람 때문에 그 소셜 서클이 무너지는 중이라면 그 사람에게 조용히 접근하라. 당신이 해야 할 일은 다음과 같다.

대처 1 대상 타깃에게 원래의 목적을 일깨워 주기

보통 한 사람 때문에 모임이 붕괴되는 경우는 그 사람의 목적이 그 모임에서 반쯤은 떠나갔기 때문인 경우가 많다. 그럴 때는, 남들이 전부 듣는 자리에서 모두에게 들릴 만한 목소리로 그 사람에게 말해야 한다. ex) 여기는 원래 봉사를 주목적으로 하는 모임입니다. (그러고는 쭉 말을 이어나가면 된다.)

대처 2 은근히 비난하기

타깃에게 원래의 목적을 일깨워 주었다면, 그다음에 당신이 할 일은 그 사람을 비난하는 것이다. 하지만 여기서 직접적인 비난보다는 우회적으로 돌려서, 그러나 그 사람이 알아들을 수는 있을 정도로 간접적 비난을 하는 것이 효과적이다. 물론 이 방법도 모임의 구성원 모두가 들을 수 있는 자리에서 리더의 권한으로 행하여져야 할 것이다.

대처 3 다시 문제를 인식시키기

2번 과정까지 끝났다면 다시 한 번 그 사람에게 주의를 주도록 하자. 그 사람이 당신의 모임에 직면한 문제를 다시 마주하도록 유도하자. 여기서는 직접적인 말을 사용해도 좋다. ex) 보세요, 당신 때문에 이렇게 이 모임이 망가졌습니다.

매력학

위의 과정은 당신이 모임을 관리하는 도중, 당신의 눈 밖에 나는 사람을 제거하는 데 있어 매우 효과적이다. 위에 나온 '모임 만들기 편' 전부처럼 행한다면 당신이 꿈꾸는 이상적인 모임을 만들 수 있을 것이다. 이것은 평소 당신의 삶 자체를 송두리째 바꿔 놓을 것이며, 필자가 이를 장담한다.

⚤ 모임에서 마음에 드는 이성이 보일 때

저렇게 이상적으로 모임을 이끌다 보면, 당신의 마음에 드는 이성이 한두 명쯤은 모임에 들어올 것이다. 하지만 만약 당신의 단체에 엄청나게 마음에 드는 이성이 들어온다고 해도, 당신은 본인의 소셜에서 절대 그 사람을 유혹하려고 하면 안 된다. 절대로 안 된다. 둘이 만날 명분을 몰래 만들어 만나도 절대 안 된다. 그 이유는 소셜의 소문 전파력에 있다. 무언가 당신이 접근하려는 태도를 취하기만 해도, 이것은 주위 사람들의 이목을 끌기에 충분하고, 이것은 소문으로 퍼지게 되며, 살이 급속도로 붙어 언덕에서 굴러 떨어지는 눈덩이처럼 불어나게 된다. 당신은 이를 통제할 수 없게 될 것이고, 당신의 이미지는 바닥으로 추락할 것이다. 따라서 절대로 마음에 드는 이성에게 몰래든, 직접적이든 접근하면 안 된다.

그렇다면 우리는 모임에 마음에 드는 이성이 들어왔을 때 아무런 행동도 취하지 말아야 하는가? 그것은 아니다. 다만 당신이 접근하는 것이 아니라, 그 상대가 당신에게 접근하게 만들면 그만이다. 아직은 어떻게 해야 할지 전혀 감이 잡히지 않겠지만, 계속해서 읽어 나가자.

준비 전략 1 번호 교환

처음 모임에 들어가거나, 모임을 만들었을 때는 분명히 초면인 사람들끼리 자신들의 전화번호나 휴대전화 번호를 교환하기 마련이다. 이때, 마음에 드는 이성만을 타겟팅하여 번호를 받으면 안 된다. 번호를 받으려면 다 받아야 한다. 특히 먼저 말을 걸어서 번호를 공유하면 더욱 좋다.

ex) 제 번호 이거예요. 다들 번호 하나씩만 보내 주세요!

준비 전략 2 운영진의 환심 사기

두 번째로, 모임의 운영자와 친해져야 한다. 당신이 모임의 운영자라면 더욱 좋겠지만, 다른 소셜에 들어간 경우라면, 언제든지 실세를 빼앗을 기회를 호시탐탐 노리면서 운영자와는 친하게 지내야 한다. 언젠가는 기회가 올 것이다. 만약 그 모임의 리더가 당신의 편에 서 준다면, 당신은 바쁘다는 핑계로 그 모임을 잘 나가지 않게 되어도 비난을 면할 수 있다. 리더가 당신에게 보호막을 쳐 주는 행위는 매우 강력하다.

본격 전략 1 가치 상승시키기

위의 작업을 모두 끝내 놓았다면, 이제부터는 본격적으로 당신의 마음에 드는 이성을 유혹할 차례이다. 당신이 명심해야 할 것들 중 하나는 '장난을 치려면 여럿에게 모두 똑같이 장난을 쳐라'는 것이다. 장난

270 매력학

을 친다는 의미를 관심을 준다는 의미로 바꿔도 크게 문제되지 않는다. 즉 관심 있는 이성이든 관심 없는 이성이든 똑같이 대하라는 말이다. 다 같이 똑같이 대한다면 당신의 가치는 절대로 떨어지지 않는다. 당신의 이미지는 착하고 재미있는데, 다만 너무나도 바빠서 모임에서 '만나기 힘든', 그리고 '친해지고 싶은' 사람이 되어야 한다. 또 다른 명심해야 할 것 중 하나는 절대로 '이성에게 작업하는 것을 보여서는 안 된다는 것'이다.

본격전략 2 호기심을 발동시켜라 – 명분으로 헷갈리게 하기

다음 단계의 고민은 그럼 이제 어떻게 내가 타깃을 정한 사람을 만날까에 대한 문제다. 그 사람과의 약속을 잡기 위해서는 명분이 필요하다. 그리고 그 명분은 당신 외에는 아무도 눈치챌 수 없는 것이어야 한다. 상대에게 오직 그에게만 하는 데이트 약속처럼 질문을 던져라. 그리고는 데이트가 아닌 것처럼 모임 전체에 확대시켜 버려라. 이렇게만 얘기한다면, 이해하기 어려울 수 있으니 아래의 대화 예문을 보자.

예문 만약 당신이 어떤 한 이성을 좋아한다면, 접근에서 이렇게 말해보자.

당신: 이따 같이 밥 먹으러 갈래요?

상대: 네? 아⋯ △△

당신: (대답을 듣고 나서, 주변의 모든 사람이 듣도록) 이따 다들 가실 거죠?

이런 식으로 말한다면 상대는 당신이 상대에게 관심이 있는 것 같은데, 아닌 것 같기도 한 느낌을 동시에 받기 때문에 호기심에 쉽게 빠지게 된다. 이렇게 되면 상대가 당신을 떠보게 된다. 즉 미끼를 던진다는 얘기다. (상대가 당신에게 데이트 비슷한 약속을 잡을 확률이 커진다.) 그때 우리는 그 미끼를 덥석 물고 상대와의 만남을 진행해 나가면 된다.)

☿ 눈치채기 힘든 명분

위의 말한 방법이 약간 어렵다면, 다른 시도를 해보도록 하자. 마찬가지로 당신 외에는 아무도 눈치채지 못하는 명분을 던지는 것이다. 모임의 뒤풀이나 회식 때, 당신이 마음에 드는 상대가 먼저 집에 가 봐야 한다고 말한다면 이렇게 말하라.

매력학

"어? 그럼 내가 데려다 줄게요. 저도 지금 나가려 했는데, 방향도 비슷하니까요."

이러한 방법들을 사용하면서 상대에게 내가 '정말 바쁜 사람, 그리고 알고 싶은 사람'이라는 인식을 심어주고, 모임 내의 사람들이 그것을 모두 이해할 수 있는 상황 정도만 되면, 남들 모르게 당신의 마음에 드는 이성을 공략한다고 해도 모두에게 걸리지 않고 소셜을 유지할 수 있다.

⚤ 다른 소셜에 들어갈 경우 당신의 전략

이제까지는 모두 당신의 모임에 관한 것이었으나, 당신이 다른 소셜 서클에 침투할 일도 가끔은 있을 것이다. 이 방법을 마지막으로 알아보며 '모임'은 여기서 마치도록 하자. 다른 소셜 서클은 목적이 같으면 쉽게 들어갈 수 있다. 예를 들면, 당신이 춤을 좋아하면 춤 동아리에 들어가는 방법은 매우 쉬운 일이다.

소셜 서클을 소개받는 것도 좋은 방법이다. 만약에 당신이 남자라면 남자에게, 당신이 여자라면 여자에게 소셜 서클을 소개받는 것이 더 좋다. 만약 당신이 남자인데 여자에게 모임을 소개받는다면, 모임 내의 기존 사람들이 당신과 그 여자 사이에는 어떤 모종의 관계나, 친밀도가 있다고 미리 판단하여 다른 사람들과의 친밀도를 쌓기 힘들어지는 상황이 오기 때문이다.

운영자를 찾아라

새로운 소셜 서클에 침투했을 때에는 그곳의 운영자가 있을 것이다. 당신을 견제하려는 사람이 그 모임의 운영자일 확률이 제일 높다. 이는 동물학적으로도 증명이 된다. 사람 또한 이런 현상이 많다. 혹시 양계장에 가 본 독자라면 이 뜻을 이해할 것이다.

(요즘 양계장에서는 자연교배를 시키는데, 암탉 대 수탉 비율이 10 대 1 정도 된다. 하지만 그냥 수탉 한 마리에 암탉 열 마리가 달라붙는 건 아니다. 힘세고 강한 수탉은 암탉을 스무 마리 이상 거느리며, 약하고 서열이 밑인 수탉은 다섯 마리 미만의 암탉과 교미를 한다.

그들에게도 서열이 정해진다. 대장을 구분하고 싶으면 직접 양계장에 들어가 보면 된다. 모이를 주는 주인이 아닌, 다른 낯선 사람이 양계장에 들어오면 암놈들은 도망가기 바쁘지만 딱 한 마리는 그 사람을 째려보며 공격 태세를 취한다. 그 닭이 대장이며 리더다.

그런데 그런 대단한 수놈이 있는가 하면 가장 불쌍한 수놈도 있다. 수놈 중에 가장 찌질한 녀석은 암놈들에게 쪼임을 당한다. 수놈 중에 누가 찌질한지 암놈들은 바로 알아차린다. 그놈은 양계장에서 빼낼 수도 없다. 그놈을 빼내 봤자, 그놈을 빼내면 다음 밑의 놈이 쪼임을 당하기 때문에 결국 빼낼 수 없다. 리더도 마찬가지로 그들의 대장을 빼내 버리면 서열의 2인자와 바로 그 밑의 놈들이 다시 서열 싸움을 시작한다.)

매력학

운영자를 포섭하라

이야기가 잠시 다른 방향으로 새기는 했지만, 중요한 것은 자신을 견제하려는 사람을 눈여겨보라는 것이다. 그 사람이 그 모임의 운영자이거나, 실세를 담당하는 사람일 확률이 높다. 당신은 절대로 남의 소셜의 운영자가 되어서는 안 된다. 당신이 만약 그 모임의 리더 자리를 빼앗는다면, 그 모임 체계의 시스템이 바뀌고, 결국 그 모임의 붕괴로 이어진다. 따라서 그 모임의 자리를 뺐을 때에는 진정으로 당신이 더 운영을 잘할수 있다는 확신이 들 때 운영을 빼앗도록 한다. 이는 기업 간의 계열사끼리의 과정과도 비슷하다.

대신에 한 가지 좋은 방법은 당신이 만든 모임의 전부에 당신이 침투한 모임 전부를 넣어 버리는 것이다. 예를 들어 당신이 춤 동아리를 이끌고 있고, 다른 봉사 모임에 침투한 상태라면, 봉사 모임의 운영자와 친해진 뒤, 그 운영자를 춤 동아리 안으로 포함시키자. 즉, 당신의 회원으로 만들라는 얘기다. 그러고는 봉사 모임의 모든 회원을 춤 동아리 안으로 포함시켜라. 더 큰 그룹 안에 집어 넣어 버려라.(단, 주변 통합을 조금씩 해서 그룹을 삼키는 것은 실패할 확률이 높다.) 꼭 위의 방법을 따라야 한다.

회원들의 기념일을 챙겨라

그리고 당신이 너무 많은 모임에 가입되어 있어 모든 모임에 잘 참석하지 못할 때에는 위에서 말한 것처럼, 운영자와 친해져서 빠질 수 있는 핑계를 만드는 것은 물론, 집에서도 인맥을 관리하는 방법이 필요하다. 요즘 다들 사용하는 카카오스토리나 페이스북에서 기념일을 챙긴다든지, 각자의 글에 댓글을 남겨 놓는 것은 자주 연락하지 않는 사람이더라도 굉장히 인맥 유지에 도움이 된다.

마지막 요약

위의 내용을 총 정리하기 위해 사회적 지위의 핵심만 뽑아 말하자면, "사람은 많이 만날수록 좋다. 그리고 주변에 사람이 많으면, 주변도 당신을 좋아하게 된다." 정도로 요약할 수 있겠다.

매력학

🐈 2. 여자가 여성에게 말한다

☿ 당신을 만인의 여인이 되어라

대중들이 흔하게 이상형을 물을 때 연예인으로 추상적인 것을 구체화하듯이 연예인은 대중의 만인의 여인이다. 그 만인의 여인의 연예인은 모든 사람이 좋아한다는 사실 때문에 그 사람의 가치가 높아 지나가기만 해도 보통의 사람들은 하던 일을 모두 멈추고 그 연인의 얼굴을 보기 위해 달려간다.

감정이 더 중요한 여성과 달리 남자는 논리적으로 원인과 결과가 맞아야지만 상황을 이해하고 믿는다. 그래서 남성에게 인기녀로 보이고 싶은 여성이라면 시각적인 효과를 통해 직접적으로 증명을 해줘야만 한다. 그렇지 않고 느낌으로 혹은 말로만 표현한다면 남성은 전혀 믿지 않는다. 그래서 인기녀로 보이는 방법을 서술하겠지만 간혹 몇몇 여성들이 예상하지 못한 실수로 인해 증명 과정을 실수하기 때문에 주의사항을 말하겠다.

첫째, 말로만 보이지 말라

말과 사실에 대한 행동을 일치하여 남성에게 동시에 보여야 한다. 쉬운 예로 당신 앞에 슈렉을 만나 미를 잃은 피오나 공주가 있단 생각을 해보자. 미를 잃은 피오나 공주가 말을 한다.

"아, 예전에 제가 한 인물 해서 저 좋다는 남자가 줄지어 다녔어요."

"한때는 스토커 때문에 고생했다니까요. 보디가드 없었으면 밖에 돌아다니지도 못했어요."

"지금도 연락 오는 남자가 있어요. 슈렉이랑 이혼하고 자기랑 결혼해 달라고요. ㅎㅎ"

당신은 피오나 공주 과거의 사실 여부를 떠나 믿지 않고 오히려 허세를 떤다고 비난할 것이다. 아무리 진실이어도 말이다. 그러니 남자들 또한 말뿐인 것을 믿겠는가? 당연히 믿지 않는다. 만약 그 남자와 함께 있을 때 메신저 알림이 열 개 이상 울린다면 말하면 된다.

"아, 죄송해요. 제가 좀 바쁘네요. 자꾸 연락하기 싫은데 연락하는 사람이 있네요."라고 말하면 남자는 이미 메신저 소리를 들었기 때문에 휴대전화가 울린 여성을 신뢰한다.

둘째, 실제로 연락하는 남자가 많음을 보이지 말라

아이러니하게도 남자들은 만인의 여인을 처음에는 좋아하지만 정작 자신의 여자로 만드는 것은 끔찍이 싫어한다. 왜냐하면 여성의 정절을 중요시 여기기 때문이다. 그래서 실제로 자주 남자가 직접적으로 연락하는 것을 보게 된다면 오히려 역효과를 불러일으켜 남성이 실망하게 되어 여성의 곁을 떠난다. 그러니 직접적이지 않는 간접적 행동으로 보여라.

위에 말한 주의사항을 숙지하면서 인기가 많은 여자임을 보여야 한다. 인기의 척도를 나타내는 방법은 아는 남자를 이용한다. 데이트를 하게 되면 당신이 먼저 아는 지인이 레스토랑(혹은 카페, 고급 술집 등)을

매력학

하고 있는데 거기서 데이트를 하자고 남자에게 말한다. 여성이 먼저 제안을 했기 때문에 남자는 아무런 생각 없이 여성이 원하는 장소로 같이 간다. 이제부터 그 장소에 도착한 여성은 여유롭고도 은밀한 행동을 해야 한다.

　도착한 후 지인이 아닌 일반 직원들과도 가벼운 목례를 하면서 그 장소에 단골임을 보인다. 그 직원들도 당신이 와서 즐거운 표정을 지으며 미래의 남자를 긴장시켜라. 그 후 자리에 앉아 지인을 테이블까지 부른 후 당신은 미래의 남자를 향해서가 아닌 지인(주방장 정도 권위가 좋다)을 향해 Sexual한 눈빛을 보낸다. 가벼운 포옹 정도와 함께 안부 인사를 하면서 그대 앞에 있는 남자를 소개해라. 남자와의 관계는 아주 미세한 거리감이 있도록 묘사를 하면서 주방장과 둘도 없는 사이처럼 소개해라.

여기서 핵심은 바로 Sexual sign이다. 그러면 남자는 다른 경쟁자를 본 효과로 인해 긴장을 하게 되고 여성에게 호감도가 쌓이게 된다. 그 여성의 매력이 무엇인지 다시 생각하는 작업을 걸치면서 결국 스스로가 여성에 매력에 빠지는 상태에 도달하게 된다.

또 여성의 매력에 빠지게 되는 원리는 남자는 자신이 가지고 싶은 여자를 완전히 자기 사람으로 만들고 싶어 하는 욕구가 있다. 그래서 자기의 소유로 만들기 위해 엄청난 노력을 기울인다. 그런 과정에 방해 요소인 경쟁 상대가 생긴다면 남자는 질투의 감정으로 인해 당신을 더욱 사랑하게 된다. 그리고 여성의 가치를 남자 스스로가 상승시켜 여성의 지위는 오르게 된다. 그러니 여성은 시각의 민감한 남성에게 경쟁자를 직접적으로 보여줌으로써 그 남자를 긴장시키게 한다.

하지만 이것 역시 약간의 주의사항이 있는데 바로 적절한 타이밍에서 끊어야 한다. 만약 당신이 데이트 때마다 새로운 경쟁자인 남자를 보여준다면 남자가 보는 또 다른 부분인 정절에 어긋나기 때문에 당신에게 실망을 한다. 그러니 강약 조절은 필수이다. 과도하게 당신이 많은 남자를 보여준다면 속된 말로 당신은 싼 여자로 전락한다. 그러니 잘 이용하라! 당신의 높은 지위를 위해서!

매력학

3. 이타성과 공감성 - 상대와 소통하라

당신은 지금 단돈 만 원을 가지고 있다. 어떤 이유인지는 모르지만 당신은 그 만 원 가지고 한 달을 버텨야 한다. 그런 당신 앞에 갓난아기를 안은 채 분유 값을 동정하는 여성이 서 있다면 당신은 어떠한 선택을 하겠는가? 당신의 한 달을 그 여성에게 양보할 건가?

이타성은 여유로울 때 나온다

위의 사례같이 자신이 어려울 때 남을 돕는 것은 오히려 바보 같은 생각이다. 이타성이 생긴 근본적인 이유는 훗날 자신의 이익을 위해서다. 우리는 미래를 보지 못한다. 지금 현재 내가 부자여도 나중에 가난할 확률이 있다. 그 반대로 지금 현재 가난한 사람은 미래에 세계에서 제일가는 부자가 되어 가난한 사람을 돕는 역전의 상황이 될 수 있다. 그렇기에 옛날부터 상부상조의 자세로 지금까지 쭉, 하지만 때론 지나친 이타성을 보인다.

그리고 당신이 아닌 당신 또한 다른 사람을 보는 입장이 되었을 때는 그 이타성을 최우선시 하는 경향이 있다. 이타성을 발휘하면 매력적인 사람이지만 그만한 가치만큼 사실 갖기 힘든 요소임을 알아냈으니 다른 이를 돕지 않는다고 당장 욕하는 게 아니라 그 사람의 사정을 들어 보아라. 이 연습부터가 당신의 매력을 높이는 데 도움이 된다.

봉사 활동에 나가라. 그리고 가난하거나 약한 자를 도와라

주위의 불쌍한 사람을 도와주거나 가난한 사람을 돕는 행위는 정말 매력적이다. 다른 사람들이 당신을 바라볼 때, 그들이 곤경에 처했을 때도 당신이 그들을 도와줄 것이라는 무의식적인 생각이 바탕에 깔리게 되기 때문이다. 그리고 당신이 봉사 활동을 하고 있다는 사실을 숨기지 말라. 우리는 불쌍한 이웃을 돕고 있다. 이것은 군이 내놓을 필요도 없는 일이지만 군이 숨길 필요도 없는 일이다. 만약 주위 사람들이 주말에 무슨 일을 했느냐고 물으면 자신 있게 대답하라. "봉사 활동 다녀왔습니다."

봉사 활동에 참여할 수 있는 사이트

1. www.1365.go.kr 통합 봉사활동 사이트(1365 자원봉사 포털)
2. www.unicef.or.kr 유니세프 봉사활동 사이트
3. www.redcross.or.kr 대한 적십자사 봉사활동 사이트

매력학

이타성을 보여줄 수 있는 대화법

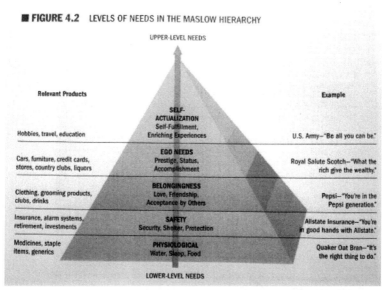

■ **FIGURE 4.2** LEVELS OF NEEDS IN THE MASLOW HIERARCHY

매슬로 욕구이론 5단계

(1) 매슬로의 욕구 단계설을 알아보자

에이브러햄 매슬로(Abraham H. Maslow)는 인간의 욕구는 타고난 것이며, 욕구를 강도와 중요성에 따라 5단계로 분류했다. 하위단계에서 상위단계로 계층적으로 배열되어 하위단계의 욕구가 충족되어야 그다음 단계의 욕구가 발생한다. 욕구는 행동을 일으키는 동기 요인이며, 인간의 욕구는 병렬적으로 열거되어 있는 것이 아니라 낮은 단계에서부터 그 충족도에 따라 높은 단계로 성장해 간다.

1단계 욕구는 생리적 욕구이다. 2단계 욕구는 안전에 대한 욕구로 추위·질병·위험 등으로부터 자신을 보호하는 욕구이다. 3단계 욕구는 애정과 소속에 대한 욕구로 가정을 이루거나 친구를 사귀는 등 어떤 단체에 소속되어 애정을 주고받는 욕구이다. 4단계 욕구는 자기 존중의 욕구로 소속 단체의 구성원으로 명예나 권력을 누리려는 욕구이다. 5단계 욕구는 자아실현과 양육의 욕구로 자신의 재능과 잠재력을 충분히 발휘해서 자기가 이룰 수 있는 모든 것을 성취하려는 최고 수준의 욕구이다.

(2) 양육, 혹은 결혼 이야기

결국 인간의 욕구의 최고 단계는 자아실현/양육 부분인데, 우리가 이타성을 보여주는 것은 상대로 하여금 쉽게, 당신이 상대의 양육의 부분을 채워 줄 수 있을 것이라고 생각하게 된다. 우리의 대화의 최고조의 이르는 부분에서는 우리의 자아실현의 부분이라든지, 아니면 양육에 관한 이야기, 또는 결혼에 관한 이야기가 나와야 한다는 것이다.
하지만 당신이 오해하지는 말길 바란다. 꼭 결혼이나 양육에 관한 것이 대화하는 상대와 꿈꾸고 싶은 미래를 말하라는 것이 아니다. 다짜고짜 상대에게 "난 너와 결혼하고 싶어", 또는 "난 너의 아이를 낳고 싶어."라고 한다면 상대는 매우 당황할 것이다.(사귀는 사이가 아니라면 더욱 그러하다.) 당신은 상대와의 꿈이 아닌, 당신의 비전을 대화 안에 녹여 내야 하는 것이다. 그렇다면 다음으로 대화법에 대하여 알아보자.

매력학

(3) 대화법

대화의 방향은 1. 일상적인 이야기, 2. 개인적인 이야기, 3. 우리의 이야기, 4. 양육 또는 결혼에 관한 이야기의 식으로 흘러가는 것이 좋다. 일상적인 이야기 부분에서는 흔히, 공적 관계의 사람들이 사석에서 할 수 있는 딱딱한 대화도 상관없다. 다만, 개인적인 이야기 부분부터는 당신이 상대와 친구 상태에서의 할 수 있는 말들을 해야 한다. 당신의 개인적인 이야기를 늘어놓는 것이다. 세 번째는 상대와 당신이 공유할 수 있는 이야기, 또는 같이 할 수 있는 활동들에 대한 이야기면 좋다. 그리고 마지막으로 당신의 양육 또는 결혼에 관한 비전을 설명하면 된다. 역시나 정의로는 설명이 어려울 수 있으니 다음의 짤막한 예시를 보도록 하자.

(4) 대화법 예시

(일상적인 대화를 시작한다)
"요즘은 칵테일이 되게 보편화된 거 같아요. 그만큼 좋아하는 사람들도 많이 생겼구요. 혹시 칵테일 좋아하세요? 되게 아름다워 보이잖아요. 분위기도 있고. 뭔가 특별한 술을 마신다는 느낌도 나고요.

(개인적인 대화를 시작한다)
전 칵테일 진짜 좋아해요. 어렸을 때부터 동경해 왔었거든요. 사실 제가 칵테일을 좋아하게 된 계기가 있어요. 스무 살이 되던 해에 저는 그렇게 벼르고 벼르던 칵테일을 마시러 친구들과 칵테일바로 향했죠. 그런데 그중 한 여자애가 거기서 먹어본 칵테일이 맛있느니 어쩌구 하면서 지도 나중에 만들어 보고 싶다고 무슨 바텐더를 하겠다고 하지 않겠어요? 솔직히 바 같은 데서 일한다는 건 주변에서 인식이 그렇게 좋지는 않잖아요. 제가 그냥 칵테일은 즐기는 걸로 끝내라고 조언도 해줬는데 굳이 자기는 바텐더를 하겠다고 ~블라블라~ 그래서 그 애 때문에 저도 칵테일에 조금은 특별한 인연이 생기게 됐죠.

(상대의 이야기를 하며 자신의 이야기와 공유시킨다. = 우리의 이야기)
아. OO 씨도 칵테일 좋아하신댔죠. 혹시 OO 씨도 칵테일에 관한 재미있는 이야기 같은 것 없어요? 아니면 좋았던 추억이라든지. (경청한다) 말 나온 김에 우리 칵테일이나 먹으러 가요. 음. 우리는 뭘 시키면 좋으려나? 어떤 칵테일 좋아하세요? 블라블라~

(자녀 양육에 관한 이야기를 꺼낸다.)
애가 생기고, 스무 살 되는 해에 제가 직접 칵테일 만들어 줄 거예요. 저는 나중에 결혼하게 되면 집에다 작은 미니 바를 하나 차릴 예정이거든요. 집에 은은한 조명도 달아 놓고. 되게 멋질 것 같지 않아요? 매주 금요일이 되면, 회사에서 지친 몸을 이끌고 와서 그 주의 힘들었던 일들을 마무리하는 거죠. 내 새끼들이랑 함께요.

이런 식으로 대화가 자연스럽게 이어지게만 만들면 성공이다. 눈으로 보기에는 그다지 길지 않지만, 실제로는 활용도에 따라 최소 5분에서

매력학

최대 30분까지도 대화할 수 있는 내용이다.

⚤ 당신의 현재 상태를 알아맞히는 사람들

당신은 살아오면서 운세를 봤던 경험이 있는가? 대부분의 사람들은 그런 경험이 다들 한 번 씩 있을 것이다. 굳이 복채를 주고 점쟁이에게 운세를 본 것이 아니더라도, 간단하게 길거리에서 타로 운을 보거나, 아니면 신문에서 오늘의 운세란을 뒤적거리거나 그것도 아니라면 운세가 아닌 혈액형별 심리 테스트라도 본 적이 있을 것이다. 그때 우리는 웬만하면 나의 상태를 정확하게 맞추는 글을 보고는 감탄하고는 한다. 점쟁이들 또한 우리의 심리를 줄줄 꿰고 있다. 대체 이들은 어떻게 우리의 상태를 그렇게 정확하게 얘기할 수 있는 것인가.

공감성을 보여줄 수 있는 대화법 – 콜드리딩

점쟁이들의 숨은 비법은 바로 콜드리딩에 있다. 콜드리딩이란, 맞는 말인 듯하면서도 애매모호한 말로 당신을 설득하는 기술이다. 그들은 누구에게나 적용 가능한 말을 당신에게 사용하여, 당신이 충분히 그 말에 공감을 하게 한 후에, 당신 스스로가 정보를 털어 놓으면 그 정보를 가지고 마치 맞힌 것처럼 꾸며내는 것이 그들의 주된 행동이다. 당신은 그 사람이 당신의 과거를 모두 맞히는 것을 보고 그를 신뢰하게 되고, 그리고 그가 말하는 미래의 예언을 믿게 될 수밖에 없는 것이다. 그리고 그만큼 당신을 이해하는 사람은 없을 것이라 생각한다.

마찬가지로 당신이 이 방법을 익혀 다른 주변의 사람들의 상태를 맞히는 데 사용한다면 그 사람은 당신이 그를 매우 잘 이해하는 사람이라고 생각하게 될 것이고, 이것은 그 사람과의 공감과 바로 직결된다. 이제부터는 콜드리딩을 본격적으로 배워 보기로 하자.

콜드리딩의 1단계 1 **친밀도를 구축하라**

어떠한 연결이 없어도 서로 마음이 통하게끔 서로 간의 친밀도를 먼저 쌓도록 하자.(이 부분은 기술편 〈8〉의 신뢰성 부분을 참고하면 더욱 도움이 된다.) 이 사람을 오랜 기간 만나지 않았지만 어딘지 모르게 나와 성격이 비슷하다거나 왠지 모르게 마음이 통한다는 느낌을 받게 하면 매우 효과적이다. 그리고 당신의 마음 상태는 편안함을 유지하고 있어야 한다.

콜드리딩의 1단계 2 **자신에게 암시를 주어라**

사람들은 그 강도가 다르지만 누구나 다 공감 능력을 지니고 있다.(이게 부족한 사람들을 소위 사이코패스라고 칭한다.) 그 공감 능력은 주로 감각의 전이에 일어나는 경우가 많다. 당신이 즐거운 상태라면, 마주 앉은 상대에게 즐거운 감정을 전달할 수 있고(상대도 즐거워지고), 당신이 슬픈 상태라면 마주 앉은 상대도 슬픈 감정을 동시에 느낄 수 있다는 것이다.

따라서 당신의 마음이 무엇보다 중요하다. 콜드리딩을 할 때에 가장 먼저 해야 할 일은 당신에게 암시를 주는 것이다. 당신이 편안한 상태

매력학

가 되어서 상대도 당신을 편안하게 느껴야 한다는 것이다. 실제로 타로 카드를 공부해 본 사람은 알겠지만, 타로 카드를 풀이할 때, 타로 리더의 상태가 긍정적인 상태여야 해석이 긍정적으로 풀이되며, 부정적인 마음 상태를 가지고 있을 때에는 부정적인 타로 해석의 결과가 나온다.

콜드리딩의 2단계 1 애매한 말 사용하기

어떤 말을 들었을 때, 누구나 자신의 일처럼 느끼게 하는 화술법을 스톡스필이라고 한다. 우리는 최대한 포용 범위가 넓고 애매한 표현을 사용해야 한다. 상대가 이 말을 듣게 되면, 그 일이 모두 자신에게 해당되는 것처럼 느껴진다. 밑의 예시를 보자.

"당신은 평소에 그렇게 활동적이지는 않지만, 가끔은 정말 활발하게 세상을 살고 싶을 때도 있을 것 같아. 그렇지 않아?"

위와 같이 물어본다면, 상대는 무조건 자신에게 해당된다고 대답할 것이다. 저 질문은 누구나에게 해당되는 말이기 때문이다. 누구든지 활동적이면서 가끔은 소극적일 때가 있기 때문이다.

콜드리딩의 2단계 2 긍정적인 단어 사용하기 – Yes Set

당신이 긍정적인 단어를 계속해서 사용하고, 상대에게 계속해서 긍정적인 단어를 사용하게 만들면, 상대의 심리 상태를 긍정적으로 바꿔 놓을 수 있다. 이것은 정신 신경외과 의학과도 같은 길로 통한다. 상대를 긍정적으로 만들기 위하여 당신이 할 수 있는 방법이 있는데 바로 상대의 긍정적인 반응을 강제로 얻어낼 수 있는 'Yes Set'이다.

당신은 2~3개의 질문을 하고, 상대를 계속해서 긍정의 대답을 하게 만들어야 한다. 그렇다면 3~4번째의 질문에서 굳이 Yes를 유도하지 않아도, 상대는 'Yes'를 외치게 되는 일이 다반사이다. 아래의 'Yes Set' 예시를 보자.

Yes Set 예시

당신: 오늘이 토요일이죠?

상대: 네.

당신: 오늘 날씨 진짜 좋네요?

상대: 네 진짜 좋네요.(긍정적 대답)

당신: xx 씨도 이런 날씨 좋아하세요?(긍정적인 의견을 끌어내기 위해, 좋다고 답변을 한 상대에게 다시 한 번 물어본다)

상대: 네 이런 날씨 진짜 좋아해요.

당신: 토요일인데다가 날씨까지 좋은 날에는 어디 놀러 가야 되는데 말이에요.

상대: 맞아요.

당신: 그럼 우리 잠깐 공원 산책이나 하지 않을래요?

위와 같이 말한다면, 상대는 마지막 물음에 'Yes'라고 답변할 확률이 매우 높아진다.

콜드리딩의 3단계 상대의 고민 알아내기

위의 과정을 모두 진행했다면, 상대는 당신에게 비교적 마음을 열 준비가 되어 있을 것이다. 이때 상대의 고민을 은근 슬쩍 떠보아라. 당신과 이미 마음을 교류한 상태라면 훨씬 쉬울 것이다. 사람들의 고민은 크게 네 개의 카테고리로 나누어지는데, 그 각각의 카테고리는 다음과 같다.

첫 번째는 돈이나 경제에 관한 카테고리이며, 두 번째는 인간관계에 관한 카테고리이며, 세 번째는 목표나 꿈에 관한 카테고리이며, 네 번째는 건강에 관한 카테고리이다. 인간의 모든 고민은 이 범주 안에 무조건 들어간다. 이 범위 안에 들어가지 않는 고민이라면 결국 이 네가지 범주의 고민들이 복합적으로 합쳐져서 생긴 고민일 확률이 높다. 예를 들어 당신이 짝사랑하는 이성이 있다고 가정할 때, 이 고민은 인간관계에 관한 고민인 것이다.

각각의 고민 단계를 이끌어 내는 애매한 말의 콜드리딩 예시를 알아보자.

예시 (1) 경제 또는 돈에 관한 고민

"혹시 요즘 들어 돈에 관한 문제가 있지 않아? 아니면 그 비슷한 것이라도?"

"요즘 다들 돈 때문에 힘들어 하더라고, 너도 그럴 때가 있었던 적이 있었을 것 같은데?"

예시 (2) 인간관계에 관한 고민

"살아가면서 점점 인간관계가 어려운 것 같아. 너는 잘해 나가고 있어?"

"어떤 사람을 싫어하거나 하면 본인의 마음이 힘들어진다던데, 너는 그런 적이 있었던 적이 있는 것 같네?"

예시 (3) 목표나 꿈에 관한 고민

"너는 혹시 살아가면서 목표를 이루지 못해 고민한 적이 있었어?"

"어렸을 때, 꿈꾸던 모습은 현재 너의 모습이 아니네. 확신해."

(99%의 사람은 현재 자신의 모습이 어렸을 때 꿈꾸던 모습과 다르다.)

예시 (4) 건강에 관한 고민

"가끔은 건강하지 못하다는 느낌을 받을 때도 있지?"

콜드리딩의 4단계 1 **고민의 주제 좁히기**

상대가 3단계의 고민 질문에서 미끼를 덥석 물었다면 이때야말로 상대의 공감을 이끌어 내기 쉬운 타이밍이다. 이때 상대의 고민의 주제를 좁혀, 마치 당신이 상대의 모든 것을 알고 있다는 듯이 착각하게 만들어 보자. 이때는 섭틀 네거티브(Subtle Negative)를 사용하여 상대를 동의하게 만드는 방법이 필요하다.

콜드리딩의 4단계 2 **섭틀 네거티브(Subtle Negative)**

상대가 무엇을 말하든 간에(부정의 대답이든 긍정의 대답이든) 당신은 항상 그것을 맞힌 것처럼 비춰질 수 있게 애매하게 부정 의문문을

매력학

사용하여 애매하게 질문해야 한다. 위 콜드리딩의 3단계의 고민에 관한 예시 (1), (2), (3), (4)에서 이어서 말해보자.

(1) "확실히는 잘 모르지만…… 왠지 돈에 관해서 그런 느낌이 들어."

(2) "혹시 짐작 가는 거 없어?"

(3) "사람들이 당신에게 그 목표를 그만두라고 했던 적이 있지 않아?"

(4) "피곤할 때마다 그런 생각이 들 텐데?"

콜드리딩의 4단계 3 서틀 퀘스천(Subtle Question)

고민에 대하여 자세하게 간파한 후라면 사실 상대 스스로가 그 고민을 당신에게 모조리 털어놓은 것이다. 그렇다는 사실을 상대가 생각하기 전에 당신은 마치 당신이 그 사람의 과거를 모조리 맞힌 듯이 행동해야 한다. 그리고는 질문(섭틀 퀘스천)을 던져라. 아래의 예시를 참고하자.

"가끔 네가 고민하는 건 무슨 이유 때문이야?"

"네가 이렇다는 것은 OO라는 것 때문인데, 그 의미를 알겠어?"

콜드리딩의 5단계 미래 예언

위와 같은 4단계까지의 방법으로 상대의 모든 과거를 속속들이 맞혔다면, 이제는 상대의 미래를 예언할 단계이다. 당신은 절대로 빗나갈 수가 없는 예언을 사용하면 된다. 그 기술의 이름은 섭틀 프리딕션(Subtle Prediction)이다. 이 예언은 절대로 당신이 틀렸다는 것을 증명해낼 수 없을뿐더러, 굉장히 광범위한 사실을 포용하고 있기 때문에 실현되기가 너무나도 쉽다. 이 역시도 아래의 예시를 보고 활용도를 알아보자.

"곧 너의 고민을 해결해 줄 사람이 나타날 거야, 그리고 그 사람은 지금 너의 주변에 있어."

"누군가 너에게 비밀리에 준비하고 있는 것이 있어."

"계속 스트레스를 받는다면, 지금보다 건강 상태가 악화될 거야."

세줄 요약

헌신을 보여주는 대화 기법으로 이타성을 드러내자. 그리고 콜드리딩으로 상대의 심리를 파악하고, 과거를 알아낸 후 미래까지 예측하도록 하자. 그렇다면 상대는 당신에게 공감을 하면 당신이 상대를 완전히 이해하는 사람이라고 착각하게 된다.

---

3. 여자가 여성에게 말한다

양보하는 습관을 가져라

여성이라면 남성에게 원하는 매너가 lady first다. 'lady first'의 뜻은 남자들이 여자에게 에스코트를 하는 행위이기 때문에 여성은 남성에게 에스코트 받기를 꿈꾸기 시작했다. 그래서 남자들은 실내를 들어갈 때 여자를 위해 문을 열어 주고 늦게 들어가는 매너를 보이기 시작했다. 또 자리에 앉을 때 여자의 외투를 남자가 받아 걸어 주기도 한다. 그런데 이런 행동 하나하나가 쌓여 지금은 당연히 해야 하는 행동으로 변질

매력학

되기 시작했다. 그래서 여성은 의도하지 않게 남성을 노예처럼 부려먹기 시작했다. 의도하지 않은 행동이기 때문에 깨닫기가 매우 힘들다. 하지만 지금이라도 알았으니 서서히 우리의 행동을 변화시키면 된다.

당연한 사실은 여자는 생물학적으로 남자보다 약하게 태어났다. 그래서 남성이 신체적 차이로 인해 여성을 도울 수 있지만 이런 차이를 이용하여 권리로 만들지 않아야 한다. 그래서 여성도 이제는 남자에게 양보하는 습관을 가져야 한다. 때로는 여성이 상남자로 돌변하는 것이다. 남자들은 우리에게 매너를 보이고 여성에게 맞추는 거에 익숙하다. 그렇기 때문에 가끔 여자들이 먼저 남성에게 맞춰 준다면 남성은 놀라고 당황한다. 가장 기본적인 것은 테이블에 냅킨을 깔고 수저 올려놓기, 그에게 필요한 사소한 물품 사 주기, 어른들에게 버스 자리 양보하는 모습을 보인다면 그는 감동을 받는다.

♂ 감정을 표현을 원인과 결과를 많이 말하라

여성은 이성보다 감성이 더 발달하여 논리적으로 일의 원인과 결과를 분석하지 않아도 이해하지만 남성은 여성과 달리 감성보다 이성이 발달하였기에 논리가 맞지 많으면 이해를 못 한다. 그리고 이 차이로 인해 남녀는 싸움을 하게 된다.

여성은 감정을 표현할 때 "OOO가 뭐라 했다? 하, 어쩜 그럴 수가 있어?"라고 추상적으로 말하더라도 여성끼리는 이해하고 공감한다.

반면 남자들은 단순하고 논리를 주로 보기에 텍스트 자체 그대로를 받아들인다. 그래서 여성이 화가 나서 남성에게 "전화하지 마."라고 말하며 툭 끊으면 여성은 남성이 여성에게 당장 전화를 하거나 미안하다고 한바탕 큰일을 치르길 바라지만 그 남자는 정말 연락을 하지 않는다. 그 후 여성은 남성이 자신을 이해 못하는 점에 감정이 소모되고 남성은 여성이 자신에게 그러는 이유를 몰라 고민을 하느라 연애하기도 바쁜 시기에 시간만 낭비하게 된다. 그래서 여성인 우리는 이제부터 이성적인 대화를 해야 한다. 그리고 정확하게 요구하는 습관을 들이자. 아래의 남녀 대화를 통해 자세히 알아보자.

　여 : 자기야, 나 갑자기 마카롱 먹고 싶어.
　남 : 먹어.
　여 : 아, 근데 저번에 먹어봤는데 진짜 싫었단 말이야. 달기만 하고. 근데 저 포스터 보니까 너무 먹고 싶어. 분명 남기잖아. 근데 나 음식 남기는 건 끔찍이 싫어하는 거 알잖아!
　남 : 그럼 사.
　여 : 그게 아니잖아!

　답답하다 느끼고 있는가? 남자들에게는 원인과 결과의 구조로 되어 있기 때문에 상당히 이해할 수 없는 심정이다. 한마디도 결과만 중요하다. 그러니 남성의 대화는 그저 사/사지 마 만 존재한다. 그러니 자세히 얘기해야 한다.

　여 : 자기야, 나 갑자기 마카롱 먹고 싶어.

매력학

남 : 먹어.

여 : 갑자기 먹는 먹고 싶어 하는 거니까 충동구매일 수 있잖아. 그래서 먹기 싫어지면 돈만 버리는 거구. 난 음식 남기는 거랑 돈 버리는 거 둘 다 싫단 말이야. 하지만 먹고는 싶구……. 그러니 자기가 만약 내가 남기면 먹어 주면 안 돼?

남 : 알았어.

많은 문장을 말해야 해서 귀찮겠지만 남자의 단순함 때문에 우리는 길게 말해야 한다. 그러니 논리적으로 자세히 말하자.

4. 육체적 매력과 건강 - 외모를 가꾸어라

남성 – 넓은 어깨와 큰 키

　남성의 경우는 넓은 어깨와 큰 키가 중요한 매력요소이다. 그러니 옷을 입을 때 어깨가 넓어 보이면서 키가 커 보이게 할 수 있는 스타일을 해야 한다. 어깨가 넓어 보이기 위한 옷의 종류는 가로 줄무늬 상의와 어깨가 넓어 보이는 명암이 들어간 티셔츠, 그리고 나그랑 스타일의 상의가 도움이 된다.

　가로 줄무늬 코디는 시각적으로 양 어깨가 훨씬 넓어 보이는 효과를 불러일으킨다.(뇌의 착각이지만, 이것만으로도 당신은 다른 사람에게 어깨가 넓은 사람이라는 것을 인식시킬 수 있다.

매력학

명암 조절 역시 착
시를 일으키는 스타
일 중 하나이다. 어
깨 부분은 밝은 색
상으로, 허리 쪽으로
내려올수록 어두운
계열의 색상을 매치
한다면 어깨가 넓어
보일 수 있다. 밝은
부분은 부피감이 더
크게 느껴지기 때문이다.

나그랑 스타일의
티는 어깨가 팔과 분
리되지 않고 연결되
어 있는 것이 특징이
다. 어깨와 팔이 명
확하게 구분되어 있
지 않기 때문에 어
깨가 넓어 보이는 효
과가 나타난다.

키를 커 보이게 하는 패션은 상의와 하의를 모두 어두운 계열의 색상
으로 맞춰 주는 것이 좋다. 어두운 계열은 부피감을 적게 느껴지게 하므

로, 상대적으로 몸이 날씬하게 보이게 된다. 몸의 부피가 줄어들면 다리도 길어 보이게 된다. 일단 다리가 길어 보이므로 키가 커 보이는 효과가 나타나는 것이다.

하지만 상·하의를 모두 같은 계열의 색상으로 입는 것은 소위 말해 '깔맞춤'이라고 사람들의 비웃음을 사는 경우가 종종 있다. 따라서 당신이 상의와 하의를 같은 색상으로 맞추고

싶지 않다면 하의는 약간 어둡게 입고, 상의를 밝은 색상으로 입는 것이 좋다. 이때 하의는 당신의 사이즈에 정확히 맞는 옷을 입도록 한다. 풍성한 넓이의 하의는 당신의 다리를 통통하고 짧아 보이게 만든다.

매력학

여성 – 허리와 골반이 드러나는 옷

여성의 경우는 허리와 골반이 드러나는 의상을 입을 시 매력적이다. 중요한 자리에서 드레스를 입는 이유가 그러한 이유이다. 골반을 강조하는 패션 아이템 중 하나는 H라인 스커트이다.

H라인 스커트는 여성성이 많이 강조된다. 따라서 상의는 달라붙는 옷이나, 블라우스가 제일 잘 어울린다.

여성은 근본적으로 남성미를 가진 남성을 좋아한다

만약 지금 눈앞에 뚱뚱한 남자와 마른 남자가 있다면 누구를 선택할 건가?

이 질문은 참으로 극단적인 이분법적 말이다. 여성은 남성의 모든 사항을 다 고려하여 내 남자가 될 사람을 고르기 때문에 잔인한 질문인 거다. 그런데 여성은 어떤 남성을 고르든 잊으면 안 되는 사실이 있다. 여성은 자신보다 빼빼 마른 남자든 마시마로같이 뚱뚱한 남자든 어떤 남자든 선택할 때 근본적인 기준은 남자다움이 묻어 있는 사람을 좋아한다.

이해를 돕기 위해 유명인으로 비유를 하면 여성은 뚱뚱하지만 어깨가 벌어져 있고 허벅지가 튼실한 사람인 이대호도 좋아하고, 평균 여성보다 더 마르고 다리가 얇지만 복근을 가지고 있는 김수현을 좋아한다. 그리고 남성도 여성처럼 다양한 이상형이 있다.

하지만 분명한 건 여성처럼 근본적인 남성다움을 가지고 있는 남성을 원하는 것처럼 남성 또한 각자 개성마다 다양한 여성을 좋아하고 원하지만 그 속의 근본적인 원리는 여성미가 있는 여성을 원한다. 특히, 남성은 여성과 달리 시각에 굉장히 민감하기 때문에 여성은 외적으로 보이는 미의 관리를 철저히 해야 한다.

몸짓과 체형의 조화가 매력을 결정한다

최근 미국 뉴욕 대 심리학과 연구팀은 체형과 걸음걸이 간의 관계를 통해 남성과 여성이 신체 치수만이 아니라 거기에 걸맞은 자세를 취했을 때 실제 매력을 느낀다는 연구 결과를 내놨다.

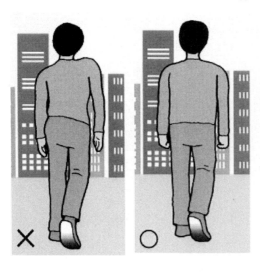

남자의 경우 매력포인트

남성이 여성처럼 엉덩이를 흔들며 걸었을 때(왼쪽)와 어깨를 앞뒤로 흔들며 씩씩하게 걸었을 때를 비교한 결과 남성적 체형에 씩씩하게 걸을 때가 더 매력적으로 느낀다는 결과가 나왔다.

매력학

몸짓은 매력을 판단하는 강력한 기준으로 활용된다. 연구 팀은 여성이 어깨를 흔들며 씩씩하게 걷도록 한 장면과 엉덩이를 좌우로 크게 흔들며 걷도록 한 장면을 실험 참가자들에게 보여 줬다. 또 남성도 같은 방식으로 걷게 한 모습을 비교해 보여 줬다.

그 결과는 역시 여성은 엉덩이를 많이 흔들며 발랄하게 걸을 때가 매력적이라는 대답이 높았다. 반면 씩씩하게 걸어가는 뒷모습에 대해선 별로 매력을 느끼지 못한다는 대답이 많았다. 존슨 박사는 "생물학적 성은 여전히 가장 주요한 매력의 판단 기준"이지만 "몸짓과 체형이 조화를 이룰 때 매력을 느끼는 수준이 최종 결정된다."고 말했다.

여자여 다리를 꼬아라

토니야 레이맨(Tonya Reiman)은 그의 대표 저서인 『왜 그녀는 다리를 꼬았을까』에서 다리를 꼬면 상대에게 훨씬 건강해보일 수 있다고 밝혔다. 그는 그동안의 분석 결과를 토대로. 몸짓을 통해 상대방을 읽을 수 있는 방법이 있다고 밝혔다.

여자는 남자의 시선을 끌기 위해 다리를 꼬는 행동을 취한다. 이러한 행동이 효과적인 이유는 한쪽 다리를 반대쪽 다리에 포개 놓으면 다리가 훨씬 건강하고 탄력 있어 보여 성적 매력을 물씬 풍길 수 있기 때문이다.

남자를 유혹하려는 의도가 아니라 다리를 꼬고 앉은 자세가 정말 편안해서 그런 자세를 취하고 있다고 항변하는 여성들도 많겠지만, 토니야 레이맨은 그처럼 편한 자세도 다른 사람이 그 자세를 취하는 모습이 좋아 보였기 때문에 따라 했다는 것이라고 말했다.

실제로도 이러한 보디랭귀지는 상대 남성에게 성적 호기심을 불러일으킨다. 물론 허리나 척추에는 건강의 이상이 생길 수 있으니, 딱 필요한 상황에서만(매력을 발산할 필요가 있는 상황에서만) 매력 보디랭귀지를 취하도록 하자.

헤어에 따라 얼굴이 달라 보인다

탈모 환자들은 헤어스타일을 자유롭게 하지 못할 뿐만 아니라 자신의 이미지에 만족하지 못해 사회생활이나 대인관계에서도 부정적인 영향을 받기 쉽다. 왜냐하면 헤어스타일이 변하면 그 사람의 이미지도 변하기 때문이다.

실제로 한 조사에 따르면 탈모 환자 중 60.5%가 외출할 때 탈모 부위를 감추기 위해 신경을 쓴다고 답했고, 34.9%는 모자나 가발을 사용하는 것으로 나타났다. 또한 탈모로 인해 놀림받은 경험은 69.8%, 나이 많은 사람으로 오인받은 경험도 45.3%나 됐다.

심지어 탈모로 인해 사회생활까지 지장을 받는다고 응답한 경우가 55.7%로 절반을 넘었고, 미혼 탈모 환자의 89.3%는 결혼에 지장이 있을 것을 우려했다. 다른 사람이 자신의 탈모에 대해 관심을 보일 때 82.8%가 수치심을 느끼는 등 정서 장애를 호소하기도 했다.

이처럼 헤어스타일이 당신에게 주는 영향력은 실로 막대하다. 따라서 우리는 절대로 탈모가 오게 방치해서는 안 되고, 탈모가 없다고 하더라

매력학

도 머리의 헤어스타일을 관리할 필요가 있다.

머리카락이 빠지는 원인은 다양하다. 유전과 남성호르몬의 과다 분비, 노화 등이 주요 원인이다. 최근엔 과도한 스트레스와 불균형한 식습관으로 인한 영양 부족이나 영양 과다, 자극성 샴푸나 스타일링제 사용 및 빈번한 염색, 펌 등도 탈모를 부추기는 원인으로 꼽힌다.

이에 탈모 예방을 위해선 우선 신선한 과일과 야채를 많이 먹는 것이 좋다. 맵고 짠 음식은 피한다. 물을 많이 마시면 모세혈관의 순환을 촉진시켜 탈모의 진행 속도를 늦출 수 있다. 하지만 증상이 심한 경우엔 가급적 빨리 식습관을 비롯한 생활 습관 개선 등의 평소 관리와 함께 전문의와의 상담 후 적절한 치료를 받는 것이 필요하다. 탈모의 진행 속도는 개인차가 있지만 방치해 두면 점점 더 악화되어 탈모 속도가 빨라질 수 있기 때문이다.

만약 당신이 탈모가 없는 건강한 남성이라면, 그것을 유지하기 위해 꾸준히 관리를 하라. 그리고 당신의 풍성한 두발을 활용한 헤어스타일 연출에도 신경을 써라. 얼굴의 인상을 좌우하는 요소 중 하나가 바로 헤어스타일이다. 당신의 인상의 90%는 헤어스타일이 좌우한다. 이제까지 남성의 헤어스타일은 여성에 비해 변화를 주기 힘들었다. 평범한 비즈니스맨이 연출할 수 있는 헤어스타일은 한정되어 있었다. 최근 들어 정장에서 자유로운 평상복 차림으로 출근하는 기업이 늘었지만 콘로우 스타일이나 레게머리를 하고 출근하는 것은 일부 직종을 제외하고는 힘든 일이었다. 비즈니스맨이나 CEO 등에게 가장 무난한 스타일은 7:3 정도의 가르마로 윗머리와 옆머리의 볼륨감을 살린 클래식한 스타일이나 옆머리와 뒷머리는 짧게 치고 윗머리와 앞머리는 단정하게 한 스포츠 스타일이었다.

하지만 근래에 들어, 보다 적극적으로 멋을 추구하는 '메트로섹슈얼리즘'의 영향으로 남성 헤어스타일에 변화가 시작되었다. 남성들이 모두 변화하기 시작한 것이다. 자신의 개성을 드러내어 스스로의 브랜드 가치를 높여야 하는 시대에 사는 오늘의 직장인들에게 천편일률적인 헤어스타일은 지루하고 시대에 뒤떨어지는 인상을 심어줄 수도 있다. 그러한 헤어스타일은 비즈니스맨으로서 필요한 자기 자신을 브랜드화시키는 데 반하는 행동이다. 따라서 우리는 헤어스타일에 보다 많은 투자를 해야 한다.

우선, 사람에 따라 얼굴형이 다양하고 그에 따른 고민도 달라지기 때문에 자신에게 가장 어울리는 헤어스타일을 찾는 것이 중요하다. 그리고 이것을 기본으로 빈약한 부분에는 머리의 볼륨감을 살리고, 튀어나온 부분은 줄이는 것을 염두에 두면 헤어스타일 연출이 쉽다. 다음 아래의 얼굴형을 보고 자신의 얼굴형에 맞는 것을 골라 스타일을 연출해 보자.

1. 긴 얼굴형

매력학

긴 얼굴형은 앞머리를 너무 길게 내리면 얼굴이 더 길어 보인다. 이마가 살짝 보일 정도로 앞머리를 내리고, 귀 옆 부분을 볼륨을 살려서 전체적으로 둥근 머리 모양을 만들어 주는 것이 좋다. 타원형 얼굴을 둥글게 보이게 하는 유일한 방법은 바가지 헤어스타일이나 프린지 스타일을 하는 것이다.

2. 사각형 얼굴형

사각형 얼굴형을 가진 남자들은 강하고 남성적으로 보인다. 사각형 얼굴을 어설프게 헤어스타일로 커버하려고 하면 오히려 부작용이 올 수 있다. 사각형 턱은 스포츠형 커트보다 앞머리를 사선으로 부드럽게 내린 스타일이 어울린다. 옆머리는 살짝 안으로 말리도록 해 강한 턱 선을 감싸도록 한다. 사각형 모양 중 직사각형 얼굴 모양은 타원형 얼굴보다 약간 긴 얼굴형인데, 이런 얼굴형은 긴 머리를 세울 경우 얼굴이 콘 헤드처럼 보일 수 있으니 주의하도록 한다. 직사각형은 단정한 헤어스타일이 가장 잘 어울리는 얼굴형이다.

• 정사각형 얼굴

• 직사각형 얼굴

3. 삼각형 얼굴형

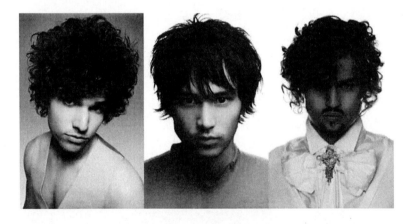

  삼각형 얼굴 모양은 넓은 턱 선과 좁은 이마가 특징이다. 불행하게도 삼각형 얼굴 모양은 헤어스타일을 선택하는 폭이 상당히 적다. 당신이 이러한 얼굴형을 가졌다면, 그나마 펌 헤어스타일이 잘 어울릴 것이다. 그리고 약간의 프린지로 실루엣을 부드럽게 하는 게 좋다. 좁은 이마는 이마를 드러내고 적절하게 옆 가르마를 타서 시원한 사선을 만든다. 정

매력학

수리 부분의 볼륨은 살리고 귀로 갈수록 호리호리해지는 역삼각형의 헤어스타일을 만들면 효과적이다.

4. 둥근 얼굴형

둥근 얼굴 모양은 얼굴형에 포인트 줄만한 부분이 거의 없다. 그래서 이런 얼굴 모양은 샤프하거나 샤기 스타일의 헤어스타일이 잘 어울린다. 둥근 얼굴형은 가운데 가르마와 가운데에서 살짝 옆으로 위치한 가르마가 잘 어울리고, 앞머리가 어느 정도 길어도 효과적이다. 귀밑머리는 일자로 기르는 게 좋고, 뒷머리는 너무 짧게 자르지 않는 것이 좋다. 머리 옆 부분은 볼륨을 줄이고 위는 살리는 것이 핵심이다.

5. 다이아몬드 혹은 마름모 얼굴형

이런 얼굴형을 가진 남자는 커다란 광대뼈와 좁은 이마와 턱을 가진 경우가 많다. 다이아몬드 형태의 얼굴형은 정장이 잘 어울리는 얼굴 모양이기도하다. 프린지나 레이어 헤어스타일로 머리를 꾸미는 것이 좋다.

전체적으로 볼륨 있게 흐르는 자유로운 스타일을 연출하면 좀 더 부드
럽게 보인다. 머리를 너무 짧게 자르지 않도록 하는 것이 중요하다. 앞머
리의 좌우 폭이 넓도록 내리고, 뒷머리도 어느 정도 폭을 주어서 귀밑으
로 머리가 보이게 하면 귀여운 느낌을 낼 수 있다.

　최근 남성 헤어스타일의 가장 기본적인 트렌드는 지나친 염색이나 날
카로운 이미지를 지양하고 자연스럽고 부드러운 느낌을 주는 것이다. 이
를 위해 가르마를 없애고 전체적으로 층을 낸 것이 특징이다. 또한 자신
의 직업에 따라 강렬하거나 부드러운 인상을 심어 주는 역할도 가능하
다. 우리는 빈틈없는 비즈니스맨으로서 자신의 인상을 창조해 나가려는
자세가 필요하다.

매력학

혼자서 스타일 낼 수 있는 방법

- 터프하게 뻗친 쇼트 헤어

힘 있고 강한 이미지로 연출하기에 좋은 헤어스타일이다. 먼저 전체적으로 삐죽삐죽 뻗친 듯한 느낌을 만든다. 매직기를 이용해 부분 부분을 뻗치게 하면서 구겨지듯 손으로 스타일을 잡아 주면 된다. 이때 옆머리와 뒷머리는 길고 위쪽은 짧게 커트한다. 잘 어울리는 얼굴형은 선이 굵고 각지거나 이목구비가 또렷한 경우다.

- 모던 헤어스타일

부드러우면서도 감각적인 메트로섹슈얼 이미지를 강조한다. 직모로 옆머리는 눌러서 정돈하고, 정수리 부분과 앞머리를 세워 주듯이 뻗치게 연출하는 게 포인트다. 각진 얼굴형이나 광대뼈가 살짝 나온 경우에 잘 어울린다. 둥근 얼굴형은 피하는 것이 좋다.

- 헤어밴드 사용

스타일링 드라이어의 바람을 쐬는 방향, 헤어 젤과 왁스를 바르는 방향에 신경을 쓰자. 드라이어를 위로 세워 바람의 방향을 조절해 가며 말린다. 살짝 물기가 있는 상태에서 하드 왁스를 손바닥에 덜어 편 다음 머리카락이 뭉쳐 보이도록 바른다. 세울 부분만 손가락으로 잡고 왁스로 모양을 잡는다. 완벽히 말린 다음 헤어밴드를 이용하는 것이 좋다.

- 세미 롱 헤어스타일

슈트한 차림에 잘 어울린다. 터프함보다는 소프트함으로 승부한다. 최대한 내추럴하게 만드는 것이 포인트다. 부스스함과 헝클어짐 없이 깔끔하게 정돈하려면, 빗 대신 손가락을 사용해 드라이한다. 머리가 바깥으로 뻗치지 않도록 머리카락을 손으로 잡고 안쪽으로 돌돌 만다. 각진 얼굴에 효과적인 헤어스타일이다.

- 층을 많이 낸 세미 롱 헤어스타일

스타일링 머리카락을 들어 뿌리 쪽으로 바람을 쐬며 말린다. 왁스나 젤로 뻗치는 느낌을 억지로 만들어 내기보다는, 펌을 하는 것이 스타일링하기가 편하다. 고데기를 사용해 약간 뻗치듯이 손질하면, 컬을 약하게 하면서 바람머리 특유의 뻗침을 살려낼 수 있다.

⚥ 나의 피부를 언제나 빛나게 하라

우리의 피부를 촉촉하게 하기 위해 피부 타입별로 관리법을 자세히 알아보자.

건성 피부

건성 피부는 기름기가 적고 수분이 없는 피부를 뜻한다. 그러므로 아침에 일어나자마자 제거할 기름기가 적기 때문에 세안할 때는 비누를

매력학

사용하지 않고 순수한 물로만 세수를 해도 충분하다. 또 건성인 피부는 수분 관리가 필수인데 그 이유는 우리 몸에 수분이 70%를 차지하기에 피부가 수분을 가지고 있지 않다면 노화가 빨리 찾아오기 때문이다. 그러니 수시로 수분크림을 발라야 한다.

하지만 미스트를 자주 뿌리진 말자. 왜냐하면 미스트가 증발할 때 피부 속 수분과 함께 증발시키기 때문에 오히려 더 건조해진다. 평소에 물을 수시로 마셔 수분을 유지하고 술과 담배는 멀리하며, 일주일에 두 번은 천연 팩으로 수분 유지에 신경 쓴다. 그리고 겨울철에는 난방을 피하자. 피부를 건조하게 만든다. 또 화장할 때는 수분을 공급하기 위해 화장솜에 스킨을 충분히 적셔 눈가에 붙이고 나서 화장을 하며 수분기가 있는 파운데이션을 사용하자.

지성 피부

지성 피부는 기름샘이 많아 피부에 유분이 많은 상태를 뜻한다. 그래서 지성인 피부의 사람들은 겉으로 보이기엔 피부가 번들번들하기 때문에 건성과 달리 수분이 많은 걸로 착각해서 자신의 수분 관리를 전혀 하지 않는다. 지성 피부는 기름이 많은 것뿐이며 건성처럼 수분이 적을 수 있으니 유분 제거와 수분 관리를 동시에 해야 한다. 유분과 수분을 동시에 잡는 방법으로 첫 번째는 건성 피부와 마찬가지로 충분히 물을 마시자. 화학적 수분 공급보다 더욱 확실한 방법이기 때문이다.

그리고 두 번째, 선크림을 꼼꼼히 바르자. 유분이 많기 때문에 선크림을 바르지 않는 사람이 많다. 하지만 자외선은 오히려 피부의 노화를 불러일으키고 민감한 지성 피부를 더 악화시키기 때문에 피부 타입에 맞는 선크림을 발라주자. 그 후 세 번째는 미온수를 사용하고 짧게 샤워와 세수를 하자. 뜨거운 물은 유분기를 많이 제거하지만 유분을 많이 제거한 만큼 수분도 많이 사라지므로 미온수가 좋다.

그리고 길게 세안을 할수록 피부의 자극이 강하기 때문에 짧게 해야 한다. 그리고 유분이 많다고 자주 씻는 건 오히려 독이다. 이런 행동 역시 피부에 자극을 상당히 많이 주기 때문에 하루에 2~3회로 제한하여 피부를 탱탱하게 만들자.

여드름

여드름 피부의 경우 과도한 피지 분비로 인해 얼굴이 번들거리고 피지가 모공을 막으면서 염증을 일으키는 경우인데, 이 피부는 천성적으로 타고난 사람보다는 후천적으로 잘못된 생활 습관 때문에 생긴 사람들이 많다고 한다. 그래서 스스로의 생활 습관을 돌이켜본 후 식습관을 바꾸자. 기름기가 없는 식단을 유지하며 채소와 과일을 많이 먹자. 그리고 여드름 피부 역시 수분은 필수이므로 자주 물을 마시자.

두 번째 방법으로는 세안하는 방법이다. T존을 중심으로 마사지 하듯 세안을 한 후 여러 번 헹구어 낸다. 그 후 마지막 세안 때는 찬물로 씻어 열려 있던 모공을 수축시킴으로써 피부를 보호하자.

그리고 세 번째는 손으로 여드름을 짜내지 말자. 억지로 모공을 여는 행위이다. 오히려 피부에게 독이 되기 때문에 여드름을 없애고 싶은 마음을 내려놓고 전문의에게 맡기자. 순간의 욕심으로 평생 흔적이 남는다.

매력학

화장품 바르는 순서

피부 타입과 상관없이 화장품을 쓰는 용도를 전혀 모르는 사람이 있다. 화장품 바르는 순서만 알아도 피부에 큰 도움이 된다. 먼저, 낮과 밤에 따라 바르는 순서가 다르다.

낮: 토너-에센스-아이크림-로션-수분크림-자외선 차단제
밤: 토너-아이크림-세럼-로션-수분크림-영양크림

토너는 스킨을 뜻하며 피부 결을 정돈하는 역할을 한다. 그렇기 때문에 화장솜에 충분히 적신 후 얼굴 안쪽에서 바깥쪽으로 닦아내야 한다. 에센스(세럼)는 영양분을 공급해주는 역할이며 로션은 공급한 영양분을 날아가지 않도록 막는다. 그리고 크림 재질의 화장품은 다른 화장품보다 가장 무겁기 때문에 나중에 발라야 한다. 허나, 아이크림을 상당히 앞 순서에 바르는 이유는 유분막이 형성되기 전에 발라야 완벽하게 흡수되기 때문이다.

☌ 남자여 최대한 몸집을 크게 보여라

여자가 성적 매력을 강조하는 방법이 다리나, 노출 부위인 반면 남성이 성적 매력을 강조할 수 있는 부분은 활짝 편 넓은 어깨와 큰 골격이다. 남성의 성적 매력을 강조할 수 있는 넓은 어깨와 큰 골격을 기를 수

있는 운동법에 대하여 알아보자.

1. 숄 더 프레스

삼각근의 전면과 측면의 볼륨과 선명도를 증가시킬 수 있는 운동이다. 바벨 프레스에 비해 어깨의 완전한 가동 범위로 운동할 수 있는 장점이 있다. 전후 또는 좌우 방향의 힘이 추가되어 삼각근의 균형적인 발달을 극대화시킬 수 있다. 하지만 그만큼 컨트롤이 어려워 중량을 많이 다룰 수 없기 때문에 근육 크기 발달에 있어서는 바벨 운동이 더 효과적이다.

운동 순서

1) 벤치에 앉아 등과 허리를 곧게 편다.
2) 덤벨이 귀와 수평이 되고 팔꿈치가 직각이 되도록 위치시킨다.
3) 이두근이 귀에 닿는 느낌으로 덤벨을 머리 위로 들어올린다.
4) 천천히 저항을 느끼면서 덤벨이 귀와 수평이 될 때까지 내린다.

Tip

덤벨이 서로 부딪히거나 팔꿈치가 완전히 펴지게 되면 목표 근육에 힘을 유지할 수 없게 되므로 주의하여 동작한다. 팔꿈치가 몸 앞쪽으로 나오게 되면 삼각근 전면과 측면에 자극이 되고, 팔꿈치가 상체와 평행한 위치에 오게 되면 삼각근 전면의 고립 운동이 된다.

매력학

2. 레터럴 레이즈

어깨를 효율적으로 고립시킬 수 있는 레이즈 계통의 어깨 운동 중의 기본인 운동이다.

프레스 계통의 어깨 운동과 함께 레이즈 계통의 운동들을 적절히 섞어 주어 어깨 운동 프로그램을 만들어 보면 효율적인 어깨 운동을 할 수 있다.

운동 순서

1) 태권도 차렷 자세처럼 덤벨을 잡고 선 자세를 만든다.
2) 덤벨을 큰 호를 그리며 몸에서 최대한 멀리 보낸다는 느낌으로 들어올린다.
3) 이때 가슴을 펴고 견봉을 바닥 쪽으로 눌러 주어 어깨의 수축을 도와준다.

> **TIP**
> 1. 승모근의 개입을 줄이기 위해 가슴을 펴고 견봉을 바닥 쪽으로 눌러 준다.
> 2. 덤벨을 들어 올렸을 때 엄지손가락이 비스듬히 바닥을 향하도록 손목을 틀어 준다.
> 3. 저/고중량의 선택과 고립감의 변화를 위해 팔꿈치를 90도에 가깝게 구부린 채 진행한다.

3. 프론트 레이즈

삼각근의 선명도를 높일 수 있는 단관절 운동 중 전면 삼각근을 발달시키기 위한 운동이다. 프레스 동작과 달리 자극시키는 근육의 범위를 제한할 수 있고, 목표 부위의 수축에 집중할 수 있다는 장점이 있다. 낮은 저항에 반응하는 근섬유들을 자극하기 위해 저중량, 고반복으로 실시한다.

운동 순서

1. 어깨너비로 발을 벌리고 덤벨을 들어 손등이 앞을 보게 하면서 허벅지 앞에 위치시킨다.
2. 팔꿈치를 살짝 구부려 고정시킨 후 덤벨을 어깨 높이만큼 앞으로 들어올린다.
3. 다시 저항을 느끼면서 허벅지 앞쪽으로 덤벨을 내린다.

> Tip
>
> 1. 몸의 중심선 방향을 향해 덤벨을 들어 올리면 전면 삼각근을 최대로 수축시킬 수 있다.
> 2. 초보자나 여성의 경우 덤벨보다 밴드 이용을 권장한다.
> 3. 덤벨, 바벨, 케이블을 이용하여 실시할 수 있으며 인클라인 벤치를 이용해 강도를 높일 수 있다.

4. 풀업

'풀 업'은 '친 업'과 함께 턱걸이로 잘 알려져 있으며, 운동자의 체중(Body-weight)을 이용하여 실시하는 대표적인 운동법 중 하나이다. 바

매력학

를 잡아 주는 손의 방향, 손 너비, 운동 동선, 사용 기구 등에 따라 운동 부위와 자극의 정도를 달리할 수 있어, 운동자의 목적에 적합하도록 맞춤 운동을 할 수 있다는 장점이 있다. 하지만 가장 기본적이면서도 정확하게 실시하기가 매우 까다롭고 어려운 운동법이다.

운동 순서

1. 바를 어깨너비보다 조금 넓게, 손바닥이 앞을 향하도록 잡고 매달린다.
2. 양 발을 모아주거나 교차시켜 하체가 흔들리지 않도록 고정한다.
3. 호흡을 내쉬며 가슴을 바에 닿게 한다는 생각으로 팔꿈치를 당겨 몸을 위로 올려 준다.
4. 더 이상 몸을 위로 올려 줄 수 없거나 운동 부위에 느껴지는 자극이 극에 달한 지점에서 잠시 정지하고 자극에 집중한다.
5. 호흡을 들이쉬며 천천히 시작 위치로 돌아온 후 같은 동작을 반복한다.

TÍP
1. 팔이 아닌, 등의 힘으로 운동한다는 느낌에 집중한다.
2. 몸을 위로 올리려 하기보다는 팔꿈치를 아래로 당겨 내린다는 느낌으로 운동한다.
3. 어깨(견갑골)를 뒤로 젖혀 가슴을 내민 상태에서 동작을 실시하면 등 근육에 수축을 증가시킬 수 있다.

과일, 채소를 많이 먹으면 예뻐진다

과일과 채소가 몸에 좋을 뿐 아니라, 매력적으로 보이게 만들어 준다는 연구결과가 나왔다. 영국 세인트앤드류 대학 연구 팀은 18-25세 사이 백인과 아시아인 35명 피험자를 대상으로 과일과 채소가 혈색에 미치는 영향을 연구했다. 그 결과, 6주 만에 피험자들의 혈색이 좋아져 외모 매력도가 향상됐다고 밝혔다.

미 학술 전문 매체 플로스 원에 실린 이 연구를 지휘한 로스 화이트헤드는 "많은 이들이 이미 권장량에 가까운 양을 먹고 있었다."며 "하지만 우리는 조금 더 먹는 것이 사람들의 혈색 변화를 가져올 수 있다는 것을 발견했다."고 설명했다.

건강한 육체는 건강한 음식에서 나온다. 싱싱한 채소를 많이 섭취할 수록 몸에 건강과 피부에 도움이 된다. 채소에는 여러 종류의 비타민이 들어 있는데, 그중에서 채소가 주요 공급원이 되는 것은 비타민 C와 A로 채소의 종류와 재배 조건, 저장 조건 등에 따라 그 함량이 달라진다.

비타민 A

채소에는 베타카로틴 형태로 비타민 A가 풍부하게 함유되어 있는데, 베타카로틴은 체내에서 비타민 A로 변한다. 당근, 호박, 고추, 황색 고구마 등의 등황색 채소와 시금치, 고춧잎, 무 잎 등 녹엽채소에 많이 함유하고 있다.

매력학

비타민 B군

비타민 B1과 B2는 두과채소와 단옥수수, 시금치 등에 다량으로 들어 있는데 B2는 녹엽채소에 상당량 들어 있다.

비타민 C

비타민 C는 신선한 엽채류와 과실에 많이 들어 있다. 특히 파슬리, 피망, 딸기, 토마토, 무잎, 쑥갓, 상추 등에 풍부하다. 비타민 C는 매우 불안정하여 신선도를 유지하는 동안에는 안전하나 가열, 건조 등으로 쉽게 산화되어 파괴되므로 가급적 신선, 무해 상태로 먹는 것이 바람직하다.

미네랄

인체의 건강한 발육과 건강 유지에는 여러 종류의 미네랄이 필요한데 이들 대부분은 보통 식사로 섭취할 수 있어 별로 문제가 되지 않으나, 소요량이 많은 칼슘과 인(P)과 중요성이 높은 철, 요오드의 섭취에 유의할 필요가 있는데, 채소는 이들 무기물의 좋은 급원이 된다.

🐱 4. 여자가 여성에게 말한다

여자라면 떠나지 않은 친구가 한 명 있다. 바로 '다이어트'이다.

여성은 다이어트를 계속 도전하고 노력함에도 불구하고 항상 실패를 겪는다. 항상 실패를 하지만 포기할 수 없는 친구이기도 하다. 참 아이러니한 상황이다. 한때 필자가 재미삼아 물어보고 다닌 말이 있었다. 주변에 만나서 직접적으로 물어볼 수 있는 남성들을 대상으로 설문했다.

설문의 내용은 "얼굴이 정말 예쁜 여잔데 몸은 상상할 수 없이 뚱뚱하고, 얼굴은 오크라고 불릴 정도인데 몸매는 가슴 C, D에 엉덩이 쭉쭉빵빵에 비율도 좋다. 누굴 택하시겠는가?"였다. 물론 아주 이상적으로 "얼굴이 예쁜 여잘 만나서 같이 살 뺄래요."라고 대답하는 남성분들도 종종 있었지만 아주 인상이 깊은 대답이 있었다. "저는 몸이요, 얼굴 보는 재미는 없지만 몸은 재밌잖아요."였다. 여자라면 불쾌하게 들리겠지만 남자들의 진심이 담겨 있는 대답이다.

☿ 마른 여성은 오히려 아름답지 않다.

여성은 대개 빼빼 마른 여성이 여성답고 육체적인 매력을 지닌 사람이라고 생각한다. 그리고 그런 생각들이 만들어 낸 결과가 너무나 아쉽다. 바로 여성들은 몸무게에만 민감하다. 그리하여 여성분들이 다이어트를 하게 되면 희망하는 몸매가 대표적으로 소녀시대와 같은 빼빼 마른 스키니 분들이 탄생한다는 것이다. 먹고 싶은 음식들을 다 참아 가며 겨우 간신히 살을 뺀 여성분들에게 미안하지만 그저 볼품없이 마른 여성분들은 남성에게 육체적 매력을 가지고 있는 게 아니다.

확실히 기성복 세대인 현 시대에서 같은 옷을 입더라도 뚱뚱한 체형을 가진 여성보다는 마른 여성이 입었을 때가 아름다울 때가 더 많긴 하다. 하지만 이러한 일이 잦다는 것만 말하는 거지 항상 아름답다는

매력학

게 아니다. 오히려 여러분들이 말하는 뚱뚱한 여성이 마른 여성보다 아름다울 때가 있다는 점이다. 그러니 육체적 매력이 무엇인지 자세히 알아보자.

첫째, 볼륨감이다

볼륨감은 여성분들이 많이 신경 쓰는 가슴과 엉덩이 쪽에 관련됐다.

지나가는 남성분들은 붙잡고 물어봐라 열에는 열 만장일치로 가슴 컵 크기가 A컵인 여성보다 B컵 이상의 여성을 좋아한다. 그건 바로 A컵인 여성은 볼륨감이 떨어져 있기 때문이다.

볼륨감은 탄력이 있어 보이는 효과를 주기 때문에 생기 있는 사람으로 보인다.

볼륨감 덕분에 덩달아 건강미도 넘치는 사람이 된다. 그래서 당연히 남자들은 본능적으로 가슴이 큰 여성을 좋아하게 된다. 그렇다고 남성은 무작정 가슴이 큰 여자만을 좋아하는 게 아니다. 남자는 여성의 가슴이 한 손 크기에 들어오는 B, C의 크기를 좋아한다. 그러니 여성은 가슴 사이즈가 B, C이기만 하면 된다. 허나, 안타깝게도 우리나라의 70%의 여성은 A컵인 여성이다. 하지만 이게 선천적인 일이기만 한다면 나열하지도 않았다. 죽을 각오로 노력한다면 가슴 크기는 얼마든지 달라질 수 있다.

가슴 근력운동을 해라

가슴 운동을 통해서 가슴에 근육을 키워 근육으로 지방을 모아 풍만하게 하는 방법이 있다. 우리는 운동을 살을 빼기만 하기 위해서 하는게 아니다. 근육을 키워 탄력 있는 몸매를 만들어 볼륨감을 형성하며 매력이 넘치는 사람을 만드는 것이다. 그러니 걱정하지 말고 가슴운동을 시작해라. 그러면 아무리 AA일지라도 당신은 C, D가 될 수 있다. 그 후 볼륨감을 위해 신경을 써야 하는 것은 앞서 말했지만 바로 엉덩이이다.

엉덩이도 탄탄하게 신경 써라

남자들이 깡마른 여자를 싫어하는 근본적인 이유는 바로 여기에 숨어 있다. 사람에게는 가장 아름다운 비율이 있고 그 비율 중 하나는 바로 허리 대 엉덩이 비율이다. 가장 매력적인 비율은 바로 0.7 : 1이다. 그래서 깡마른 여자들은 허리도 얇고 엉덩이 또한 얇기 때문에 비율 자체는 0.7를 넘는 0.8~0.9 사이에 들어간다. 그렇기 때문에 때로는 뚱뚱한 여자 중 허리가 얇고 엉덩이가 좀 크다면 비율이 0.7에 가깝기 때문에 깡마르기 만한 여성보다 아름답게 보이게 되는 것이다. 그러니 여성이라면 이 비율에 신경을 써야 한다.

또한 비율에만 신경 쓴다고 무조건 엉덩이를 키우거나 허리를 얇게 하면 안 된다. 당연히 엉덩이에서도 탄력을 느껴야 한다. 왠지 계속 찰싹찰싹 때리면 탱탱해서 장난치고 싶은 마음이 들 정도로 말이다. Hip-up 또한 엉덩이 근력운동으로 키울 수 있으니 노력하자.

매력학

계속 글을 읽으면서 결국 운동밖에 방법이 없는지 좌절을 하고 있는 게 보인다. 물론 인조적인 방법은 많다. 하지만 일시적이고 건강에 나쁘기 때문에 제일 먼저 가장 안전하고 건강한 정석적인 방법을 말한 것이다. 하지만 운동에 실패한 사람이나 도저히 할 수 없다고 판단을 한 사람이라면 지금 당장 지갑을 들고 성형외과를 찾으면 된다. 찾아서 자신이 원하는 몸매를 말하며 전문의와 함께 상담을 하며 고치면 된다.

하지만 성형은 가장 최후의 수단으로 쓰길 바라기 때문에 여성분들의 다이어트 실패 혹은 운동 실패를 막고자 실패 원인에 대한 해결책을 가져왔다. 운동을 실패하는 이유는 분명 여러 가지이다. 시간이 없거나 운동 방법을 모르거나 귀찮다 등 여러 가지 이유이다. 이런 기타 이유들은 개인이 조절해야 하는 부분이므로 각자 개인에게 맡긴다면 딱 한 개의 이유가 남는다. 바로 몸에 변화가 보이질 않아서다.

여성의 민감한 심적 변화를 예방하기 위해 보정속옷을 입자

힘들게 살을 빼거나 근육운동을 함에도 불구하고 눈에 띄는 변화가 빨리 찾아오지 않아 여성분들이 심적으로 지치게 되어 중간에 그만두게 되고 결국엔 실패의 쓰라린 경험을 한다. 그래서 이 심적인 변화를 막기 위해 뽕을 사용하자. 흔히 우리가 뽕이라 부르는 패드는 브래지어에서 패드의 크기에 따라 상당히 큰 가슴으로 보이게 된다. 엉덩이 부분에는 엉뽕이라 하는 엉덩이가 Hip-up 모양을 유지할 수 있는 속옷을 입자.

시각적 효과는 정신을 지배하기 때문에 당신은 신 나게 운동을 할 수 있다. 또한 남자는 시각적인 동물이기 때문에 당신이 인위적인 방법으로

매력학

매력적 몸매를 만들더라도 좋아한다. 그 후 당신과 잠자리를 가지더라도 당신을 이미 좋아하는 상태이기 때문에 상관하지 않으니 걱정하지 말자.

또 한 가지 tip을 드리자면 여성분들은 브래지어를 착용하는 방법을 제대로 알자. 착용할 시 고개를 숙여 겨드랑이부터 밑에서 쓰다듬으며 착용한다. 하지만 많은 여성들은 똑바로 서 있는 상태에서 바로 착용하기 때문에 속옷이 제 기능을 하지 못한다. 그러니 정확하게 속옷을 착용하자.

자세 교정을 하자

지금 책을 잠시 내려놓고 실행하길 바란다. 허리를 세우고 어깨를 펴는데 현대 사람들은 몸을 웅크리는 버릇이 있기 때문에 어깨 방향 자체가 안쪽으로 휘어 있다. 그러니 바깥쪽으로 빼면서 어깨를 펴 본다. 목은 반듯하게 서서 옆으로 선 모습으로 거울을 보라. 허리를 세웠기 때문에 움푹 들어갔다. 그렇기 때문에 엉덩이부터 목까지 올라가는 라인이 S라인이다. 당신이 지금 취한 자세가 인간이 가장 건강한 자세이며 아름다운 자세이다. 또한 잠시 자신의 가슴을 보라. 평소에 굽어 있을 때는 보이지 않았던 가슴의 크기가 유독 더 커 보이지 않는가? 자세 하나만으로 당신의 가슴 크기가 달라졌다.

건강을 지켜라

동물이라면 본능적으로 행해지는 일이 있다. 바로 번식이다. 새로운 환경에서도 잘 적응할 수 있는 뛰어난 유전자를 가진 후손을 번식해야 한다. 후손에서 뛰어난 자가 나오기 위해서는 당연히 먼저 존재한 동물들이 뛰어나야 그 확률이 크다. 그래서 사람은 건강한 사람을 예전부터 원했다. 건강한 사람이 자식을 많이 낳고 유전적으로 훌륭한 사람을 낳기 때문에 현 시대 또한 그런 사람을 원하고 있다.

그 예로 여성은 몸 좋은 사람(여성 또는 남성)을 보게 되면 괜히 나를 지켜 줄 거 같고 남성다움(여성다움)을 느끼고 호감을 느낀다. 그러니 여성도 건강해야 한다. 건강을 위해서 올바른 자세, 올바른 식습관 등을 가져야 한다.

잠시 필자의 이야기를 하자면 어린 시절 짧게는 3개월 길게는 1년 동안 해야 하는 프로젝트를 자주 맡는 편이였다. 긴 시간에도 불구하고 워낙 방대하고 필요한 요소들이 워낙 많아 프로젝트 기간 동안에는 하루에 한 끼 혹은 아예 먹지 않고 잠 또한 2~3시간만 잤다.

이러한 생활을 지속하다 보니 한때는 몸이 감당하지 못해 결국은 1년 동안 병원 신세를 지게 되었다. 병원에 계속 있다 보니 자연스럽게 혼자 생각할 시간이 많이 생겼다. 그때 깨달았던 사실이 세상은 참 허무하다. 그동안 최선을 다해 노력했지만 결국은 아프고 나니 그동안 쌓았던 것은 무용지물이 되고 할 수 있는 일이 없었다. 그렇게 우여곡절 끝에 다시 복귀했을 때는 지난 수년간의 노력을 처음부터 다시 시작해야 했다. 굳이 아픈 기억을 꺼낸 이유는 이만큼 건강이 중요하다는 것이다.

지금 자신의 꿈을 위해 노력하고 있지 않는가? 남들보다 덜 잤고 남들보다 배는 열심히 노력했다. 그런 사람이 건강을 버린다면 한순간에 무너지기 너무 쉽다. 그러니 삶을 위해서 건강을 지켜라.

매력학

5. 유머 감각 - 본격적인 유머 감각 기르기

지금 인기 개그맨 유재석이 대중적으로 인기 얻는 이유를 앞에서 분석했다. 여러 가지 이유가 있지만 가장 큰 매력의 핵심은 유머다. 그는 재치가 넘치는 사람이기에 모든 이를 웃겨 준다. 그런 유머가 더 이상은 텔레비전 속에만 존재해야 하는 것이 아니다. 예전에는 부부여도 손을 잡고 돌아다니는 것은 생각도 못한 일이였지만 지금 시대에선 가족보다 더 친근한 사이를 유지하는 연인들이 넘쳐 날 정도로 사람과 사람이 가까이 지내기 때문에 개인마다 각자의 개성이 담긴 유머가 필요하게 되었다. 그리고 그 유머를 잘 이용하는 사람이 인기를 얻는 시대가 도달했다.

활발한 에너지를 가져라

모임 활동을 가면 유난히 목소리가 크고 미소도 활짝 웃어 보는 사람마저 유쾌한 감정을 주는 사람이 꼭 한두 명씩은 있다. 그런 사람이 모임의 분위기를 주도하며 그 사람이 집에 간다고 하면 모든 사람이 아쉬

워할 정도로 찾는다. 그 까닭은 사람들마다 고유한 에너지를 가지고 있다. 그 에너지는 사람의 활동력을 좌지우지하는데 발산하는 양에 따라 성격이 달라진다. 이건 고유한 성질이기 때문에 사람마다 다른 특성을 가지며 크게 세 가지로 분류한다.

1. 높은 에너지 방출 ➡ 활발한 에너지
2. 낮은 에너지 방출 ➡ 침착한 에너지
3. 중간 에너지 방출 ➡ 침착과 활발의 중간 에너지

1번의 해당되는 (높은 에너지의) 사람은 다음과 같은 특징이 나타난다.

제스처가 많다, 보디랭귀지가 크다, 대화 도중 시야의 이동이 많다, 말이 빠르다, 목소리의 톤이 높다

2번에 해당되는 (낮은 에너지의) 사람은 다음과 같은 특징이 나타난다.

제스처가 적다, 보디랭귀지가 작다, 대화 도중 시야의 이동이 적다, 말이 느리다, 목소리의 톤이 낮다

기본적으로 1번과 2번은 반대의 성향이 나타난다. 그렇지만 사람의 고유한 에너지이기 때문에 더 좋고 덜 좋은 가치적 싸움은 할 수 없다. 다만, 유머의 관점에서 보자면 좀 더 가져야 할 에너지는 바로 1번에 해당된다.

일반적으로 높은 에너지 사람의 겉으로 보이는 특성은 '유쾌하고 즐거워 보인다'는 장점을 보유하지만 이런 장점 뒤에는 단점이 '진중하지 못하며 믿음이 가지 않는다'는 느낌을 준다. 반대로 낮은 에너지의 특성을 가졌을 경우에는 '진중하며 무게감이 있다'는 장점을 가지지만 '다가가기

매력학

힘들다'는 단점을 가지고 있다. 그래서 이 사이에 있는 중간 에너지 사람은 이 둘의 특성을 반씩 존재한다.

자신의 매력적인 모습을 보이기 위해서 세 가지 에너지 중 어떤 모습을 보여야 하는지 결정하기가 쉽지 않다. 그렇지만 어떤 에너지이든 각각의 에너지마다 장점이 존재한다. 그래서 다 가지고 있다면 완벽한 사람이 되기 때문에 자신이 기본적으로 가지고 있는 성향의 반대편을 연습하자. 에너지는 한 가지 이상으로 다 가질 수 있으니 걱정하지 말자. 그래서 활발한 에너지가 있어 유쾌하고 주변인에게 기쁨을 주지만 때로는 낮은 에너지가 방출되어 진중하고 신뢰 있는 사람이 되어 멋진 사람이 되자.

유머가 어려운 이유

많은 사람들이 유머 있는 사람이 되기를 원하고, 이를 공부한다. 노력할수록 유머 감각이 늘어나는 것은 사실이다. 하지만 많은 사람들이 유머의 학습 방향을 잘못 잡고 있다. 창조의 시작은 모방이란 말도 있기는 하지만, 대부분의 사람들은 항상 어디서 들은 내용을 가져와 반복할 뿐이다. 유머가 어려운 이유는 단지 웃기기 위해 머리로만 외우고 입으로만 유머를 전달하기 때문이다.

설명하는 순간 유머가 아니다

유머는 순간에 꽂혀야 한다. 머리로 이해하고 "아!"라고 소리치는 것은 너무 늦다. 특히 이해시키려고 하지 마라. 유머는 왜 웃긴지를 설명해야 하는 그 순간 더 이상 유머가 아니다.

"아 그게 아니라……."
"그러니까……."
"어떻게 된 거냐면……."

따위의 사족을 다 빼라. 그러한 표현을 자주 쓰는 것은 상대방의 동의를 구하는 무의식적인 표현이다.

당신은 또한 각본을 설정하지 말아야 한다.

"내가 지금부터 재미있는 얘기 하나 할게."
"야! 재미있는 얘기 하나 들어볼래?"
"내가 이거 얼마 전에 들은 건데 진짜 재밌어."
"내가 개그 하나 할까?"

등으로 유머를 시작하지 마라. 위와 같은 말들로 시작하는 유머는 실제로 재미있는 말이어도, 들으면 썰렁하고 재미없어지는 걸 깨닫게 될 것이다. 아무 때나 유머를 꺼내지 마라. 상황에 맞는 유머만을 사용하라.

매력학

갑자기 생각지도 못한 데서 터져 나오는 유머. 그것이 진정한 웃음을 준다. 즉, 미리 준비했던 스토리 식의 유머는 하지 말라는 얘기다.

유머를 감각을 기르기 위한 습관

평소에 아래와 같은 습관을 들여놓으면 유머 감각을 기르기 좋다.
- 상대방에게 신뢰감을 먼저 쌓는다.
- 주변의 재미있는 사람과 어울린다.
- 장소와 상황을 파악하는 연습을 한다.
- 대화의 결과보다는 대화 자체를 즐기기 위해 노력한다.
- 평소에 자주 웃는 연습을 한다.
- 창의력이 풍부한 소설을 읽는다.

유머의 시작은 경청으로부터

사실 유머의 시작은 경청으로부터 시작된다. 자기 말하는 데만 신경 쓰지 마라. 상대를 배려하라. 말을 많이 해야 잘나 보이는 건 아니다. 말을 많이 해야 주도권을 잡는 것도 아니다.

유머의 정점 – 반전법

가끔은 생각지도 못하는 데에서 자신도 모르게 웃음이 터져 나올 때가 있는데, 이러한 경우중 하나는 바로 반전이 있을 때이다. 다른 사람들이 모두 결말을 예상하고 있을 때, 예상과 다른 결말이 나온다면, 그제야 웃음보가 터지는 것이다. 모든 유머 구성은 기본적으로 반전법이 주를 이루며 이 외에는 연좌 연상법, 동음이어, 뉴 발상법, 과장법 등이 있다.

연좌 연상법은 비슷한 사물을 빗대어 표현하는 방법이다. 가령 연예인 노홍철의 코를 한라봉으로 부르는 것과 같다. 동음이어는 발음이 비슷한 단어를 다른 뜻으로 해석하는 방법으로 연예인 임원희에게 "어느 회사 임원이세요?"라고 말하는 것이다. 뉴 발상법은 새로운 관점에서 하나의 스토리를 해석하는 것으로서, 가장 큰 창의력이 요구된다. 뉴 발상법을 잘 사용하는 개그맨으로는 신동엽이 있다. 마지막으로 과장법은 사물을 극도로 과장하여 표현하는 방식으로 개그맨 유세윤이 가장 잘 사용한다.

쉽게 아래의 예시를 보도록 하자.

예시

> "있잖아, 내 눈은 너를 보기 위해 있어. 내 귀는 너의 목소리를 듣기 위해 있어. 내 입은…… 매끼니 챙겨 먹으려고 있다!"
> (상대가 지각했을 때) "너는 십이지장 말고 다른 장이 몸속에 있나 보다." (상대가 대답한다. "뭔데?") "늑장! 빨리 안 튀어 올래?"
> 이는 매우 심플한 반전 문장이지만, 새벽에 감성이 무르익을 쯤에 연인과의 대화에서 사용한다면, 웃음을 불러일으킬 수 있다. 이것이 바로 반전유머의 힘이다.

매력학

당신이 남성이라면 - 여성의 곤란한 질문을 유머로 넘기기

당신이 남성이라면 간혹 주변 여성들하고 친하게 지내거나, 새로운 여성과 친해지다 보면 농담을 주고받을 기회가 생긴다. 그런데 모든 여성들은 본능적으로 은근히 상대를 곤란하게 만들거나, 놀리는 듯한 농담을 던져 놓고선 당신의 대답이나 반응을 보고 당신이 리더적인 성격을 가지고 있는지 판단한다.(이러한 판단은 여성의 머리에서 무의식적으로 작용한다. 여성한테 직접 물어봐도 본인조차 그것이 테스트였는지 모르는 것이다.) 테스트가 아니었으므로, 결과도 바로 'xx점'처럼 나오는 것이 아니지만, 이 테스트에서 반복적으로 실패한다면 여성의 무의식에는 당신이 어느새 매력적이지 못한 남성으로 찍혀 있음을 알아야 한다.

유머 대처법 예시 1

가령, 많은 남성들이 고민하는 '키(신장)'로 예를 들어보자.

1) 오빠는 근데 키 작아서 불편하지 않아?
2) 오빠는 키가 왜 이렇게 작아?
3) (키 작은 남자에게) 오빠, 키 몇이야?

이런 대답에 대부분의 남성들은 대답을 얼버무리거나, 매우 당황해하거나, 변명거리를 찾거나, 혹은 정말 간혹 가다 미안해하는 남성들도 있다. 항상 여성들의 갑작스러운 급소를 찌르는 공격에 남성들은 당황하고 허둥지둥 그 상황을 모면하려 변명하는 경우가 많다. 하지만, 매력을 연습하는 당신이라면 이런 상황을 유연하게 대처할 수 있어야 한다. 우리

는 일반적인 사람과는 다르다.

이러한 공격을 유머로 넘기는 것은 매우 좋은 행동이다. 이것은 당신이 매우 여유로운 사람이라는 것을 뜻하며, 일반적인 남성이 이 상황에 놓였을 때 자신의 매력을 깎아 먹는 중이라면, 당신은 여기서 플러스 점수를 얻어낼 수 있다는 것을 뜻한다. 1)번 대답부터 차례대로 유머러스하게 넘겨보자.

유머 대처법 (1)번 대답

- 그런데 키 작은 내가 어디가 그렇게 좋은 건데? (뉴 발상법)

유머 대처법 (2)번 대답

- 너보단 커. 이 계집애야. (반전법)
- 아~ 내가 고소공포증이 있어서. (뉴 발상법)
- 그거 우리 동생 잠깐 빌려줬는데. 왜? 필요해? 너도 빌려줘? (연좌 연상법)

유머 대처법 (3)번 대답

- 우리 집 키는 번호 키라서 알려줄 수가 없겠는데~? (동음이어)
- 15센티……. 아, 키? (뉴 발상법)
- 키? 얼마나 원하는데? 우리 집에 깔창 서른여덟 개 있어. 원하는 키에 맞춰 줄게. (동음이어, 연좌 연상법)
- 2미터 조금 안 돼요. 그쪽 몸무게는요? (과장법, 반전법)

매력학

아직도 대처가 어렵다면 다른 예시를 보자. 이번에는 '나이'로 예시를 들어보겠다.

1) 나이가 어떻게 돼요?

2) 너무 어려 보이는데? / 너무 애기 같다~.

3) 나보다 열 살이나 더 많다구요? 완전 아저씨네요?

유머 대처법 (1)번 대답

- 올해로 여든 일곱이요. (과장법)

- 일곱 살이요~. (축소법)

유머 대처법 (2)번 대답

- 음? 어려서 내가 좋다구? 벌써 나한테 빠지다니~. (반전법)

- 영계가 몸보신에 좋다던데~. (연좌 연상법)

유머 대처법 (3)번 대답

- 아저씨라니! 그 정도면 할아버지지! 늙은이한테 왜 그러세요, 아줌마. (반전법)

이러한 테스트를 능구렁이처럼 넘어갈 수 있게 감각을 기르도록 하자. 능구렁이처럼 능글능글한 자세가 필요하다. 오히려 여성들의 테스트가 우리에게는 위기가 아니라 기회인 것이다.

5. 여자가 여성에게 말한다

유머는 듣는 것부터 시작된다

많은 여성들은 소극적이다. 그래서 대화의 주제를 처음에 꺼내는 것은 대부분의 남자가 시작하기 때문에 대화를 리드하는 것이 마치 남성으로 보인다. 허나 실제적인 대화의 리드는 바로 듣는 이에 따라 달라진다. 그렇기에 우리는 열심히 잘 들어야 한다. 그렇기에 잘 듣는 연습부터 하자.

대부분의 여성은 도시적인 여성의 이미지를 좋아하기 때문에 차갑고 냉담하다. 그리고 다리를 꼬꼬 앉는 습관 덕분에 자세 자체가 틀어져 있다. 그러니 가장 기본적인 것을 고친 후 당신의 에너지가 밝아져라. 밝아지기만 해도 당신은 무의식 중 즐거운 사람으로 변신을 한다. 당신이 개그맨이 아닌 이상 웃기려고 노력하지 않아도 된다. 받아치기만을 잘해라. 그렇다면 당신은 이미 매력적인 여성이 되어 있다.

매력학

6. 나이 - 당신의 인생은 오직 한 번뿐이다

♂ 매력을 뿜어내기 가장 아름다운 시기

20대에서 30대의 사람들을 대상으로 조사를 한 결과 한 가지 흥미로운 사실을 알게 되었는데, 그것은 사람들이 자신의 시간을 많이 소중하게 여기지 않는다는 것이다. 어디서나 들었을 법한 뻔하고 뻔한 이야기지만, 그만큼 중요한 말이 있다. "흘러간 시간은 돌아오지 않는다. 그리고 지금 이 시간 또한 다시 돌아오지 않는다."

남성이 가장 매력적으로 보일 수 있는 시기는 약 25세를 전후로 해서 35세 전후까지이다. 여성이 가장 매력적으로 보일 수 있는 시기는 16세를 전후로 해서 24세까지이다. 남성은 그의 신체 골격이 완성되고 완전한 근육이 형성된 시기, 과거로 거슬러 올라가면 선사시대에는 사냥감을 잘 잡을 수 있는 몸이 완성되는 시기에 상대방이 가장 매력을 느낀다.

여성은 가슴과 엉덩이 허리둘레의 비율이 가장 아름다운 시기, 그리고 과거로 거슬러 올라가면 선사시대에 가장 아이를 잘 낳을 수 있는 몸이 완성되는 시기에 상대방이 가장 매력을 느낀다. 고로 이 시기는 헛되이 흘러보내기 너무나도 아까운 시간이다.

✛⚲ 20대의 얼굴을 유지하라

많은 사람들이 연예인을 부러워하는데, 그들을 부러워하는 것 중 하나는 그들의 동안 외모이다. 거의 대부분의 연예인들은 그들의 나이보다 한참 젊어 보인다. 그 이유는 그들이 꾸준한 관리를 매일매일 하고 있기 때문이다. 특히나 남성은 여성이 나이가 자신보다 많아도 그 여성이 20대의 얼굴을 지니고 있다면, 그 여성에게 호감이 생기곤 한다. 즉 실제 나이의 중요성보다도, 겉으로 보이는 나이가 훨씬 더 중요하다는 얘기다. 나이는 일단 피부와 주름에 크게 영향을 받는다. 피부를 항상 관리하려고 노력하고, 주름을 없애는 마사지를 자주 하도록 하자. 젊었을 때 한시라도 빨리 관리를 시작하는 것이 효과적이다.

✛⚲ 당신이 나이 많은 남성이라면, 나이를 밝혀라

여성이 남성을 바라볼 때, 자신보다 나이가 많으면 자신보다 높은 자원 접근율(많은 자원을 보유하고 있을 확률)이 높다는 생각이 무의식중에 깔리게 된다. 이것은 여성이 눈치채지 못하는 도중에 일어나며, 그녀들은 이것을 호감의 코드로 변형해서 있는 상황을 해석한다. 따라서 남성은 나이에서 우러나오는 경험이나 스토리를 이야기하는 것으로 매력을 방출할 수 있다. 일단은 해박한 지식을 쌓기 위해 책을 읽어 나가는 것을 추천한다.

매력학

🐈 6. 여자가 여성에게 말한다

여성들은 나이가 차오르기 시작하면 남자에 비해 사회적으로 바뀌는 인식의 속도가 매우 빠르기 때문에 심리적 변화가 심하다. 어렵게 대학이란 사회에 들어왔을 때의 나이는 20~22세, 들어오자마자 들리는 소리는 학점 관리에 철저히 하라는 말뿐이라 1~4학년을 시험에 허덕이며 간신히 보내자마자 어느새 취업 준비생이 된다. 지금 취업하기 어려운 시기에 걸맞게 사람들은 짧게는 1년 길게는 10년 동안 준비한다. 실제로 중·고 계약직(자격증은 있지만 임용고시를 통과 못한 사람) 교사 후보들조차 흔히 명문대라 말하는 서울대, 연세대, 고려대 사람들이고 나이는 30대 중 후반이다. 임용고시도 아닌 그저 계약직조차에서도 이런 현상이 벌어질 정도로 취업불황이다.

이런 불황에서 간신히 취업을 하고 나니 벌써 내년이 30세 또는 이미 30대가 되어 버렸다. 취업을 했으니 이젠 더 이상 고민이 없어 보이지만 결혼의 문제가 남았다. 남자에겐 미안한 풍습이 현 시대에 집을 남자가 장만하는 게 우리나라에 남아 있다 할지라도 여자도 평균 3천만 원을 혼수비로 준비해야 한다. 갓 취업한 상태이기에 3천만 원을 준비한 상태가 아니다. 그러니 결혼을 하기 위해선 결국엔 대출을 받고 빚쟁이 신세가 된다. 사회 비판을 뜻하는 게 아니라 이런 암울한 빚쟁이 굴레에서 사람이기 때문에 당당히 벗어나야 한다. 그래서 그 벗어나는 가장 쉬운 방법은 매력적인 사람이 되는 것이다. 왜냐하면 매력적인 사람은 평범한 사람보다 승진의 기회가 많고 인정받기도 쉽기 때문이다.

✿⚥ 더 좋은 상황을 위해 끊임없이 선택하라

당신이 좋아하는 연예인을 떠올려 봐라. 그 연예인을 좋아하는 이유가 무엇인가? 이것에 대답하라 하면 90% 이상은 "잘생겼어요."라는 대답을 한다.

당신이 핸드백을 샀다. 왜 샀느냐고 물어보면 역시나 대답은 위에 맥락과 같다. "예뻐서요."

사람과 물건을 비교했다고 비도덕적으로 보인다면 다시 생각하길 바란다. 왜냐하면 고르는 행위 자체는 인간이라면 다 겪는 행위 중 하나이다. 그것을 사람들은 선택이라 정의했다. 사람도 물건도 다 선택의 과정을 걸쳐 손에 쥐게 된다. 어떤 선택을 하는지는 각 개인의 기준이지만 사람을 선택할 땐 외모가 선택의 처음 길이다.

여자들은 시각에 민감한 남자들 덕분에 외모에 신경을 남성보다 더 많이 써야 한다. 또 남성 때문이 아닌 같은 동성인 여성은 외모로 경쟁을 다투기 때문에 살아남기 위해 자신을 가꿔야 한다. 여성이 외모를 가꾸는 가장 효과적인 방법은 최대한 어려 보이게 가꿔라. 효과의 원리는 생물학적으로 여자가 가장 신체 능력이 뛰어난 나이가 18~24세이다. 그러기에 남성은 잠재적으로 신체 능력이 뛰어난 나이대인 여성을 원하고 찾고 있다. 그래서 만약 이 범위에 벗어난다면 시각적으로 최상의 나이에 들어가게 해야 한다. 그에 대한 간단한 방법은 동안 Make-up이다.

투명 Make-up을 해라

한때 우리나라를 뒤흔들어 버린 화장법이 존재하는데 그건 피겨스케

매력학

이팅 선수 김연아와 가수 가인으로 인해 유명해진 스모키 화장이 있다. 이 화장법은 여성에게 선풍적인 인기를 얻었지만 남자들에겐 기피 대상에 손꼽힌다. 기피할 수밖에 없는 이유가 그것은 남성들보다 더 기가 센 강한 여성으로 보여 나이가 들어 보이는 효과가 발생하게 되었고 위에서 말한 최상의 나이 범위에 벗어났음으로 남성은 당연히 싫어하게 된다. 그러니 투명 Make-up에 도전하자. 갓 스무 살처럼 보이게 하면 요즘 대세인 연상연하의 커플은 식은 죽 먹기다. 동안 Make-up의 핵심은 다크서클과 입체감! 다크서클은 최대한 가리고 나비존(볼살 부위)에 생기가 돋게 보이는 분홍색 볼터치를 해라. 볼터치는 신체적 나이가 어린 여자는 볼이 빨간 것처럼 보인다.

촉촉한 피부는 필수

화장이 동안의 비결이 끝이라면 좋겠지만 다른 곳도 관리를 해야 하고 그곳은 피부이다.

여자는 남자에 비해 노화 속도가 빠르고 피부는 민감한 특징이 있어 천성적으로 타고난 사람이어도 피부는 관리를 하지 않으면 한순간에 탄력을 잃으며 급속도로 노화가 온다. 피부의 탄력을 잃지 않는 방법으로 항상 수분감 유지와 애교 살 관리이다. 눈가의 입체감이 떨어지는 순간 삵아 보이는 건 순식간이다. 그래서 애교 살이 없는 사람들은 밋밋해 보이고 심하면 아파보이기도 한다. 그래서 애교 살 또한 탄탄하도록 노력해라. 이 둘의 관리를 위해 인공적인 방법은 보톡스가 있다.

가장 아름다운 시기에 활동하라

지금 당장 밖에 나가라. 무언가라도 하라. 그냥 흘려보내기엔 너무나도 아깝다. 운동을 하든, 매력을 기르는 연습을 하든, 자기계발을 하든, 공부를 하든, 무엇이든 좋다. 다만, 당신을 발전시킬 수 있는 일을 지금 당장 행하라. 그리고 젊을 때, 연애를 해보고 싶다면 마음껏 하라.(미성년자는 권하지 않는다.) 마음껏 이성을 만나보고, 이성을 바라보는 안목을 길러라. 그리하면 당신은 필히 나중에 좋은 배우자를 고를 수 있을 테고, 이성을 많이 만나다보면 자기 자신도 매력적으로 변하게 되는 것을 느낄 수 있을 것이다.

이성에게로의 접근

"그냥 나가서 이성을 만나라!"라고 말한다면 막막한 사람들이 많을 것이다. 특히나 남성들이 더욱 그런 영향이 크다. 따라서 이 젊은 시기를 헛되이 보내지 않게 하기 위해 필자는 당신에게 아름다운 여성에게 접근하는 방법을 알려줄 것이다. 그리고 당신이 처한 상황과 성향에 따라 판단하는 법을 알려주어 당신에게 제일 잘 맞는 방법으로 가길 원한다.

보통 주변 사람들이 말하는 안줏거리나, 인터넷에서 떠도는 "여자에게 (속된 말로) '헌팅'을 어떻게 해야 한다. 이렇게 해라. 저렇게 해라."등의 말들은 어느 정도 잊었으면 한다. 물론 실제로 아름다운 여성에게 접근을 시도해본 사람도 있겠지만, 앞으로는 그 방식을 잊어라. 앞과 뒤를 잘라먹고 "다가가서 이렇게 말을 걸어라 저렇게 말을 걸어라." 등등의 말들

매력학

은, 그 글을 쓴 본인은 성공하였을지 몰라도 무작정 따라 하는 사람들에게는 심한 좌절과 상처를 안겨 줄 수 있기 때문이다.

접근 전에 미리 알아두어야 할 것

먼저 알아두어야 할 것이 있다. 접근이라는 것은 우리가 흔히들 많이 하고 알고 있는 미팅, 소개팅, 맞선, 인터넷 미팅 등등보다 훨씬 더 어렵다는 것을 미리 알아두어라. 왜냐하면 길거리에 걷고 있는 그녀들은 아무런 의도가 없기 때문이다. 미팅이나 소개팅, 맞선, 인터넷 미팅 등은 상대 여성이 싱글일 확률이 높다. 더군다나 그런 자리에 나간 목적이 뚜렷하기에 그나마 성공할 확률이 높다. 나이트나 클럽이라면, 그 안에 있는 80% 이상의 여성은 당연히 남성을 만나러 갔을 확률이 높다. 그렇기에 당신은 그 안에서 당신이 원하는 여성한테의 접근이 훨씬 수월하다.

랜덤 채팅도 마찬가지다. 그녀가 정말 심심해서 낯선 사람과 이야기를 하고 있다고 생각하는가? 그저 괜찮은 이성이 없나 기웃거리는 행동 중 하나에 불과하다. 소개팅/미팅이야말로 목적이 정말로 뚜렷하다. 표면적으로도, 내면적으로도 자신과 연애를 전제로 하는 만남을 하는 것이다. 하지만 길거리에서의 접근은 당신이 말을 거는 상대는 당신을 전혀 염두에 두지 않은 채 걸어가고 있었을 뿐이다.

접근의 매력 – 시간을 아끼자

그럼에도 불구하고 접근은 큰 매력을 가지고 있다. 접근을 하는 본인이 직접 상대를 선택 할 수 있기 때문이다. 또한 일반적으로 주변 환경에서 천천히 알아 가는 연애보다 훨씬 빠르게 연애 속도를 진행시켜 나갈 수 있기 때문이다. 당신은 누군가를 좋아하게 되어 매일 매일을 짝사랑으로 시간을 보내는 시간을 단축할 수 있다. 시간 단축은 당신의 나이에 관한 고민을 보다 빠르게 줄여 준다.

접근 전 갖춰야 할 생각

당신의 접근을 보다 더 성공적으로 만들기 위해, 당신은 준비해야 할 것이 많다. 먼저 당신의 제안을 받는 여성들의 심리를 생각해봐야 한다. 여성들은 보통 처음 보는 남자가 자신에게 다가오는 것을 상당히 부담스러워 한다. 그녀는 생전 처음 보는 당신이 나쁜 사람인지 좋은 사람인지 전혀 알 수 있는 방법이 없기 때문이다. 그래서 아마 당신은 접근을 한다는 것에 많은 고민을 가지고 있을 것이다. 접근을 해서 사귀는 것이 옳은지 그른지에 대한 판단 말이다.

하지만 지금 당신이 글을 읽고 있는 이 순간에도 얼마나 많은 여성들이 접근으로 만나게 된 남성과 만남을 지속하고 있으며, 사랑에 빠지고 있는 경우가 얼마나 많은지 알게 된다면 당신은 아마 깜짝 놀랄 것이다. 일단 시도해보고 판단은 뒤로 미루자.

접근의 성공률은 방법에 달렸다

당신이 만약 길을 가는 여성에게 1) "헤이~ 너 예쁜데? 오늘 오빠랑 데이트 어때?"라고 말한다면 여성은 당신에게서 도망을 가 버리거나 소리를 지를 것이다. 그렇다면 당신이 2) "이토록 눈이 부시게 아름다운 여성분은 처음 봅니다. 저랑 한번 만나보시는 게 어떠신가요?" 혹은 "연락처 좀 주시죠." 라고 한다면 어떨까? 이것은 여성이 당신을 밝히는 제비의

매력학

한 부류로 볼 가능성이 매우 농후하다. 3) "죄송한데요, 제가 이런 거 잘하는 성격은 아니지만, 그쪽이 너무 맘에 들어서 연락처를 받고 싶어서요."라고 한다면, 1, 2번 케이스보다는 확률이 높다. 왜냐하면 공손하게 다가갔고 악의가 없다는 것을 비췄기 때문이다. 그러나 이 방법 역시 성공률은 그리 높지 않다. 자신감의 결여가 가장 큰 문제이다.

하지만 접근이라는 것이 불특정 다수를 상대하는 것이다 보니 예상 밖의 결과가 나올 수도 있다. 예를 들어 1)번 케이스의 경우가 통할수도 있는 것이고 2), 3)번 케이스의 경우가 성공할 수도 있다. 다만, 통계적으로 1), 2), 3)의 형식은 모두 성공률 10~20%쯤으로 예상된다.

성공률을 50% 이상까지 끌어올리기

일단 그것은 거절에 대해 대처하는 당신의 자세에 달렸다. 처음에는 정말 많은 거절을 경험한다. 사람들은 그 때문에 상처를 받기도 하고, 금방 포기를 하기도 한다. 공교롭게도 접근의 성공률이 높은 사람들(속칭 고수들)의 전부는 그동안 굉장히 많은 횟수의 거절을 당해 왔다. 그들은 그녀의 거절을 자신의 탓으로 돌리지 않는다. 그리고 거절당한 이유를 객관적으로 분석하고 잘못된 점을 개선한다. 즉 실패를 실패로 생각하는 것이 아닌 자기 개선의 기회로 보는 것이다. 이것이야말로 성공률을 높이는 방법인 것이다.

☿ 기본으로 갖추어야 할 요소

1. 외형적인 요소를 갖춰라

외형적인 요소는 굉장히 중요한데, 이는 상대 여성이 여러분을 판단할 수 있는 잣대가 '외형적인 요소'밖에 없기 때문이다. 따라서 여러분은 최대한 자신에게 어울리는 깔끔하고 단정한 스타일을 갖추는 것이 우선이다.(잘생겨야 한다는 것을 말하는 게 아니다.)

2. 머뭇거리지 말라

마음에 드는 상대를 발견하였다면 적어도 그녀에게 다가가는 데 10초 이상 머뭇거리지 않길 바란다. 거의 바로 가는 것에 익숙해져야 하지만 이는 처음 시도하는 사람에게는 어려울 수 있다. 머뭇거리는 시간은 최대한 짧아야 좋다. 시간이 길어지면 자기 합리화가 시작되기 때문이다.

자기 합리화의 대표적인 예시

– 지금 누구를 만나러 가는 중이라 바쁘겠지?

– 저렇게 예쁜데 남자 친구가 없겠어?'

– 괜히 말 걸었다가 욕먹으면 어떡하지?

최대한 빨리 그녀에게 다가가서 말을 걸어라. 자기 합리화가 시작되기 전에 말이다.

매력학

3. 스킨십은 하지 않는 것이 좋다

그녀를 부르면서 팔을 잡는다거나 대화를 하며 그녀를 자주 터치하는 것은 나쁜 기분을 불러일으킨다. 전화번호를 받을 때는 손과 손끼리 어쩔 수 없이 스치게 되지만, 이런 자연스러운 행동이 아닌 이상 의도된 스킨십은 하지 않아야 한다.

4. 주변에 사람이 많은 곳보다는 사람이 거의 없는 곳이 성공 확률이 높다

주변의 사람이 많다면, 당신은 주변의 눈치를 분명히 살피게 될 것이다. 이것은 당신의 자신감의 하락을 불러일으키고, 당신의 성공률을 낮추는 데 한몫을 한다. 그러므로 한적한 곳을 선택하는 것이 좋다.

5. 정면으로 마주치지 마라

말을 걸려고 다가갈 때는 일직선상의 정면보다 살짝 옆 라인에서 가는 것이 좋다. 정면으로 다가간다면 그녀는 부담을 느낄 가능성이 크다.(당신은 그녀에게 있어서 처음 보는 불안한 사람이기 때문이다.) 따라서 일직선상에서 살짝 옆으로 비껴간 위치로 다가간 후 말을 거는 것이 중요하다.

6. 그녀를 멈춰 세워라

당신은 상대에게 말을 걸기 전에 그녀를 멈춰 세우는 일이 필요하다. 그렇게 하지 않는다면 그녀는 가던 길을 계속 가며 여러분의 말을 무시해 버릴 것이다. 당신이 초보일 때 만약 멈춰 세우지 않고 졸졸 따라가며 말을 건다면 이때 굉장한 좌절감을 맛 볼 것이다. 특히나 주의

할 점은 절대로 뒤에서 말을 걸지 말라는 것이다. 그녀들은 모르는 사람이 뒤에서 말을 거는 것을 굉장히 무서워한다.

7. 몸을 편안하게 하라

접근 시 대화를 할 때에는 필요 이상으로 많은 손짓 발짓을 하지 마라. 이는 상대에게 절박함을 보일 수 있는 요소로 작용할 수 있다. '나는 당신의 번호가 꼭 필요해요 제발 부탁해요.'와 같은 절박함 말이다. 최대한 손짓과 발짓은 자제하고 자신이 서 있을 수 있는 자세에서 편안한 상태를 택한 후에 그 상태를 유지하며 편안함을 보여라.

8. 미소는 자연스러워야 한다

접근 시 편안한 미소와 함께하는 것은 좋지만, 너무 큰 웃음 역시 절박함을 보일 수 있다. 박장대소하듯이 크게 웃는다거나, 자연스럽지 않은 억지 웃음을 짓는 것 역시 상대에게 절박함을 보일 수 있으니 피하길 바란다. 자신이 지을 수 있는 편안한 미소를 거울을 보고 계속해서 연습하라.

9. 개인 공간을 침범하지 마라

사람은 모두다 개인적인 공간을 가지고 있으며, 그 공간은 자신을 중심으로 두 걸음 반 정도이다. 모르는 사람이 바로 코앞까지 얼굴을 들이밀고 말을 거는 것은 굉장한 불쾌감을 불러일으킨다. 문화마다 개인적 공간의 차이가 다르긴 하지만 그와 상관없이 일반적으로 길에서 접근하는 경우는 보통 상대와 '두 걸음 반' 정도의 거리를 두고 이야기하는 것이 바람직하다.

매력학

10. 상대가 하던 행동을 저지하지 마라

상대가 통화를 하면서 가고 있다면 통화가 끝날 때까지 기다리는 것이 좋다. 상대는 당신을 위해 자신이 하고 있는 통화를 멈추고, 당신과 대화를 할 확률은 극히 드물다. 아마 상대가 통화를 하고 있을 때 말을 건다면, 상대는 여러분을 마치 포교 활동을 하는 종교단체의 일원으로 보일 수도 있다. 이런 상황에서 상대는 당신을 무시해 버릴 확률이 크다.

접근의 구체적인 방법

위의 기본적인 사항을 전부 숙지하였고, 접근을 시도할 마음의 준비가 단단히 되었다면, 이제부터 접근의 구체적인 방법에 대하여 알아보도록 하자. 접근의 좋은 방법 중 하나는 간접적 접근이다. 따라서 여기서는 간접적 접근을 주로 다뤄 보도록 하자.

간접적 접근 예시

(서점에서)

남: 저기요, 뭐 좀 물어볼게요.

여: 네.

남: 제가 동생한테 선물로 줄 책을 고르고 있는데, 도무지 동생의 취향을 모르겠네요. 여자 분들이 일반적으로 좋아하는 책이 어떤 거죠?

여: 글쎄요……

남: 그냥 제 생각으로는, 로맨스 소설이 좋을 것 같은데. 아, 방금 전에 보셨던 책은 어때요?

여: 아, 이거요? 이건 약간 씁쓸한 분위기의 책이라서요.

남: 그래요? 음⋯⋯.

여: 아, (다른 책을 집어 들며) 이거 괜찮을 거 같은데.

남: 아, 그래요? 흐음(미소), 안목을 한번 믿어 보겠습니다.

여: 네. 근데 책임은 못 져요. (웃음)

남: 아, 갑자기 생각난 건데, 이 책이 만약에 동생이 읽은 책이면 어쩌죠? 하아, 이렇게 하죠. 만약 동생이 읽었다고 하면 제가 그쪽한테 연락해서 다른 책에 대해 물어볼 테니 그때 다시 추천해주세요.

여: ⋯⋯. (망설인다)

남: 번호가 어떻게 되시죠? (휴대전화를 내민다)

여: 네⋯⋯. (휴대전화를 받아 들며 번호를 찍는다)

남: (번호를 받은 후) 정말 고마워요. 혹시나 연락할 일 있으면 다시 한 번 문의할게요!

Foot in the Door 기법

간접 접근은 최대한 자연스러운 분위기를 연출하는 것이 중요하다. 예시에서 보듯이, 남성은 질문을 함으로써 여성이 거절을 생각할 수 있는 시간을 늦추게 하였다. 그리고 책 추천을 부탁하고 그 부탁을 따르게 함으로써 연락처를 받을 수 있는 확률을 더 높였다. 어떤 이에게 하나를 부탁하고 승낙을 받으면 연속적으로 다른 부탁을 하여도 승낙을 받을 확률이 높아진다. 이것을 우리는 전문용어로 'Foot in the door 테크닉'이라고 한다.

매력학

1) 대상에게 질문을 한다.

2) 질문에 대답을 하면 첫 질문의 꼬리를 물어 다른 제2의 질문을
   이어나간다.

3) 대답을 들은 후 자신이 왜 그 질문을 하게 되었는지 이유를 말하
   고 아주 작은 부탁이라도 하나를 하라.

4) 부탁에 응하면 고마움의 표시를 하라.

5) 사소한 이유라도 붙여 연락처를 물어보라.

*주의할 점: 끝까지 자신의 본래 의도를 숨겨라. 여성이 그것을 눈치챘다 하더라도 말이다.

간접적 접근의 팁

(1) 간접적 접근은 장소의 제약이 있다.

아무래도 말을 길게 해야 하기에 상대가 위치 변동이 용이하지 않
는, 즉, 길처럼 어딘가 목표를 향해 바쁘게 가고 있는 곳이 아닌 서
점, 커피숍, 레코드가게, 공원, 병원, 은행 등등이 좋다. 만약 당신이
길을 지나가고 있는 사람에게 간접적 접근법을 적용하여 말을 건다
면 당신이 아주 능숙하지 않은 이상 그냥 지나처 갈 확률이 높을
것이다. 상대가 위치 변동 폭이 그리 넓지 않은 장소라면 당신이 질
문을 하더라도 상대는 당신의 질문에 어느 정도 반응을 하게 되어
있다.

(2) 간접적 접근은 시간의 제약이 있다.

당신이 질문을 포함해 연락처를 받는 데까지는 길어도 5분을 넘기면 안 되며, 만약 시간이 길어지고 질문과 질문 사이의 텀이 길어진다거나 분위기가 루즈해진다면 아마 성공 확률은 점점 내려갈 것이다.

주의사항

절대로 말을 걸 때 "저, 죄송한데요."라는 말은 하지 말길 바란다. 무엇이 그렇게 죄송한가. 이 말을 하는 것은 "전 소심한 남자예요."라는 것을 무의식중에 전달하는 꼴이 된다. 자신 있게 말을 걸고 연락처를 받을 때도 마치 당연하다는 듯이 자신 있게 휴대폰을 내밀어라.

매력학

7. 유사성과 익숙함 - 편안함을 만들어라

상대와 비슷한 행동을 취하자 – (1) 미러링(동조댄스 이론)

사람은 자신과 코드가 맞는 사람에게 마음의 문이 열린다. 미러링(Mirroring)은 마치 거울에 비추듯이 상대방의 행동을 비슷하게 따라 하는 것을 말한다. 상대와 비슷한 행동을 취하거나 비슷한 말투 비슷한 생각을 표현하는 것은 그 사람으로 하여금 당신에게 호감을 가지게 한다. 우리가 어디까지나 목적으로 두어야 하는 것은 상대방의 무의식이다. 당신은 그저 상대의 행동 하나하나를 모두 따라 하면 된다. 상대가 몸을 뒤로 젖히면 당신도 몸을 뒤로 젖히고, 상대가 물 잔을 든다면 눈치채지 못하게 똑같이 물 잔을 든다. 단, 주의해야 할 것은 상대방이 당신이 따라 하는 것을 눈치채지 못해야 한다는 것이다. 계속해서 티가 나게 상대를 따라 하기만 한다면 상대는 당신에게 면박을 줄 수도 있다.

상대와 비슷한 행동을 취하자 — (2) 페이싱

미러링과 페이싱은 모두 상대를 흉내 내는 것인데, 미러링이 주로 상대의 행동을 따라 하는 데 초점을 맞추었다면, 페이싱은 상대의 전체적인 부분까지도 모두 흉내 낸다고 생각하면 쉽다. 상대방의 호흡, 자세, 상대방의 목소리 높낮이, 억양, 속도, 상대방의 감정 따위를 모두 비슷하게 따라 하는 것이 페이싱이다. 가장 효과가 높은 페이싱은 단연코 상대의 호흡 페이스에 맞춰 똑같이 호흡하는 것이다. (호흡의 반영: 상대 호흡의 깊이, 속도, 박자 등을 정확히 일치시키는 것, 목소리의 반영: 상대가 말하는 목소리의 높이, 음색, 울림, 음량, 속도, 억양 등을 정확히 일치시키는 것)

예시

상대: 나중에 제 집 인테리어는 거실을 넓게 하고, 벽은 흰색 계열로 모조리 채울 거예요.

당신: 당신이 꿈에 그리는 집이 뭔지 떠오르네요. (상대에 맞추어 페이싱)

우리가 흔히들 그 사람하고 "코드가 맞다."라고 말하는 것이 페이싱이 된 상태를 의미하는 것이다.

매력학

☿♂ 소속감은 곧 안정감

어딘가에 소속되어 있다는 것은 사람들에게 안정감을 준다. 그래서 사람들은 어딘가에 항상 소속되고 싶어 하며, 그 욕망을 무의식적으로 표출한다. 인간은 사회적 동물이기 때문이다.

여러분이 학생이었을 때를 떠올려 보자. 여러분의 친구가 같은 학교, 그리고 같은 반에 소속되어 있다는 것은 무언가 다른 반의 친구들과는 차별성이 주어진다. 소속감이 생기는 것이다. 거기다가 그 학생이 여러분과 같은 학원에 다닌다는 사실을 알게 된다면, 굉장히 빨리 친해질 수 있을 것이다.

아니면 이런 상상을 해볼 수도 있겠다. 여러분이 외국에 놀러 나갔다고 가정해 보자. 특히 한국인들이 많이 거주하지 않는 남미 지역의 여행이라고 생각해보자. 만약 여러분이 여행을 다니던 도중에 동양인같이 생겨서 한국말로 "혹시 한국인이세요?"라고 물었더니, 그 사람이 "네 맞아요!"라고 대답한다면, 그 순간 서로는 반가워서 자연스레 얼싸안는 포즈를 취하게 된다. 얼마나 서로 기쁘게 반기겠는가. 한국인이라는 유사점 하나만으로도 우리는 이렇게 급속도로 빨리 친해질 수 있는 것이다. 그러므로 여러분들은 상대와의 유사성을 이용하는 방법을 배워야 할 것이다. 이는 상대로 하여금 여러분에게 호감을 느끼게 할 수 있다.

공통 관심사 찾아내기

유사성을 형성하는 첫 번째 방법은 상대와의 공통 관심사를 찾아내는 것이다. 상대가 무슨 활동에 관심이 있는지, 혹은 어떤 음식을 좋아하는지 등에 대해 묻고, 만약 자신과 좋아하는 관심사가 같다면 꼭 그 이야기를 언급하도록 하자. "저도 그것에 대해 관심이 많아요!"라고 말이다. 이 언급은 상당히 중요하다. 그리고 그렇게 말했다면, 상대와 공통 관심사에 관해 많은 이야기를 나눌 수 있을 것이다. 무엇을 같이 알고 있는 것도 공통 관심사 안에 포함된다. "거기 알아요?", "그 소설 본 적 있나요?", "아 그 장소 아시는군요! 저도 자주 가는 곳이에요.", "그 소설의 결말이 정말 감명 깊었죠." 이런 식의 대화는 상대로 하여금 관심사에 대해 많은 이야기를 하고 싶게 만들고, 당신과 이야기를 나눌 때에 즐거움을 느끼게 한다.

소속 욕구 건드리기

두 번째 방법은 상대의 소속 욕구를 건드리는 것이다. 상대의 고향은 어디인지, 지금 살고 있는 곳은 어디인지, 고등학교와 대학교는 어디로 나왔는지 등을 묻는 행동으로 공통 소속을 찾아내는 것이다. 이것 또한 인간의 안전에 대한 욕구, 소속의 욕구를 건드리는 행동이다. 만약 이 중 하나라도, 같은 지역, 같은 소속이 나오게 된다면 상대와 빠른 친밀감을 형성할 수 있다.

매력학

물리적 거리 좁히기

여러분들이 할 수 있는 세 번째 방법은 물리적 거리를 좁히는 방법이다. 물리적 거리를 좁힌다면 심리적 거리도 가까워진다. 먼 원시시대부터 물리적으로 가까운 곳에 있는 사람들은 보다 친밀하고, 유대감을 형성하기 쉬운 가족 단위의 개념이었다. 따라서 이러한 물리적인 거리를 인위적으로 가깝게 해주는 것만으로도 상대의 호감을 이끌어 내는 것이 가능하다. 같은 공간을 공유하면 서로의 친밀도가 상승한다. 공간을 좁히는 방법은 다음과 같은 방법들이 있다.

1. 영화관에서 같이 영화를 볼 때 가운데에 있는 시트 손잡이를 올린다.
2. 시외버스를 같이 타고 갈 때도 마찬가지로 가운데에 있는 시트 손잡이를 올린다.
3. 장애물을 제거하면서 서로의 공간을 만든다.
4. 상대의 눈에 자주 띄게 인위적으로 노력한다.
5. 공간을 만들면서 상호 거리를 좁힌다.
6. 상대와 공유하는 장소를 여러 군데 만든다.
7. 상대의 생활 패턴과 유사하게 스케줄을 조정한다.

무장해제

위의 세 가지 방법(공통 관심사 찾아내기, 소속 욕구 자극하기, 물리적 거리 좁히기)을 적절하게 사용한다면 상대의 머릿속에는 이러한 생각이 피어나기 시작한다.

'이 사람은 나랑 생각하는 게 비슷하구나.'
'만난 지 얼마 안 되었는데, 굉장히 빨리 친해진 느낌이다.'
'이 사람과는 만남을 계속해도 되겠구나.'

그러고는 여러분에게 '호감'이라고 불리는 감정이 생성될 것이다. 그리고 상대는 여러분과 소위 말하는 '코드'가 같다고 생각하게 될 것이다.

처음 보는 상대의 경우라면 유사성에서 더욱더 큰 효과를 볼 수 있다. 당신을 처음 보는 사람은 당신에게 경계심이 있을 수밖에 없다. 당신이 적인지, 동료인지 혹은 철천지원수인지 전혀 파악이 안 되기 때문이다. 그러나 당신이 이러한 유사성 기법을 사용한다면 상대는 당신에게 경계를 낮출 것이다. 이것을 우리는 은어로 '무장해제'라고 표현한다. 경계심을 낮춘 상대에게는 말을 쉽게 걸 수 있고, 이것은 당신에게 당신의 가치를 어필할 수 있는 좀 더 많은 기회를 불러일으킨다.

매력학

✦⚥ 익숙함을 형성하는 방법

방금까지는 유사성을 형성하는 방법을 배웠다. 그렇다면 익숙함을 형성하는 방법은 무엇일까? 상대에게 익숙함을 형성하는 것이란, 편안함을 구성하는 방법과 일치한다. 편안하다는 것은, 상대가 당신을 처음 봤음에도 불구하고 당신을 어색해하거나 불편해하지 않고 마치 오랜 기간 알고 지내 왔던 친구처럼 여긴다는 것이다

각인

처음 보는 혹은 많이 친하지 않은 상대에게 친근감을 유발시키는 방법은 먼저 각인을 시키는 것으로부터 시작된다. 당신이 어떤 동호회나 소모임에 처음 나가게 되어 서로 서먹서먹한 사이인 자리에 초대되었다고 생각해 보자. 만약 당신이 남자라면 그 자리에 어떤 한 여성이 마음에 들지도 모른다. 이때 당신은 그녀에게 당신의 존재를 각인시키고 어필하게 하기 위하여 그녀가 당신을 보다 잘 알고 있게 만들 필요가 있다. 그녀에게 당신의 모습을 많이 보여 주어라.

상황 예시

맨 처음 모임에 나가면 다 같이 식사를 하거나 술자리를 갖게 될 경우가 많을 것이다. 자리에 앉을 때 운 나쁘게도 그녀와 당신은 멀리 떨어진 자리에 앉게 되었다. 그녀는 당신에게 눈길조차 주지 않는다. 운명의

신은 절망스럽게도 그녀가 당신이 있는지 없는지조차 모르게끔 만들고 있다. 우리는 그녀에게 우리가 존재감이 있음을 알려야 할 필요성이 있다. 그렇다고 술자리에서 계속 "xx 씨, 술 더 드실 수 있겠어요?", "속은 괜찮나요?"라고 반복해서 물어볼 수는 없을 것이다. 거리가 멀게 앉은 상대일수록 물어보는 것도 다른 사람의 눈치가 보이기도 하고 말이다.

이럴 때 대부분의 사람들은 두 손 놓고 포기를 한다든지, 그냥 옆에 앉은 사람들끼리 대화를 나누다 돌아간다든지와 같은 행동밖에 취할 수 없다. 하지만 먼 거리에 떨어져 있다고 하더라도 우리가 할 수 있는 일은 분명히 있다.

각인 – 무의식에 어필하는 서틀티(Subtlety)

바로 전체 사람들의 무의식에 어필하는 것이다. 술을 마시는 도중에 술잔을 살짝 내려놓지 말고 갑작스럽게 한 번 세게 술잔을 내려놓아 보아라.(물론 술잔이 깨질 정도로 세게 하라는 말은 아니다. 다만 사람들의 시선을 충분히 끌 수 있을 만한 소리가 나올 정도의 세기로 내려놓아라.) 단순히 술잔을 소리 나게 내려놓는 것만으로 상대방에게 당신을 어필할 수 있다. 이는 심리학적 용어로 서틀티(Subtlety)라고 한다. 일종의 심리트릭과도 같다. 주변의 모든 사람들은 조용히 술잔을 내려놓고 있을 것이다. 다들 술잔을 건배하고 마셔 가고 있을 때, 당신이 술을 빠르게 마신 후 사람들이 미처 술잔을 내려놓기도 전에(술을 들이켜고 있는 도중) "탁!" 소리가 날 정도로 술잔을 내려놓으면 상대는 갑자기 놀라게 된다. 그리고 소리가 나는 쪽을 바라보게 된다. 소리의 근원지는 당

매력학

연히 당신일 것이다. 상대방은 순간적으로 당신을 한 번 쳐다보게 되고 이것은 당신의 집중을 불러일으킨다. 이러한 일련의 반복 행동은 상대의 집중도를 높이고, 상대의 무의식에 당신을 각인시킨다.

서틀티(subtlety)는 당신이 목표로 했던 그녀뿐만 아니라 술자리에 있는 모든 사람들에게 해당되는 것이다. 술자리마다의 분위기가 있으므로, 만약 그 술자리에 당신보다 높은 사람이 있다면 조금 주의해서 사용하도록 하자. 그의 오늘의 심리 상태를 알 수 없기 때문에 그렇다. 그가 하필이면 오늘 기분이 좋지 않아 상당히 불쾌함을 느낄 수 있기 때문이다.

🐈 7. 여자가 여성에게 말한다

여성들의 흔한 연애 고민의 주제는 나쁜 남자라 불리는 사람을 만나 마음고생을 하는 사례가 대부분이다. 분명 남성이 그녀에게 비인간적으로 행동하고 그로 인해 여성은 마음고생을 심하게 했음에도 불구하고 오히려 잊지 못하는 상대는 여성이다. 시간이 지나면 차츰 잊혀 서서히 괜찮아지지만 그 여성이 겪은 일이 과거의 일로 돌아가기 전까지는 오랜 기간 고통의 시간으로 삶을 산다. 그 남성을 잊지 못하는 공통적인 이유가 여성이 느끼기엔 그와 자신이 공통점이 많아 대화를 깊게 하여 속내를 공유한 기억 덕분에 더 잊질 못한다. 이 정도로 서로 다른 사람의 공통점은 강한 작용을 한다. 그래서 우리는 이것을 유사성이라 부른다.

흉흉한 세상 속에서 사람은 살아가면서 지속적으로 사람과 사교를 하며 인맥을 늘려 가고 있다. 만나는 사람 중 자신에게 도움을 주는 고마운 사람이 있는 반대로 심적인 고통 혹은 물리적 폭력을 행해 피해를 주는 사람도 있다. 그렇기에 사람들은 낯선 사람과의 만남에 신중한 태도를 보인다. 특히 신체적으로 남성보다 힘이 약하게 태어난 여성인 경우 납치, 인신매매, 성 피해를 당할 확률이 더 크기 때문에 남성에 대한 두려움이 큰 게 사실이다. 그래서 여성은 사람을 고르는 데 많은 시간이 걸리게 된다. 하지만 여성에게 다른 사람이 같은 학교를 나왔다면 아는 사람처럼 느껴지기 때문에 그 둘이 친해지는 시간은 공통점이 하나도 없는 사람보다 더 빨리 친해진다. 그건 여성이 다른 이에게서 자신과의 공통의 모습 때문에 친숙하여 거부감이 사라지기 때문이다.

하지만 인간관계에서 친해지고 싶은 마음이 앞서 만나서 제일 먼저 하는 말이 호구조사가 된다. 나이부터 시작해 혈액형, 생일, 취미, 학교 등 개인적인 사생활 요소다. 그런데 호구조사를 당하는 사람은 오랜 시간동안 다른 이들과의 관계에서 항상 겪었던 과정이니 지루할 뿐이다. 그리고 그 사람에 대한 경계심은 여전히 풀리지 않게 된다. 만약 호구조사를 받는 입장이라면 과정이 지루해서 자신도 모르게 얼굴 표정이 상당히 일그러져 있다. 그로 인해 상대방은 친해지기 위해 노력하지만 찌푸린 얼굴을 계속 보게 되어 결국 둘의 골은 더욱 깊어지게 된다. 말하는 사람도 유머가 있어야 하며 듣는 사람 역시 유머가 있어야 한다.

☌ 첫째, 미소를 지어라

생각보다 대화를 하는 여성 중 무의식적으로 미소를 짓는 여성을 보

매력학

지 못한다. 비록 진실은 없는 가식적인 웃음이라도 짓는 사람이 드물다. 참으로 안타까운 건 미소의 효과는 방대한데 의식하지 않는다면 여성은 사용하는 법을 모른다. 아무리 깐깐하고 위협적인 사람이라도 미소를 지으면 옆집 삼촌 혹은 이모처럼 친근한 이미지가 된다. 오죽하면 첫인상을 좋게 하기 위해 미소 성형이 유행할 정도로 중요한 차지를 하고 있다. 그러니 당신과 친해지기 위해 노력하는 남성(혹은 일반 사람)에게 미소를 지어라.

남 : 태희 씨, 취미가 뭐예요?
여 : 영화보기요.
남 : 어? 저도 영화 좋아하는데, 어느 장르를 좋아해요?
이때, 여러분은 살짝 미소를 머금으며 대답을 한다.
여 : 아, 진짜요? 저는 로맨틱 영화 좋아해요

미소는 긍정의 힘을 준다. 자신뿐 아니라 자신을 바라보는 사람 또한 용기를 주는 요소이니 미소 짓는 연습을 매일 밤 하자.

☿ 둘째, 상대방이 한 마지막 말을 반복해서 말하라

반복한다는 것은 강조의 의미이다. 그것을 받아들이는 상대방은 자신의 말을 귀 기울여 듣고 있단 생각을 하기 때문에 당신에 대한 호감도 상승한다.

쉬운 이해를 위해 아까와 같은 예를 들겠다.

남 : 태희 씨, 취미가 뭐예요?

여 : 영화보기요.

남 : 어? 저도 영화 좋아하는데, 어느 장르를 좋아해요?

이때, 여러분은 귀를 기울인 대답을 한다.

여 : 어머 우리 영화보기로 같은 취미를 갖고 있네요. 저는 로맨틱 장
　　르를 좋아해요. 원빈 씨는 어느 장르를 좋아하세요?

이렇게 대답의 방식을 살짝만 바꿔도 당신은 센스가 있는 사람으로
인식이 된다. 그러니 상대의 말을 반복하여 대답을 해라.

⚥ 셋째, 인위적으로 유사성을 만들어라

만약 대부분의 사람들은 정말 친해지고 싶은 사람이 생겼지만 안타깝
게도 상대방과의 공통점을 찾기란 정말 쉽지 않다. 그래서 그 사람과의
친분 쌓기의 기회를 날리며 아쉬움에 잠 을 지새운 적이 많다. 사실 서
로 다른 두 사람이 처음부터 공통점이 공유된다는 것은 극히 일부의 커
플들만 가능한 일이다. 그래서 최후의 방법으론 인위적으로 공통점을
만들어야 한다. 이 또한 쉬운 설명을 위해 아래의 대화를 보아라.

여 : 원빈 씨는 어디 사세요?

남 : 아, 저는 경기도에 삽니다. 태희 씨는요?

매력학

여 : 어머! 우리 같은 동네에 사네요. 저는 서울 살아요.

남 : 네? 경기도랑 서울은 다른데 같은 동네라뇨?

여 : 같은 한국에 살면 서로서로 이웃 주민이잖아요.^^ 그러니 같은 동네죠.

이처럼 대화를 한다면 유머와 함께 유사성을 만들었기 때문에 공통점을 만들어 낸 여성에 대한 친근함은 물론이고 유머가 있어 앞으로 이 여성을 만난다면 그 남자는 유쾌한 일들만 있을 거라 예상하기 때문에 여성을 다음번에도 만나기 위해서 데이트 신청을 한다. 그러니 유쾌하고 재치 있게 유사성을 만들기 바란다.

⚣ 감정의 음성어를 사용하라

여성인 여러분이 남자 친구에게 또는 친한 친구에게 서운함을 느낀 적이 많지만 언제 그런 마음을 겪게 되는지 잘 모른다. 바로 서운함을 느끼는 그때는 당신이 힘든 일을 겪었을 때 서로 감정을 공유하고 싶지만 상대방에서 각자의 사연으로 인해 당신의 일을 들어주지 못하기 때문에 서운함을 느끼게 된다. 그렇기 때문에 간단한 감정의 음성어는 깊은 대화를 유도하는 데 도움이 되고 대화의 소통이 원활하게 된다.

쉬운 예를 위해 아래의 대화를 살펴보자.

남 : 태희 씨, 제가 고등학교 시절 학교에 갇힌 적이 있어요.

여 : 아, 네…….

남 : 아니 글쎄, 담임선생님께서 숙제를 안 했다고 반에 자습을 시켰는
　　데 깜빡하시고 그냥 가셨어요. 그 덕분에 저는 학교에 철문도 닫
　　히고 완전 갇혔어요.

여 : 아, 그랬구나.

남 : 태희 씨, 제가 좀 썰렁했죠?

여 : 아니에요. 재미있어요.

위의 대화를 보면 기본 대화의 구조는 이루고 있다. 말하고 대답하는
형식을 유지하고 있으니 말이다. 하지만 결국 마지막 남자의 질문은 재
미의 여부를 묻고 있다. 결과물을 보아 당신은 잘못된 대화를 하고 있
는 게 맞다. 이때 감정의 음성어를 넣어 보라.

남 : 태희 씨, 제가 고등학교 시절 학교에 갇힌 적이 있어요.

여 : 헉? 정말요?

남 : 아니 글쎄, 담임선생님께서 숙제를 안 했다고 반에 자습을 시켰는
　　데 깜빡하시고 그냥 가셨어요. 그 덕분에 저는 학교에 철문도 닫
　　히고 완전 갇혔어요.

여 : 헐, 어머머머…….

남 : 그래서 그때 다행히 친구랑 같이 있었거든요. 그래서 교실이 2층
　　이라서 창문 넘어 담 넘었어요. 그랬더니 경보음 울리고 난리였
　　죠.

여 : "와~ 대박, 대박!

　　　　　　　　　　　　　　　　　매력학

남 : 더 대박인 건 경찰차가 왔는데 1분이라도 늦었으면 괜히 잡힐 뻔했어요. 정문에 살짝 샛길로 빠져나가자마자 정문으로 경찰차가 들어오더라구요.

여 : 진짜 대단하네요. 큰일을 겪으셨네요!

남 : 그렇죠? 제가 다음에는 더 재미난 이야기 해 드릴게요!^^

단순히 감정의 음성어 하나만으로도 대화의 질이 달라진다!

상대방 말이 끝나면 박수를 쳐라

연극을 보게 되면 멀리 있는 사람들도 연기에 집중시키기 위해 모든 큰 동작을 한다. 특히 관찰하기 어려운 표정 변화를 관중들이 빠른 이해를 돕기 위해 박수를 이용해 하는 경우가 많다. 또 다른 일을 상상하자. 사람들이 강연을 듣고 나서 혹은 감명 깊은 음악을 듣고 나서 취하는 제스처를 생각해 보아라. 그 사람들은 감명 깊은 만큼 자신의 감정을 담아 박수를 치고 있다. 신 나는 음악을 들었을 때도 음악의 박자에 따라 박수를 치고 있다. 또 2002년 월드컵 때 우리를 하나로 만든 3·3·7박수를 열심히 친 기억도 있다. 그만큼 박수는 활기찬 기운을 주는 행동의 요소에 해당된다. 또 박수는 말하는 사람에게 듣는 사람이 자신의 말을 귀 기울이고 있다고 표시가 제일 많이 나는 방법에 해당된다. 그러니 박수를 쳐라.

8. 진실성과 신뢰성 - 상대와의 신뢰를 쌓아라

양치기 소년 이야기를 기억하고 있는가? 양치기 소년은 양을 지키는 도중에 무료함을 달래기 위해서 사람들에게 늑대가 나타났다고 거짓말을 하고 그것에 대한 사람들의 반응을 보며 자신의 일의 지루함을 날려 버리고 재미나게 바꿨다. 허나 잦은 거짓말로 인해 진짜로 늑대가 나났을 때는 사람들이 달려오지 않게 되어 양을 잃은 이야기이다.

진실은 사람의 신뢰성을 조정한다. 우리는 진실하고 신뢰가 있는 사람을 원하는 바를 보아 우리 사회에선 거짓이 난무하다는 것을 알 수 있다. '적을 알면 백전백승'이라는 말이 있듯이 진실한 사람이 되기 전 그와 반대되는 상황이 어떤 상황들이 있는지 먼저 알아보자. 그래야 우리는 참된 진실이 무엇인지 알 수 있기 때문이다.

그러므로 앞으로 거짓말에 대해서 알아 간다. 허나 알아야 될 사실이 있다면 모든 사람들은 거짓말을 가끔은 사용한다. 이 행위를 합리화시키기 위해 선의의 거짓말이라 하며 사용하고 있다. 합리화시키는 행위는 비슷한 개념으로 정당방위의 행위이다. 위기 모면의 이유로 거짓말을 할 수밖에 없는 어떠한 극한의 상황이 오는지 알아보자.

매력학

☌♂ 첫째, 대인관계를 위한 거짓말
– 사람은 8분마다 거짓말을 한다(책 이름)

상대방과 원만한 관계를 위해 거짓말을 종종 사용한다. 예를 들어, 잘 지내는지 안부인사조차도 이것에 해당되며, 또 다른 예로는 자녀가 있는 부모에게 자녀가 예쁘다고 칭찬하는 것도 해당된다. 또 신체의 변화(헤어, 피부, 화장, 패션 등)가 생겼을 때 상대에게 신체 변화가 어울린다고 칭찬하는 사례 또한 이 경우에 해당된다. 악의가 없이 인간관계의 유지를 위한 경우가 해당된다.

☌♂ 둘째, 방어적 거짓말(일반적 거짓말)

자신이 잘못을 저지른 경우 일종의 핑계를 대거나 모른 척하는 경우가 여기에 해당된다. 약속 장소에 늦은 후 차가 막혀서 늦었다고 말하는 거와 학창 시절 시간이 없어 숙제를 못했다는 경우가 여기에 해당된다. 흔한 거짓말이고 일반적인 사례에 해당되기 때문에 이 역시 악의는 없으나 때론 실망감을 불러일으키는 거짓말에 해당된다.

☌♂ 셋째, 남에게 잘 보이기 위한 거짓말 허세를 부리는 거짓말

자신의 위선을 지키기 위한 거짓말로 해당된다. 연인이 없으면서 있다고 거짓말을 하는 경우와 최종 학력을 속이는 경우가 여기에 속한다. 이 거짓말은 자신의 이익을 위해 거짓말을 하기 때문에 타인이 피해를 보는 사례가 종종 일어난다. 그렇기 때문에 본인이 자격지심이 있는 경우 악의는 없겠지만 당하는 타인의 입장에서는 악의가 강하다.

✆ 넷째, 남을 속여 자신의 이익을 위해 하는 거짓말

자신의 이익만을 챙기기 위해 거짓말을 하는 것이므로 충분히 악의가 있고 사기에 해당된다. 가벼운 예로는 영업사원들이 제품 판매를 위해 제품의 성분을 속여 파는 거와 절반 판매 값이라 하면서 판매한 후 사용해 보니 그 제품의 가격의 정가랑 같은 가격인 경우 등 금전적 손해 혹은 정신적 손해를 입은 사례를 뜻한다. 당연히 이런 거짓말은 거짓말 중 가장 최악의 거짓말이며 죄에 해당되기 때문에 처벌까지 가능하다.

선의의 거짓말은 괜찮다?

우리는 지금 진정한 진실을 찾기 위해 거짓을 공부하고 있다. 이런 자세한 공부가 통할지 의문이 생길 수밖에 없다. 그에 대한 필자의 대답은 'yes'다. 그 이유는 바로 사람들이 가장 헷갈려 하는 선의의 거짓말 때문이다. 선의의 거짓말은 무엇일까? 영어에서는 White. 악의는 없지만 타인을 위해서 때로는 진실을 숨겨 거짓을 알려줌으로써 사실을 안정시키는 것을 뜻한다. 그럼 우리가 사용하는 데에는 효과가 있기 때문에 쓰지 않는가? 그 효과에 대해서 알아보자.

매력학

플라시보효과(Placebo effect) & 노시보효과(Nocebo effect)

선의의 거짓말을 대표하는 효과인 플라시보효과이다. 플라시보란 라틴어로 '마음에 들도록 한다'란 뜻으로 약효가 전혀 없는 가짜 약을 진짜 약으로 속여 환자에게 주었을 때, 환자가 진짜 약으로 굳건히 믿고 복용함으로써 실제로 환자의 병세가 호전되는 효과를 말한다. 거짓말이라 분명 다른 사람에게 죄를 일으킨 거지만 오히려 거짓이 긍정적인 힘을 불러 일으켜 기적을 만든 거다.

다른 사례로는 오렌지 크기의 암 종양을 가지고 있던 라이트 씨는 암에 효과가 있다는 크레오 비오젠이 발견되었다는 소식을 듣고 그것을 투약했고, 의사는 마치 불에 올려놓은 눈덩이처럼 암이 녹아 없어졌다고 말했더니 라이트 씨는 정말로 몸이 회복되었다. 하지만 그것이 아무 효능이 없는 약이란 걸 알자 이틀 만에 죽은 일화가 있다.

이와 같은 플라시보와 정반대의 개념인 노시보효과를 알아보자. 노시보효과는 어떤 것이 해롭다는 암시나 믿음이 약 효과를 떨어트리는 것을 뜻하며 그에 대한 사례가 몇 가지 있다. 한 가지는 로버트 한 박사가 천식환자들을 대상으로 어떤 증기를 마시게 하고 이것이 화학물질로 된 굉장히 자극적이고 알레르기를 일으키는 물질이라 설명하니 환자 중 절반이 호흡에 문제가 생겼고, 12명은 완전히 발작을 일으켰다. 반면 똑같은 증기로 기관지에 효과가 있는 약이라 하니 환자들의 상태가 급격히 좋아졌다.

또 다른 유명한 사례는 냉동 창고에 실수로 갇혀서 저체온증으로 사망한 사람이 있는데 냉동 창고가 고장이나 실제로 작동하지 않아 따뜻한 상태였고, 냉장고 안에는 음식도 많아 굶어 죽을 수 없었으며 크기도 커 산소도 부족하지 않았지만 냉장고가 작동한다는 착각을 하여 사망하고 말았다.

이런 사례들을 보아 단언컨대, 거짓이 반드시 나쁘다는 편견을 버려야 하며, 때로는 모르는 진실이 오히려 삶을 살아가는 원동력이 된다. 과연 우리가 완전한 진실을 알 필요가 있을까?

☌ 거짓말할 때 표정 변화

사람들이 거짓말 탐지기를 사용할 수 있는 이유는 사람은 거짓을 말할 시 신체의 일부에서 변화가 오기 시작하기 때문이다. 그래서 아무리 거짓말에 완벽한 사람일지라도 미세한 변화가 오기 때문에 기계로 거짓말을 잡아낸다. 그렇다고 기계를 들고 만나는 사람마다 기계를 사용하여 진실한 사람을 찾는 건 어려운 행위다. 그렇기에 기계의 도움 없이 가장 알기 쉬운 방법은 사람의 표정 변화밖에 없으므로 자세히 알아야 한다.

거짓말에 초보자인 경우: 얼굴이 빨개진다. 말을 더듬는다. 말문이 자주 막힌다. 당황스런 표정을 자주 짓는다.

중간자인 경우: 태연하고 당당하지만 어디가 부자연스럽다. 눈알이 쓸데없이 굴려진다. 눈을 깜빡거리지 않는다.

거짓말의 경지에 이른 자: 표정의 변화가 없다. 하지만 언제나 항상 표정의 변화가 없다. 앞뒤가 안 맞는 말을 하지 않기 위해 주로 듣는 편이다.

매력학

◐⚥ 거짓말을 알았나? 그다음은 바로 '나' 자신이다

거짓이 아닌 사람을 찾는 과정에서 가장 중요한 사실은 진실만이 진정한 진실에 도달한다. 지금까지 거짓에 대해 자세히 알아 왔으니 이제는 참 진실을 알아야 할 때이고 자세히 알아 가기 전 나 자신부터 점검하자. 자기 자신을 스스로 신뢰해야 어떤 행동이든 진실한 행동이 나오고 그런 당신의 모습을 타인이 본다면 자신감 넘치는 모습에 상대도 당신을 신뢰하게 되기 때문이다.

만약 거짓을 하는 삶을 살고 있고 그 이유가 진실을 통해 사기를 치고 다니는 사람에게 상처를 받을까 두려움이라 가정하면 이제부터 남의 시선에 신경 쓰지 마라. 어떤 삶이든 선택은 본인 스스로이지만 한 가지 분명한 사실은 진실한 삶을 산다면 주변 사람들은 더 이상 진실한 사람에게 거짓을 말하지 않는다는 것이다. 진실은 진실이 통하는 법이다.

◐⚥ 진실을 말하지 못하는 이유는 보통 자신감 부족

대개 많은 사람들이 진실을 말하지 못하는 이유가 위에서 말한 첫 번째와 두 번째에 많다. 그 이유의 공통점은 자신에 대한 스스로의 방어나 대인관계를 위한 거지만 그 깊은 내면에는 본인에 대한 믿음이 없기 때문에 그런 현상이 일어난다. 그러니 자신을 믿자. 만약 스스로가 본인을 믿지 못한다면 다른 이에게 어떤 방법으로 신뢰를 줄 수 있는가? 믿음이 없다면 그건 절대적으로 불가능한 일이다. 그러니 본인에 대한 자신감을 가져야 한다.

스스로의 자신감을 되찾기 위한 방법을 아래에서 차근차근 알아 가자.

☿ 첫째, 나 스스로가 점검하기 - 일기 쓰기

먼저 자신이 어떤 사람인지 대답할 수 있을 정도로 점검해야 한다. 모든 사람들은 자신에 대해 남들이 보는 자신보다 더 자신을 파악하고 있다고 착각을 하지만 "당신은 어떤 사람입니까?"라고 물으면 바로 즉석에서 대답을 하는 사람은 드물다. 그래서 자신감을 키우기 위해 가장 먼저 해야 할 일은 본인 파악이다.

본인을 알아 가기 위해 일기를 쓰자. 일기의 존재는 초등학교 때에 지겹게 썼기 때문에 일기를 떠올리면 유치한 감정이 생겨 성인이 돼서도 쓰는 사람은 찾기 드물다. 그 결과 일기의 소중함을 알고 있는 사람은 극히 적다. 하지만 일기의 소중함을 느껴 보면 행동이 달라진다. 그래서 느껴 보기 위해 한 번쯤이라도 자신이 예전에 썼던 일기장을 찾아 읽어 보길 바란다. 과거의 당신이 원했던 꿈, 목표, 그리고 스스로 잊고 있었던 당신의 진짜 모습을 알게 된다. 그러니 하루 일과를 점검하는 일기는 필수다. 또 다른 효과는 일기를 쓰기 위해 회상하는 시간을 가져야 하고 시간을 가지게 되면 감정의 정리도 같이 되기 때문에 본인이 한 실수에 대해 스스로가 조언하게 된다.

매력학

나 스스로가 점검하기 – 매력 / 불매력 표 쓰기

일기를 쓰게 되면 스스로가 자신의 행동 패턴을 발견하게 되어 자기 성찰에 큰 도움을 준다. 자기 성찰을 통해 자신의 매력이 무엇이 존재하는지 정확히 알게 되므로 구체적으로 표현하기 위해 매력/불매력 표를 써 보자.

각각 10~15가지를 쓰자. 막상 쓰기 시작하면 분명 막막하니 쉬운 예를 들자면 '전화 통화 길게 하기' 이런 것도 될 수 있다. 그만큼 말을 잘 하기 때문에 생기는 상황이므로 이런 것들을 써 보자. 그리고 자신이 매력적이지 않은 부분도 쓰자. 여성들은 보통 외모에 많이 쓰는 편인데 대개는 "눈이 고양이 눈매였으면 좋겠는데 그저 마시마로 눈이다." 이렇게 쓴다. 그러면 바로 옆에 '≒)' 표시를 하며 쓰자. "눈이 작지만 코가 높기 때문에 전체적으로 동양인의 미를 가지고 있어 매력적이다."라고!

나 스스로가 점검하기 – 롤 모델 정하기

진정한 자신의 모습을 파악했다면 이제는 변화하고 싶은 모습을 찾아야 한다. 그래서 쉽게 추상적인 이미지를 구체화 하기위해 롤모델을 정하자. 그 후 처음에는 롤모델과 비슷하게 변하기 위해 조금씩 따라 하며 변화하자. 명상, 여행, 취미생활, 운동 등 변화할 요소들은 많다. 그렇게 변화를 위해 조금씩 바꾼다면 롤모델보다 더 멋지게 변해 있는 자신을 발견한다.

☿♂ 둘째, 지인에게 당신의 칭찬을 들어라

"칭찬은 고래도 춤추게 한다."는 속담이 있듯이 칭찬의 효과는 상당한 부분을 차지한다. 그러니 스스로 자신의 매력을 알아야 하므로 한껏 멋을 부린 후 자신의 지인을 만나자. 그리고 당신의 칭찬을 시각과 청각을 이용해 직접적으로 느껴라. 그러면 당연히 자신감은 상승된다. 만약, 여러분의 매력에 대해 욕하는 사람이 있다면 그 사람은 시샘을 하고 있으므로 당분간 피해라.

☿♂ 셋째, 생활 패턴에 변화를 주자

우울증 환자들은 정서적으로 불안정하고 자신의 몸을 감싸고 있는 우울함의 기분을 벗어나지 못해 발생한다. 그래서 우울증 초기에 긍정적으로 해석할 수 있는데 그것은 삶의 변화를 주라는 신호이다. 허나, 사람들이 이 사실을 모른 채 혹은 변화를 줘야 하는 걸 알지라도 어떠한 방식으로 변화를 줄지 몰라 방치하다가 심각한 단계에 일러 심하면 스스로 목숨을 끊는 현상이 나타나게 되는 거다. 그래서 우리는 자신감을 잃기 전 가장 쉽고 간단한 일을 해 보는 것이다. 변화란 건 큰 것이 아니다. 그러니 두려워하지 말자.

매력학

방 구조 & 방 정리를 하자

여담을 하나 들려주자면 필자가 현재 살고 있는 집을 이사한 후 불면증에 잠을 이루지 못하기 시작했다. 비록 심한 불면증을 겪지 않았지만 잦은 수면 부족으로 인해 의욕 저하, 기억력 감퇴 등 점점 증상이 심각해 도저히 참을 수 없게 되어 방 구조를 변화주기로 마음먹었다. 방 구조를 통해 모든 물건이 다 위치가 바뀌었기 때문에 새로 이사한 기분마저 들었다. 그리고 불필요한 짐 정리도 했다. 그 후 불면증은 사라졌고 오히려 잠이 늘어 버리는 사태까지 일어나기도 했다. 그러니 이 방법에 의심하지 말고 당장 행동을 먼저 하자.

몸을 움직이는 거와 동시에 한곳에 집중해서 잡다한 생각이 사라져 버린다. 또, 방 구조를 변화 시키고 깨끗이 정리를 하면 자신이 스스로 해낸 일이기 때문에 뿌듯함과 동시에 새 방을 얻은 기분이 들어 기분 전환에 톡톡히 도움이 된다. "짐이 많아 힘들어요."라는 변명은 하지 말자. 우리는 매력적인 인간이기 때문이다.

산책 & 샤워를 하라

동네 공원에서 산책을 하라. 아무런 생각도 하지 않고 30분만 걷자. 풍경을 보든 혼자 생각을 하며 걷든 상관없다. 어차피 생각이 사라진다. 몸이 움직이면 생각도 멈추게 되어 있다. 그러니 믿고 산책을 해 보아라. 이 정도도 귀찮으면 우리는 아무것도 할 수 없다. 산책조차 싫으면 샤워를 하자. 샤워도 다른 생각을 없애 버린다.

매력학

넷째, 외모적 변화를 주자.

여성이기 때문에 외모적인 부분을 놓칠 수 없는 건 두말할 필요도 없다. 그래서 변화가 온다면 우리는 자신감이 상승한다.

제일 먼저 미용실에 가라

가장 쉽게 그리고 가장 변화가 잘 보이는 곳이 헤어다. 헤어 변신은 적어야 7~8만 원에서 많게는 30~40이 들어갈 정도로 고가의 변신이다. 그래서 가장 머뭇거리는 장소이지만 단돈 만 원만 소비하는 다듬기라도 이용하여 변화를 주자. 변신에 의의를 두는 거다. 멋진 모습으로 변화한 후 머리스타일과 어울리게 새롭게 자신을 꾸미고 친구를 만나러 나가자.

쇼핑을 하자

사정이 안 된다면 흔히 아이쇼핑이라 불리는 윈도우쇼핑만 해도 좋다. 밖에 나가서 당신의 외모를 up해 자신감을 향상시킬 수 있는 옷들을 사자. 혼자 다니지 말고 꼭 친구랑 동행하자. 서로를 봐주며 자신이 진정으로 어울리는 물건들을 골라라. 어느새 자신감이 넘친다.

어느 일이든 먼저 내가 가장 먼저다

분명 진실하지 못한 타인으로 인해 사람에 대한 신뢰를 잃고 마음고

생을 하는 사람이 존재한다. 마음고생을 하고 있다면 지금 자신에게 가까운 지인을 떠올려 보자. 연인, 친구, 직장동료 등, 생각나는 사람들 중 완전히 신뢰할 수 있는 사람이 있는가?

유유상종이라는 말이 있듯이 나 자신과 나와 어울리는 사람은 매우 비슷한 성향끼리 만나 어울리게 되어 있다. 그래서 다른 이의 거짓으로 인해 힘들어 한다면 오히려 자기 자신이 제3자에게 거짓을 말하는 가능성이 크다. 거짓에 대해 알아 왔고 진실을 향해 길을 걸어 왔다. 그러니 더욱 자신을 객관적으로 바라보고 문제점이 발견될 즉시 변화를 주어라. 다른 이의 변화를 바라지 말고 자신부터 변화를 시키자. 왜냐하면 어떤 일이든 당신의 삶의 주인공은 바로 본인 자신이기 때문이다.

☿ 보디랭귀지는 거짓말을 하지 못한다

1995년 백악관에서 대통령의 비서로 근무하던 르윈스키는 당시 미국의 대통령 빌 클린턴과 섹스 스캔들에 휘말렸다. 그는 르윈스키와의 섹스 스캔들에 관련된 이야기에 몇 가지 거짓말을 한 적이 있었다. 나중에서야 밝혀진 사실이지만, 신기하게도 대화 중에 코를 만지는 버릇이 없던 클린턴은 르윈스키와의 섹스 스캔들과 관련해 거짓말을 할 때는 평균 3~4분에 한 번꼴로 코를 만졌다고 한다.

매력학

착한 보디랭귀지로 나를 알려라

사람은 무의식적으로 상대의 보디랭귀지를 받아들인다. 몇몇 보디랭귀지는 긍정적인 효과가 있어 상대에게 호감을 준다. 그러나 몇몇은 상대에게 부정적인 감정을 심어 준다. 이러한 작용은 잠재의식에서 일어나기 때문에 우리는 쉽게 의식할 수 없다. 그러나 이런 잠재의식적 작용은 사람들 사이에게 계속적으로 일어난다는 것을 알아야 한다.

아래에 설명한 보디랭귀지들은 긍정적인 보디랭귀지로서, 상대에게 무의식적으로 진실한 사람 또는 신뢰가 가는 사람이라는 인식을 심어 준다. 의식적으로 사용하도록 연습하도록 하자.

1. 얼굴 만지지 않기

- 대화를 하는 중에 얼굴을 만지는 행동을 삼가야 한다. 눈을 비비거나 코를 만지는 행동은 상대에게 무언가 숨기고 있다는 인상을 심어 준다. 사람들은 거짓말을 할 때 보통 코와 눈 같은 얼굴 부위를 만진다. 만약 코를 자주 만지는 버릇이 있다면 당장 없애라.

2. 다리 떨지 않기

- 사람의 몸 중 가장 의식적으로 조정할 수 없는 부분이 바로 다리 부분이다. 다리를 떠는 행동은 현재의 상황이 지루하거나, 급한 용무가 있다는 의미를 담는다. 우리는 의식적으로 상대의 다리 떠는 행동을 보고 불쾌한 감정을 느낀다. 만약 누군가가 앞에서 진지하게 이야기를 한다면 절대로 다리를 떨지 않도록 노력해야 한다.

3. 미소 띠기

- 미소는 자신감과 신뢰성을 보여준다. 미소를 띠지 않는 사람은 아무
런 행동을 하지 않아도 사람들에게 외면당하곤 한다. 사람들이 그
의 의도를 정확히 알 수 없기 때문이다. 애초에 싸움을 하지 않겠다
는 의미로 내보였던 이빨이 미소의 시초이다. 이는 상대에게 "나는
당신과 싸울 의사가 없어요."라는 의미를 내포하고 있다. 처음 보는
사람에게 양쪽 입꼬리를 올려 줌으로써, 당신이 선한 의도를 지녔다
는 것을 인지시켜주어라.

4. 가슴을 내보이기

- 인간의 몸은 자연적으로 자신을 보호하게 설계되어 있다. 최면으로
사람을 죽일 수 없는 이유가 바로 우리 인간들 모두의 잠재의식 속
에 있는 생명 보존에 대한 본능 때문이다. '팔짱 끼기'는 자신을 보
호하려는 보디랭귀지 중 하나로, 가슴을 감싸는 것이 핵심이다.

가슴을 감싸 안아 심장을 보호하는 무의식적인 행동이다. 그러나
이러한 보디랭귀지를 취하게 되면 가까이 있는 사람들은 무의식적
으로 상대가 자신에게 방어적인 태도를 취한다고 생각한다. 무언가
숨기는 듯한 인상과 함께 불쾌한 감정을 주게 되는 것이다. 실제로
많은 드라마에서도 팔짱 낀 사람들을 많이 볼 수 있다. 그리고 대부
분 그들이 나타내는 감정들은 '화남', '삐짐'과 같은 부정적인 것들
이다.

우리는 할 수 있는 최대한 팔짱을 풀도록 노력하여 상대에게 '나는
저의 심장을 그대에게 드릴게요. 믿어 주세요.'라는 무의식적 메시지

매력학

를 보내도록 노력해야 한다. 분명 상대는 그 메시지를 알아차릴 것
이다.

☿ 눈 마주침을 꾸준히 활용하기 (Eye Contact)

먼저 당신이 해야 할 행동은 상대를 똑바로 쳐다보는 것이다. 이는 계
속 뚫어지게 바라보라는 뜻은 아니다. 다만 시선 처리를 분산되지 않게
하라는 것이다. 상대의 눈을 보려면 한쪽 눈을 집중해서 보는 것이 좋
다. 왼쪽 눈과 오른쪽 눈을 번갈아 왔다 갔다 보게 된다면 눈빛이 흔들
리는 것처럼 비춰질 수 있고, 이는 상대로 하여금 당신이 거짓말을 하고
있다고 느끼게 만든다.

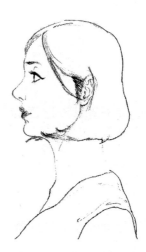

가장 추천하는 방법은 상대의 미간을 보는 것이다. 미간은 눈동자를 마주보는 것보다 부담감이 적으며, 받아들이는 상대 역시 편안함을 느낀다. 양쪽 눈을 빤히 쳐다보는 행동은 자칫 '눈싸움'처럼 느껴질 수 있으며, 남성의 경우는 자칫 오해하여 큰 싸움으로 번질 수 있으니 주의해야 한다.

상대를 눈으로 읽는 방법

우리는 모두 앞에 앉은 사람이 무슨 생각을 하는지 궁금할 때가 있을 것이다. 그리고 한 번쯤은 실제로 그런 상상을 해본 적이 있다. 100% 정확한 방법은 아니지만, 상대의 생각을 어느 정도 읽어 낼 수 있는 방법이 분명히 있다. 고개를 들어 상대의 눈을 천천히 관찰해 보자.

(1) 두 눈의 방향이 북서쪽 방향일 때

두 눈의 방향이 북서쪽 방향(\)을 향할 경우 상대는 먼 과거의 시각적인 것을 상상 또는 생각하고 있을 확률이 높다. 여기서의 먼 과거란 약 6개월 이전의 과거의 시각적인 정보를 뜻한다.

(2) 두 눈의 방향이 서쪽 방향일 때

상대의 두 눈의 방향이 서쪽 방향(←)을 향할 경우 상대는 청각적인 것을 상상 또는 생각하고 있는 것일 확률이 높다.

(3) 두 눈의 방향이 남서쪽 방향일 때

만약 두 눈의 방향이 남서쪽 방향(/)을 향할 경우, 상대는 그 자신이

매력학

느끼는 감정을 상상 또는 생각하고 있는 것일 확률이 높다.

(4) 두 눈의 방향이 북동쪽 방향일 때

그의 두 눈의 방향이 북동쪽 방향(↗)일 경우, 그는 가까운 기억 속에 있는 시각적인 것을 떠올리고 있을 확률이 높다.

(5) 두 눈의 방향이 동쪽 방향일 때

만약 두 눈의 방향이 동쪽(→)일 경우, 그는 가까운 기억 속에 청각적인 것을 떠올리고 있을 확률이 높다.

(6) 두 눈의 방향이 남동쪽 방향일 때

두 눈의 방향이 남동쪽 방향(↘)일 경우, 그의 머릿속엔 지각적인 것들이 떠돌고 있다.

✱⚲♂ 상대의 눈 방향을 정확하게 관찰하라

TV에서는 항상 인터뷰 장면들을 많이 볼 수 있다. 이때 인터뷰하는 사람들의 표정(특히 눈동자)을 관찰하면 재미있는 사실을 알아낼 수 있다. 질문을 받자마자 그 즉시 눈동자가 북서쪽(↖)을 향했다가 앞을 보면서 대답을 하는 것이 반복된다면, 그는 인터뷰 질문을 예상하고 모범답안을 준비했고 그대로 대답하고 있을 가능성이 크다. 다시 말해 그는, 질문을 받고 방금 전에 외운 내용들을 끄집어내고 있는 것이다.

상대에게 생각을 심어주기

우리는 이렇게 관찰을 통하여 상대가 무슨 생각을 하는지 알아맞힐 수도 있지만, 상대에게 어떤 생각을 심어주고는 눈동자의 방향을 관찰할 수도 있다.

당신이 상대방에게 "저번에 우리 만났을 때 봤었던 그 물건을 떠올려!"라고 말한다면, 상대의 눈동자는 북동쪽(/) 방향 또는 북서쪽 방향(\)으로 움직일 것이다. 만약 상대의 눈동자가 북동쪽(/)의 방향으로 갔다면, 그 물건의 형상을 뚜렷하게 기억하고 있는 경우이고, 북서쪽 방향(\)으로 갔다면, 그 물건의 형상이 뚜렷하게 기억나지 않아 기억 속에서 떠올리고 있는 것이라고 할 수 있다

눈을 쳐다보는 것은 신뢰를 쌓는 데 엄청나게 도움이 된다

이처럼 사람의 눈은 많은 정보를 담고 있다. 이렇게 많은 정보를 담고 있는 눈을 뚫어지게 바라본다면, 상대가 무슨 생각을 하는지 꿰뚫을 수 있다. 눈은 얼굴 표정의 거의 대부분을 차지하고 있다고 봐도 무방할 정도다. 따라서 눈은 굉장히 중요한 보디랭귀지 중 하나인데, 상대방의 눈을 쳐다보는 정도만으로도 상대와 신뢰를 쌓는 것에 많은 도움이 된다. 거짓말을 하는 사람은, 거짓말을 할 때 동공이 흔들리게 되고 초점을 잘 맞추지 못하며 상대의 눈을 똑바로 쳐다보지 못한다. 상대의 눈을 똑바로 쳐다볼 수 있다는 것은 상대에게 "난 진실한 사람이에요."라는 것을 어필하는 것과 같다. 이것은 곧 상대와의 (매력요소 중에 하나인)신뢰감

매력학

으로 이어지고, 이 신뢰감은 상대로 하여금 여러분을 편안하게 인식할 수 있게 할 뿐만 아니라 호감으로 이어지는 데까지 작용한다.

캘러먼과 루이스의 눈 마주침 실험

이와 관련된 재미있는 심리학 실험이 하나 있었다. 1989년 미국의 심리학자 캘러먼과 루이스는 낭만적인 실험을 실행하기로 결심했다. 그리고 그들은 상대방의 혈관에서 사랑의 호르몬인 페닐에틸아민을 솟구치게 하는 가장 쉬운 방법을 알아냈다.

그들은 생면부지의 남녀 48명을 모집했다. 한 그룹에게는 특별한 지시 없이 남녀를 두 줄로 세워 뒀다. 그리고 다른 한 그룹에게는 똑같이 두 줄로 세우되, 2분간 상대의 '눈'을 바라볼 것을 요구했다. 그리고 2분이 흐른 후, 첫 번째 그룹의 여성들에게 물었다. 앞에 서 있었던 남성에게 어떤 감정을 느꼈는지 말이다. 아무런 지시를 받지 않은 그녀들은 앞에 있었던 남성에게 아무런 감정도 느끼지 못했었다고 답했다. 반면에 2분간 상대의 눈을 집요하게 쳐다볼 것을 요구받은 그룹의 답변은 달랐다. 그 그룹의 여성은, 눈을 마주치고 있으니 그녀 자신도 모르게 상대 남성에게 설레는 감정을 느낄 수 있었다는 답변을 얻었다.

이러한 실험 결과와 다른 여러 실험들에 의해, 우리는 눈을 맞추는 것만으로도 서로에 대한 호감도가 상승하는 것을 깨닫게 되었다. 실제로 눈을 계속해서 마주치는 시간과 호감도는 비례한다. 눈을 마주치는 것은 사회적 상호 작용의 시작이다. 상대로 하여금 당신에게 호감을 보이게 하고 싶다면, 대화 시간의 85% 이상을 상대와 눈을 마주쳐라. 랄프

왈도 에머슨은 이런 이야기를 한 적도 있다. "사람의 눈은 혀만큼이나 많은 말을 한다. 게다가 눈으로 하는 말은, 사전 없이도 전 세계 누구나 이해할 수 있다."

상대가 눈 마주치는 것을 부담스럽게 여기면 어떻게 하여야 하는가?

이처럼 눈을 마주치는 것은 어마어마한 상호작용을 일으킨다. 자신도 모르는 사이에 상대방에게 신뢰감을 심어주고, 호감을 심어주고, 안정감을 심어 주는 것이다. 그래서 여러분은 상대를 똑바로 쳐다봐야 한다. 하지만 인생사가 뜻대로 풀리지만은 않는다. 당신은 상대의 눈에 집중하고 있으나, 상대는 당신의 눈을 똑바로 바라보지 않을 수도 있다. 서로 간에 쳐다보는 것이 아니라, 당신만 상대를 쳐다본다면 상대는 그것을 부담스러움, 혹은 불편함으로 느낄 수도 있다.

가장 좋은 방법은 자연스럽게 서로가 서로의 눈을 마주치는 것이지만, 실제로 사람과 사람이 만날 때는 그런 과정이 생기지 않는 경우가 많기에 의도적으로 상대가 여러분의 눈을 쳐다보게 만드는 방법을 알려주도록 하겠다. 그 방법은 눈을 바라봐야 하는 상황을 환기시키는 것이다. 그냥 막무가내로 '환기 시켜라'라고만 한다면 당신은 이것이 무엇을 뜻하는지 알기 어려울 것이다.

– 자세의 환기

혹시 어렸을 적 허리를 펴고 다니라는 어른들의 말씀을 들어본 적이 있는가? 혹은 학교에서 선생님이 의자에 앉을 때에는 바른 자세로 앉

매력학

아야 한다는 말씀을 들어본 적이 있는가? 그때 여러분은 갑자기 자세를 교정했던 경험이 있는가?

지금 이 글을 읽는 여러분은 숨을 쉬고 있다. 방금 전까지(이 글을 읽기 전까지)만 해도 여러분은 여러분 스스로가 숨을 쉬고 있었다는 사실을 자각하지 못하고 있었을 것이다. 왜냐하면 그것에 너무 익숙해져 있었기 때문이다. 혹은 의자에 앉아 있다면 엉덩이가 의자를 누르는 압력을 한 번 느껴 보라. 이 글을 읽는 것만으로, 너무 익숙해서 느끼지 못하고 있었던 감각을 갑자기 느낄 수 있을 것이다. 사람들은 무언가 자세를 취하고 있을 때 그것에 관련된 자세를 한 번 환기 시켜 주는 것만으로도 그에 대해 감각을 집중하게 된다.

- 눈 마주침의 환기

눈에 관해서도 마찬가지다. 너무 자연스럽게 시선을 쳐다보고 있었을 상대에게 이런 말을 던져서 환기를 시켜 보자. 당신이 상대를 쳐다보는데 상대가 당신을 잘 쳐다보지 못한다면 다음과 같이 얘기하라,

"보통 한국 사람들은 다른 사람이랑 눈 마주치는 것을 굉장히 꺼리죠. 우리가 어린 시절에 혼날 때나 꾸중을 들을 때, 눈을 똑바로 쳐다보면 어른들이 건방지다고 더 화를 내거든요. 한국에서는 눈을 똑바로 마주치는 것이 예의에 어긋나는 것이거든요. 그런데 외국은 한국의 눈 마주침과는 많이 달라요. 외국에서는 눈을 마주치는 것이 상대방 대화에 대한 집중을 의미해요. 그래서 눈을 똑바로 쳐다보고 이야기 하지 않으면 '내 눈을 똑바로 보고 얘기해라.'라고 윗사람들이 야단치죠. 근데 요즘에는 세상이 많이 바뀌어서 한국에서도 이제는 눈을 쳐다보

는 것이 상대에 대한 존중을 나타내는 것이라고 한대요. 사실 눈을 쳐
다보는 것은 상대에 대한 관심을 담고 있어요. '난 당신의 이야기에 집
중하고 있어요.'란 무언의 의미이기도 하고요."

이런 식으로 상대가 방금 전까지 눈의 시선을 당신에게 두고 있지 않
았다는 사실만 환기시켜 줘도 상대는 당신의 눈을 잘 쳐다보게 된다.
이처럼 상대에게 직접적으로 "눈을 쳐다봐라!"라고 명령하지 않아도
당신의 눈을 쳐다보게 하는 방법은 환기이다.

– 스토리텔링을 이용한 '환기'

당신은 아래와 같은 스토리텔링을 이용할 수도 있겠다. 다들 알고 있
는 올리비아 핫세의 유명한 실화이다.

가녀린 듯하면서도 육감적인 몸매와, 청순하고 아름다운 얼굴을 동시
에 가진 올리비아 핫세가 있었다. 그녀는 그 당시의 가장 유명한 여배
우였다. 세계 3대 미녀라 불릴 만큼, 숨 막히는 그녀의 외모는 사람들
의 마음을 사로잡기에 충분했다. 모든 사람들은 그녀가 결혼할 사람
은 그녀만큼, 또는 그녀 이상의 남자일 것이라고 생각하고 있었다. 하
지만 그녀는 수많은 팬들의 기대를 깨고 너무나도 평범한 남자와 결
혼했다.

이를 무척 궁금히 여긴 한 토크쇼 MC가 그녀에게 질문을 던졌다. "당
신은 굉장히 매력적인 여자입니다. 당신의 그 매력적인 몸매를 보고
많은 남자들이 당신을 가만두지 않았을 텐데, 왜 하필 그 많은 남자
들 중에 지금의 남편인 평범한 남자를 배우자로 선택했나요?" 그러자
올리비아 핫세는 아무 대답 없이 지그시 미소를 짓더니 손을 들어 진

매력학

행자의 눈을 가렸다. "제 눈 색이 무슨 색인지 기억하시나요?" 그는 꿀먹은 벙어리가 되어 아무 말도 할 수 없었다. "다른 남자들이 제 눈보다 가슴에 먼저 관심 있을 때, 이 질문에 유일하게 대답한 사람이 저의 남편이에요."

상대에게 이런 스토리텔링을 해주며 올리비아 핫세의 남편은 남들이 보지 못하는 세심함을 가졌다고 정말 대단한 것 같지 않느냐며 칭찬해 보자. 그 후에는 당신 앞에 앉은 상대가 당신의 눈을 더 그윽하게 바라보는 것을 확실히 느낄 수 있을 것이다.

☿ 신뢰 = 편안함

상대방에게 신뢰를 심어 주는 것과 편안함을 심어 주는 것은 거의 비슷한 작용을 한다. 잘 생각해보라. 편안한 사람이 바로 신뢰가 가는 사람이다. 당신 앞에서 그만큼 편하게 있을 수 있다는 것은 당신을 그만큼 신뢰한다는 뜻과도 같다.

당연히 신뢰감과 편안함은 오랜 기간 동안 같이 생활영역을 공유하다 보면 자연스럽게 생기기 마련이다. 하지만 우리는 모든 사람과 그렇게 오랫동안 교류 혹은 교제할 수는 없다. 우리는 짧은 시간을 만나더라도 그 사람이 나를 어색해하지 않고, 편하게 여기며 신뢰할 수 있게 만드는 방법이 필요하다. 즉, 상대와의 대화가 잘 통하고, 그것을 잘 이끌어 나가야 한다는 것이다. 그래서 그에 따른 대화 방법을 몇 가지 소개하도록 하려고 한다.

경청을 이용하는 방법

첫 번째 신뢰의 대화 구조는 '경청'을 이용한 대화 구조이다. 이것은 상대로 하여금 '저 사람은 나를 잘 이해하는 사람이구나.', '처음 보는 사람인데 왠지 모르게 호감이 간다.', 혹은 '대화가 정말 잘 통하는 사람이군.' 등과 같은 생각을 하게 만들 수 있는 대화법이다.

우리는 그동안 경청의 중요성 대하여 귀에 못이 박히도록 들어왔다. 하지만 여기서 다룰 주제는 오직 매력의, 매력을 위한 경청법에 대해서만 이야기하고자 한다. 여러분들이 경청을 하기 위해 사용할 수 있는 대화의 기술이 몇 가지 있는데, 그중 가장 효과적인 기술은 단언컨대 백트래킹이다. 고로 백트래킹에 대하여 자세히 알 필요가 있다.

경청의 기본스킬 – 백트래킹

백트래킹(backtracking) 기본 구조는 말꼬리를 잡는 것이다. 즉 상대의 말의 끝마디 단어의 몇 개를 다시 한 번 언급해주는 것이다. "나는 당신의 말을 잘 듣고 있고, 정확하게 이해하고 있습니다."라는 간접적 의미의 전달과도 같다. 말로 설명하면 이해가 어려울 수 있으니 일단 예시부터 보고 들어가자. 끝마디를 따라 하는 것에 주목하라.

백트래킹(backtracking) 기본 예문

당신　 : 어제 뭐 했어요?

상대방: 어제요? 친구랑 놀았죠~

매력학

당신 : 아 친구랑 <u>노셨구나~</u>

상대방: 네! 그렇게 일주일 동안 바쁘다가 바쁜 것도 간만에 끝났고 해서요. △△

위의 예문이 바로 방금 전 말했던 '백트래킹(backtracking)'이다. 상대방은 당신이 뒷마디를 따라 함으로 인해 물어보지 않았던 정보까지 당신에게 퍼붓는 중이다. 백트래킹을 사용한다면 상대는 할 말이 많아지고, 당신과 대화하는 것이 즐거운 일이 된다.

하지만 위의 예문이 어색하다고 생각하는 사람들도 있을 것이다. 당연한 현상이다. 저 대화로만 어색하지 않다고 해도 대화를 이어갈 때 단순한 말꼬리 잡기 백트래킹만 사용하다 보면 대화가 굉장히 이상해지는 것을 알 수 있다.

단순한 백트래킹(backtracking)을 계속 사용하여 이상해진 기본 대화 예문

당신 : 어제 뭐 했어요?

상대방: 어제요? <u>친구랑 놀았죠~</u>

당신 : 아 <u>친구랑 노셨구나~</u>

상대방: 네! 그렇게 일주일 동안 바쁘다가 <u>바쁜 것도 간만에 끝났고 해서요.</u>

당신 : 오, <u>바쁜 게 간만에 끝났군요.</u>

상대방: 네. 끝나서 요즘 <u>행복해요!</u>

당신 : <u>행복하시군요!</u>

상대방: 아, 네……

위와 같이 상대방은 할 말을 잃어버리게 되며, 서로 간에 머쓱해지는 상황이 발생할 수 있다. 또, 상대방이 '이 사람은 왜 내 말을 앵무새처럼 따라 하기만 하는 거야!'라고 생각할 수도 있다. 위의 대화와 같이 단순히 상대의 말꼬리만을 잡아 따라 하게 될 경우 어색한 대화가 되기도 하고 상황에 따라 상대가 기분 나빠하는 경우도 발생할 수 있으므로 백트래킹(backtracking)의 적절한 응용은 필수적이다.

백트레킹의 핵심은 연결고리다!

백트래킹을 자유자재로 구사하기 위해서는 연결고리를 찾는 행위가 필수적이며, 그것을 위해 우리는 전환과 심화라는 기술을 사용할 수 있다. 전환은 한 가지의 주제를 다른 주제로 전환시키는 기술이며, 전환도 마찬가지로 주제의 전환을 의미하는 기술이다.

전환과 심화 역시 말로만 들어서는 이해하기 어려우니, 먼저 예문을 통해 알아보도록 하자.

백트래킹(backtracking) - 전환 예문

당신: (일상 대화처럼) 어제 뭐 했어?

상대: 어제? <u>친구들이랑 놀았어.</u>

당신: <u>친구랑 놀았다고?</u> (과장해서 놀리는 투로) 너 친구 없잖아! (+큰 웃음)

상대: 뭐라고? 내가 친구가 얼마나 많은데~ △△

매력학

백트래킹(backtracking) - 전환

　분명히 이 대화는 위의 예문은 앞서 나왔던 예문과 똑같은 패턴이다. 대화의 처음을 보면 상대의 안부를 묻는 (또는 정말로 어제 무엇을 했는지 궁금해 하는) 말로 대화를 시작하였다. 전의 예문이 단지 백트레킹의 단순한 활용을 이용하여 단지 말꼬리만을 따라 하였다면, '전환'을 이용한 예문은 대화의 주제를 바꿔 버렸다. 친구랑 놀았던 것에 초점을 맞춘 것이 아니라, "어제? 친구들이랑 놀았어."라는 답변에서 친구라는 주제어를 끌어와 "친구랑 놀았다고? 너 친구 없잖아!"라고 새로운 대화의 주제를 끌어낸 것이다. 또한 이것은 유머의 측면과도 관계가 깊다. 상대를 예측치 못한 방향으로 이야기를 전개해서 대화의 흥미진진함과 재미를 더하고 있다. '전환'의 사용은 전체적인 대화를 풍성하게 해주고, 말하는 상대뿐만 아니라 듣는 사람(당신)도 재미있게 대화할 수 있다.

　여기서 주의 깊게 볼 점은 "친구랑 놀았다고?"라고 하며 다시 한 번 앞에 나왔던 말을 짚어 주는 것이 포인트다. 다시 한 번 주제의 전환이 얼마나 중요한지 다음 한 개의 비교 예문을 보도록 하자.

백트래킹(backtracking) - 전환을 이용하지 않은 예문

상대: 얼마 전에 코트 샀는데 <u>예뻐?</u>

당신: 오~ <u>코트 예쁘다!</u> 백화점에서 샀나 봐?

상대: 백화점이 요즘 세일기간이더라고~ 그래서 그런지 사람들 진짜

　　<u>많더라.</u>

당신: <u>아~ 많았구나.</u>

상대: 안 그래도 북적북적한데 코트 사려고 사람들이 <u>줄 서서 기다리</u>
   <u>고 있더라.</u>

당신: 아 진짜? <u>줄을 그렇게 길게 서?</u>

상대: 응. 그래서 20분이나 줄서서 기다렸다가 겨우 <u>코트 하나 골랐</u>
   <u>어.</u>

당신: 그래도 <u>코트 골랐으니</u> 다행이네.

상대: 안 그래도 친구들도 이 코트 못 구해서 난리였는데 다들 어찌나
   <u>부러워하던지…….</u>

당신: (이야기를 슬슬 지루해하며) 하하, <u>부러워할 만하네.</u>

상대: 내 친구도 이거 사려고 인터넷에서 중고로 구했는데, 알고 보니
   <u>짝퉁이었대~</u>

당신: (속으로 반응해 주기 힘들다는 생각을 하며) 헉~ 진짜? <u>짝퉁은</u>
   심하네.

상대: 응. 그래서 판매자한테 연락했는데 연락이 안 되더래. 싸게 사려
   다 완전 망했지 뭐.

당신: (이제는 억지웃음을 짓는다) 하하하.

상대: 나도 인터넷에서 살까 하다가 직접 나가서 <u>구한</u> 건데 잘했지? 잘
   <u>했지?</u>

당신: (상대의 이야기가 너무 재미없어 듣기 싫어하며) 응, 잘 <u>구했네.</u>

상대: 역시 좋은 물건은 발품을 팔아야 해. 특히나 이런 건 더 더욱
   말이야. 안 그래도 얼마 전에 동대문에서 발품 팔아서 <u>가방 구</u>
   <u>했거든.</u>

당신: (이제 속으로 분노한다) 아, <u>가방도 구했구나.</u>

매력학

전환을 사용하지 않는다면 상대는 당신이 원하지 않는 주제로 계속 이야기할 수도 있다

위와 같은 상황에 놓인다면 당신은 정말 상대와의 대화를 중단하고 싶을 지경일 수도 있다. 물론 백트래킹을 사용하여 당신이 상대의 말에 집중하고 있다는 것과 동시에 열심히 듣고 있다는 것을 어필하고 있기 때문에, 상대는 당신과의 대화를 재미있게 즐길 수 있을지도 모른다. 그러나 대화를 보라. 실제로 저런 상태로 대화를 지속한다면 상대는 재미있어 하지만, 당신은 대화를 분명히 지루해할 것임에 틀림없다. 위의 주제 같은 대화 예문은 남자들이 질색하는 이야기 패턴의 과정 중 하나이다.

물론 지금 책을 들고 있는 독자분이 여성이라면 저런 대화는 전혀 문제가 없다. 여성들은 두 시간이고 세 시간이고 저런 대화를 지속해도 전혀 문제가 없을 것이다. 위의 예문은 당연히 남성 독자들을 위한 예문이다.

☿ 남성과 여성의 대화 진행의 차이점

보통 이야기의 곡선을 그려 나갈 때, 남성은 서사적 진행을 따라 대화의 주제가 옮겨가고, 여성은 감정적 진행을 따라 대화의 주제가 옮겨간다. 저 예시와는 반대로 남성들 간의 대화 패턴을 예문으로 들어 놓고 여성이 들어주는 입장이라면 여성 또한 대화를 지루해하고 무슨 말로 대화를 어떻게 참여해야 할 지 눈앞이 캄캄할 것이다. 누구든지 사람들과 일대일 대화를 오래 하다 보면, 대화가 지루해지는 것을 경험한 적이 있을 것이다. 특히 이런 현상은 남녀 관계에서 빈번하며, 가끔은 친하지 않은 사이나 이야기하는 두 사람의 나이 차이가 많을 때 쉽게 발생한다. 그런 걸 두고 우리는 서로 이야기가 잘 맞지 않는다든가 코드가 맞지 않는다는 등의 표현을 사용한다. 하지만 이것 또한 해결책이 존재한다. 바로 주제의 변환(전환)이다.

잘 들어주는 척하지 마라

만약 당신이 저런 상황에서 짜증이 나는데도 불구하고 잘 들어주는 척하며 그대로 이야기를 진행한다면, 언젠가는 당신의보디랭귀지가 상대의 이야기가 지루하다는 것을 미세하게 풍길 것이고, 당신이 남자고 상대가 여자라면 사태는 더욱 심각해진다. 남성은 보디랭귀지에 대한 관찰력이 뛰어나지 않기에 쉽게 캐치해 낼 수 없지만, 여성이 상대라면 앞에 앉은 사람이 점점 내 이야기를 지루해 한다는 것을 쉽게 파악할 것이고 이는 바로 당신의 매력의 하락으로 이어진다. 남의 말을 쉽게 무시해 버리는 사람이라고까지 생각할 수도 있다. 따라서 당신은 백트래킹을 눈에 띄지 않게 살짝 조정해주는 작업이 필요하다. 역시나 백문이 불여일견이니 밑의 예시를 보도록 하자.

백트래킹(backtracking) - 전환을 이용해 주제를 바꾼 예문

상대: 나 얼마 전에 코트 샀는데 예쁘지?

당신: 오~ 코트 완전 예쁜데? 핏이 진짜 괜찮네. 모델이 좋아서 그런가. 옷걸이가 좀 되네. 어디서 샀어?

매력학

상대: 응, 저 앞에 백화점 세일기간이잖아. 그래서 그런지 완전 사람들 진짜 <u>많더라.</u>

당신: <u>그렇게 많아?</u> 막 북적북적 거리겠네? 난 사람 많은 거 진짜 싫던데. 아, 나도 백화점에 들러야 하는데 사람 많다니까 좀 그러네.

상대: 응! 장난 아니더라. 그렇게 많은 건 처음 봐. 근데 오빠도 뭐 살 거 있나 봐?

당신: 응. 안 그래도 신발 하나 사려고 했거든. 운동화 하나 필요해서~ 아, 혹시 신발 매장도 사람 많았어?

상대: 글쎄…… 거기는 못 가 봤는데…… 내 코가 석자여서 <u>가볼 틈이 없었어.</u>

당신: 뭐야? <u>가볼 틈도 없었다고?</u> 평소에 내 신발 잘 안 보고 다니는구나! 뒷굽이 전부 닳아 버렸는데……. 딱! 알아서 내 신발은 뭐가 예쁠까 하고 봐 뒀어야지!

상대: 뭐야……. (웃음)

당신: 그나저나 줄 서서 힘들게 산 코트가 그거란 말이지?

상대: 응!^^ 완전 예쁘지?

당신: 흐음~ 괜찮네! (일으켜 세운 후에) 오늘따라 예뻐 보이네. 옷 때문인가? 안 그래도 다음에 너랑 괜찮은 레스토랑 가려고 했는데, 거기 분위기랑 지금 이 옷하고 딱이네.

상대: 레스토랑? 어디?

당신: 비밀~ 미리 알면 재미없잖아?

상대: 아~ 어딘데?!?!?!?

당신: 어딘지 알아맞힐 수 있으면 알아맞혀 봐~ 알아맞히면 쏜다! 힌

트 진짜 쉬워. 대신 못 맞추면 네가 쏘는 거고~ 힌트는! 저번에 내가 가고 싶다던 곳이었다는 거!

상대: 흐음?? 음…… 음…… 혹시 xx레스토랑?

당신: xx레스토랑? 땡! 한 번의 기회를 더 드립니다. ㅋㅋ

상대: ㅠㅜ 음…… 그럼 yy레스토랑?

당신: yy레스토랑이라니…… 땡!! 자~ 네가 당첨이네.

상대: 뭐야~ (웃음)

⚥ 주제의 전환은 당신도, 상대도 즐겁게 한다.

위의 예시는 처음의 예시와 길이가 거의 비슷함에도 불구하고 어설프게 계속 경청만 하여 대화의 주제가 삼천포로 빠지는 것을 막았다. 처음의 예시에서 당신은, 경청은 하였지만 상대의 이야기를 그대로 듣기만한 탓에 백화점 세일에 줄 서서 기다린 이야기부터 시작해서 친구가 인터넷에서 쇼핑을 했다가 사기를 당한 이야기까지 재미없는 이야기를 힘들게 들어주기만 했었다.(예시에서는 진행하는 시간이 짧아 보이지만 실제로는 10~20분이 될 수도 있고 더 길어질 수도 있으니 참고 바란다.)

하지만 당신이 그런 쓸데없는 소리까지 경청을 할 필요는 없다. 적당히 들어줄 수는 있지만 이런 대화가 20분을 넘기게 된다면 어떻게 해결할 것인가. 상대를 배려해 하루 이틀은 참을 수 있어도, 계속 이러한 대화가 이루어진다면 상대든 당신이든 둘 중 하나는 일방적으로 대화를 끝내 버리고 싶은 상황에 마주하게 된다. 대화에서 시간은 무한정으로

매력학

쓸 수 있는 것이 아니다. 당신은 단순히 주제의 전환을 통해 당신에게 주어진 시간을 보다 더 효율적인 시간으로 얼마든지 바꿀 수 있다.

위의 두 개의 예문의 차이

그렇다면 위의 예시의 방법은 처음의 예시와 무엇이 다른가? 일단, 여성의 말에 적극 공감을 하였다. 이로써 대화는 본격적으로 시작되었다. 상대는 백화점의 상황 설명을 하기에 이른다. 당신은 이쯤에서 당신의 의견을 어필하여야 한다. 이때의 상황을 그냥 방치해 버리면 그에 대한 부연 설명 또한 굉장히 길어질 것이기 때문이다. 물론 이야기를 갑자기 확 끊어 버리면 뭔가 대화도 어색해지고 기분이 상할 여지도 있으니 앞의 대화를 어느 정도 받아치며 자신의 의견을 어필하는 것이 방법이다.

지금까지 백트레킹 활용에 대한 요약

1. 상대가 이야기를 시작한다.
2. 백트래킹을 사용한다.(뒷말을 따라 해서 상대에게 되돌려 준다.)
3. 상대가 공감을 바탕으로 이야기를 본격적으로 시작한다.
4. 상대의 이야기에 대한 당신의 의견을 잠깐 어필한 후 상대가 시작한 이야기의 주제에 관련된 질문을 한다.
5. 상대가 당신의 질문에 대답을 한다.
6. 그 대답을 토대로 당신의 이야기를 펼친다.(당신의 이야기는 여성의 대답의 주제와 관련이 없더라도 상관없다)

좀 더 자세히 알아보기

당신은 주제의 전환 방법만 익혀도 여성의 이야기를 공감하는 것이 되고, 경청하는 것 또한 자동으로 이루어지며 심지어는 그에 대한 자신의 의견까지 어필하는 것까지 된다. 또한 당신의 이야기로 화제를 바꾸면서 제일 중요한 주도권 역시 획득할 수 있게 된다. 만약 당신이 대화에 자신이 있다면 이와 같이 상대의 이야기를 유머러스하게 이끌어 나가는 형식을 취할 수도 있겠지만 아직 자신이 없다면, 그냥 이전에 잡았던 대화의 주도권을 바탕으로 당신의 이야기를 풀어 나가도 무방하다.

배려 있는 대화란

다시 예시를 잠깐만 보자.
당신: 그나저나 줄 서서 힘들게 산 코트가 그거란 말이지?

당신은 주제의 전환을 한 번 이용한 후에 다시 한 번 주제의 전환을 함으로써 자신이 잡고 있었던 대화의 주도권을 상대에게 잠시 내어 준다. 이는 당신이 주도권을 전부 갖는 것에 있어 상대에게 생기는 불만을 전부 해소시키는 역할을 한다. 따라서 당신도 주도권을 잡고 이야기하는 도중에 가끔 상대방이 이야기했던 원래의 주제로 다시 전환하는 것도 좋은 방법이다. 예시의 남성처럼 말이다.

따라서 위의 주제의 전환 〈정리〉 부분에 7번 항목을 추가하도록 하자.

매력학

7. 이야기가 끝나면 잠시 여성이 원래 의도했던 대화로 돌아와라

대부분의 사람이 보기엔 처음의 예시가 경우가 남성이 더욱 경청을 한 것처럼 보이지만 실제로 대화가 끝난 후 상대의 기분을 물어보면 상대는 '주제의 전환'을 사용한 예시에서 '상대가 내 이야기를 배려 있게 잘 들어주었고 대화다운 대화를 하였다.'고 느낀다. 그 예시야말로 정말 살아 있는 대화이기 때문이다. 그저 들어주기만 하고 호응만 해주고 맞장구만 쳐주는 매력 0점의 경청법은 당신에게 전혀 필요 없는 경청법이다.

다음은 백트래킹의 두 번째 기술인 '심화'를 알아보자.

백트래킹(backtracking) − 심화

당신: 어제 뭐 했어?

상대: 어제? 그냥 <u>집에 있었지.</u>

당신: <u>그냥 집에 있었다고?</u> **집에서 뭐 했대?**

상대: 음, 집에서 처음으로 크림파스타 만들어 보고, 그거 먹으면서 내가 좋아하는 드라마도 보고…….

위의 예시에서 당신은 처음 대화의 시작이었던 '어제 한 일'에 대해 백트래킹(backtracking)으로 친구와 무엇을 했는지를 물음으로써 첫 주제였던 '무엇을'에 대해 구체적으로 파고들었다.

이런 간단한 예문에서는 백트래킹(backtracking)의 효과를 실감할 수

없지만, 일상생활에서 대화를 할 때는 응용에 따라 어마어마한 효과를 발휘하기도 한다. 지금부터 백트래킹(backtracking)의 주제 심화에 대해 자세히 알아보자.

예시로 자세히 알아보는 '주제의 심화'

파란색 부분은 상대의 문장에서 백트래킹(backtracking)한 부분이며 빨간색 부분은 백트래킹(backtracking)으로 주제를 심화한 부분이다.

당신: 어제 <u>뭐 했어?</u>

상대: 어제? 그냥 집에 있었지.

당신: <u>그냥 집에 있었다고?</u> **집에서 뭐 했대?**
> (주제 심화)

상대: 음, 집에서 처음으로 크림파스타 만들어 보고, 그거 먹으면서 내가 좋아하는 드라마도 보고.

당신: <u>드라마라</u>…… 어떤 거? **요즘 유행하는 xx?**
> (드라마 중 유행하는 특정 드라마로 주제 심화)

상대: 아니, 그거 말구 요즘 XBS에서 월화 7시에 방송하는 거 있잖아.

당신: 아! yy? 근데 **하루 종일 드라마만 봤어?**
> (드라마에서 다른 일과로 주제 전환)

상대: 그냥~ 드라마 다 보고 전화로 친구랑 수다 떨었지.

당신: 하루 종일 <u>드라마 보고 수다만 떨었어?</u>

> 진짜…… **심심한 인생이다.**
> (수다에서 심심한 인생으로 주제 전환)

매력학

상대 : 뭐가 심심해?

당신: <u>심심하지.</u> 주말에 친구들이랑 수다나 떨고 드라마나 보는 인생
은 **심심**하지.
　(심심함의 주제 심화)

상대: 하나도 안 심심하거든요!

당신: <u>하나도 안 심심했다고?</u> 그럼 이보다 **더 심심할 수도 있다고?**
　　　　　　　　　　　(현재의 심심함에서 더 나아간 심심함으로 주제 심

화)

상대: 뭐 그냥 혼자 집에서 할 일 없이 뒹굴거리거나…….

당신: (박장대소하며) **혼자 집에서 뒹굴거리기도 해?**
　(심심했던 적에서 혼자 집에 있는 경험으로 주제 심화)

상대: 뭐…… 비 오고…… 밖에 나가기 귀찮을 때는……

당신: 너도 <u>비</u> 오면 **귀찮음에 빠지는구나?**
　　　　　　　(비에서 귀찮음으로의 주제 전환. 심화)

백트래킹만 익히면 대화의 달인이 될 수 있다

그냥 멍하니 글을 읽어 내려갔다면 그냥 일상의 수다처럼 느꼈을지도
모르지만 자세히 살펴보면 지극히 전략적인 대화이다. 분명 대화의 시
작은 어제 무엇을 하였는지에 대한 표면적인 이야기였지만, 계속된 백트
래킹(backtracking)으로 대화의 마지막에는 상대가 가장 심심했던 때에
대해 이야기를 나누며 이야기가 일상의 이야기에서 내면의 이야기 쪽으
로 조금씩 이동하는 것을 볼 수 있다. 이렇듯 백트래킹(backtracking)은

끊임없는 대화를 통해 짧은 시간동안 상대와의 깊은 공감대를 형성시킬 수도 있고, 상대에 대해 사전 정보가 없어도 짧은 시간 안에 상대에 대한 정보를 캐낼 수도 있다.

만약 당신의 주위에, 만난 지 얼마 되지도 않았는데 금세 사람들과 친분을 쌓는 친구들을 보면 백트래킹(backtracking)의 달인인 경우가 많다. 특히나 남성들보다는 여성들의 대화 패턴을 주의 깊게 들어보면 위와 같은 패턴을 쉽게 발견할 수 있다. 상대와의 전화 통화가 지나치게 짧아 고민이거나 다른 사람들을 만나도 할 이야기가 없다는 자들은 백트래킹(backtracking)을 갈고 닦아 보자. 당신도 충분히 대화의 달인이 될 수 있다.

매력학

9. 용감성과 실행력 - 당신이 두려워해야 할 것은 없다

용감함을 흉내 내기

당신이 아무리 용감하더라도 어떤 상황이 닥치기 전까지 사람들은 당신의 용감성을 절대로 알 수 없다. 그러나 몇 가지의 보디랭귀지를 통해 용감하고 당당한 사람들의 자세를 흉내 내는 것은 가능하다. 이러한 방법들을 통해 좀 더 자신감 있는 사람으로 탈바꿈할 수 있다. 실제로 당신이 용감하고 자신감 있는 사람이 아닐지라도 말이다. 유명한 심리학자 프로이트는 "입술이 잠자코 있어도 손가락이 가만히 있지 못한다. 비밀은 몸에서 흘러나오기 마련이다."라고 말했다. 그는 그만큼 보디랭귀지가 중요하다는 것을 강조한 것이다. 용감성에 관한 보디랭귀지를 전부 이해한다면, 매 순간마다 상황을 자신에게 유리한 방향으로 이끌 수 있다.

(1) 허리를 꼿꼿이 세워라

첫 번째는 허리를 꼿꼿이 세우고 어깨를 쫙 펴는 것부터 시작한다. 지금 당장 길거리에 나가 배회하는 남성들을 관찰해라. 70%~80%의 남성이 몸을 움츠리고 다니는 것을 쉽게 관찰할 수 있을 것이다. 우리는 너무나도 움츠려 있는 경우가 많다. 당당하게 어깨를 펴라. 바르면서 자연스러운 자세가 좋다. 살짝 턱을 들어라. 모든 것은 자연스러워야 한다. 턱을 살짝 들되 너무 많이 들지 않도록 주의한다. 자칫 잘못하면 건방진 사람처럼 보일 수 있기 때문이다.

(2) 두 양 발에 힘을 주어라

두 번째로 양발에 힘을 주어라. 서 있을 때 발을 어깨 넓이만큼 벌리고 양발에 힘을 주어라. 될 수 있는 한 많은 공간을 차지하고 있는 자세를 취해라.

(3) 거만한 미소를 지어라

위의 사회적 지위 파트에서도 언급했지만, 사회적으로 지위가 높은 사람들은 한쪽 입꼬리만을 올리는 거만한 미소를 짓는다. 실제로 이런 행동을 반복하다 보면, 사람들이 당신을 사회적 지위가 높다고 무의식중에 생각할 뿐만 아니라, 당신이 실제로 자신감 있어지기도 한다. 자리가 사람을 만든다는 말도 있지 않은가!

매력학

(4) 말의 크기를 키워라

말의 크기를 더 크게 하라. 대부분의 남자들은 목소리가 잘 들리지 않는 클럽이나 놀이공원 같은 곳에서도 조용조용하게 말하는 습관들을 가지고 있다. 조용하고 소심한 목소리는 자신감이 없어 보이며 이는 당신의 매력을 엄청나게 깎는다. 카페같이 조용한 공간에서 민폐를 끼치면서까지 크게 말하라는 것은 아니다. 다만 크게 말할 수 있는 공간에서 크게 말해야 하는 것과 평소에도 기어 들어가는 목소리를 하지 말라는 것이다. 평소 자신의 목소리에 신경을 않고 있던 사람이라면(대다수의 사람이 목소리의 크기에 신경을 쓰지 않고 있다.) 평소의 목소리보다 한 두 단계 키워서 말하는 것을 연습하라.

(5) 말의 빠르기를 느리게 하라

목소리를 크게 하되 말의 빠르기는 천천히 하라. 말의 빠르기가 빠른 사람은 항상 누군가 말을 끊어 먹을까 봐 초조한 듯한 인상을 풍기며, 촐싹대는 이미지를 남김과 동시에 상대에게 하여금 신뢰를 느끼게 할 수 없다. 어떠한 국가에서도 고대의 왕이나 왕족들은 절대로 빠르게 말하지 않았다. 빨리 말하는 것은 불안한 정서를 가진 사람처럼 인식될 뿐이다. 당신이 만약 빠른 말에 익숙해져 있는 사람이라면, 의식적으로 느리게 말해 보라. 아마 놀라운 향상을 경험할 수 있을 것이다.

,⚥ 실제로 용감함을 기르기

(1) 수면패턴을 바꾸고 일찍 자라

여러분이 어떤 수면 패턴이든, 수면 패턴을 어떻게 바꾸든 난 관심을 갖지는 않는다. 최소한 여러분이 하는 일을 몸이 버티지 못하는 상태가 되어서는 안 된다는 것을 안다. 좋은 결과를 내고 싶다면 당신의 건강 상태가 좋아 보이도록 적당한 잠을 자도록 한다.(스테이트 관리) 만약 잠이 오지 않는다면 억지로 잘 필요는 없다. 2-3일 정도 잠을 안 자면 아주 세상이 멸망해도 푹 잘 것이니까.

(2) 운동으로 긍정성을 길러라

운동을 하는 것은 좋다. 그것은 당신에게 긍정적인 마인드를 길러 주기 때문이다. 또한 운동으로 인해 다른 사람들이 당신을 보는 눈빛이 달라진다. 당신이 매력적인 사람을 좋아하는 것처럼, 당신 역시 마찬가지로 누군가에게 갖고 싶은 사람이 되어야 한다. 실제로 그렇게 되어, 사람들이 좋아하는 특성 중 몇 가지(운동으로 만든 몸매를 포함한)를 가지게 되면 당신이 믿는 것이 더 많아진다. 그렇게 된다면 당신의 정신은 더 강해질 수 있다.

(3) 주어진 일에 최선을 다하자

매력학

자신의 일에 최선을 다하는 것은 위의 운동과 같은 효과를 불러일으킨다. 당신을 일으키는 과정이다. 상대방의 선망을 사면 자신감이 생기게 된다. 그러나 당신이 스스로 해야 하는 일을 잊어버린 채 다른 일을 좇는다면, 당신은 자연스럽게 무너져 내릴 것이다. 당신의 본분을 다함으로써 다른 일도 성취할 수 있는 기반을 다지자.

(4) 자신만의 매력을 가진 대화법을 익혀라

당신이 어떤 사람들을 따라 하려고 노력하는 것은 좋다. 그것은 모방이고 모방은 창조의 어머니이다. 그러나 그것을 절대로 의식하고 말해서는 안 된다. 그것은 절대로 자연스럽지 않기 때문이다. 우리는 한 사람과 오래 어울리다 보면 그 사람과 닮아 가게 된다. 그 사람을 보고, 많은 영향을 받고 행동하게 된다. 그러므로 평소 멋지다고 생각하는 배우의 동영상을 보며 몸짓 하나하나를 기억에 담자. 외형적으로 따라 하는 것이 아닌, 그 분위기에 익숙해지도록 하자. 그와 점점 닮아 갈수록, 당신의 새로운 매력을 개발할 수 있는 가능성도 높아지고 자신감과 고급스러움은 자연스럽게 따라오게 된다.

(5) 자기 내면을 치료해라

낮은 자존감이나 낮은 열등감, 그리고 피해 의식 등은 대부분 유년기부터 발생한 경우가 많다. 어렸을 때의 목표나 행동이 연속적인 실패를 맛보게 된다면, 자기는 무엇을 해도 되지 않는다는 생각이 무의식중에 깔리게 된다. 이것은 악순환을 이루게 되고, 성장하면서 지속적으로 굳어진다. 그렇게 가치관을 형성되는 것이다. '내가 하기만 하면 시간이 오래 걸려도 해결해 나갈 수 있다.'라는 생각을 가져야 한다. 이런 생각을 시작한 이후로는 안 될 몇 가지의 일도 순조롭게 풀릴 수 있다. 그렇게 하나의 큰 산을 넘게 된다면 당신의 믿음이 더욱 강해지게 되고, 이것은 선순환으로 이어진다.

(6) 긍정적으로 생각하라

→ 난 별로인 사람이다. (X)

　다만 더 멋진 사람들이 많을 뿐이다. (O)

→ 난 매력이 없어. (X)

　다만 더 매력 있는 사람이 많을 뿐이다. (O)

→ 난 못생겼다. (X)

　다만 더 잘생긴 사람들이 많을 뿐이다. (O)

→ 난 키가 작다. (X)

　다만 키가 더 큰 사람들이 많을 뿐이다. (O)

→ 난 돈이 없어서. (X)

　돈을 벌 수 있지만 돈이 더 많은 사람들이 있을 뿐이다. (O)

→ 난 학벌이 안 좋아. (X)

　나보다 똑똑한 사람이 많을 뿐 나 자체로 매력이 있다. (O)

→ 매력이 없는 것이 아닌, 매력을 어떻게 표현할지 모르는 것뿐이다. (O)

→ 재미가 없는 것이 아닌, 아직 말로 표현하는 것을 모르는 것뿐이다. (O)

매력학

→ 인기가 없는 것이 아닌, 나를 표현하는 방법을 아직 모르는 것뿐이다. (O)

→ 무엇을 해야 할지 모르는 난 실패했어. (X)

   생각지도 못한 부분을 볼 수 있게 되었어. (O)

→ 기다리면 운명적인 여자가 나타날 거야. (X)

   저 여자에게 운명이라는 것을 깨우쳐 주자. (O)

(7) 자신의 가치를 남으로부터 인정받으려 하지 마라

사람들이 인정할 만한 행동과 모습을 당신이 갖추면 자연스럽게 다른 사람들이 당신을 매력 있는 남자로 보게 될 것이다. 필자 같은 경우에는 상대에게 조금 잘해 주는 편이다. 내가 부족하거나 못나서 잘해 주기보다는 내 집에 초대된 손님이라는 생각으로 상대를 대한다. 만약 호화스러운 집에 초대된 나의 손님이라면 그 소중한 사람에게 조금 더 배려해 주고, 어색하지 않도록 챙겨 주고, 먼저 말을 걸어 주는 것은 내가 부족해서가 아니라 내 소중한 사람으로서 존중하는 마음으로 대하기 때문에 힘을 발휘한다. 또한 세상에는 나보다 강하고 멋진 사람들이 많다는 것을 현실적으로 인정하고 자신을 떠벌리기보다는 겸손하게 말하면서 긍정적인 분위기를 풍길 수 있다면 그 힘은 엄청나게 발휘될 것이다.

✱⟨♂ 두려움 없애기 - 남들의 의식

대부분 사람들이 용감하지 못한 이유 중 하나는 남들이 자신을 어떻게 바라볼까에 대한 두려움이다. 용감하지 못한 이유들은 항상 두려움으로부터 출발한다. 웬만한 사람들은 타인 지향성이 너무나도 강하다. 남들을 너무 의식한다는 이야기다.

우리는 항상 그렇다. 학창 시절로 돌아가 수업 시간을 떠올려 보자. 수업 시간에 선생님이 여러 명을 대상으로 질문을 던지면 돌아오는 대답을 얻기 힘들다. 왜? 아무도 첫 대답을 시작하지 않으니까. 아무도 나서지 않는데 내가 나서서 굳이 튈 필요는 없는 것이다. 한국 사회는 튀는 것을 별로 좋아하지 않는다. '내가 튀게 행동하면 남들은 나를 안 좋게 생각하겠지?'라는 생각은 유사성의 매력요소를 형성하고 싶어 하는 사람들의 기본적인 욕구이다. 소속감을 가지고 싶은 나머지 그 안에 소속되어 있는 사람들의 눈총을 받고 싶지 않은 심리인 것이다.

그리고 심지어 우리는 마음에 드는 이성에게도 쉽게 말을 걸거나 접근하지 못한다. 그 이유는 '그 사람이 나를 이상하게 혹은 나쁘게 생각할까 봐', 또는 '주변 사람이 나를 이상하게 여길까 봐'의 이유가 다분하다.

많은 생각을 하지 말라

당신이 명심해야 할 한 가지가 있다. 대부분의 사람들은 남들이 나를 어떻게 바라볼까를 너무나 신경 쓰는 나머지, 처음 보는 주변 사람이나 자기와 관련 없는 주변 사람에게는 거의 신경을 쓰지 못한다는 것이다. 게다가 사람은 하루 중 80%의 기억을 잃어버린다. 이러한 사실들은 내가 가지고 있는 어떤 잘못된 행동이나 혹은 튀는 행동 혹은 콤플렉스들을 상대는 중요하게 여기지 않는다는 것을 뜻한다. 그리고 만약 상대가

매력학

그걸 캐치해 냈다고 하더라도 상대는 그 기억을 금방 잊는다는 것을 뜻한다. 몇 초 뒤에 물어봐도 모른다.

착각의 첫 번째 조건 – EBS 실험

그리고 주변의 시선을 너무나도 의식하는 착각을 하게 된다. 착각의 첫 번째 조건은 '자기중심성'이다. EBS 다큐프라임 〈인간의 두 얼굴〉에서 이런 실험을 한 적이 있었다.

농구 경기 관중석 출입구에 온몸에 쫙 달라붙는 검은색 타이즈를 입고 등장한 한 남자가 있었다. 그 남자는 이제 농구장 구석구석을 활보한다. 과연 사람들은 이 남자에게 어떤 반응을 보일까?

남자는 주춤거리며 관중석 중간에 자리를 잡는다. 처음에는 조용히 박수만 친다. 그러나 옆 사람들은 별로 관심이 없어 보인다. 얼어붙은 듯 앞만 쳐다본다. 5분 경과 후 남자는 환호성을 지른다. 큰 소리로 응원한다. 농구장 어디에도 이 남자를 이상하게 생각하는 사람은 없었다. 이제 과감하게 자리를 옮긴다. 일부러 눈길을 끌기 위해 관중석 앞자리로 간다. 힐끗 쳐다보는 사람도 있지만 이내 눈길을 돌린다.

경기가 끝난 후 옆자리에 있었던 사람들을 대상으로 인터뷰를 진행하였다. 혹시 이상한 옷차림을 한 남자를 보신 적이 있냐고 묻자 사람들은 그런 사람은 없었다고 한다.

다들 못 본 게 아니라 봤는데도 별 관심이 없었던 것이다. 그 남자는 보란 듯이 돌아다녔지만 모두 경기에 푹 빠져 있었다. 주변 사람들이 모두 당신만 바라보고 있다고 착각하고 있는가? 아니다. 사람들은 자신의 일로 바빠 다른 사람들에게 관심을 줄 여유가 없다.

코넬대 심리학과 토마스 길로비치 교수는 "우리가 흔히 하는 착각 중에 하나는 우리가 많은 사람들의 관심을 받고 있다고 생각하는 것이다. 사실은 생각보다 타인이 우리에게 관심을 덜 기울이므로 걱정할 이유가 없다."라고 말한 바 있으며, UCLA대 심리학과 셀리 테일러 교수도 "사람들은 자신이 믿는 것을 확신하지만 이런 믿음이 '착각'이라는 것을 알려주는 특정 뇌 부위는 존재하지 않는다. 매우 흥미로운 일이다."라는 말을 언급한 적이 있다. 이런 실험들은 당신이 전혀 타인의 시선을 두려워하지 않아도 되는 것을 입증하는 실험들이다.

🐈 8. 여자가 여성에게 말한다

옛날에 여성은 동굴 속에서 아이와 자신을 지키고 있을 때 남편이 밖에서 사냥을 했다. 만약 겁이 많고 결단을 내리지 못하는 남편을 둔 여성은 식량을 많이 얻지 못해 굶어 죽는 사태가 일어나기 때문에 자연스레 결혼 상대로 용감한 사람을 찾기 시작했다. 반면 남성은 여성과 달리 여성의 용감성을 중요시 여기진 않았다. 하지만 옛날에 여성이 남성의 용감성을 보는 습관이 지금까지 남아 여성은 우유부단한 사람을 싫어하게 되었고, 이제는 남성 또한 여성의 결단력을 보기 시작했다. 이 사실을 단적으로 보여주는 예가 바로 육식녀다.

'육식녀'는 현재 우리나라에 신조어로 초식남(온순하고 어린 남자)과 반대되는 뜻으로 여자지만 남성처럼 터프하고 타인을 리드하는 여성을

매력학

뜻한다. 이 단어가 탄생할 정도로 이제는 터프는 여성의 매력의 요소로
자리 잡게 되었다.

☿ 남성을 먼저 이해하자

우리는 같은 동성인 여성에게 굳이 용감한 모습을 보이지는 않는다.
그러한 이유는 용감성은 남성에게 국한된 매력 중 하나였기 때문이다.
하지만 시대가 변해 여성과 남성의 경계선이 점차 사라지면서 여성도 가
져야 할 매력이 된 지 시간이 많이 흐르지 않았기에 단언컨대 대한민국
여성에서 용감성을 가진 사람은 몇 명 없다.

그래서 우리는 이런 매력을 가지기 위해서 제일 먼저 남성을 분석해
야만 한다. 남성만이 가지고 있는 본성이 하나 있다. 그것은 바로 '지배
성'이다. 비슷한 말로는 정복 욕구라고 한다. 남자가 유독 명예욕에 목
숨을 거는 사례도 이러한 본능 때문이다. 교통이 발달하여 많은 나라의
문화를 접할 기회를 가졌기에 여성인 우리 또한 남자를 보는 요소들이
다양해졌다.

허나 구석기 시대에서는 오로지 필요한 것은 사냥, 즉 생존을 위한 힘
과 번식만이 존재했다. 그러니 자연스럽게 힘이 약한 여자는 강한 남자
를 찾을 수밖에 없었으며 남성은 좀 더 건강한 자녀를 낳을 수 있는 여
자를 원했다. 이런 현상은 자연스럽게 남성끼리 싸움을 붙이게 되었다.
우리가 마치 초특가 할인하는 명품 백을 차지하기 위해 엄청난 몸싸움
을 벌이는 거와 같다. 그러다 보니 자연스럽게 남성들은 지배욕이 강해

졌고, 강자는 약자를 짓누르기 시작했다. 그리고 강자의 능력을 더 돋보이게 하는 여성이 그 남성의 옆을 지킬 수 있었다. 아무리 발전을 해도 남아 있는 게 남성의 지배성이다. 그러니 우리는 그런 능력을 어떻게 돋보이게 할지 앞으로 알아 가자.

남자의 본능을 칭찬하자

사람에게는 보상심리가 있다. 보상심리란 결핍의 상황에서 미련 때문에 혹은 피해의식 때문에 자신이 노력한 이상에 것을 원하고 얻으려는 행위를 뜻한다. 쉬운 예로 가난한 집안에서 태어났기 때문에 성인이 되고난 후 배불리 먹는 것을 원해 헤프게 돈을 쓴다든지 연인에게 자신이 사랑하는 만큼 사랑을 달라고 조르는 행위가 예이다. 이런 심리로 인해 오히려 노력하는 연인이 상대방에게 더욱 빠지게 된다. 이와 같은 심리를 이용해서 남성이 지배성을 이용해야 한다. 그 방법에 대해 서술해 보자.

칭찬을 하라

역시 최고의 방법은 칭찬이다. 다양한 방법으로 칭찬을 해야 한다. 하지만 여기서 말하는 칭찬은 여태까지 칭찬과 다르다. 그 사람이 노력한 부분에 대한 전제가 깔려 있기 때문에 칭찬을 하는 이유에 대한 정확한 목적성이 드러난다. 남자는 우리와 다르게 이성적인 면이 뚜렷하게 강하

매력학

다. 그래서 목적이 정확하게 드러난다면 계속적으로 꾸준히 그런 행동을 지속적으로 보여주기 위해 노력을 유지한다. 그러니 우리는 칭찬을 하자.

첫째, "대단해요~ 최고예요~"라고 하며 손과 함께 리액션을 하라

보디랭귀지는 계속적으로 말하지만 중요한 요소이다. 우리가 감정적으로 아무리 높이며 '대단하다, 최고다'고 해도 믿지 못하는 게 사람이다. 그래서 우리가 계속 의구심이 들고 착각이 아닐까 의심하고 그런 나 자신을 보면서 힘들어 하지 않았는가? 그러니 리액션을 같이 하자. 남자는 시각을 믿는다. 그러니 엄지를 올리며 말하자.

둘째, 안마를 하면서 칭찬하라

두 번째 사안을 말하기 전 간단히 말하고 싶다. 우리는 스킨십에 관대해져야 한다. 쌈디의 옛 여인인 레이디 제인이 M방송사의 예능프로그램에 나와 말한 이성을 유혹하는 기술을 말한 적이 있다. 핸드크림을 이용하여 이성과의 스킨십을 통해 거리를 가까이하는 방법이다. 방송을 보는 시청자에서 매력학을 하는 필자로 입장이 바뀌었을 때 그녀를 대단히 칭찬했다.

사실, 우리는 스킨십에 관대해지기가 매우 어렵다. 그 이유는 암묵적으로 여성으로 태어나 다들 알고 있으니 생략한다. 그래서 굉장히 보수적인 여성이 많다. 그리고 아이러니하게 스킨십을 좋아하는 남성조차도 여성을 욕할 때는 우리가 꺼릴 수밖에 없는 이유를 가지고 논하기 시작한다. 그러니 우리는 사면초가의 입장으로 삶 자체가 힘들다. 허나 당신에게 얘기하고 싶은 것은 남자와 하룻밤 잠을 자라는 것이 아니다. 가벼운 스킨십은 할 정도로 용기가 필요하다는 소리다. 가벼운 스킨십은 이성을 떨리게 한다. 그래서 타인의 시선을 신경 쓰는 우리의 여성을 위해 방법을 소개한다. 바로 '안마'다. 다짜고짜 어깨를 보이라 명령하며 안마를 하라는 게 아니다. 남성의 용감한 부분을 칭찬을 하며 하는 거다.

(가벼운 못질을 해줬을 때)

당신: 아, 원빈 씨, 저 여기에 못을 박아야 하는데 좀 도와주시겠어요?

상대: 물론이죠.

못질 후,

당신: (상대의 팔뚝을 안마하며) 고마워요. 제가 못질을 못해서 원빈 씨 없었으면 큰일 날 뻔했어요. 이건 제 보답이에요.

(데이트 후 헤어져야 할 때)

당신: 저 원빈 씨, 미안한데…… 저희 집 골목이 되게 무섭거든요. 데려다 주면 안 될까요?

상대: 음…… 이번만 데려다 주겠어요.(여기서 대답이 'no'가 나오면 바로 포기하라.)

당신의 집을 데려다 준 후

당신: 너무 늦었죠? 미안해요. 우리 앞으론 일찍 만나기요! 그리고…… (갑자기 상대의 뒤로 가며 가볍게 주먹으로 톡톡톡 안마를 해준다.

매력학

상대: 어어? 왜 그래요, 태희 씨?

당신: 집을 데려다 준 거에 대한 보답! 이만 들어갈게요. 고마워요. 집
　　　들어가고 연락해요!

(바퀴벌레 또는 무서운 벌레가 나왔을 때)

상대: 으아아아. 허어어어걱억(당신은 이미 혼수상태다.) 어어어? 원빈
　　　씨 거기 있는 바퀴벌레 좀 잡아 줘요! 저 절대 못 잡아요!

상대: 네? 아아아, 네 알겠습니다.

벌레를 처치하고,

당신: (활짝 웃으며) 진짜 고마워요! 나 죽는 줄 알았네. 수고한 의미로
　　　뒤돌아봐요.

상대: 네? 왜요?

당신: 벌레 잡아 줬으니 안마 좀 해주게요.

상대: 괜찮습니다, 저는요.

당신: 에이 사양하지 마. (하면서 한다.) or 음, 그러면 커피 쏠게요.
　　　가요!

⚤ 그러면 우리도 육식녀가 되어 볼까?

육식녀는 위에서 말했듯이 남성의 미가 있는 여성을 뜻한다. 그리고
신조어이기 때문에 남성의 입장에서는 굉장히 생소한 매력에 속한다. 그
렇기 때문에 오히려 이런 여성들은 주변에 애인이 없는 경우가 대부분이

다. 육식녀들은 아름다운 여성이지만 생소하기 때문에 자세히 알지 못하는 제3자가 그녀들의 매력을 욕해 그녀들은 애인이 없게 되었다. 하지만 매력적이지 못한 존재라면 시간이 지나면서 사라져야 했었다. 허나 사라지지 않고 오히려 증가하고 있다. 그렇다! 이제 용감성도 여성이 필요한 매력 중 하나이다. 낯설다고 비판하지 말고 한 번쯤 객관적인 눈으로 쳐다보자.

먼저 성공 공포증을 없애자

여성은 성공 공포증을 가지고 있어 용감한 행동이 나오지 않는다. 그래서 특히 여성은 성공 공포증을 없애 주체적인 삶을 살아야 한다. 자신이 성공한다면 자신의 능력이 뛰어났고 절대 주변에 상황이 운 좋게 맞아 떨어져 성공한 게 아니다. 그러니 스스로의 잠재의식을 믿고 자신감을 높여 더 이상 여성들은 성공에 대해 무서워하지 말자.

⚣ 우유부단한 성격을 고치자

용감하지 않는 사람들을 좋게 표현한 말이 바로 우유부단이다. 남녀노소 가리지 않고 누구든지 가지고 있는데 그들이 이런 성격을 가진 것은 선택에 대한 두려움이다. 특히 여성은 선택에 대해 굉장히 두려워한다.

매력학

첫째, 마음을 내려놓자

우유부단한 사람이 그런 성격을 가지는 이유는 선택에 어려움을 겪기 때문인데, 그것은 아이러니하게도 더 좋은 결과를 바라서 형성된 성격이 아니다. 그것은 최악의 결과를 염두에 두는 습관으로 인해 생긴 성격이다. 최악의 결과를 미리 따져 보는 행위는 스스로의 가치를 내리는 행동이다. 그러므로 어떠한 상황이 올지 앞이 안 보이는 미래지만 자신을 믿어 심적인 짐을 내려놓는 연습을 하자. 분명 의도하지 않은 다른 상황이 오기도 한다. 그 상황으로 인해 시간을 소비하고 정신도 분열될 정도로 나쁜 상황이 오는 경우도 넘쳐 난다. 하지만 그런 상황이어도 마음을 내려놓자. 시간이 해결해주는 것을 믿으며 자신이 스스로 헤쳐 나갈 수 있는 걸 믿고 마음을 비워라. 그러면 편안한 삶을 살고 더불어 선택의 두려움이 사라진다.

둘째, 빠르게 선택을 하자

만약 선택을 A와 B, 딱 둘 중 하나만 선택해야 하는 극단적인 상황이라고 가정을 하자. 그러면 여러 가지 기준을 두고 비교를 하여 언젠가는 최종적인 선택을 해야 한다. 하지만 선택을 해야 하는 사람은 선택에 대한 책임을 치러야 하기 때문에 자신이 보고 싶지 않은 최악을 직면하게 될까 봐 상당히 시간을 소비하며 결정한다. 사실은 극단적인 상황인 것처럼 보이지만 고민하고 있는 A와 B의 가치는 5:5를 차지한다. 즉, 어떤 것을 선택해도 어느 정도 손해를 본다는 사실이다. 오히려 시간을 지체

할수록 심리적인 마음의 소비가 더 커지기 때문에 자신을 스스로가 고달프게 하는 우스운 상황이 된다. 그렇기에 빠르게 선택을 하는 습관을 가져 우유부단함도 없애 버리자.

매력학

결론 - 매력의 미래를 말하다

08

Magnetism

필자가 보는 매력의 미래는 찬란하다. 앞으로 많은 사람들이 더욱더 매력의 원리에 대하여 공부할 것이다. 매력의 원리를 깨우침으로써, 인간관계뿐 아니라, 비즈니스, 마케팅까지 다양한 분야에서 두각을 나타낼 수 있다. 인간이 돌아가는 원리는 매력과 부합하기 때문이다.

사람들은 아무리 경제가 어렵고 힘들다고 하더라도 자신이 끌리는 것을 찾는다. 단순히 예쁘다며 선택한 물건이 창고 속에 쌓여 간다. 그것은 이성적인 올바른 결정이 아닐 수 있다. 그러나 우리는 모두 매력에 끌리고 매력에 미소를 짓는다.

확실한 것은 앞으로 매력을 다룰 수 있는 사람들이 성공하고, 더 앞선 문명을 개발해 낸다는 것이다. 카사노바는 완벽한 매력을 사용함으로써, 300년에 가까운 시간 동안 모든 사람들의 마음속에 최고의 매력인으로 기억되었다, 실제로 그는 가진 것 없는 빈털터리로 생을 마감했다. 그러나 그는 기억되고, 또 그리고 계속해서 기억될 것이다. 스티브 잡스역시 21세기를 호령한 매력인으로서, 전 세계 사람들의 생활을 바꾸는 데 기여했다. 매력적인 사람이 되기 위해서 시작했던 일들이 결국 세상을 발전시킨 것이다.

니체가 주장한 초인처럼 인간으로서 매력요소들을 하나씩 채워 나가다 보면 어느 순간 인간이 도달할 수 없는 영역까지 능력을 상승시킬 수 있다. 이러한 사람들은 세상을 이끌어 갈 창의적인 생각을 만들어 낼 것이고, 또 현실로 우리의 눈앞에 보여줄 것이다. 그들에겐 능력이 있다.

필자가 생각하고 제시하자면, 분명 MAGNIAN들이 앞으로의 먼 미래에도 계속적으로 세상을 지배해 나아갈 것이며, 그들은 모두 매력의 원리를 깨우치고 사용할 것이다. 사람들은 믿고 싶지 않지만 믿게 되고, MAGNIAN들과 사랑에 빠지게 된다. 매력은 절대로 상대를 억지로 끌어당기는 힘이 아니다.

본래 인간은 매력요소에 끌리며, 그것들을 얻기 위해 살아왔고 살아간다. 앞으로도 계속해서 본능에 이끌리는 삶을 살 것이란 건 당연시된다. 이성이 아무리 발달한 지금의 시대라도 아날로그적 감성과 옛것을 그리워하는 사람들이 존재한다. 감성은 계속해서 본능적인 끌림을 만들어 내기 때문이다.

머리로 생각하는 시대가 계속된다면, 디자인과 같은 문화, 예술 분야는 절대로 발전할 수가 없다. 그들이 제시하는 이야기와 상상력은 헛소리에 불과하며, 실현 불가능하기 때문이다. 그러나 인간은 본능적으로 그러한 문화와 예술이 결과적으로 우리에게 도움이 될 것이라는 것을 알고 있다. 계산기로 돌려서 나오는 확실한 미래는 아닐지언정, 본능은 '매력적인 것'이 곧 우리의 '생존과 번식'에 도움이 된다는 것을 안다.

200년 안으로 매력학은 사람들에게 '심리학'처럼 자연스럽게 스며들 것이다. 인간으로 태어난 우리는 매력을 알아야만 하기 때문이다. 지금 당장 시작하라는 말은 못한다. 소를 냇가에 데려간다고 소가 물을 먹는 것은 아니다. 단지 그런 것들이 있으니, 앞으로 목이 마르다면 언제든지 말해 달라고 이야기하고 싶다.

매력학

세상은 계속해서 변하고 오늘과 내일은 분명 다른 세상이 될 것이다. 우리 인류는 미래의 위험을 덜고자 과학을 개발했다. 이제는 우리 스스로를 알 때가 왔다. 근본적인 인간의 삶은 인간에서 나오며 인간을 얻을 수 있는 힘은 인간이 사라지는 그날까지 계속될 것이다.

　어쩌면 천 년도 안 되는 시간 안에 인간이 태양계 전체를 다스릴지도 모른다. 이것은 과학을 정확히 파악한 우리 인류의 승리라고 볼 수 있다. 그러나 그 이면에 깔려 있는 우리의 본능을 눈여겨봐야 한다.

　현재의 지구의 자원은 2050년부터 고갈되기 시작한다. 지구 하나로는 모든 인류의 '생존과 번식'을 책임질 수 없다. 분명 인류는 태양계의 행성들을 하나씩 개척해 나갈 것이다. 살기위해서 행동하고, 이성을 유혹하기 위해서 행동할 것이다.

　만약 당신이 면접에 통과하고 싶다면, 상대에게 매력적이게 보일 수 있는 부분을 생각하라. 그 모든 해답이 바로 매력의 원리에 있는 것이다. 만약 당신이 좋아하는 이성이 있다면, 지금 당장 당신의 매력요소를 체크하라. 매력은 본능적으로 끌리는 것이다. 기계의 스위치처럼 버튼 하나로 작동하는 것이 아니다. 스스로 자신이 가진 매력을 파악하고, 부족한 매력을 보강해 나감으로써, 지속적인 발전과 더불어 진정한 매력인으로 거듭날 수 있을 것이다.

　매력을 사람들이 주목할 것이라 예측하는 가장 큰 이유는 세상이 하나로 통합되고 있다는 사실 때문이다. 앞으로 사람들의 지능은 더 올라갈 것이고, 더 뛰어난 인재가 나타날 것이다. 이들이 뛰어날 수 있는 이유 역시 '매력적인 사람'이 되기 위해서 꾸준히 노력했기 때문일 것이다. 또한 이런 뛰어난 인재를 얻는 사람들 역시 '매력적인 사람'들이 될 것이다.

두려워 할 것은 없다. 미래는 다가오고 미래에 얼마나 많은 사람들을 매혹하느냐가 바로 당신의 성공과 당신의 자식들의 운명을 결정지을 것이다. 지금 당장 자신이 없었던 부분을 위해 노력하자. 인간은 지금도 본능에 충실히 살아가고 있으며, 앞으로도 매력적인 사람에게 더욱더 큰 배려와 친절을 베풀 것이다. 그리고 더 나아가 MAGNIAN들의 성공을 위해 헌신할 것이다. 이 책을 선택한 모든 독자들이 누려야 할 삶이 바로 '세상을 매혹'하는 일이며, 역사에 등록될 사람들이 누려야 할 삶이 바로 '매력적인' 삶인 것이다.

매력학

 참고문헌

* Anthony Berger, Seduction Illustrated, Advanced Learning Systems Inc., 2007

* Allen Reyes, GunWitch Method, DSL, 2004

* Miller, Frederic P., Cold Reading, Authorhouse, 2012

* 石井裕之, Cold Reading, Eldorado, 2006

* 和田裕美, 和田裕美の人に好かれる話し方 愛されキャラで人生が變わる!, 大和書房, 2005

* 하야시 사다토시, 催眠戀愛術, 지식여행, 2010

* 金井英之, どんな人とも會話がとまらず話せる本, 2010

* McGraw, Phillip C. Love Smart: Find the One You Want—Fix the One You Got. Free Press (2005)

* 박종우. 패션과 권력. 서울대학교출판문화원. (2010)

* George Vaillant. Aging well : surprising guideposts to a happier life from the landmark. Little Brown and Company. (2003)

* Concha Antón, Eugenio Garrido. Women's anxiety about professional success: 30 years later in a Spanish context. Gender in Management: An International Journal Volume 19. (2004)

* 곽정은. 신데렐라의 유리구두는 전략이었다. 21세기북스. (2009)

* Dr. 굿윌. 여우의 연애법칙 61. 이젠. (2011)

* Borgerhoff Mulder, M. 1990. kipsigis bridewealth payments. In L. L. Betzig, M. Borgerhoff Mulder, & P. Turke eds, Human reproductive behavior pp.65–82. New York: Cambridge University Press

* Bryant, G. A., & Haselton, M. G. 2009. Vocal cues of ovulation in human females. Biology Letters, 5, 12 – 15

* Buss, D. M. 1988b. the evolution of human intrasexual competition: tactics of mate attraction. Journal of Personality and Social Psychology, 54, 616 – 628

* Buss, D. M. 1989a. Sex differences in human mate preferences: evolutionary hypotheses testing in 37 cultures. Behavioral and Brain Sciences, 12, 1–49

* Buss, D. M. 1991. Conflict in Married couples: personality predictors of anger and upset. Journal of personality, 59, 663 –688

* Buss, D. M. 1994b. The evolution of desire: Strategies of human mating New York: Basic Books.

* Buss, D. M. 2003. The evolution of desire: Strategies of human mating (Revised Edition). New York: Free Press.

* Buss, D. M., & Schmitt, D, P. 1993. Sexual strategies theory: An evolutionary perspective on human mating. Psychological Review, 100, 204 –232

* Buss, D. M., & Shackelford, T. K. 1997a. Susceptibility to infidelity in the first year of marriage. Journal of Research in personality, 31. 1–29

* Buss, D. M., Shackelford, T. K., Kirkpatrick, L. A.,& Larsen, R. J. 2001. A half century of American mate preferences. Journal of Marriage and the Family, 63, 491 –503

* Buunk, B. P., Dikstra, P., Fetchenhauer, D., & Kenrick, D. T. 2002. Age and gender differences in mate selection criteria for various involvement levels. personal relationships, 9, 271–278

* DeBruine L. M. 2005. trustworthy but not lust–worthy: Context–specific effects of facial resemblance. Proceedings of the Royal Society of London, B, 272, 919–922

* Elder, G. H., Jr 1969. Appearance and education in marriage mobility. American

Sociological Review, 34, 519 – 533

* Fisman, R., Iyengar, S. S., Kamenica, E., & Simonson, I. 2006,may. Gender differences in mate selection: Evidence from a speed dating experiment. The Quarterly Journal of economics, 121, 673 – 697.

* Griskevicius, V., Cialdini, R. B., & KenRick, D. T. 2006 Peacocks, Picasso. and parental investment: the effects of romantic motives on creativity.

* Griskevicius, V., Goldstein, N., Mortensen, C., Cialdini, R. B., & Kenrick, D. T. 2006. Going along versus going alone: When Fundamental motives Facilitate strategic (non)conformity. Journal of Personality & Social Psychology, 91, 281–294

* Hart, C. W. M., & Pillig, A. R. 1960. The Tiwi of North Australia.

* Haselton, M., Buss, D. M., Oubaid, V., & Angleitner, A. 2005. Sex, lies, and strategic interference: The psychology of deception between the sexes. Personality and Social Psychology Bulletin, 31, 3–23.

* Hughes, S. M., & Gallup, G. G. 2003. Sex differences in morphological predictors of sexual behavior: Shoulder to hip and waist to hip ratios. Evolution and Human Behavior, 24, 173–178.

* Hughes, S. M., Harrison, M, A., & Gallup, G. G., Jr. 2009. Sex–specific body configurations can be estimates from voice samples. Journal of Social, Evoluionary, and Cultural Psychology, 3, 343 – 355.

* Jankowiak, W. Ed. 1995. Romantic passion: A universal Experience? New York: Columbia University Press.

* Jankowiak, W., & Fischer, R. 1992. A cross – cultural perspective on romantic love. Ethnology, 31, 149 – 155.

* Jasienska, G., Ziomkiewicz, A., Ellison, P. T., Lipson, S. F., & Thune, I. 2004. Large breasts and narrow waists indicate high reproductive potential in women. Proceedings of the Royal society of London, B, 271, 1213 –1217

* Jencks, C, 1979. Who get ahead? The determinants of economic success in America. New York Basic books.

* Kenrick, D. T., & Keefe, R. C. 1992. Age preferences in mates reflect sex differences in reproductive strategies. Behavioral and brain Sciences, 15, 75 –133

* Kenrick, D. T., Keefe, R. C., Gabrielidis, C.,& Comelius, J. S. 1996. Adolescents' age preferences for dating partners: Support for an evolutionary model of life-history strategies

* Kenrick, D. T., Neuberg, S. L., Zierk, K. L., & Krones, J.M. 1994. Evolution and social cognition: Contrast effects as a function of sex, dominance, and physical attractiveness. Personality and Social Psychology Bulletin, 20, 210 – 217

* Kenrick, D. T., Sadalla, E. K., Groth, G., & Trost, M, R. 1990. Evolution, Traits, and the stages of human courtship: Qualifying the parental investment model.

* Kenrick, D. T., Nieuweboer, S., & Buunk, A. P. 2010. Universal mechanisms and cultural diversity: Replacing the blank slate with a coloring book. In M. Schaller, S. Heine, A. Norenzayan, T. Yamagishi, & T. Kameda (eds), Evolution, culture, and the human mind pp.257–272

* Li, N. P. 2007. Mate preference necessities in long– and short term mating: People prioritize in themselves what their mates prioritize in them.

* Lynn, M. 2009. Determinants and consequences of femle attractiveness and sexiness: Realistic test with restaurant waitresses. Archives of Sexual Behavior, 38, 737–745

* Pollet, T. V., & Nettle, D. 2007. Driving a hard bargain: Sex ratio and male marriage success in a historical US population.

* Røskaft, E., Wara, A., & Viken, A. 1992. Reproductive success in relation to resource–access and parental age in a small Norwegian farming parish during the period 1700.1900.

* Schmitt, D. P., & Buss, D. M. 1996. Strategic self-promotion and competitor derogation: Sex and context effects on perceived effectiveness of mate attraction tactics.

* Smuts, B. B. 1985. Sex and Friendship in baboons. New York: Aldine de Gruyter. Smuts, B. B. 1992 Men's aggression against women. Human Nature, 6, 1–32

* Symons, D. 1989. The psychology og human mate preferences. Behavioral and Brain Sciences, 12, 34–45.

* Taylor, P. A., & Glenn, N. D. 1976. The utility of education and attractiveness for females' status attainment through marriage. American Sociological Review, 41, 484–498.

* Udry, J. R., & Eckland, B. K. 1984. Benefits of being attractive: Differential payoffs for men and women.

* Van den Berghe.,Q.,P.L., & Frost, P. 1986. Skin color preference, sexual dimorphism and sexual selection: A case of gene culture coevolution.

* Joseph O'Connor, John Seymour, Introducing NLP: Psychological Skills for Understanding and Influencing people, ThorsonsPublishers, 1990